励新
向上的力量

长篇纪实文学作品

燃灯人

刘俊奇 著

山东城市出版传媒集团·济南出版社

图书在版编目（CIP）数据

燃灯人 / 刘俊奇著. -- 济南：济南出版社，2023.7
ISBN 978-7-5488-5677-1

Ⅰ.①燃… Ⅱ.①刘… Ⅲ.①纪实文学－中国－当代 Ⅳ.①I25

中国国家版本馆CIP数据核字(2023)第097868号

燃灯人 RANDENGREN　　刘俊奇 著

出 版 人	田俊林
责任编辑	李　敏　张冰心
责任校对	高邦哲　孙梦岩
装帧设计	胡大伟
出版发行	济南出版社
地　　址	济南市市中区二环南路1号（250002）
编辑热线	（0531）82890802
发行热线	（0531）86922073　67817923 　　　　　86131701　86131704
印　　刷	山东新华印务有限公司
版　　次	2023年7月第1版
印　　次	2023年7月第1次印刷
成品尺寸	160 mm×230 mm　16开
印　　张	23
字　　数	275千字
定　　价	59.00元

（如有印装质量问题，请与出版社联系调换，联系电话：0531-86131736）

烛光与阳光的变奏

(代序)

厉彦林

刘俊奇同志的长篇纪实文学作品《燃灯人》即将由济南出版社出版之际,他邀我作序。这部作品歌颂的是山东省沂源县实验中学原校长李振华老师。李老师曾先后获得"全国教育系统劳动模范""全国离退休干部先进个人""全国关心下一代先进工作者"等许多荣誉称号。我虽然很少写序,但还是怀着对李振华老师的崇敬之心、感激之情,欣然应允。

我对李振华老师比较熟悉。在山东省委老干部局工作期间,我曾多次接触他,被他的事迹和精神所感动。记得那是2014年,省里请他参加全省离退休干部先进事迹报告团,他来济南报到时,我推掉其他事情,专门请他吃了顿晚餐,表达我的敬意和感谢。

1953年,李振华响应党和国家的号召,十七岁的他来到了当时还十分贫困的沂蒙老区支教,转眼间已经七十载。他把爱心和满腔热忱全部奉献给了大山里的学生,以炽热、无私的情怀浇灌着满园桃李。他在教师岗位上倾尽心血和汗水教书育人,还先后拿出一百五十多万元资助了两千多名学生。初到沂蒙山时,他每个月拿出四分之一的工资帮助别人,而如今每个月的退休金他只留下五百元用于生活费,倾心、倾力资助特殊困难家庭的学生完成学业。数不清的山区孩子在他的教育和资助下,靠知识走出大山,改变了命运。退休后,他继续关心下一代的健康成长，到全国各地做报告三千三百多场次。在半个多世纪的岁月里，李振华老师多次放弃进城、回南京、转行和提拔的机会，经历了"忠孝不能两全"的人生遗憾、爱情与事业的艰难抉择，将永恒的爱和生命融入蒙山沂水。当年，为了即将高考的学子，他顾不上回南京照顾病危的父亲，直到老人病故，也没能见到最后一面；儿子为替他回老家照顾老人，忍痛放弃了高考。母亲因为接受不了父亲离世的打击，加之身边无人照料，落下了半身不遂的毛病。在母亲生病的第十个年头，李振华老师把老人接到了沂蒙山区，老人却因为水土不服，在一个深夜突然离世。他强忍悲痛，深藏愧疚与自责，坚持奋斗在教书育人第一线。

乡亲们为了表达对李振华老师的感谢之情，自发捐款为他立了一座汉白玉半身雕像。给伟人塑像的多，为一位普通劳动者塑像却闻所未闻；人活着就被雕成塑像，供人们瞻仰以铭记，我还是首次听说。这座洁白无瑕的汉白玉雕像，凝结着沂蒙老区人民的感激之情和无以言表的感动。

"教师是人类灵魂的工程师。"老师是伟大的，也是平凡的。人们喜欢用园丁、红烛、春蚕、火种、人梯、铺路石等比喻老师的高贵品德和重要作用，十分贴切。李振华老师的感人事迹启迪我们：人生舞台没有大小，工作也不分轻重，只要怀揣对党、对人民的赤诚之心，用心、用情、用力去做，就能干出一番令人瞩目的事业，就能由平凡变为非凡。即使是一名普普通通的老师，也会由一缕烛光，变成照耀大地、照耀学生心灵的灿烂阳光。

在半个多世纪里，李振华老师"让爱改变一切"的教育理念，产生了"化腐朽为神奇"的力量。"歪脖子树"也会变直、"渣滓学校"的嬗变、永远的"工程师"情结……这部作品通过一个个催人泪下的故事和情节，表现了李振华崇高的师德和他对老区人民的深厚感情，也表达了沂蒙精神的深刻内涵，读来让人动容、难以忘怀。

党的二十大报告强调，要深入实施科教兴国战略、人才强国战略、创新驱动发展战略。这就更加凸显了教育、科技、人才在中国式现代化建设全局中的战略定位。人民教师的责任与使命艰巨、繁重而光荣。《燃灯人》出版发行，把李振华这样一位人民教师的典型以文学的形式鲜活地呈现出来，激励全社会尊师重教、人民教师教书育人、莘莘学子读书报国，很有意义，很有价值。

刘俊奇同志曾担任过山东老年大学副校长，我们都是从原来的临沂地委组织部调到山东省委机关工作的。俊奇同志长期从事文字工作，文笔不错，尤其是他的散文《第一次背娘》被《人民日报》等数千家媒体转发，在读者中引起了强烈反响。我曾经动员他写写李振华老师的先进事迹。十几年来，他沿着李振华老师当年来沂蒙山的路，走遍了李振华老师工作过的每一个地方，采访了李振华老师的许多学生和这里的乡亲们，多次与李振华老师同吃同住、深度交流，努力走进这位人民教师的内心世界。俊奇同志耗时两年多，整理素材，完善思路，伏案疾书，"我的电脑键盘前，几乎每天都堆着纸巾，写着写着，就被李振华老师的故事和情操感动得泪流满面"。这两年因为新冠疫情不便外出，每当写不下去的时候，他就通过电话或微信，与李振华老师和他的儿女们、学生们交流沟通，千方百计把情况搞清楚、问明白，确保内容准确无误。这种倾心写作和认真执着的精神令我很佩服，也很感动。

20世纪五六十年代出生的人，大都做过"军人梦"和"文学梦"，可惜人生这本书的"青春篇"太过短暂，读起来又总是如此仓促。许多写作爱好者在退出忙碌的工作岗位之后，再次萌生了写点东西、抒发人生感悟，以及服务社会、传递正能量的想法，却又往往"举笔为艰"，大多数人面临着"写什么""怎么写""能否坚持写"与"能不能成功"这类问题的困扰。俊奇同志退休后创作出这部长篇纪实文学作品的实践，很好地回答了这个问题。他坚持用十多年的时间跟踪采访自己想写的人物，扑下身子，用心、用情去写，既享受这样的创作过程，又让自己的退休生活充实、快乐而又富有特别的意义。当然，用专业作家的水准来评判，俊奇同志的这部作品肯定还有一些不足和需要改进的空间。我赞赏的是他讴歌普通劳动者的情怀、笔耕不辍的毅力和勇于挑战自我的精神。

我们这个世界其实不缺光。最难忘童年时乡村学校煤油灯的光和在城市读书偶遇停电时那一缕缕烛光，这光洒满教室的角角落落，伴着翻阅课本和书写作业的窸窣声，交汇成一曲优美动听的歌谣，悄悄地穿越窗户、穿越时空，飘散在美丽的月色之中，迎来灿烂的第一缕阳光。

世界上唯有光明和追求，能够给人以顽强的信念和无穷的力量。烛光很小、很微弱，却让人看见希望；太阳胸怀博大，阳光拥抱世间万物和每一颗美好的心灵。在艰难处、黑暗中的点灯人、举灯人，其本身就是一盏明灯，从而点亮了我们的心灯。烛光与阳光互换、变奏，释放出温暖与光芒，成就人生的精彩华章。

这是我的美好愿望，并为序。

2023 年 3 月 9 日于泉城

（厉彦林，沂蒙山区莒南人，曾任中共山东省委组织部副部长兼省委老干部局局长。当代作家，坚持业余文学创作四十余载，已出版《炽热乡情》《享受春雨》《地气》《人间烟火》《延安答卷》《沂蒙壮歌》等诗集、散文集、报告文学作品十余部。作品先后获齐鲁文学奖、冰心散文奖、长征文艺奖、人民文学奖等，部分诗歌、散文作品被翻译到国外。）

目 录

引 子 /001

第一章 人生与抉择 /006
  一 告别大都市 /006
  二 大山深处的人家 /015
  三 山坡上的那座破庙 /025
  四 第一次吃煎饼 /031
  五 那个漫长的寒夜 /037
  六 上"砸"了的第一堂课 /042

第二章 彷徨与感动 /046
  一 山村的无眠之夜 /046
  二 吃"派饭"的日子 /051
  三 十八碗水饺 /054
  四 大雪封山的春节 /058
  五 第一次回南京 /063

第三章 生命中第一次辉煌 /071
  一 明光山上的琅琅书声 /072
  二 山路上闪烁的灯光 /083

  三 走向省城的"土教具" / 093

  四 大山深处的星星火炬 / 097

第四章 "渣滓学校"的嬗变 / 103

  一 一个记者不同的两次慨叹 / 103

  二 让爱改变一切 / 112

  三 "歪脖子树"也会变直 / 118

  四 一场模拟的"答记者问" / 124

  五 影响一座城的家长学校 / 135

  六 一所有"魂"的学校 / 144

第五章 奇迹与密码 / 153

  一 六十多年前的入党感言 / 153

  二 永远的"工程师"情结 / 165

  三 那双闪烁着爱的眸子 / 176

  四 书信中流淌的师生情 / 185

第六章 红水河畔情与缘 / 195

  一 生死攸关的考验 / 196

  二 啼笑皆非的"特务嫌疑" / 200

  三 没齿难忘的送别 / 211

  四 乱云飞渡的日子里 / 216

  五 刻骨铭心的春节 / 225

第七章 清贫者与钱的故事 / 235

  一 小饭馆诞生的"扶困奖学基金" / 235

  二 "打工校长"捡垃圾 / 244

  三 与钱有关的酸涩、暖心故事 / 250

四　两位媒体人的尴尬与无奈 / 257
　　五　第一次穿西服 / 262

第八章　深藏心底的愧疚 / 269
　　一　生离死别的高考季 / 269
　　二　文具盒引发的家庭风波 / 279
　　三　"举家南迁"的那个清晨 / 292
　　四　无尽的悔，无涯的爱 / 301

第九章　奉献的人生没有休止符 / 311
　　一　朝阳与夕阳的奏鸣曲 / 311
　　二　"振华热线"连万家 / 321
　　三　人大代表证背后的故事 / 327
　　四　从"学榜样"到"做榜样" / 334

致敬共和国的支教者（跋） / 347

引 子

人们常常把老师喻为红烛——燃烧自己，照亮别人，"春蚕到死丝方尽，蜡炬成灰泪始干"。

人们又常常把老师喻为"燃灯人"——点亮孩子们的"心灯"，引领学子的人生前程。

烛光，灯光，阳光，象征着奉献、光明与希望。

在八百里沂蒙的一个校园展室里，一盏浸透着岁月沧桑的小马灯，无声地向每一位参观、膜拜者讲述着昔日它和主人公的故事。

假如真的可以进入时空隧道，回到七十年前这片热土的大山深处，我们便可以看到这样一幅温馨的画面：漆黑的夜晚，蜿蜒崎岖的羊肠小道上，这盏小马灯伴随着一位十七岁少年踽踽独行的身影。那灯光由远而近，或者由近而远，成为山乡最亮丽、最动人的一道风景。

远看一盏灯，近如一团火。那橘黄色的灯光与一颗炽热、高尚的灵魂相互辉映，宛如天际的那颗启明星，照亮了山村的茅屋草舍，照亮了无数人的心灵。

如果时空能够记忆和再现，他的足迹和那闪烁的灯光，一定会连结成一个五彩缤纷、流光溢彩的巨大几何图案，呈现在我们的面前，照亮沂蒙的山山水水；那些曾经被点燃、如今遍布神州大地的千千万万颗心灵之灯熠熠生辉，照亮着这个世界。

今天，这盏小马灯的主人——已经八十七岁的李振华，就"蜗居"在这所校园的传达室背面，那间十多平方米的斗室之中。

最早知道李振华这个名字和他的故事，是在2002年2月出版的第156期《人物》杂志上。开卷首篇，《蒙山沂水当铭记》这样的标题，以及作者田岚的名字，深深地吸引了我的目光。我过去曾经多次读过田岚的散文作品。

被誉为"当代史记"的《人物》杂志，由国家级权威出版机构人民出版社主办，入选作品锚定当代中国有重大影响力的人物。

蒙山高，沂水长，这片红色热土上涌现出的英模人物数不胜数，让蒙山沂水应当铭记的，是怎样的一位人物？作为一个沂蒙山人，我对这篇作品充满了深深的好奇。

作者以女性特有的细腻和简洁的白描手法，满怀深情娓娓道来，讲述了当年一位青年大学生告别南京的父母、亲人，在来沂蒙山支教的半个多世纪里，把无私的爱奉献给大山里孩子们的感人故事。

我的敬仰之情油然而生。

更让我感到温馨的，还有这样一个故事。

有一年，电视台的记者来到李振华工作过的韩旺村采访，在大街上见到一位八九十岁的老太太。

记者问："大娘，您贵姓啊？"

老人左顾右盼，认真地问旁边的人："哎——我姓什么来着？"惹得人们哈哈大笑。

老太太似乎感觉有些尴尬，咧开她那没有一颗牙的嘴巴，十分羞涩地冲着记者笑了起来，满脸的褶子宛如绽开的金丝菊："老了啊，记不得了啊！"

记者又说："大娘，我们是来采访曾经在这里工作过的一个人，您知道李振华吗?"

老太太不假思索地说:"这个哪有不知道的啊,他先前不是俺们这里的教书先生嘛,个子高高的,不笑不说话,那个人可好着咪!前面的学校里,就有给他塑的像哩!"

因为电视节目播出时要出现被采访人的名字,记者不死心,继续引导老太太——

"大娘,把您的名字告诉我好不好啊?"

老人家摸摸头,认真地想了半天,再次表达歉意,"老了啊,想不起来了啊!"

忘记了自己姓名的老太太,却没有忘记给记者道别——笑靥如花的她那一句"拜拜",再一次引起人们欢快的笑声。

这些细节都被记者手里的摄像机忠实地记录了下来。

电视屏幕上,年轻记者站在韩旺中学校园的李振华雕像前,抒发着这样的感慨:一位连自己姓什么、叫什么都忘记了的老人,对李振华老师却念念不忘!

雕像,作为一种文化符号和精神象征,一般是为伟人、圣人、哲人或有大功勋、大建树者而塑,以彰其功德、颂其伟业并奉其为楷模。有谁见过为一个普普通通的老师塑像的吗?

在我们这个有着数千年文明史,讲究"盖棺定论"的国家,为一个活着的普通人塑像,你是不是觉得不可思议?

古今中外,古往今来,曾经有多少位高权重、声名显赫的人,其雕像置于显要位置,或者他的题词和名字被刻在名山大川的石壁上;又有多少人因为曾经的风光,被写入大部头的传记,而最终,却因其走向人生的反面,其雕像、题词和名字被铲除,已经出版的传记被送进了化浆池;那些曾经名噪一时的所谓"大师""大腕"

矗立在沂源县韩旺中学校园的雕像

也因时过境迁，其塑像被遗弃或者变得残缺不全而无人理会，给我们的社会带来了多少的尴尬与教训。

——或许，这正是我们这个国度不为活着的人立像的最主要原因。

二十多年前，这座雕像也曾经引发过激烈的争论。

主张塑像的人理由千千万，而反对者的理由却只有一条——按照民间的禁忌，给活着的人塑像，会不会真的影响被塑像者的寿限。在人们的内心深处，这似乎是挥之不去的阴影。明明知道这样的顾虑是唯心主义的，这样的担心完全多余，而人们宁可信其有，也不愿意让被塑像者受到哪怕是一丝一毫的影响。

如果寿限可以赠予，他们宁愿自己少活几年。

雕像的作者是国内一位著名雕塑家。最初商定的制作费用是三万五千元——那个时候，这样的价格也仅仅是包括原材料在内的制作工本费。而当这位艺术家知道了雕像主人公的感人故事，得知是乡亲们自发捐款为他塑像，竟分文未取。

如此为一个普通的人民教师塑像，究竟是为什么？

第一次采访李振华，是2004年秋天。那时，我在老年教育杂志社担任社长、总编辑。我想从自己的视角，向读者展示为赓续传承红色基因"老有所为"的时代楷模与长者风范。

高高的个头，清癯的脸上透出一种执着；一身半旧的便装，脚上一双千层底布鞋；一口地地道道的沂蒙山口音。低调、谦和、淳朴、慈祥与善良，是李振华留给我的第一印象。那一年，他六十七周岁。

二十年来，我一次次走近李振华，走进那片洒下他无数心血和汗水的热土，走近这里的父老乡亲，走近李振华的学生和他的家人，时时处处感受着他留在沂蒙山区的浓浓的爱、绵绵不绝的情，体味着老区群众对这位人民教师的敬重与敬仰。

"一个共产党员就是一面旗帜。"今天，经常出现于主流媒体的这句话，振聋发聩。而有谁知道，这是李振华1959年10月被批准加入党组织时，写在日记中的感言。它的下一句是："一面旗帜就应映红一片蓝天！"

在中国共产党百年华诞前夕，我带着许多的"为什么"，再一次走近李振华，试图解开他内心深处的情结。

李振华凝视着珍藏了半个多世纪的那身老粗布棉衣、"钩子鞋"、"茅窝子"，眼睛里闪动着晶莹的泪光。

此时此刻，我的思绪穿越时空隧道，回到了当年那些不平凡的岁月，追忆着这位"燃灯人"那些不平凡的故事……

第一章 人生与抉择

一 告别大都市

1953年农历正月十六的午后，一位身背简单行囊的城市青年踏着皑皑白雪，艰难地行进在沂蒙山崎岖、蜿蜒的小路上。

他便是南京师范学院（今南京师范大学）大一学生李振华。此时，他还没有满十七岁。

从南京市区乘轮渡到浦口火车站，坐上通往终点站青岛的列车，经过一天两夜的辗转，再由淄博地区的张店站换乘去博山的小火车，李振华在一个叫"八陡"的四等客货小站下了车。

这里是距离他此行目的地——沂源县城驻地南麻镇最近的一个车站。

自从火车驶进苏北地区徐州的地界，这位城市青年便兴奋起来。看着窗外不断变幻着的村庄和山峦，目睹那些赶着牛或者羊的孩子们在车厢窗口一闪而过的画面，他对即将开始的支教生活充满了期待。即将到达沂蒙山区，迎接他的将是什么样的工作和生活？那里的孩子们是什么模样？他们会喜欢我吗？刚刚走出少年行列的李振华对这一切充满了好奇，还有一种说不清、道不明的忐忑。

火车头吐着一团团浓浓的白雾，停在那里做着短暂的喘息。李

初到沂蒙山支教时的李振华

振华走出拥挤不堪、空气混浊的绿皮车厢,出现在他面前的是一片冰雪覆盖、连绵不绝的荒山野岭。

连续封闭了三十多个小时,李振华活动着有些僵硬的身体,尽情地呼吸着山区新鲜的空气。巨大的温差让他接连打了几个喷嚏,他顿觉神清气爽。

此时已是下午两点多钟。李振华从站台工作人员那里得知,从八陡车站到沂源县城还有一百多里路,而且全都是山路,不要说公共汽车,就是独轮车也十分难行。一百多里路究竟有多远?李振华想象不出来,也许是南京城从南到北的距离吧,反正他从来没有走过这么远的路。今天,他将迈开自己的双腿,一步一步地去丈量。

他在车站就着咸菜吃了两个博山烧饼,喝了一碗小米粥,看看已经指向三点钟方向的太阳,重新背起行囊,沿着人们指给他的一条山路,匆匆地向着那个叫南麻的地方走去。

脚下的积雪发出"扑哧、扑哧"的声响,寒风裹挟着的雪粒落在他的身上、灌进脖子,他不由自主地打了个寒战。在南方城市长大的李振华,第一次见识了什么是冰天雪地。他不时地抖落身上、帽子上的雪粒,加快了步伐。

一路上，南京师范学院校园的大喇叭里广播员充满激情的声音在他耳边回响着："同学们，快快行动起来吧！响应党和国家号召，到农村去，到边疆去，到最艰苦的地方去，考验我们的时刻到了！"他仿佛又回到了那个火热的氛围之中。

"接受党和国家的检验，到祖国最需要的地方去！""革命青年志在四方！"那是一段激情燃烧的岁月。校园里锣鼓喧天，到处张贴着花花绿绿的标语，到处是舞动着的红旗，到处是群情激昂的演讲和铮铮誓言。口号声、欢呼声此起彼伏，师生们一个个摩拳擦掌，报名处排着长长的队伍。

与笔者谈起当年报名支教时的情景，李振华依然沉浸在美好的回忆中。

刚刚成立的新中国一穷二白，百废待兴。我们党提出了新中国过渡时期的总路线和总任务，开始实施第一个五年计划。一个有着五亿五千万人口的大国，文盲、半文盲占了总人口的百分之八十；农村的文盲率更是高达百分之九十五。要实现国民经济第一个发展目标，建成社会主义强大国家，文化与教育的落后无疑是一个巨大的障碍。毛泽东主席指出，恢复和发展人民教育，是当前的重要任务之一。1949年12月，第一次全国教育工作会议在北京召开；在1950年9月召开的第一次全国工农教育会议上，国家提出了"推行识字教育，逐步减少文盲"的口号；1952年11月，中央人民政府扫除文盲工作委员会成立，群众性的扫盲运动有计划、有步骤地在全国展开。

大规模的国民文化教育需要大量的教师，而教师从哪里来？自1952年开始，国家号召城市里有文化的年轻人积极报名下乡支教，为新中国的建设和发展贡献青春力量。

那时候，抗美援朝战场上捷报频传，全国人民深受鼓舞，爱国热情空前高涨,社会各界和广大人民群众踊跃捐款捐物,捐献的飞机、大炮正源源不断地运往朝鲜战场。特别是军旅作家魏巍的那篇《谁是最可爱的人》,让年轻人热血沸腾。校园里,同学们把自己心爱的钢笔、手表,女同学把漂亮的围巾寄给朝鲜战场上的志愿军战士。多少青年人恨自己生不逢时,不能成为魏巍笔下俯冰卧雪、舍生忘死的英雄人物!在那个崇尚英雄,以苦为荣、以苦为乐的年代,人们时刻准备着报效国家。当上级号召城市青年到农村和边疆地区参加扫盲、支教工作的时候,校园里群情振奋。

江苏省对口支教山东,重点方向是文化教育相对落后的沂蒙山区。

那时候,关于沂蒙山区文化教育怎样落后,有这样一个故事。战争年代,一位从延安来山东的领导干部路过沂蒙山解放区时,给这里的地方领导和武装力量负责人做过一次讲话,人们屏住呼吸,全神贯注,生怕听漏了他的每一句话,党群同心、军民鱼水情深的浓厚氛围深深地感染着他。而当他来到胶东地区的烟台,同样是解放区和革命根据地,他讲话、做指示时,看到了与沂蒙山区不一样的情景——人们纷纷拿出笔记本和钢笔,一边听一边认真地做着记录。这让他大为感慨。

新中国成立之初,党和国家对临沂等革命老区的文化教育和扫盲工作格外重视。1954 年,山东莒南县高家柳沟村青年团支部办起了以青年为主体的"记工学习班"。人们白天劳动,晚上识字,从自己的名字和各种农具、农活等字词学起,做什么就学什么。这种方式引起了农民学习文化和识字的浓厚兴趣。毛泽东主席对高家柳沟的经验做了批示,称赞"这是一个创造性的工作"。这个批示极大地推动了全国的扫盲工作。

在南京师范学院动员下乡支教的那些日子里,李振华一直在图书馆查阅有关山东沂蒙山区的资料。这里博大精深的历史文化深深地吸引着他：中国历史上著名的军事家诸葛亮，书法家王羲之、颜真卿，数学家刘洪，文学家刘勰，近代民族英雄左宝贵等，一个个名字如雷贯耳；牛郎织女的美丽传说起源于这里；战争年代沂蒙山区"红嫂"的故事，举世闻名的孟良崮战役，还有那首脍炙人口的《沂蒙山小调》，都发生或诞生于这里。李振华对这片神奇的土地充满了向往。

在校园里长长的报名队伍中，李振华稚嫩的面孔格外引人注目。1952年考入南京师范学院中文系时，李振华刚刚十六岁。天资聪慧的他从小学二年级跳到四年级，读四年级时便考入初中。读高二时，担任中学教师的父亲鼓励他体验一下考大学的感觉，不承想他真的被录取了。

班主任特别喜欢这位品学兼优、做事认真且十分周全的学生。他接过李振华的报名登记表时，心中有欣慰，有惋惜，还有顾虑。

老师说："不是我信不过你，是你的年龄太小了啊！你了解农村吗？你在南方的城市长大，能适应北方农村的生活吗？你了解那里的风土人情吗？万一适应不了，你想过退路吗？你想过半途而废的后果吗？等你大学毕业以后，不是可以更好地报效国家吗？还有，你的父母、你的女朋友，他们会同意吗？更重要的一个事情，这次下乡支教可能会永远留在农村，你一定要想清楚了。"

班主任老师设身处地、一连串的发问，丝毫没有影响李振华的激情。在他短短的人生阅历中，这是第一次面对党和国家的召唤，他不想错过这样一次展现人生价值的机会。

李振华没有一一回答老师的疑问。他只是说："建设新中国，我们每一个青年人都责无旁贷，老师您不是也经常这样鼓励我们吗？"

李振华谈了沂蒙山对自己的吸引力，他说他相信自己的感觉，如果错过了这次机会，将来一定会追悔莫及的。他请老师放心，自己一定会做好说服父母和女朋友的工作。至于会不会一辈子留在农村，也没有什么可顾虑的，爷爷那一辈就是从安徽农村来到南京的，他李振华完全可以重新回归农村。

这次下乡支教，李振华志在必得。

从班主任那里出来，他先来到女朋友丽萍家里。

丽萍比李振华小一岁，此时正在读初三。两个年轻人青梅竹马，从"两小无猜"到相互爱慕，有着许多共同语言。当李振华说了已经报名支教的事情，丽萍一蹦老高，举双手赞成。

许多次，两个年轻人一起读魏巍的《谁是最可爱的人》，想象自己置身于抗美援朝战场：李振华就是那个手持爆破筒炸毁敌人坦克的英雄，丽萍就是那个在坑道里为战士们歌唱的文工团团员。

此时此刻，两个人仿佛已经来到沂蒙山区，轻轻地唱起那首旋律优美的《沂蒙山小调》……

丽萍突然说："振华哥，我也要和你一起去'风吹草低见牛羊'的沂蒙山区支教，然后我们就在那里结婚，工作、生活一辈子！"

能够与丽萍一起下乡支教，那些日子李振华不是没有思考过。志趣相投的恋人，一起走进风景如画的沂蒙山，一起教孩子们读书识字，唱歌跳舞；在风光迤逦的沂河岸畔，在苹果、柿子挂满枝头的山坡，在金浪翻滚、蛙声一片的稻田，带领着学生们一起学习劳动，到处鸟语花香，那是多么罗曼蒂克的事情啊！

可是，他不敢在丽萍面前说出自己的想法，他知道这几乎是不可能的事情。丽萍生活在单亲家庭，母亲同意她下乡支教的可能性微乎其微。

今天，丽萍自己提出了这个想法，李振华说出了他的顾虑。丽萍说，她会千方百计说服母亲。他提醒丽萍要见机行事，不可操之过急，否则可能适得其反。

果然，当丽萍向母亲提出要和振华一起去临沂支教的想法时，母亲一口否决。

丽萍家的一个远房亲戚曾经在临沂地区生活过一段时间。在这个亲戚眼里，那里的贫穷与落后无法想象，有的人家只有一条裤子，谁出门谁穿；不只少吃缺穿，单是苍蝇、蚊子和虱子就让人受不了；还有那里露天的旱厕臭气熏天……

那些日子，一心一意和振华一起下乡支教的丽萍不吃不喝，甚至以死抗争，母亲依然不为所动。母亲担心丽萍偷偷地跟着李振华跑了，便把她锁在家里，严防她迈出家门半步。

一想到即将与相亲相爱的人分开，丽萍哭成了泪人儿，精神几近崩溃。

在以后的几天里，李振华想方设法把一封信转到丽萍手里。据他打听到的消息，单亲家庭和年龄未满十六周岁的女孩，不在这次的报名范围内。他希望丽萍能够理解母亲的心情，并尽快打消母亲的顾虑，缓和与母亲的紧张关系。

振华还希望丽萍能够经常去看望他的父母，帮自己为父母做一些力所能及的事情。他也告诉丽萍，这次下乡支教可能会一辈子留在那里，不再回到城市，他已经做好了这样的思想准备。

相比之下，李振华与父母的沟通十分顺利。

父亲李龙章深明大义。他得知儿子已经报名去山东的沂蒙山支教，虽然感到有些突然，但颇为欣慰。

李振华出生在惨绝人寰的"南京大屠杀"腥风血雨中。

1937年农历十一月十二日那个凌晨，玄武湖畔一个深深的巷子里，隐隐传来初生婴儿的第一声啼哭。而此刻，一队鬼子兵背着"三八大盖"，正在附近的大街上巡逻。闪着寒光的刺刀，哐哐作响的皮鞋声，让恐惧之中的人们感到窒息。经历了苦难岁月的李龙章目睹了国民政府的腐败无能和日本侵略者在中华土地上烧杀掳掠、横行霸道。饱含忧国忧民情怀的李龙章给儿子取名"振华"——振兴我中华，这样的名字寄托了这位旧中国知识分子多少希冀与期待！

好男儿志在四方。儿子真的长大了，懂得报效国家了。父亲欣慰之余，与儿子班主任想到的问题大同小异。作为一所中学的教员，李龙章对山东临沂的历史特别是近代史比较了解。从当年的军阀割据、匪患无穷，再到抗日战争、解放战争，这片血与火交织的土地经历了太多太多的蹂躏与磨难；解放战争的硝烟刚刚散去没有几年，已经严重"透支"的沂蒙山，的确需要全国人民伸出援手，助力发展。在这个积贫积弱的地方，工作和生活条件之差，是完全可以想象的。他提醒振华，报名下乡支教勇气可嘉，对可能遇到的困难一定要考虑周全，"开弓没有回头箭，当载荣光把家还"。

母亲一直坐在灯下悄悄地抹泪。

自从嫁到李家，比丈夫小十岁的她大事小事都依着李龙章。丈夫比她懂得多，看得远。只是这一次，她想一想儿子将要去千里之外的北方，并且可能永远留在那里，内心纵有一千个不情愿，此刻只有用止不住的泪水，表达着一个母亲万般的不舍与无奈。

"现在正是国家需要人的时候，我们应该理解孩子、鼓励孩子，而不是拖他的后腿儿。"丈夫私下里这样劝慰妻子。

作为母亲，她不是拖后腿儿，而是放心不下。南京郊区的农村她去过，见到的是低矮、阴暗、潮湿的茅草房，纵横交错的沟壑，鱼脊背一样的泥泞小路，光屁股的孩子，蓬头垢面的村妇……

沂蒙山区的农村是什么样子，她无法想象。关键是儿子从来没有出过远门，去这样一个贫穷落后、举目无亲的地方，他会遇到什么样的困难？他怎么吃饭？春夏秋冬的衣服谁给缝补？被子、褥子谁给拆洗？想家了怎么办？万一病了怎么办？她无法想象已经想了千百遍的这一切。

"孩子总有一天会离开我们，在父母的身边很难长大。马厩里跑不出千里马，不经历风雨无以见彩虹，相信儿子是不会让我们失望的。"丈夫一直这样宽慰妻子。

她默默地擦干眼泪，去商店买回布料和棉花，开始给儿子缝被褥，做衣服。

"慈母手中线，游子身上衣。临行密密缝，意恐迟迟归。"李振华三岁时就会背诵的这首千古绝句，此时此刻，正在南京这个普通的市民家庭真真切切地演绎着。

连续三个夜晚，母亲就这样默默地忙碌着，手指被针尖儿扎破了便放在口中吮一下，手里的针线却一直没有停下。昏暗的电灯光下，振华感觉母亲一下子苍老了许多。

母亲对儿子的生活自理能力不是特别担心，腥风血雨、艰难困苦中长大的儿子六七岁时便加入报童的行列，换几个铜板补贴家用；八九岁时，便独自在街头摆摊卖菜、卖香烟，为父母分忧解愁；不到十岁时就能帮她做饭，去市场购买粮食、蔬菜等。然而，总有一种难以言表的撕扯感在折磨着她，让她心绪不宁。

母亲把这一切倾注在即将远行的儿子的行囊中。

振华离开家的头一天，母亲又突然想起一件事情，她跑到商店买回纱布，匆匆缝制了一个蚊帐，塞进儿子的背包。她听邻居说，北方的夏天，山里的蚊子大如苍蝇。她那颗脆弱的心再一次悬了起来……

南京师范学院最终从支教报名者中选定了一千八百人，其中四十五人支援沂蒙山区。作为激励大学生们积极响应党和国家号召的先进典型，大一新生、年龄最小的李振华受到了嘉奖。

南京，这个曾经的六朝古都，多少人为它趋之若鹜；而今，一群满怀报国激情的热血青年为了崇高的理想，毅然决然地告别它。

在欢送大会上，支教者们像出征的将士一样，被鲜花和掌声包围。时任南京师范学院院长陈鹤琴亲自为李振华披红戴花。那个激动人心的场面，让很多人热泪盈眶。

李振华不顾爸妈"过了元宵节再走"的劝说，迫不及待地踏上奔赴沂蒙山的征程。昨天，他在火车上度过了有生以来第一次没有元宵、没有爸妈陪伴的元宵节。

二 大山深处的人家

春节期间，沂蒙山区刚下的一场大雪还没有消融，三天前又下了一场小雪，李振华踏着厚厚的积雪，艰难地行进着。他的身后，留下了一串深深的脚印。

空旷的雪野白茫茫一片，山路上空无一人。天空中，一只苍鹰奋力地扇动着翅膀，正在逆风飞翔。这只老鹰从哪里来？要到哪里去？它疲倦、饥饿吗？它还要飞行多久？它是在为自己的孩子觅食，还是担负着什么使命？

顷刻间，李振华的心头涌动起一股暖流与力量。他想到了自己——我已经来到了沂蒙山，即将到达人生中的第一个工作岗位，迎接自己的是什么样的工作和生活？我将要在这里收获什么？我会遇到什么样的困难？我能够经受得住北方山区环境和各种困难的考验吗？上年10月，来自全国各地的支教人员在沂水师范学校培训期间，沂水专署文教科的同志曾经问过他，准备去什么地方支教。李振华指着地图上山头密布的沂源县的位置说，想到这个地方去。文教科的同志告诉他，那里可是最偏远、最落后、条件最差的地方啊！李振华认真地说："我就是要到最艰苦、最需要的地方去锻炼自己！"培训期间，他对沂蒙山区的风土人情、教育状况、乡村学校的工作环境和条件，支教工作中应该注意的事项，等等，已经有了大致的了解。

"最偏远、最落后、条件最差"，究竟是什么概念？即将出现在自己面前的学校和学生们，会是什么样子？他一直在猜想着。好奇与期待，理想与激情，让他恨不能今天下午就到达那个叫"南麻"的地方。

初出茅庐的李振华，此刻有一种"明知山有虎，偏向虎山行"的豪情壮志。

走上一道高高的峻岭，呼啸着的西北风卷走路面的积雪，露出人们踩踏后留下的层层叠叠的冰凌，李振华的脚下发出有节奏的"咯吱、咯吱"的声音。寒风里挟着冰雪坚硬的颗粒，抽打在他的脸上、手上，让他有一种麻麻的感觉，头上却升腾着一缕缕热气。他不时地抬起冻僵的手，抹去额头上的汗珠。

苦吗？累吗？此刻，李振华想象自己就是抗美援朝战场上在暴风雪中急行的志愿军战士，感觉浑身充满了力量。同时，他又觉得自己是如此幸福与幸运——周围没有枪林弹雨，没有敌人的围追堵截，饿了也不必吃一口炒面、吞一捧雪。没有军人在前线的流血牺牲，就没有国家的安宁。平时这些听起来那么浅显的道理，在今天这样的环境中，李振华感受得格外真切。

路边有一堆破碎的瓷片，看上去是粗糙的碗、碟的残片，旁边还散落着一些手指般粗细的草绳子。这是那些从博山贩运瓷器的人们不小心摔倒后留下来的。一路上，李振华已经多次看见这样的碎片，特别是在陡峭的路段。

他停下来，捡起一些草绳，均匀地缠在鞋子上，重新上路。缠了草绳的鞋子增加了摩擦力，走在布满冰凌的路上果然不再趔趄打滑。这是一个遇事喜欢动脑筋的年轻人，他为自己的"灵机一动"与"立竿见影"的效果而微微一笑。

他开始想象第一次与学生们见面的场景，想象孩子们围在他的身边叽叽喳喳、欢快喜悦的画面；他想象与学生们一起堆雪人、打雪仗的热闹场面；他想象心中已经酝酿许久的各种教学创意即将得以实现，心里充满自信与期待。

走了差不多三四十里路，李振华攀上一道山冈，只见石壁上用石灰水刷着三个白色的大字——"松仙岭"。他的步幅越来越小，两条腿也有些僵直，感觉鞋子里似乎灌进了沙子，脚底板莫名地疼痛。

在石壁的背风处坐下，李振华脱下鞋袜仔细观察——两只脚上都磨出了血泡，有的已经破了，袜子上渗出鲜红的血渍。

看看天边即将落山的太阳，看看没有尽头的崎岖山路，再看看时而是单侧、时而是双侧的深谷或者陡崖，惆怅、恐惧、焦虑突然一齐向他袭来。

在这荒山野岭，自己会不会偏离了路线，迷失了方向？按照这样的速度，何时才能走到那个叫"南麻"的地方？这里前不着村、后不着店，如果不能在天黑之前赶到沂源县城，这个漫长的冬夜将如何度过？他突然感觉身上冷飕飕的。

就在李振华疲惫与焦虑不安之时，忽然由远而近传来了有节奏的"吧嗒、吧嗒"的声音。

他连忙起身，只见一位三十岁左右的山里人牵着一头小毛驴，正缓缓地向这里走来。在这荒无人烟的地方、太阳即将落山的时候，遇到了可以一起做伴的人，李振华如遇救星般庆幸与欣喜。

他忙不迭地从石壁下走出来,迎上前去,热情地与老乡打着招呼,询问去南麻怎么走、还有多远的路程,希望这个老乡能够给自己带路。

突然间冒出来的李振华,还有他那一口浓郁的南京话,显然把山里人给吓着了。他十分惊愕地张大了嘴巴,那神情仿佛遇到了外星人。

李振华和善地微笑着,放慢语速,把刚才的话又复述了一遍:他要去沂源县城南麻镇,想一起搭个伴儿,能不能顺便送他一程。

老乡由惊转喜:"恁可吓煞俺了,这是从哪里冒出来的 mǎo 子啊!"

旧时北方人称呼南方人"蛮子",而南方人则称呼北方人"侉子"。这两种称谓均带有轻蔑的意味。而在山东临沂等大部分地区,"蛮"的发音为 mǎo(卯),其含义仅仅是指山东以南地区的口音,已经没有了任何轻蔑的成分。

山里人见李振华懵懵懂懂、不知所措的样子,忙不迭地说:"不碍事,不碍事,恁跟着俺走就是了,俺家就在往南麻去的路边上哩。"

说着,他便把李振华的行李拿过来系在一起,搭在了小毛驴的背上——一边是装满书籍的搪瓷脸盆,一边是背包。

如释重负、一身轻松的李振华露出感激不尽的神情。

两个人边走边聊。老乡问道,"恁这大正月里天寒地冻的,到俺这山旯旮里奏胜木(做什么)啊,不是来走亲亲(亲戚)的吧?"

李振华努力地辨析着、猜想着老乡浓郁的地方话所表达的意思,然后用极慢的语速告诉他,自己是从南京来的,到这里来做教师。

"哎呦,瞒瞒地(原来),是个先生啊,可不赖,可不赖!"沂蒙山区称呼老师为"先生"。

老乡又笑嘻嘻地问:"俺瞅着恁这个样,娶媳子(媳妇)了木有?"看李振华一脸茫然的样子,他哈哈地笑着补充道,"结婚了木有?"

李振华这次听懂了，羞涩地摇了摇头。老乡又发出一阵开心的笑声。

伴随着驴蹄子与冰雪山路清脆、有节奏的撞击声，老乡的问话让李振华的思绪又回到了南京的轮渡码头和火车站。

那天，他先坐轮渡，然后到达南京火车站。无论是码头还是火车站广场上，到处人山人海，红旗招展，锣鼓喧天。从南京去往各地的支教者们，一波又一波地涌入这里，一个个披红戴花，如同战争年代出征的将士。父母送子女，千叮咛万嘱咐，彼此珍重；恋人相送，泪水涟涟，依依惜别，期待着团聚的那一刻。爸爸妈妈和丽萍也来到了码头。丽萍把一支英雄牌金笔、一个精致的日记本、一本《钢铁是怎样炼成的》和一方洁白的手绢捧到振华面前，振华回敬丽萍的是深情的目光。

三年后结婚成家——这是他与丽萍和父母共同的约定。

——此时此刻，秦淮河边的她，是否已经进入了梦乡？

……

十五的月亮十六圆。一轮明月高高地挂在天上，空旷的雪野泛着银色的光，周围大山的轮廓清晰可见；风儿不知道什么时候歇息了，除了驴蹄子清脆而又单调的"吧嗒"声，山区的冬夜格外地静谧。

走进一个村庄，小毛驴突然打起了响鼻，然后在一户农家小院门前缓缓地停了下来。

明亮的月光下，一位和善的老大娘走了出来，笑盈盈地来到他们面前。

"娘，这是南京来的先生，要到南麻去，这都大半夜了，就叫他在咱家凑乎一宿吧！"南麻在这里的发音为"南木"。

李振华连忙上前与老人家打招呼。大娘上下打量着穿戴整齐、一身中山装的李振华，呵呵地笑着，"哎呦，这不是个小八路嘛，哈哈哈哈……同志，是上级派到俺这里工作的吧？"

在沂蒙山区这个老革命根据地，人们一律称呼公职人员"同志"。

不待李振华回答，老人便拉他的手走进了低矮的茅草房。

大娘关切地问："饿了吧？赶紧地坐下歇会儿，俺去办饭给恁吃。"

李振华打量着屋里简陋的陈设。一盏油灯闪动着豆粒般大小的微弱的光芒；破旧的小饭桌上，几个黑不溜秋的碗扣在那里，还有三四双筷子，看上去洗得干干净净；屋子的一角摆着一架纺线车，纺线轴上有半个线穗子，还有旁边摆放着的整齐的棉花条，显示着纺车的主人刚刚还在使用它；木格子的窗户下，是两三个大小不一的陶制的缸、盆和罐子；墙角有几件农具，墙上挂着蓑衣和斗笠，还有两瓣大蒜、几棵大白菜、一串火红的干辣椒。

不一会儿，大娘端来两个馒头和一碟子香喷喷的葱花炒鸡蛋。

大娘笑吟吟地说，"俺这山旮旯里穷哦，比不了恁城里。算恁还有口福，这不还攒着两个馍馍呢，过年时候蒸的，就是日子久了，都开花（裂）了。要不然，就只能啃俺家的干煎饼喽！来，麻利儿的，趁热吃吧。"

李振华似懂非懂的样子，忙不迭地点头，表示着谢意。他拿起馒头左顾右盼，想起了那位大哥，为什么不过来一起吃饭？

大娘看明白了李振华的意思，连忙说："他在锅屋里吃煎饼呢，你自己吃吧，吃完了早一点儿歇息。"

沂蒙山人把做饭的地方叫作"锅屋"，做饭叫作"办饭"——或许还有"拌饭"的意思。

出于礼貌，李振华来到院子一角的锅屋里，见大娘的儿子正蹲在那里，手里捧着一卷黑乎乎的食物正在啃着。

李振华想，这大概就是大娘说的煎饼吧？

也许是太饿的缘故，那位大哥狼吞虎咽。他旁边放着一碗白开水。

——后来，准确地说，是第三天，李振华第一次接触到这种叫作煎饼的食物，只不过颜色不同而已。

随后跟过来的大娘连忙把他拉到堂屋里。

吃过饭，大娘端来一盆热气腾腾的水，伸手试了试水温，然后放到李振华跟前："同志，来，赶紧地烫烫脚吧，走了一天的路了，解解乏。"

老人蹲了下来，想给李振华脱袜子。李振华连忙阻止，自己脱下，然后把脚放进浅灰色的陶盆里。

"哎呀！"李振华突然喊了一声，迅速把脚从盆子里拿出来。

"哎哟，孩子，还怪烫啊？"已经试过水温的大娘有些诧异，又把手放进盆子里试着。

李振华眼睛里闪动着泪花，点点头，又摇了摇头。

大娘把李振华的脚揽在怀里，仔细地观察。脚上磨出了四五个血泡，有的已经破了。

"哎，这是走了多少路啊，磨成了这个样子……"

大娘又往盆里加了一点水，坐在一旁，怔怔地看着李振华洗脚，像是对李振华说，又像是自言自语："哎，一眨眼十几年了，在俺家养伤的那个八路军同志……也是个南方卯子，每天清晨帮着俺担水扫天井，后来听说……光荣了。"

儿子连忙打断母亲的话，"娘，这都大半夜了，咱不说这些事了行不行？"

老人叹了口气，把李振华刚刚洗干净的脚放在自己的膝盖上，又从发髻上拔下一根针，然后从旁边的针线筐里扯出一根白线，纫进针眼。

她小心翼翼地把针刺进李振华脚上的血泡，再慢慢地抽出来，白线变成了紫色。

"同志，疼不疼？"

一声"同志"，让李振华泪眼迷蒙。他想象着曾经住在大娘家的那个八路军战士的样子，连忙说："大娘，不疼，不要紧……"

大娘拿出一个纸包，用手捏起一些黑不溜秋的药面一样的东西，小心翼翼地敷在李振华脚底的血泡上，说抹上这药睡一觉，明天早晨就好了，又可以走远路了。然后老人又拿出一双崭新的白布袜子，给李振华穿上。"这是刚给俺家你大哥缝的，还没有穿过，一会儿俺再给你缝一双，好替换着穿。恁的薄袜子俺给洗洗放在锅屋里烤着，一夜工夫就干了。"

"家里的床、席、铺的盖的，都那个埋汰哦，有虱子，只能给恁打个地铺，将就着凑乎一宿吧。"说这话的时候，大娘一脸的歉意。

大娘的儿子抱来一些黄不黄、白不白，滑滑的、软软的一种草，李振华后来才知道这是麦穰。在靠近纺车的那个位置铺好麦穰，然后又拿来一个蓑衣铺在上面，算是席子。

李振华见过蓑衣，一种防雨用品。南京那里的蓑衣是用生长在湖边的一种水草晒干、揉软后编织而成的，形状与这里的蓑衣相同，只是原料不一样。他后来才知道，这种蓑衣的原料是山岭地区粮食作物"穇子"的叶，不仅轻便，而且更加柔软、耐用。在以后的许多年里，李振华在山里走访学生家庭，穿坏了好几个这样的蓑衣。

到达小山村的这个夜晚，李振华第一次打开背包，第一次展开母亲一针一线精心缝制的被褥。一股淡淡的香味掺和着母亲浓浓的气息，扑面而来。

他想到了南京的爸妈。

今天是离开南京的第三天了。此时此刻，爸妈肯定都休息了，他们也许想象不到,儿子正在这个小山村体验着家一样的温馨、母亲一样的温暖。

李振华很快进入梦乡。睡梦中,他看见母亲也来到这里,两位老人亲如姐妹,开心地笑着……

此刻,大娘正在煤油灯下,一针一线地为李振华缝着一双棉布袜子。

"喔喔喔——"

天刚蒙蒙亮,李振华在高亢的鸡鸣声中醒来。他赶紧收拾好被褥,打好背包,来到院子里。大娘已经为他准备好了洗脸水。

这是他第一次真真切切看见沂蒙山区农民的房子和山村情景。房子和院墙由大大小小的石块垒砌而成,院里散放着几件简单的锨、镢、勾担、提篮等农具。院里的草垛边,那头小毛驴正慢悠悠地啃着一堆地瓜秧,四五只老母鸡正在草堆里扒拉着觅食。一群鸟儿在树上叽叽喳喳地叫着,似乎在议论眼前这位陌生人是从哪里过来的。

大娘在锅屋里忙碌着。不一会儿,热气腾腾、满满的一大碗杂面条端到了李振华面前,上面是两个荷包蛋。

"孩子,赶快地趁热吃吧,从这里到南麻还有四五十里的山路呦!"

大娘的儿子依然蹲在锅屋,吃着黑乎乎的煎饼。母亲给他盛了一碗面条汤。

吃过饭,李振华与大娘一家告别。老人拿着煮好的六个鸡蛋,不容分说塞进他的衣兜,让他路上吃。

在后来的许多年里,李振华每当想起这个温暖的山村之夜,想起这位母亲一般的老人和她憨厚的儿子,心头便会涌动起一股热流:素不相识,却倾囊相助,因为他是共产党派到这里来支教的。他后来不止一次地来到这个叫"小北村"的地方,看望大娘和她的儿子。

……

跋涉了差不多五六十里的山路，李振华终于到达沂源县城南麻镇。此时已是中午时分。

说是县城，看上去就是一个比较大一些的村庄。县委和县政府办公的房子同样是平房，只是宽敞一些。县文教科一位姓黄的同志，热情接待了这位从南京来的青年大学生。

黄科长问李振华有什么想法和要求。李振华说："一切服从您的安排，哪里需要，我就到哪里去。"

黄科长看着李振华还有些稚气的面孔，希望他留在南麻镇的学校，说这里的工作和生活条件相对要好一些。李振华说："我来沂蒙山区就是接受锻炼的，您就安排我到最艰苦、最需要的地方去吧！不要考虑什么工作和生活条件，您一定要相信我。"

黄科长沉思了片刻，想起了韩旺。文教科已经不止一次接到东里区的求助电话，韩旺村小学因为任课老师生病，已经停课半年多了。

可是，韩旺这个地方实在是太远、太偏僻了。看着身体有些单薄，况且已经走了一百多里路的李振华，如果让他再走一百多里山路，他真的于心不忍。

黄科长犹犹豫豫，说出了自己的顾虑，李振华拍拍胸脯说："没有问题，那就让我去这个韩旺小学吧！"

今天，从沂源县城到韩旺差不多一个小时的车程，四通八达、立体交叉的公路网拉近了人们工作和生活的距离。而那个时候，这里连一条像样的土路都没有。

黄科长想留李振华吃了中午饭再走。李振华说："来不及了，这一百多里路，我争取今天下午走一半，明天上午再走一半，午饭之前必须赶到那里。"

李振华按照黄科长画的路线图，又匆匆地上路了。

当天晚上，他在路边的一个马车店住了一夜；第二天中午，准时出现在韩旺村头。

三 山坡上的那座破庙

从南麻方向进入韩旺村的岔路口，聚集着三四百口子人。男女老少，一个个翘首以待。

当身背背包的李振华出现的那一刻，人声鼎沸，锣鼓喧天，青年妇女们扭着秧歌，村民们分列两旁，迅速向他迎了过去。人们用那个时候最隆重热烈、当年迎接八路军的方式，迎接这位从大城市来的青年大学生。李振华后来回忆说，那个热烈、激动人心的场面，是他无论如何也没有想到的。

原来，县文教科黄科长前一天中午就通过电话，把李振华已经在去往韩旺路上的喜讯，告诉了东里区的文教助理，让他立刻通知韩旺村，做好迎接李振华的各个方面的准备工作。

韩旺村位于明光山与卧虎山之间，明光山之阳、卧虎山之阴，由四个自然村组成。发源于艾山的沂河在东里镇绕了一道大弯，从这里朝着偏东南方向潺潺而去。祖祖辈辈生活在这里的人们遵循着"天人合一"的古训，顺应着山水的方向，以村庄的北峪子方向流过来的一条小河为界，在河边构筑房舍，繁衍生息。这里的房屋建筑顺着河道与山势，小河东面的房子朝着东北方向；小河以西的房子与正东方向相差十五度，呈"V"形，于是就出现了"日出东方照后窗，日落西山照后墙"的自然奇观。——这是沂源的朋友向我描述的情景，因为在我到韩旺采访的时候，此处早已变成一望无际的矿区，描述中的村庄连同两座大山都已不复存在。

据史料记载，早在春秋战国时期，韩旺这个地方就出现了村落，属于纪国的范围。2012 年，在距离韩旺不足十公里的沂水境内的纪王崮发现了春秋大墓，据推测为战国时期纪国国君墓，虽然还没有最终被确认，却与韩旺村名的传说相吻合。公元前 690 年，纪国的都城被齐国攻占，纪王率领败兵向西北方向逃亡，在今天的韩旺这个地方摆脱了追兵。纪王停下来稍作歇息，洒泪回望都城的方向，眼中充满对故乡的眷恋之情。纪王"含泪相望"的这个地方，后来演变成今天韩旺这样的地名。

深藏于大山深处的韩旺村以其特殊的地理位置，在艰苦卓绝的战争年代，成为沂蒙山区最早的革命根据地之一。这里是远近闻名的抗战模范村和支前模范村。新中国成立之后，党和国家多次派人来这里支教、扶贫，延续着对革命老区人民的关怀与重视，包括今天李振华的到来，一切都在情理之中。

在 1953 年的这个正月里，青年大学生李振华出现在这里，不亚于"天外来客"——

偏分头，白白净净，眉清目秀，浑身洋溢着青春气息；穿一身浅蓝色的中山装，上衣口袋里插着一支钢笔，脚上是蓝白相间的球鞋，戴着与八路军军帽相差无几的青年帽；肩膀上背着方方正正的背包，右手的网兜里有一个印花的搪瓷盆，盆里是一摞书籍以及茶缸和洁白的毛巾。这让在场的男女老少一个个瞪大了眼睛。

李振华第一次面对如此多的山村人。

乡亲们穿着灰不溜秋或非紫非蓝的粗布衣裳，脸上洋溢着好奇和热情；许多男人的腰间束着草绳或者布缕子；女人们穿着大襟袄和鼓鼓囊囊的大棉裤，显得臃肿不堪；只有秧歌队的姑娘、媳妇们清一色地穿着蓝地印花的小棉袄，显得格外精神、利落；孩子们棉袄的前胸和袖子上闪着金属般的光泽。冰天雪地中，有些男孩子居然赤着脚，敞着怀，露出肚皮，一个个兴奋无比。

一位七八十岁的老奶奶悄悄地问身边的人："这是八路军又来了啊？"她的话引起一片善意的笑声。

淳朴善良、热情洋溢的面孔，铿锵的锣鼓声和秧歌队飞舞的彩绸，让李振华心里暖暖的。他忘却了疲惫与寒冷，对即将开始的支教新生活跃跃欲试。

乡亲们簇拥着李振华，走进村庄，却又穿过村庄，沿着一条弯弯曲曲的羊肠小道，向村北的山坡上走去。这让李振华感到莫名其妙。

来到半山坡上的一处房子，几个孩子兴奋地喊着："到了！到了！"

从当年留下来的照片上，我们可以窥见通往学校的那条弯曲、细长的羊肠小道，还有小道的尽头那个裂着缝隙的土坯墙房子，以及斑驳、破损的木头门窗。

这里便是韩旺村学校。

一阵山风呼啸着袭来，李振华的心头掠过一丝无以名状的凉意。

走进教室，他不敢相信自己的眼睛。大大小小的石块有规则地排列着，大石头上面搭着的门板是课桌，小的石头是座位。教室的地面比较干净，应该是在他到来之前被仔细地打扫过了。空气中散发着一股土腥味，还夹杂着烟熏火燎的味道。

教室的一角，支着一张简易的木头床，墨水瓶做的小油灯挂在床头上。墙角有一个黑乎乎的泥巴糊的锅灶，还有一个盛水的瓦罐。瓦罐上放着一个瓢，瓢里有一只炒菜的铲子和一把长柄的木头勺子。

李振华无论如何也想不到，这个透风撒气、由破庙改造而成的三间筒子屋，便是他的岗位兼宿舍。他的支教生涯将从这里开始，他的美好理想和远大抱负就要在这里实现。

正应了今天的那句话："理想很丰满，现实很骨感"。

理想与现实之间的巨大差距，让李振华突然感觉到一种不知所措的茫然与失落，脑子瞬间一片空白，脸色也变得苍白起来。

半山坡上的老韩旺小学

对美好理想的向往，规划完美的支教工作蓝图与实施方案，在这个山神庙面前，顷刻间变成了"一地鸡毛"。

沂源县是山东省平均海拔最高的地方，被称为"山东屋脊"。这里有名字的山就有一千九百八十多座。因为地理位置闭塞和交通不便等原因，在很长的一段历史时期，沂源县都戴着"国家级贫困县"的帽子。而韩旺这个地方更是"天高皇帝远"，人称"沂源县的西伯利亚"。

韩旺学校是一所完全小学，除了韩旺几个自然村的适龄儿童，周边少数几个有小学的村庄四年级以上的孩子们也要来这里上学。因为缺乏教师，学校采取"复式教学"，一个老师每天给一到六年级的学生轮流上课，工作量可想而知。更令人难以置信的是，这里的老师轮流到学生家吃"派饭"。因学生分散在周围村庄，有人调侃这种派饭的方式是"吃肥了，走瘦了"。更何况这里贫穷落后，老百姓自己也吃不饱饭，根本就谈不上什么"吃肥了"，能够有饭吃、能吃饱，就已经很不错了。教室里的锅灶，是准备在雨雪天老师不能出门的时候使用的。

正是因为这里位置偏僻、教学条件艰苦和工作量超负荷，外地

当年那个由破庙改造而成的学校　　教室一角的简易床铺和办公桌

的老师才都不愿意来,就连当地的教师也留不住。在李振华到来之前,学校老师已经换了许多茬,工作时间最长的有半年,最短的只有一个星期,有的教师甚至不辞而别。

沂源当地的老师尚且吃不了这里的苦,大城市来的"洋学生"——看上去还是个孩子,能行吗?山坡上的这座破庙,能留得住大城市的青年人吗?

看着李振华刚才还喜气洋洋,现在却一脸的疑惑和凝重,乡亲们的心情也变得复杂、沉重起来。许多人思忖着:看这个样子,也许连一个星期都用不了,这个细皮嫩肉的小伙子,恐怕连哭都找不着地方!

少年不知愁滋味。李振华的到来,让韩旺村的孩子们欢呼雀跃,两眼放光。已经半年多没有上学的他们,明天又可以来上课了。新来的老师这么年轻,这么帅气!孩子们在心里想象着,这个城市的老师会带给他们怎样不同的学习生活。

大娘、大嫂们的眼睛,则一直盯着李振华那单薄的中山装和肩上方方正正的背包,脸上写满喜欢、疼爱与怜惜。

这么冷的天,穿着这么单薄的衣裳,能受得了吗?看上去那么薄的被子，在这个四面透风的教室里，夜里还不冻煞了啊？她们小声地指指点点，窃窃私语。

一位大娘来到村支书耿学义跟前，在他的耳边悄悄地说着什么。耿学义向她投去赞赏的目光。

大娘来到李振华跟前，伸开双手，在他的腰上、肩上抟量着，比划着；一位大嫂蹲下来，在李振华的脚上抟量着。在人们善意的笑声中，李振华一脸腼腆，莫名其妙。

乡亲们陆续散去之后，李振华有些内急，他走到老支书面前，脸上的表情有些奇怪，欲言又止的样子。

耿学义笑嘻嘻地问道："哟，这是怎么着了？"

李振华摸摸腰带，比画着："我要上厕所。"

"上茅房啊？"这里的人们把厕所叫作"茅房"。耿学义指了指教室的西南侧方向。

顺着老支书的手势看去，李振华看见了石头垒起来的一圈矮墙，还有两个开放式的门，上面用石灰水写着两个大大的字："男""女"。

从厕所出来，一脸冷峻与无奈的李振华明白了何为"原始"。

他来到老支书面前，做了一个洗手的动作。耿学义哈哈笑着，从地上捧起一把干净的雪，放到李振华手里，"看看，这不现成的嘛，城里人就是讲究啊！"

在李振华用雪搓手的当口，耿学义从怀里掏出一个哨子，宝贝似地捧到他的手里："这是我跑了二十多里路，从生病请假的老师那里要回来的。催学生上课的时候，有学生调皮捣蛋的时候，你就吹这个，管乎着呢！"

耿学义说的"管乎"，即管用的意思。

一脸茫然的李振华问："上学和放学的时间怎么掌握啊？"他一直没有发现学校的钟表挂在什么地方，不知道是不是被老支书收起来了。

耿学义指着教室东南方向的一棵树说:"早晨太阳到了树梢的时候上课;放学的时候呢,你看看西边那个山,太阳到了山尖的时候,就可以叫孩子回家了。有些小孩子离家十几里路,山里有马虎(狼),太晚了不安全。"

李振华又问:"一节课上多长时间?这个……"

耿学义从怀里掏出一小捆拇指般粗细、筷子般长短,类似木棍的东西,还有一盒火柴,一起递到李振华手里。"这是洋火和闷秆子,上课的时候点着,烧到一半的时候下课,再上课时就再点上一根。"

那时候,山里的人们称火柴为"洋火",煤油为"洋油"。所谓"闷秆子",是山里人用于制作绳索的农作物"苘",经过池塘沤制,剥除纤维后加工而成的副产品,因其点燃后无烟、无明火,且燃烧缓慢、均匀,除了抽烟的人们用来点烟,也被用作计时工具,类似于古时候的"燃香计时"。在这个贫穷落后的乡村,香需要花钱买,而"闷秆子"则唾手可得。

耿学义特别嘱咐李振华,虽说闷秆子不稀罕,但"洋火"可得省着点儿,只能在阴天下雨、没有太阳的时候才可以点燃。

李振华接过火柴和闷秆子,心情也变得闷闷的。

四 第一次吃煎饼

李振华一辈子都忘不了,他来到韩旺村吃的第一顿饭。

中午,一位大嫂送来了一沓用笼布包着的香喷喷的麦煎饼、一盘炒鸡蛋,还有装在陶罐里的冒着热气的面疙瘩汤。

大嫂把面疙瘩汤盛到碗里,然后笑吟吟地掀开笼布,"李老师,恁尝尝好吃不,这是俺今天早晨刚烙的麦煎饼。您慢慢地吃,俺去外面了哈。"

这是李振华第二次听到"煎饼",第一次近距离面对这种食物。小北村大娘家的煎饼看上去黑乎乎的,今天的则是白生生的。

李振华好奇地拿在手里仔细端详,怎么像是牛皮纸啊?他以为煎饼是包裹在纸里面,心里不免感慨,这里的人吃饭真是讲究啊!他把叠着的"牛皮纸"翻开,原本的长方形变成扇形,扇形又变成半圆形,最终变成圆形——宛若莫愁湖的荷叶。手里捧着"牛皮纸",却不知道"煎饼"在哪里。

"哈哈哈哈……"窗外突然传来一阵笑声。一些学生,还有几个成年人,正站在那里看热闹,一个个笑得前仰后合。

送饭的大嫂也在人群里,看着李振华手里捧着一大张煎饼不知道如何是好的样子,也忍不住笑了起来。她走进教室,把煎饼接过来,对折了一下,恢复成半圆状态,然后撕下一半,再对折,卷得细细长长,递到李振华手上。

李振华想起那天晚上小北村大哥吃煎饼的样子,便两手握住,放到嘴里咬起来。这麦子煎饼甚是柔韧,他好不容易才咬下一小口,嚼起来却那么吃力。他伸长了脖子,好不容易才咽了下去。

"哈哈哈哈……"窗外又传来一阵笑声。

看着李振华难堪的样子,大嫂重新把他手里的煎饼拿过来,把碟子里的炒鸡蛋均匀地夹在煎饼里,指着那碗面疙瘩汤说:"李老师,要不,您蘸着吃。"

李振华站了起来,用力地咬着煎饼。拿着煎饼的两只手左右摇晃,使劲地拉扯着。

窗外的人们再一次笑得前仰后合。

大嫂也忍俊不禁,"李老师,俺不是让您站着吃,俺是让您蘸着碗里的面古渣汤……"

李振华忽闪着眼睛，不知所措。他听不懂这里的方言。

大嫂再次把煎饼从他手里拿过来，在汤里蘸了一下，然后递给他。李振华咬起来果然轻松了许多。

那个时代，山岭地出产的麦子面筋十足，柔而韧的麦子煎饼尽管卷上了炒鸡蛋，又蘸着面疙瘩汤，但对于第一次吃这种食物的南方人来说，嚼起来依然不轻松。李振华好不容易吃完了这个煎饼，腮帮子累疼了，牙齿也累酸了。

大嫂怜惜地叹了口气，似乎是自己做错了什么事情。

李振华哪里想得到，这麦子煎饼的来历。

前一天，村支书耿学义接到区里的通知，说上级给韩旺小学派来了一个南方的大学生，让村里赶紧做好准备工作。耿学义便把这做饭的任务交给了支前模范耿玉兰家。这位大嫂便是耿玉兰的儿媳妇。耿学义特别嘱咐，人家来咱们这里吃的第一顿饭，一定得好好准备，可不能让他和咱们吃一样的饭，吃糠咽菜会吓跑了人家。

按照沂蒙山区的风俗，"落脚饺子起脚面"，耿玉兰立刻便想到包饺子给新来的老师吃。她嘴里说着让耿支书放心，心里却着实有些犯难。去年，他们家没打下多少粮食，麦子就更少了。从春节到现在，家里只是大年初一吃了顿饺子，还留着一点点白面，准备清明节祭祖上坟的时候再包一次。如果这顿饭给老师包饺子，清明上坟时就没有了白面。在这个地方，清明节祭奠先人是非常讲究的。

儿媳妇说："娘，你不用犯愁，人家是从城里来的，应该不稀罕饺子。依着俺的想法，南方的老师应该没有吃过咱们这里的煎饼，咱就烙麦煎饼给老师吃吧，他肯定喜欢。"

儿媳妇的话让耿玉兰茅塞顿开，还是年轻人脑子好使。"好，就这么办吧。"

当地有一句顺口溜，"麦煎饼卷鸡蛋，给个县官也不换"。此话虽是调侃，但也说明在这里能够吃到麦煎饼，是比较稀罕的。

韩旺属于山岭地区，常年干旱少雨。那时粮食亩产量在正常年份只有五六十斤，每年打下的粮食能够装满两三个罐子就已经很好了。因为粮食比较稀罕，所以只有逢年过节或者来了要紧的亲戚，才会做一顿纯粮食的面食。上年，耿玉兰家里一共收获了不到二十斤麦子，留好种子，过完春节，只剩下四五斤——耿玉兰当成金疙瘩，藏在一个小罐子里。

那天晚上，老人家把手伸进罐子里，捧出两捧，罐子就见底了。耿玉兰狠狠心又抄出一大把，犹犹豫豫又放下了。她思忖着，不知道这个教书先生饭量大小，万一不够吃的可怎么办？乡下人见了麦煎饼，有的一顿能吃七八个，如果老师吃不饱，对不住人家不说，第一次送饭，这样小里小气的，咱这脸往哪里搁啊！

一大把麦子抓了放，放了又抓，耿玉兰最终还是抓进盆里——这一把麦子就可以变成一张煎饼啊！也许是担心自己再次反悔，她赶紧舀了一瓢水泡上。

天刚蒙蒙亮，耿玉兰和儿媳妇便起床推磨了。

石磨，是沂蒙山的老百姓最重要、须臾离不开的生活设备。这种古老、原始的石器，让沂蒙山生生不息。有人说，沂蒙山区真正告别石器时代是在二十世纪末，绝大多数村庄的石磨这时才被电动的机械磨所取代。

家里的磨还是春节前忙年的时候用过的。耿玉兰用清水把石磨仔仔细细地刷了一遍，然后端过来头一天晚上泡好的一瓢地瓜干。先磨地瓜干糊子，让糊子把磨齿、磨槽蘸干净了，这叫"蘸磨"；然后才开始磨麦糊子，这样磨出的糊子烙出来的麦煎饼才地道、纯净，口感更好。

两捧半多一点的麦子，娘儿俩很快就把它变成了白生生的糊子。

耿玉兰仔细地把糊子抹到一个小盆里，放在安全的地方，然后让媳妇把一个大盆放到石磨的顶上。

盆里是昨天泡上的地瓜秧。每年的霜降之前，人们忙着把地里的地瓜秧割回来，切碎后晒干，然后用簸箕把瓜秧的梗和叶分开，分别收藏起来。平常的日子里，人们把瓜秧梗与地瓜干混合在一起，磨成糊糊烙煎饼；地瓜叶，或蒸或炒，撒上盐可以当菜吃。那个时候，每年春夏交替青黄不接的时候，村庄的水井旁常常流淌着一股股泛着黑色的水，这便是人们淘洗地瓜秧、地瓜叶的水。这样的场景，李振华后来在韩旺村见过无数次。

看着婆婆又拿起了推磨棍，儿媳妇说："娘，这些糊子俺一个人推就可以了，您赶紧地去把这几个麦煎饼先烙出来、藏起来，不然一会儿妮子睡醒了，看见了会眼馋。"

"咯咯咯哒，咯咯咯哒……"儿媳妇正推着磨，忽然一只母鸡叫唤着，从鸡窝里走了出来，似乎是在炫耀自己又给主人带来了财富。

妮子睡眼蒙眬，从堂屋里跑了出来，小手熟练地伸进鸡窝，摸出来还有些热乎的鸡蛋，捧到母亲面前。此时，奶奶也踮着小脚从锅屋跑了出来，在妮子跟前蹲下，"来，给奶奶瞅瞅。"妮子有些不情愿，但还是松开了手，脸上带着一丝委屈，还有一丝期待。妮子前几天病了，奶奶答应煮鸡蛋给她吃的。

奶奶摸着妮子的头说："妮子听话，咱这里来了新老师，奶奶和你娘今天要给新来的老师做好吃的，等下次鸡下了蛋，保准给妮子煮了吃哈……"

妮子懂事地点了点头，乖顺地把鸡蛋放到奶奶手里。

去年，七岁的妮子刚刚上学不到半年，老师就因病不能来上课了。昨天，听说从城里来了新老师，她赶紧把书本找出来，搂着书本睡了一宿。夜里，梦见老师在这里娶了一个俊俏的媳妇，把她笑醒了。

妮子的母亲围着磨道转了一圈又一圈,终于把一盆地瓜秧磨完了。她把黑乎乎、散发着苦涩味道的糊子与"蘸磨"的地瓜干糊子掺和在一起,然后让婆婆去休息,自己坐在鏊子前,把糊糊变成煎饼。这黑乎乎的地瓜秧煎饼,便是一家人每天的食物。

李振华后来曾经吃过用地瓜秧掺和着烂地瓜干烙出来的煎饼,那是他到一户人家吃"派饭"时,趁家长不在跟前,用自己手里的玉米饼子与孩子交换的。那粗糙、苦涩的味道,他一辈子也忘不了。更让他受不了的是,那磨不碎的地瓜秧塞牙,一个煎饼没吃完,他的牙缝里便塞满了粗粗的纤维。而那个时候,这样的煎饼是山区群众的家常便饭。

……

一方水土养一方人。在漫长的岁月里,沂蒙山区那曾经粗糙、干干巴巴的煎饼与南方糯软的大米饭,就如江北与江南截然不同的气候一样,造就了不同地方的人不同的生活方式、习惯和性格。煎饼,锻炼了沂蒙山人强大的咀嚼能力,他们的咬肌格外发达。用锤子才可以砸开的钢榨花生饼,甚至是家禽的骨头,沂蒙山人都可以嘎嘣嘎嘣地嚼烂咽到肚子里。

由于江南与江北生活方式、饮食习惯的差异,来到韩旺吃的第一顿饭,让李振华感受到某种焦虑甚至是恐惧。想一想今后每天都是这样吃饭,他的心里纠结不已。直到半年之后,李振华才接受了这里的饮食方式和习惯,这成为他给父母写信报喜的一个重要内容:"我学会了吃煎饼!"

今天,煎饼依然是沂蒙山区的主食,沂蒙山人就是吃煎饼长大的。李振华所说的"学会了"吃煎饼,其实就是蘸着菜汤吃,或者用水泡着吃——只能算是一种被动的吃。

五 那个漫长的寒夜

李振华刚来韩旺的那一天,村支书耿学义一直陪伴在他的左右。

大嫂又来送晚饭了。看见她手里提着的篮子,李振华露出纠结、无奈、恐惧的神情。

打开笼布,里面是两个热乎乎的煮地瓜;还有一个小小的陶罐,装着热气腾腾的玉米粥。

大嫂说:"李老师,您尝尝煮地瓜吧,这个好吃,也好咬。"

她大概想起了中午李振华吃煎饼的样子,还是忍不住想笑,又有些歉意。

在南方被叫作"红薯"或者"红苕"的地瓜,因其耐干旱和贫瘠,产量高,加之根、叶、蔓皆可食用,是沂蒙山区当时最主要的口粮。

这是李振华第一次吃山东的地瓜,甜甜的、面面的,口感比南方的红苕要好许多。他紧绷着的神经松弛了下来,两个地瓜很快就吃完了。——在后来的许多年里,因为吃地瓜太多,他患上了胃酸的毛病。

天黑了,耿学义依然没有回家。他不放心这个比自己儿子还要小好几岁,第一次离开父母、离开城市的青年。这个滴水成冰的夜晚,他打算陪李振华一起度过。

也许是想显示自己不是"小孩子"了,也许是想按照已经拟定的程序,李振华婉拒了耿学义的好意。今天晚上他打算一个人在教室里演示明天就要开始的第一堂课——有人在场让他感觉浑身不自在。

耿学义临走时,告诉李振华睡觉时一定要把门拴好了,说山里有"马虎"。

这是李振华今天第二次听耿学义说这样的话,他不知道"马虎"就是狼,嘴里连忙说着"请耿书记放心",催促老支书尽快离开。

看着李振华脸上不容商量的神情，耿学义欲言又止，一步三回头，怏怏地向山下走去。

沂蒙山的冬季，天黑得特别早。在冰天雪地中跋涉了一两天的李振华尽管十分疲倦，却丝毫没有睡意。

空空荡荡的教室里冷得似冰窖，冻得他浑身发抖，特别是手和脚，那种麻木的感觉是从来没有过的。他学着山里人的样子，把两只手交叉藏在棉袄的袖筒里，不停地跺着脚。李振华第一次体验到北方与江南冬天的巨大差异——"干冷"，那是怎样一种忍无可忍的感觉啊！

突然，门外又传来老支书的声音："李老师，是我，开开门啊！"

李振华赶紧拉开门栓，扑面而来的寒风中，耿学义和两个民兵各抱着一抱茅草，还有三个看上去张牙舞爪的树墩，匆匆走进教室。

原来，耿学义离开学校后，怎么也放心不下李振华。自己家低矮的房子封闭相对严实，尚且冻得舒不开身，那个透风撒气的破庙，这一夜还不把这个南方小伙子给冻煞了？

他抱起自己家的那床破被子，急匆匆要去学校。老伴有些疑虑："你看看咱家那被子，人家李老师是城里人，会不会嫌埋汰啊？再说了，你不怕虱子爬到人家身上去啊？"

听了妻子的话，耿学义迟疑着，把被子又放了回去，匆匆地出了门。

耿学义来到耿玉兰家，家里只有玉兰丈夫一个人。

耿学义问："玉兰呢？"

玉兰丈夫说："不是说你们商量的凑布、凑棉花吗？她和儿媳妇已经出去好几个时辰了，晚饭还没有回来吃呢。"

耿学义来到村民兵连部，与民兵连长张二柱、值班的一个民兵一起到学校去，准备给李老师烤火。

他们在教室里把茅草点燃，然后把三个树墩架在上面。也许是雪天潮湿的缘故，茅草点燃后只冒浓烟却不见火苗，三个人轮番趴在那里使劲地用嘴吹，依然无济于事。教室里满是浓烟，呛得李振华直流眼泪，咳嗽不已。

"呛死我了！这乌烟瘴气的，明天我怎么上课啊！"李振华有些焦躁，咿哩哇啦地说着南京话，一次次阻止，让他们立刻把火灭掉。尽管耿学义告诉他，待一会儿火着起来，火旺了就没有烟了，但是李振华坚决不同意，并且十分生气地用脚去踩冒烟的柴草。

耿学义他们无奈，只好把火熄灭。李振华又亲自动手，把还在冒烟的树墩扔到教室外面。

真是"好心当作驴肝肺"。看着一脸不悦的李振华，窘态挂在耿学义的脸上，他十分无奈地招呼着两个民兵一起离开。

临走，耿学义再一次嘱咐李振华，睡觉时一定要把门从里面拴结实了。那个时候，沂蒙山区时常有野狼出没，危害人畜。

耿学义他们离开之后，李振华把教室的门敞开，让烟雾尽快消散，然后又认真地打扫了一遍。明天就要上课了，他要让学生们看到一个整洁的环境。

烟雾散尽了，教室里却变得更加寒冷。

"噢嗷——噢嗷——"

教室外，呼啸的山风中分明夹杂着某种动物的嚎叫声。那声音听起来分贝不高，却极富穿透力，忽高忽低，十分凄厉，且有一种越来越近的感觉。难道这就是村支书两次说到的"马虎"？李振华顿时感觉毛骨悚然。他赶紧把门拴好。

不一会儿，果然有一只狼跑了过来，扒着教室的门缝嗅来嗅去，眼睛里闪动着绿幽幽的光，吓得李振华大气都不敢出。

教室的两扇木门年久失修，已经朽烂不堪。那狼尝试着从没有了门槛子的缝隙往教室里钻。李振华从慌乱中镇定下来，赶紧搬起一个用来当课桌的门板，挡在门槛子的位置，再搬起两块大石头顶着门板。

突然，外面传来人跑动和喊打的吆喝声，狼迅速逃走。原来是耿学义安排为李振华站岗的民兵赶过来了。

李振华后来才知道，这个寒风刺骨的夜里，有两个民兵一直轮流守护在教室附近。

对于李振华来说，这注定是一个不眠之夜。寒冷与恐惧、矛盾与纠结，无不苦苦地折磨着他——繁华的南京与贫穷、落后、偏僻的山村，校园里的铮铮誓言与柔韧、难以下咽的煎饼，一路的激情澎湃、豪言壮语与冰窖也似的破庙……

眼前的这一切，就如同两个相声表演者，在他的面前"说学逗唱"。

李振华终于明白，理想与现实究竟有何不同，二者之间的差距有多么大，只有亲自体验了才会清楚。

难道这就是自己心驰神往的沂蒙山？美好的理想、远大的抱负，就要在这里实现？眼前的一切让他始料不及。他无法想象如何能够坚持下去。

从门窗、墙缝钻进来的山风呜呜作响，吹得煤油灯飘忽不定，一如李振华此时此刻的心情。

他曾经在日记中这样写道：我仿佛来到了一个完全陌生的国度。晚上几乎不敢喝水，害怕去那个露天的厕所，想象着那只饥饿的狼，此时此刻正在厕所里等着我……

"人人（那个）都说（哎）沂蒙山好，沂蒙（那个）山上（哎）好风光。青山（那个）绿水（哎）多好看……满担的（那个）谷子（哎）堆满仓……"

李振华想起那首脍炙人口的《沂蒙山小调》，歌中描述的美丽风光在哪里？

恍惚中，他似乎走进了一条狭窄而又幽深的冰川，两边的冰凌正在迸裂，呼啦啦地向他扑了过来。母亲忽然出现了，一把将他拉了出来。母亲流着泪，要带着他回家。不知不觉中，枕头上湿漉漉的一片……

想一想校园里报名支教时的激情，想一想与师生们告别时的豪言壮语，想一想曾经有人说他报名支教是一时的冲动、"早晚会后悔"的议论，李振华心乱如麻。

何去何从，他的内心深处激烈地博弈着。

如果真的做了逃兵，他无颜面对江南父老亲朋，还有曾经善意劝说、提醒他留在工作条件相对好一些的学校的沂蒙山区文教部门的负责人，以及自己回答他们的话语。

"语言的巨人，行动的矮子"，他李振华不应该，也绝不能成为这样的人。

在那个难熬的漫漫长夜，李振华给自己设定了一个时间与目标：无论多么艰难，咬紧牙关也要坚持下去，至少要坚持半年以上；即使有一天离开这里，也必须是做出成绩后体面地离开。他李振华绝不能让别人看不起，绝不能给南京的老师和父母亲友丢脸。

"冬天已经到了，春天还会远吗？"他突然想起了自己非常喜欢的这句话。想象着寒冷的冬季即将过去，李振华感到些许慰藉。

他找出在沂水师范学校培训时已经反复斟酌和一次次不断完善的第一堂课的教案，模拟着明天从一年级到六年级课堂内容的安排与衔接。

李振华从门口的位置走向讲台——那时候这里还没有严格意义上的讲台。

他站在黑板前，对着满屋子的石桌、石凳鞠了一个躬，认认真真地说："同学们好，现在我们开始上课……"

六 上"砸"了的第一堂课

　　山乡的清晨阳光明媚。树梢上，几只喜鹊欢快地跳跃着，喳喳地叫着，似乎是在迎接这里已经久违了的景象；树枝上的积雪在喜鹊的跳跃中不时地掉落下来，泛着银光。

　　三五成群的学生正在向学校走来。男孩子的身上大都背着筐，女孩子有的挎着篮子，这是山村学生的一种习惯——上学、放学的路上，他们要捎带着拣粪、拾柴禾或者挖野菜。

　　李振华站在教室门口，用微笑迎接同学们的到来。一夜未眠的他，脸色有些苍白。

　　教室里坐满了人。年龄大的学生，看上去和李振华差不多；年龄小的，六七岁的样子。除了孩子，还有四五个昨天见到的中青年妇女。妇女们一边纳鞋底或者鞋垫，一边在聊天。

　　李振华以为这些妇女是来送孩子上学的，便和蔼地提示，就要上课了，希望她们能够离开教室。

　　一个妇女露出诧异的神情："李老师，俺也是来上学的啊！"

　　这次轮到李振华诧异了："您也是学生，您多大年龄了？"

　　一个小姑娘站了起来说："老师，这是俺娘，她三十八了！"教室里一片嘻嘻哈哈的欢笑声。

　　李振华后来才知道沂蒙山区从战争年代延续下来的"识字班"，以及由此带来的习惯——农闲的时候，年轻妇女隔三差五跟着孩子们一起到学校学习。

　　按照课程进度，今天一年级的新课是朗读课文《秋天》。

　　李振华用他的一口南京话，抑扬顿挫、绘声绘色地领读起来："秋天来了，一群大雁往南飞，一会儿排成个'人'字，一会儿排成个'一'字……"

学生们先是一愣，随后便发出笑声和议论声。

"哎呀，这是念的什么啊，是天书啊？怎么跟唱歌似的，谁能听得懂啊？"孩子们齐声嚷嚷着。

耿学义那天就蹲在教室外面听课，他猜测着李振华读的意思好像是这样的——

秋天累了，你去逮羊窝囊废。你回来搬出一个椅子，又回来非让你哥认字。

李振华已经提前把课文读得滚瓜烂熟，并且刻意借鉴了普通话的发音，可是在学生们听起来，依然如外国语一般。

他顿时有些慌乱，便拿起胸前的哨子，吹了两个短促音，显示出威严的样子，南京口音也愈加浓重。"现在是上课时间，请同学们遵守纪律，不要交头接耳，肃静、肃静！"

两个调皮的男孩子说着沂源地方话，有节奏地喊着"卯——子！""卯——子！"在教室里手舞足蹈起来。

一个妇女连忙起身，把其中一个孩子拉过来，往座位上按；还有一个孩子钻进门板底下，屁股撅在外面，怪叫着，旁边的两个妇女拖着他向外拽，孩子的头磕到门板上，哇哇大哭起来。

课堂里乱成一锅粥，李振华焦急地吹着哨子。

哭声、笑声、喊叫声盖过了哨子声。焦急、无奈的李振华不知所措。

正在这时候，老支书耿学义大步流星走进教室，他举着手里长长的烟袋杆，冲着那几个乱跑乱叫的孩子大声喊道："反了，反了！我看看哪个再敢调皮捣蛋，提溜着腿儿扔到门外面去！"

几个孩子悄悄地回到座位上。

刚刚经历了吃煎饼的尴尬和寒冷的不眠之夜，李振华无论如何

黑板前，那个看上去还是孩子的李振华正在给学生们上课

第一次上课时教室里乱成一锅粥

也想不到，精心准备了这么久的第一堂课，竟然会是这个结果！

那个时候，国家还没有开始推广普通话，李振华的南方口音在沂蒙山区的人听来，绝不亚于外国语。

临沂地区的语言比较接近于普通话，村里人说话时如果放慢速度，再加上手势比划，李振华基本可以听得懂；而他一口地道的南京话，却让学生和乡亲们不知所云。李振华表现出来的急躁与尴尬，又常常引来人们的哄堂大笑。

两天之内接二连三的精神打击，让李振华神情忧郁，背上了沉重的思想包袱。他觉得在这里连一个星期也难以坚持下去。

那天，耿学义在教室门外听到李振华念书，也是忍不住想笑。可他反过来一想，什么事都有个过程，慢慢地，听习惯了也就行了。可是，孩子们这样没有规矩不行。

耿学义当着李振华的面，十分严厉地对学生们说："咱们李老师是南京的大学生，知道不？他说的是城里话，人家大城市的人都是这样念书，别人想听还听不到呢！你们要是听不明白，李老师念的时候，就好好地瞅着书本，看看那个字李老师怎么念。老师怎么念，你们就得怎么念,知道了不?"

学生们一齐答道:"知道啦!"

"赶明儿,我就去给李老师弄个木板子来,叫什么……对,戒尺!比恁娘量布的尺棒子还要粗。谁再敢调皮捣蛋,就让李老师这样'啪啪啪'打手心,听见了木有?"耿学义边说,边用手比划着。

学生们纷纷喊道:"听见了!""不敢了!"

第二天,耿学义果然制作了一把戒尺,挂在黑板旁边。只不过,这个戒尺李振华一次也没有用过。

第二章 彷徨与感动

一 山村的无眠之夜

李振华来韩旺的第一个夜晚，对于耿学义、耿玉兰等许许多多的乡亲们来说，同样是一个难捱的不眠之夜。

常言说，"三九四九冰上走"，在这个天寒地冻、滴水成冰的夜晚，不知道有多少人在为李振华担心、揪心：山坡上的那个破庙里，衣着、被褥如此单薄的他如何度过？能不能挺得过去？

与耿学义夫妻俩有同样想法、打算给李振华送被子的还有耿玉兰婆媳俩，也是因为顾虑自家被子会不会被李振华嫌弃而最终作罢。

人们把所有的担忧、纠结、无奈和歉意，付诸为李振华做棉衣、棉被的行动之中。

然而，那是一个物资极度匮乏的年代，在这个贫穷山村，要筹集到做棉衣和棉被所需的充足棉花和布料，无疑是难度非常大的事情。

这里棉花种植面积小，而且产量极低。棉花稀罕，布匹更稀罕。每当冬闲季节，妇女们便开始纺线，积攒到一定数量，自己织布，或者几户人家合作，请来工匠织布，根据每家提供棉线的数量多少，分配织成的粗布。也有人家拿着纺成的线去集市或者织布匠那里换布，支付一定的加工费。做一身衣服，往往需要一个妇女见缝插针纺一个冬春的线。一般来说，一个六七口人的家庭，每年的棉花和线也只能给一个人做一件衣服。一件衣服往往三四个孩子轮着穿，补丁摞补丁，实在没有缝补价值了，就用来纳鞋底、做鞋帮。

李振华那时候一米六的个头，做一身棉衣，从里到面，大约需要二十三尺布、二斤多棉花；而一床被子则需要三十尺布、五六斤棉花。这样的数量，把耿玉兰婆媳俩难为得不轻。关键是筹集到的这些老粗布，必须有一半是染过靛青色的，因为染布没有四五天时间不行，而耿书记要求第二天就必须把棉衣和棉被做出来。

婆媳俩从当天下午开始，在村里挨家挨户地打听，这家凑二尺、三尺布，那家凑一两、二两棉，跑遍了四个自然村，筹集到的棉花和已经染色的布，刚刚够做一身棉衣。在筹集到的棉花中，有一些是还没有加工过的皮棉。听说是给新来的老师做棉衣，有的人家把仅有的一点点籽棉也拿了出来。

耿学义说："那就赶紧地先做棉衣，越快越好，明儿天黑之前，必须得让小李老师穿上新棉袄、新棉裤，这样就是没有厚被子，晚上也能凑乎！"

当天晚上，耿玉兰就让儿媳妇找来两个手脚麻利的"识字班"一起帮忙，这边裁衣服、缝袄面和裤面，那边去找人轧棉花、弹棉花，四个人一直忙活到第二天下午。

天傍黑时，耿玉兰她们抱着新里、新面、新棉花的老粗布棉衣，还有一双这里特有的"钩子鞋"、一双用苇花编的"茅窝子"以及与之配套的两双棉布袜子，来到李振华的身边。

衣服如此合身，鞋子和袜子如此合脚，出乎人们的预料，大娘、大嫂们脸上露出满意的笑容。

厚实的粗布棉衣让李振华挺拔的身姿显得有些臃肿；类似草鞋

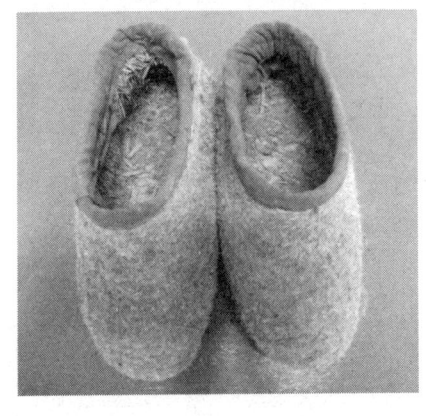

沂蒙山的乡亲们为李振华送来的老粗布棉衣和"茅窝子"

的"茅窝子",看上去那么粗糙甚至有些丑陋,却立刻让他感觉到温暖。他的脸上露出羞涩又有些尴尬的笑容。

来沂蒙山之前,母亲为他缝制的中山装,套在薄薄的棉袄上。南方人不懂北方的冷,如此单薄的衣裳,山里零下十八九度的低温,如何过冬?昨天,细心的大娘、大嫂们便察觉到这件事情。

而让耿学义他们十分纠结和愧疚的是,没有筹措到足够做一床新棉被的布。这之后的许多年里,人们一直觉得对不住李振华。

李振华后来才知道,那个时候,这里不少人家冬天没有棉被,睡觉时把麻袋片、蓑衣盖在身上;他更不知道,给他做棉衣需要的这些布和棉花,是耿玉兰婆媳俩跑了多少人家,一点一点地凑起来的。

他后来亲眼见到大娘、大嫂们手摇纺车一圈圈纺线,用原始的织布机织布的艰辛;目睹乡亲们补丁摞补丁的衣衫,当年这身粗布棉衣和千层底"钩子鞋",还有那双"茅窝子",李振华珍藏至今。

在半个多世纪的岁月里,每一次看见这些物品,李振华心头都升腾着温暖、激情和责任感。他说,是伟大的沂蒙精神、可亲可敬的乡亲们给了他扎根沂蒙山无穷无尽的力量,给了他强大的精神支柱。

也是在那个晚上,当耿学义问他还有什么困难和要求时,李振华说出了心中的恐惧:"我害怕狼……"

耿学义眼睛里湿润了,他默默地点了点头。十七岁的年龄,还是个孩子啊!如果换作自己的儿子,远离了家乡和爹娘,来到一个举目无亲的山沟里,暂且不说能够在这里待多久,就是待一天,咱也不能冻着、饿着、吓着人家孩子啊!更何况,李振华是响应国家号召来咱们这里支教的,他耿学义必须尽最大努力和责任,照顾好了这个青年才是。

从那天开始,耿学义安排了两个青年民兵为李振华站岗。他每天晚上都要来学校,只要李振华允许,便住在这里,夜里就躺在教室的门板上。直到半年之后,李振华适应了这里的生活和工作环境,耿学义才放下心来。

在耿玉兰她们为李振华送棉衣的那天晚上,耿学义回家抱来了干燥的树枝和豆秸,又把那三个树墩抱进来,重新在教室里引燃。

通红的火苗噼噼啪啪地燃烧着,驱散了寒冷,也驱散了李振华心头的阴霾和孤独。

在那些难忘的日子里,李振华慢慢地知道了这里的许多故事。

这个破庙就是韩旺"抗日学校"的旧址,这里培养了一大批优秀抗战青年。当年韩旺地下党的负责人张志诚先后担任过这所学校的教员、校长,也是从这个村庄走出去的南下干部之一——此时正担任云南弥渡县委书记。

战争年代，陈毅、罗荣桓、徐向前、粟裕等老一辈革命家都在沂源战斗和工作过，并多次到过韩旺。这里的乡亲们为新中国的诞生做出了巨大牺牲。1943年2月，日本鬼子和伪军三四千人，把驻扎在韩旺村东歪头崮的八路军鲁中军区二团一营围困，出动飞机对八路军阵地和韩旺村狂轰滥炸。一营二连的官兵为掩护战友撤退浴血奋战，毙敌二百多人，八十多个八路军战士牺牲在这里。战斗结束后，韩旺和周边村庄的老人把自己的棺材捐献出来，用于安葬战斗中牺牲的战士。在孟良崮战役、南麻战役、莱芜战役和后来的渡江战役中，韩旺四个自然村先后有六七十人参加担架队支援前线，抢救伤员、运送弹药，其中有十几位乡亲在支前中牺牲。那天晚上给他送棉衣的耿玉兰，就是"红嫂"式的模范人物。孟良崮战役时，她带领村里的妇女连续三天三夜为前线的战士赶做干粮，救护伤病员。她曾经一个人守着三台鏊子烙煎饼，几乎脚不沾地，胳膊上被火烤出一串串燎泡。那天晚上同来的另一位大娘是一位烈属，她唯一的儿子在为前线运送给养和弹药时，被敌人的飞机炸死了。

李振华还知道了乡亲们因为不识字而发生的一些苦涩笑话。

一户人家过春节时请人写了几副对联，把本来应该贴在猪圈的"六畜兴旺"贴了堂屋门上，"人寿年丰"却贴在了猪圈里。还有一户人家把"猪大自肥"贴在了锅屋里灶王爷画像旁边，在十里八乡传为笑谈。而这个户主因为担心灶王爷怪罪自己而郁郁寡欢，窝囊出一场病……

那时候，这个山村刚刚成立了互助组，却连一个能够记账的人都找不到。李振华亲眼看见人们记录出勤的天数，是在烟熏火燎的墙上画杠杠——出工一天画一条杠、半天画半条杠。

六年级语文课本中有一篇《功劳炮》。让李振华感到震惊的是，这个故事竟然就发生在沂水葛庄，与韩旺近在咫尺；更让他意想不到的是，那天耿学义陪着一位身着旧军装的中年人来到学校，告诉李振华，这位就是你们课本上那个"功劳炮"的神炮手，咱们村的张吉一，刚刚从抗美援朝战场上回来。

张吉一就参加了1944年葛庄的那场"夺炮"战斗。他在这里的"抗小"上过学，算得上文化人，后来便成为"功劳炮"的射手。1950年，神炮手张吉一被派往抗美援朝战场，他曾经一炮炸死、炸伤二三十个美国鬼子，人送外号"张大炮"。李振华每次给学生们讲《功劳炮》这篇课文时，都要请张吉一给同学们讲述"功劳炮"的故事。

"我就是躺在棺材里也忘不了沂蒙山人。他们用小米供养了革命，用小车把革命推过了长江！"陈毅同志曾经说过的这段话、战争年代发生在沂蒙山军民鱼水情深的故事、生活在自己身边的老英雄，一直感动、温暖、激励着李振华，让他重新找到了在学校报名支教时的激情和力量。

二　吃"派饭"的日子

初到韩旺小学时，沿袭过去的方式，李振华轮流到各家吃"派饭"。

这样的派饭制度，是从解放战争时期延续下来的一种特殊的接待方式。在那个特殊的年代，为了保障到解放区执行任务的公职人员的安全，被安排吃派饭的人家，政治上必须绝对可靠，生活条件相对较好。按照规定，吃派饭者必须为提供食宿的家庭支付一定的饭费或者相关凭证。在沂蒙山区，这种制度一直沿袭到20世纪60年代末。

在那个"糠菜半年粮"的年代，乡亲们尽最大努力让李振华能够吃得好一点，多吃一点粮食制品。曾经有一户人家跑了三个亲戚的门，才借到四个玉米棒子。他们知道李振华不习惯吃煎饼，便把玉米粒在碓臼里擀成细面，烙成玉米饼子给李振华吃。

每一次吃派饭，看着饥肠辘辘、以地瓜秧和野菜甚至树叶子果腹的乡亲们，特别是那些面黄肌瘦、眼巴巴地从门缝里偷看自己吃饭的孩子们，李振华嘴里的食物都难以下咽。他经常匆匆地吃上几口，便推说吃饱了，然后不动声色地把饼子或者鸡蛋塞到主人家的孩子手里。

李振华的这个小秘密，很快就被乡亲们察觉并传开了。他再去学生家吃饭时，家长们就会把孩子打发到外面去。而李振华总是能够找到应对的办法，让这些食物回到孩子们手里。

看着明显吃不饱的李振华，乡亲们心疼不已——人家每次都给了咱钱和粮票，自己却吃不饱，这算怎么回事啊！不久，这样的派饭就被终止了，改为李振华自己做饭吃。乡亲们担心他不会做饭，便轮流到学校帮忙。

李振华曾经在一篇文章中写道，初到韩旺村经历的这些事情，常常让我想起战争年代的"红嫂"和"沂蒙六姐妹"等英雄群体，乡亲们对我的关心、呵护，每一天都感动、温暖着我。人们经常来到学校，从怀里掏出还带着体温的熟鸡蛋，因为担心我转手给了孩子们，总是看着我吃下去才会放心地离开。谁家招待客人偶尔做顿好饭，首先想到的是我，都要拉着我去他们家陪着客人一起吃。

李振华常常在讲台的教桌抽屉里发现煮熟的鸡蛋，或者是一把花生果，那是学生和上夜校的乡亲们悄悄放进去的——却从来没有人承认是自己放的。每当看到这些物品，他的眼睛常常是湿润的，心里暖暖的。

在沂蒙山区，鸡蛋并不是特别稀罕的物品，几乎家家户户都养着一群鸡。但是，鸡蛋并不是谁想吃就可以吃的。家里有人生病的时候，鸡蛋是最佳滋补品；来了重要客人，才会舍得炒一碟子，还要放上许多大葱和辣椒。那个年代，鸡蛋是老百姓家里的金蛋、银蛋。

庄户人家平时买油、买盐，孩子上学，看病取药，一年到头所有的花销，基本上指望着一群鸡。

"地瓜干子是细粮，鸡腚门子是银行"，这句顺口溜是那个时候沂蒙山区农村、农民生活的真实写照。

人们自己不舍得吃鸡蛋，却毫不吝惜地送给李振华吃。

有一天，李振华去附近一个村子的学生家中走访，老远就听见一阵阵鸡的挣扎、尖叫声，然后是两位妇女的对话——

"他婶子，不过年、不过节的，怎么着你这是要杀鸡吃啊？"其中一位笑嘻嘻地说。

"它要是再不下蛋，我就真剁了它！"另外一位气呼呼的声音，似乎是在吓唬手里的那只鸡。

"过些日子小李老师就要来俺家吃饭了，指望着它能早一点下个蛋，煮煮给小李老师吃，可它就是不开裆，气煞俺了！"

私下里，人们称呼李振华"小李老师"。

刹那间，一股暖流涌上李振华的心头。他后来听说，这位大嫂每天都要堵着鸡窝，一只一只地摸鸡屁股，如果感觉有蛋就关在家里，防止它把蛋下在外面。当年养的鸡二指裆才可以下蛋，这位大嫂对家里那只迟迟不开裆的小母鸡忿忿不已。

"民以食为天"，出自《汉书·郦食其传》中的"王者以民为天，而民以食为天"。对于统治者来说，民心是最重要的；而对于老百姓来说，能够吃饱饭是最重要的。曾经战火连绵不断、积贫积弱的沂蒙山区，人们每天见面的问候语是"吃了吗？"在漫长的岁月里，每天能不能吃上饭，成为人们最关注的头等大事。今天，早已整体脱贫、生活富足的沂蒙山，依然可以听到这种习惯性的话语，而这仅仅是一种礼节性的问候，就如同今天的人们说"早上好"。

那时候，这里谁家有婚嫁等喜事，或者家里来了重要的客人，被邀请"坐席"陪客的，必定少不了李振华。

刚开始时，李振华不了解这里的风土人情，曾经闹出了笑话。

按照当地风俗，主陪的位置——这里称作"上岗"，必须是由德高望重的长辈来坐。初来乍到的李振华不明就里，看见那里的位置空着，便一屁股坐下了。等到主陪到来的时候，主人便笑嘻嘻地提醒他，"李老师，咱动手喝酒吧？"李振华不明白这话的意思是想让他换一个位置，他嘴里连连说着"好好好"，却坐着不动。出现了这样的尴尬场面，主人便将错就错，在人们的哈哈大笑声中，赶紧再搬过来一个凳子，让长者挨着李振华坐下。

事后，有人给李振华开玩笑："李老师，今天的这个酒席怎么样啊？"李振华便学着当地的方言说："哈哈哈，俺试着怪得劲哈！"于是引来一阵阵欢快的笑声。从此这里便出现了一个新的歇后语：李振华坐的席——怪得劲！

也就是从那个时候开始，只要有李振华参加的酒席，人们都是请他与主陪并排坐在"上岗"的位置。

在人们的心目中，李振华是国家派来的工作人员，有文化、有涵养，知书达理，这个主陪的位置理所当然由他来坐。谁家来了客人，能够请到李振华陪客，成为这个山村里值得炫耀的一件事情。

今天说起这些事情，李振华的眼睛依然闪动着泪花。他说，老区人民对他无微不至的关心、关怀和包容，对他的信任和期待，他一辈子也不会忘记。

三 十八碗水饺

李振华来沂蒙山遇到的第一个节日是清明节。

这年韩旺村的清明节，因为李振华的到来而格外讲究。许多家庭做了精心准备，为的是能够请李老师去自己家中吃顿饭。多数家庭这样想，其结果便是不约而同。

清明节那天，许多人早早地来到学校，却发现已经有很多人在这里等候了。于是，围绕着李振华老师应该先去谁家吃饭，人们发生了争执。一个乡亲说，他是第一个来到学校请李老师的，当然是先去他家——什么事情都有个先来后到，这样的理由无可辩驳；而另一个人说，他来的时间虽然晚一点点，可是他家距离学校最近，为了让李老师少跑路，理所当然应该先去他家。

那天早晨耿学义也在现场，本来以为李振华去自己家吃饺子十拿九稳，谁还不给他这个村支书面子？见人们如此争抢、互不相让，担心大家说他以权谋私，他便出面调解："我看这样，先近后远，一家一家地吃，每一家就吃两三个，吃到哪里算哪里，以李老师自己说吃饱了为准。"

于是，李振华便被乡亲们簇拥着，从离学校最近的家庭开始，这家吃两个，那家吃两个，转了八九户人家，李振华便说肚子撑得再也吃不下去了。

那天早晨，他见识到了各种颜色、各种馅子的水饺：白色的是麦子面的，黄色的掺杂了少量的玉米面，棕色的则是掺了荞麦面或者地瓜面。水饺馅儿也五花八门，有那个季节最时鲜的韭菜，有黄花菜、荠菜，还有一家的饺子竟然是肉馅儿的。那个时候，这里的人们过春节也难得吃上一次肉。

当李振华回到学校时，教室门前依然站着许多乡亲和学生。

在他踏进教室的那一刻，李振华惊呆了：石头台子上、讲台的教桌上，到处摆满了饺子，有些碗里还冒着丝丝热气。

这些晚来一步的乡亲和孩子们，已经饿着肚子守候在这里两三个时辰了。人们都想听听李老师对自己家饺子的评价，亲眼看李老师吃自己家饺子时的惊喜，因为他们都认为自己家的饺子是最好吃的。

可是，李振华真的已经一个都吃不下去了！

人们离开后，李振华数了数教室里的饺子，一共有十八碗！

乡亲们为了准备这顿饺子，动了多少心思，甚至费了多少周折，他无法想象。后来听说，有些人家清明节就包了这一碗饺子，用其中的两个祭奠了先人，连孩子和老人也没舍得尝一个，全都端给了李振华。

那一刻，李振华的感动可想而知！

在乡亲们眼里，李振华是党和国家派来的公职人员，和当年的八路军没有区别；来这里支教的他，更是这个山村的希望，他的身上寄托着孩子们美好的明天。人们敬重他，关心、呵护他，千方百计地想留住他。留住了他，就是留住了希望，孩子们有一天就能够走出大山，改变命运。

初到韩旺小学的那些日子，乡亲们对改变贫穷落后现状和文化知识的渴望，时常让李振华感动，甚至是心灵的震撼。

有一个叫旭明的孩子，在他很小的时候父亲就病故了，家里生活贫困，母亲靠讨饭供养他上学读书。夏天讨来的饭容易变馊，小脚的母亲举着装饭的瓢，常常一溜儿小跑来到学校，看着儿子吃完才放心离开；冬天讨到热乎乎的粥等食物，母亲自己舍不得吃一口，跑到学校先让儿子吃饱。这位母亲靠讨饭供儿子读到初中毕业。

母亲每次来学校给儿子送饭时，如果正在上课，她便悄悄地扒着窗户，目不转睛地看旭明读书的样子。她欣慰、期待的神情，每一次都让李振华动容，更让他感受到肩上的责任，也给了他巨大的精神动力。

母亲每一次到来时，李振华都会从旭明的脸上读出局促不安和些许的自卑感。李振华便会在这位母亲出现的时候暂停上课，牵着旭明的手来到教室的外面，热情地与母亲打招呼，赞美她无论生活多么困难都坚持让孩子读书的精神。李振华说，贫穷并不可怕，可怕的是一个人没有志气和志向。只要有了穷则思变的精神，就一定能够改变自己的命运。李振华的话让这位母亲和同学们深受感动和启发。

李振华经常给旭明购买学习用品，垫支学费，鼓励他努力学习。李振华说，只有这样才不会让母亲失望，将来才可以让母亲过上好日子。

旭明后来成长为临沂地区一位政绩突出、口碑非常好的地厅级领导干部。他无论调到哪个地方工作，都要把母亲带在自己身边。他的为政清廉特别是对母亲的孝敬，在当地传为佳话。

在韩旺，李振华每天都被淳厚、善良的乡亲们感动着，被发生在身边的这些故事感染和激励着。

一天，老支书耿学义陪着一位朴实、精干的中年人来到学校。这个人推着一辆自行车，车上绑着一把镰刀。耿学义说："这是咱们县委书记刘继先，特意来咱们村看你呢！"

刘继先书记紧紧握着李振华的手，久久不松开。他感谢李振华来到这偏僻的山沟支教，说沂蒙山的老百姓会永远记住和感激他。临别时，刘书记一再告诉李振华，有什么困难和要求，有什么想法，可以直接给他写信，也可以到县城去找他。

每一天，看着那些衣衫单薄的孩子们翻山越岭来上学，看着那些因为路途偏远而中午不能回家的学生们吃着黑乎乎、散发着苦涩味道的食物，李振华的心里酸酸的。每当看到孩子们渴求知识的目光，使命感、责任感让他浑身充满了力量。

作为人生旅途中的重要一站，李振华在初到韩旺的短短几个月里所经历的一切，奠定了他在这片红色土地上奉献一辈子的思想和感情基础。他不止一次地在日记中写下这样的文字：我要一辈子留在沂蒙山，用知识改变孩子们的命运；要让孩子们树立远大理想和正确的人生目标，有一天能够走出大山，用知识改变人生，改变家乡贫穷落后的面貌。

这份沉甸甸的责任感、使命感，伴随了李振华一生。

四　大雪封山的春节

一个人的理想宛如一棵参天大树。当理想之树深深地扎下根的时候，他的工作和生活就有了不竭的精神动能和力量源泉。

十七岁的李振华，把马克思在十七岁高中毕业时写下的这段话视为人生的座右铭——

"如果我们选择了最能为人类而工作的职业，那么，重担就不能把我们压倒，因为这是为大家作出的牺牲。"

他把这段话认认真真写在日记本上。

时间过得飞快，转眼间，1954年的春节就要到了。

在即将过去的这一年，李振华先后被评为沂源县、山东省和全国的"扫盲积极分子"，成为沂源县最年轻的"劳动模范"。他被这样的荣誉激励、鼓舞着，感觉浑身有使不完的劲儿。

那些日子，李振华一直处于兴奋状态，既为这一年取得的成绩，也为即将回南京过春节，与离别了一年的亲人团聚，期待着与家人分享自己的幸福与快乐——因为他没有让爸妈和亲友们失望。

乡亲们给他送来了许多土特产，大枣、栗子、核桃；还有一个学生送来了一株硕大的野生灵芝，让他带给南京的父母。

那些日子，这里温暖如春，耿学义却感觉自己的老腰和两条腿变得麻木起来，暗暗地说"不妙"。他在心里嘀咕着，老天爷，你可不要耽误了李振华回家过年啊！

那天一大早，耿学义便和耿玉兰、张二柱来到学校。他从家里带来一只收拾得干干净净的大公鸡，耿玉兰拿来四五个鸡蛋和一块豆腐。人们在教室里忙碌着，炖鸡、炒菜，为明天就要回家的李振华送行。

真是怕什么来什么，中午十一点多钟，一场大雪飘然而至。

那雪下得好大啊，开始是一阵细密的小雨，随后雨点变成颗粒，落在结冰的地上窸窣作响；很快，那颗粒便在空中炸裂，变成了细密的雪花，相携、相拥，不慌不忙地扑向地面，不一会儿便让天地浑然一体。

突如其来的大雪，让大家的心头变得沉甸甸的。

看着李振华心神不宁的样子，耿学义一直在逗他开心："李老师，俺们这里有句老话，'人不留人天留人'，看来这是老天爷不舍得让你走啊！"

听着李振华叹气的声音，耿学义继续说："这是今年的第三场雪了，常言道，'麦盖三床被，枕着馍馍睡'。老天爷知道你咬不动煎饼，这是专门给你送好吃的来了啊！"

李振华脸上依然没有笑模样。

耿玉兰一脸忧虑："雨打底，雪没有底。这场雪要是真格地下起来没有完，那可怎么办啊？"她想起李振华远在南京的父母，已经到年根底下了，如果真的走不了，人家爹妈挂记着啊！

李振华听耿玉兰这么说，便抹起了眼泪："在这里过年也不是不可以，爸妈在车站等不着我，会急成什么样子啊，这可怎么办？"

大家哪里知道，李振华已经提前两个星期给父母写信，告知了准备乘坐的车次和到达南京火车站的时间。

耿学义有些焦躁。他环顾四周，发现张二柱不知什么时候不见了，突然骂了起来："这个兔崽子，早不走，晚不走，要紧的时候掉链子，看我怎么收拾你！"

耿玉兰一脸的惊愕。李振华也十分诧异地看着老支书，不知所措。

耿学义跺跺脚："我是骂二柱呢！这一眨巴眼的工夫，不知道又狼窜哪里去了？"

耿学义的话音还没有落，二柱便顶着一头雪花跑进教室，拿着一个酒瓶子在耿学义面前晃了晃。原来，他跑到邻村的一个小铺子买酒去了，他知道老支书喜欢这一口。

耿学义转怒为喜："你个小祖宗可算是回来了！赶紧地走，到区邮局给李老师的家里发个电报，让他爹妈不要去火车站等他了，麻利儿的，越快越好！"

二柱赶紧让李振华写了南京的地址和父亲的姓名，小心翼翼放在兜里，撒腿就跑。

耿学义冲着他的背影大声喊着："你小子可别掉到雪窟窿里，耽误了李老师的大事！俺们等着你回来再开席，两个鸡腿都给你留着，哈哈哈……"

耿学义的笑声似乎是为了给张二柱壮胆，也是为了给李振华宽心。自从二柱出了门，他的心便一直紧绷着：一路上沟沟壑壑，到处是悬崖，这雪下得让人睁不开眼睛，万一有个好歹，他无法给二柱爹妈交代啊！

二柱走了，三个人各自想着心事，教室里沉寂得有些可怕。

从韩旺到东里区驻地有二十多里路，这雪越下越大，二柱走到什么地方了？他能顺利地把电报发到南京，平安返回吗？

那是怎样漫长的一段时光，那是怎样折磨人的时光啊！没有钟表，只有屋外呼啸的北风，还有教室门前不断增加厚度的积雪。此刻，锅里咕嘟咕嘟地响着，鸡肉散发出一阵阵的香味，但谁也没有心思关注。耿学义嘴里的旱烟袋一刻也没有停下来，满屋子的烟味加重了人们的焦虑。

不知道过了多久，风停了，雪却依然在静静地飘落。光线越来越暗，老支书越来越焦躁不安。他突然把烟袋锅在鞋底上磕了磕，毅然决然地说："不行，我得去迎迎他！"

李振华紧紧地跟在老支书后面，走出教室。

正在这时候，雪人似的张二柱跌跌撞撞地扑了进来。

耿学义和耿玉兰几乎是同时喊出来四个字："皇天爷啊！"

二柱趴在地上半天没有起来，嘴里发出含糊的声音："电报……发出去了……"

那个晚上，很少喝醉的耿学义喝多了，一会儿骂二柱"兔崽子"，就买了这一瓶酒，小小气气；一会儿喊二柱"小祖宗"，今儿把事办得这么利索，有了这次考验可以入党了……

这场雪纷纷扬扬，铺天盖地，一直下到第三天上午才慢慢地停了下来。那是一场几十年不遇的大雪，平地足有一米多厚，直到春分时节还没有完全消融。

这个春节，人们在村庄通往学校近一里路长的小道上，挖出了一条差不多一米宽的通道，雪抛到通道的两边，蜿蜒如战争年代的交通壕，一般人走在里面，只能露出半个头。乡亲们每天成群结队来到学校，给李振华送来水饺，或者拉着李振华去自己家吃饭。

这个寒冷的春节，因为老天留住了李振华，这个小山村变得热闹非凡，温暖如春。

那些日子里，李振华断断续续地给父母写了一封信。

亲爱的爸妈：

请宽恕不孝之子，不能陪伴二老共度新年。不是不想，是没有办法。当你们突然接到我不能回家的电报时，一定不知道发生了什么事情，一定会更加惦念儿子吧？

一切都是因为一场大雪。电报是我们村的民兵连长张二柱冒着生命危险,到区驻地邮局发出去的。他好几次掉进雪窝,差点丢了性命。我一辈子也忘不了这里的老乡们对我的好,我要一辈子都留在这里,报答乡亲们。

老乡们说,这场雪还不是最大的,最大的雪下了三天三夜,地上的雪与院墙齐平,真正的大雪封门。老乡们说,这里基本上每年都会大雪封山,劝我今后不要等放了寒假再走,一定要早走,不然就可能走不了。可是,我能舍得那么早离开这里吗?老乡们对我太好了!去年清明节发生的故事,我已经在信里告诉爸妈了。这个春节,老乡们每天来学校陪着我,教我包水饺,让儿子感觉就像在爸妈身边一样。儿子唯有加倍努力工作,方能报答!

因为这场大雪,我不知道去东里的路什么时候才可以通行,什么时候才能把这封信寄出去,儿子想给爸妈说的话有那么多,也只能等暑假见面了!

过了这个春节,振华就十八岁了,儿子就是成年人了。本来想这次回家把儿子获得的"全国扫盲积极分子"奖状带回去,让爸妈分享儿子的喜悦,现在只能寄给你们了。振华要在沂蒙山获得更多的荣誉,让家乡、让爸妈永远为儿子骄傲!

……

1954年的春天来得特别晚,燕子从南方飞回来了,沂蒙山的冰雪依然没有完全消失,但山坡上的校园里已暖意融融。

说是校园,是因为这里已经有了一个像模像样的操场,学校的周围已经栽上了各种树木和花草;通往学校的那条羊肠小道也变宽了,铺上了石子和沙子,告别了雨雪天的泥泞不堪;教室的门窗和内外的墙壁也整修和粉刷一新。从早到晚,这里充满欢声笑语。

那天,邮递员给李振华送来了父亲的来信。欣喜的他急不可待地展开。

父亲在信里引用了清代词人纳兰性德的那首《长相思》——"山一程，水一程，身向榆关那畔行，夜深千帐灯。风一更，雪一更，聒碎乡心梦不成，故园无此声。"父亲在信中这样写道，思念故乡和父母，是人之常情。而胸怀报国大志者，当把对家乡和亲人的思念化为事业的动力，终可捧得硕果而归。

父亲在信中表达了对振华成长、进步的欣慰，也为儿子愿一辈子留在沂蒙山的想法而欣慰。他告诉振华，家里一切都好，如果忙，暑假也不必回南京，专心致志做好自己的事情，获得更多的荣誉，就算三年不回来也没有关系。

李振华真的是在三年之后，准确地说，是在三年半之后，才从韩旺回了南京一次，而且只在父母身边待了不到十天，又匆匆地回到了他的沂蒙山！

五　第一次回南京

李振华第一次回南京看望父母，是 1956 年 6 月 7 日，农历四月二十九，学校放了暑假——这里称之为"麦假"。

之所以把这个日子记得如此清楚，是因为这天早晨李振华打开收音机的时候，听见了播音员充满激情的声音："我国举重运动员陈镜开，在上海举办的中苏举重友谊赛中，以一百三十三公斤的成绩，创造了世界纪录！这是新中国体育史上的第一个世界纪录！"

那一刻，李振华热血沸腾，仿佛是自己站在了领奖台上。虽然他不是举重运动员，只是一个支教老师，但韩旺就是他的竞赛场地，这个陈镜开能够创造奇迹，他李振华也一定可以。他要像陈镜开一样，成为支教工作的先进模范人物！

李振华从床底下的纸箱子里找出了中山装。这身中山装已经三年没有穿过了,起因是一次家访。

那天,李振华走了差不多两个小时的山路,终于来到那个学生家里。学生的母亲很客气,却一直站在那里与他说话,既没有让坐,也没有倒一碗水给他喝。又累又渴的李振华忍不住说:"大嫂,您能不能让我坐下来,倒碗水给我喝啊?"

大嫂看了看李振华身上的衣服和鞋子,一脸的惶恐不安加杂着歉意:"李老师您先等一会儿哈。"说着,便拿起一把锨,把院子里的鸡屎、鸭屎等铲到一边,然后又拿起一块破布,在一个脏兮兮的小板凳上又是抽打又是擦——那神情恨不得用刀刮去一层,这才让李老师坐下。饭桌上落满了苍蝇,大嫂挥了挥手,拿起一个黑不溜秋的碗,抓了一把食用碱,当着李振华的面,里里外外仔细地洗,用清水冲了又冲,这才倒上热水递到李振华手里。

"对不住啊,李老师,您望望家里这个噩絮(方言,意为脏),俺是怕黷(意为弄脏)了您的这身衣裳和球鞋啊!"

这样的尴尬事情,李振华已经不止一次地碰到过。他知道是自己的衣着,使自己与乡亲们产生了距离。

李振华曾经在一篇日记中这样写道——

今天读了毛主席《在延安文艺座谈会上的讲话》。其中毛主席谈到自己对劳动人民感情的变化,让我深受启发。毛主席说,拿未曾改造的知识分子和工人农民比较,就觉得知识分子不干净了,最干净的还是工人农民,尽管他们手是黑的,脚上有牛屎,还是比资产阶级和小资产阶级知识分子都干净。我联系到自己来沂蒙山区支教遇到的问题,也看到了自己与山区农民的差距。乡亲们认为他们家里不干净,担心弄脏了我的衣服,不愿意让我在他们家里坐下来,担心我不愿意用他们家的碗喝水,这说明了他们对我还是信不过，也说明了我和乡亲们在思想感情上还有很大距离。我自己虽然没有这样的意识，但是必须经常提醒自己，不仅要从行动上，而且要从感情上，进一步贴近沂蒙山区的人民群众，让他们信任我，使我们真正变得像一家人一样亲密和融洽。

从此，李振华便把这身中山装放进箱子里，穿起这里的粗布衣。……

三年前的中山装穿在身上，肥瘦差不多，只是袖子短了，裤子也短了。刚来沂蒙山时，他的身高只有一米六，如今已是一米八还要多。看着露出了一大截的手腕、脚腕，李振华不禁哑然一笑。

——之所以想换上母亲做的中山装，是因为担心爸妈会认不出一身粗布衣的他。

三十多个小时后，李振华出现在爸妈面前，彼此间恍然如梦。

儿子长高了！离家时还略显单薄的身躯，现在看上去那么坚实、挺拔，差不多高出了一头；皮肤黝黑，眉宇间透出一种自信与坚毅，举手投足间显示出成熟、稳重与豁达。

离家时的那个少年，归来已是成年！

泪眼迷蒙的母亲举起手，在儿子脸上、肩上不停地摩挲着，一如抚摸二十年前襁褓中那个初生的婴儿，嘴里喃喃着："我的华儿回来了，华儿回来了……"

性格一向坚韧、在儿子面前向来极少显露情感的父亲，此刻也把脸扭向一边，不敢直视李振华。

三年多了！从1953年正月十三离开家到现在，一千二百天啊，母亲就是这样掰着指头，一天天数着度过的。许多次在梦中，振华回到了自己身边，她伸手去拉儿子，便突然醒来。无数个漫漫长夜里，母亲的枕头经常湿漉漉一片……

每年大雁从北方飞回来的时候，母亲常常站在院子里两眼发怔，她多么希望儿子是雁阵中的一员，能够在自己的身边落下来，哪怕是片刻的停留！

都说儿女是母亲的心头肉，走到哪儿，心就牵到哪儿，在这样漫长的日子里，母亲的那颗心一直被千里之外的儿子撕扯着啊！

三年多不见，父亲和母亲的头发已经变得花白了，脸上有了许多皱纹，走路的脚步似乎也迟缓了许多。

父亲依然是那样少言寡语。

母亲在儿子到家的三天前，就开始采买儿子最喜欢吃的食物，时鲜蔬菜和鱼虾，做了满满的一桌子。她不知道该怎样才能弥补这三年时间里对儿子的亏欠。

一切都是家的味道、母亲的味道。

振华打开从沂蒙山带回来的一瓶酒，给父亲斟满。

爸妈一齐给儿子夹菜，仿佛振华是远道而来的客人。

那几天，丽萍一直没有过来。

李振华已经想到了这样的结果。第一年，两个年轻人书信来往频繁，卿卿我我，互诉衷肠，而振华春节没有回南京，让丽萍有些淡淡的失落。第二年，他有意识地提醒丽萍，自己准备扎根沂蒙山区，希望她有这样的思想准备，即使两个人有一天结了婚，两地分居的生活也充满各种困难，希望丽萍认真思考这个问题。这一年春节，振华又没有回南京，这让丽萍很伤感。她敬佩振华的事业心，但是，如果一个深爱着对方的人为了自己的事业，哪怕两年不见面也在所不惜，丽萍就不得不重新思考未来的生活，思考自己的选择有没有问题。也是从这一年开始，他给她的信越来越少了，偶尔写信，也是只谈工作和学习，对感情避而不谈。

丽萍从字里行间读出了李振华的良苦用心，而李振华经历了怎样的感情折磨，她却难以想象。

采访中，笔者与李振华聊起半个世纪前的这一段情感经历，是因为曾经有人这样评价丽萍，说她是《钢铁是怎样炼成的》中那个"冬妮娅"，因为经受不住时间的考验，主动离开了李振华。而李振华认为这样的说法有失公允。明明知道自己不可能离开沂蒙山，女朋友也不可能离开南京到北方的山区工作，再保持这样的感情和联系，就是一种不负责任的行为，甚至是极不道德的。

重感情的李振华一直珍藏着丽萍送给他的那本书，直到"文革"时被"造反派"作为"小资产阶级知识分子"的证据而被收缴、烧掉。

……

回到南京的第七天，李振华收到了从韩旺小学寄来的一封信，这让他大吃一惊。那个年代，从沂源向南京寄信，最快也需要七八天时间，这让他感觉自己是不是在南京住了很久很久了。

他急不可待地拆开信封，是那个叫耿文学的学生写来的——

敬爱的李老师：

您在南京还好吗？您知道同学们都在想念您吗？

自从您离开了这里，同学们和村上的人都睡不着觉。有许多人在议论，您可能不会再回到我们学校了，因为南京才是您的家。听到大家这样说，许多同学都哭了起来。

李老师，您还记得咱们村东头的那棵大梨树吗？它三年没有开花了，今年却结了五个大黄梨。这是住在梨树旁边的那个老奶奶发现的，梨已经长到小茶碗那么大了。大家都说，这梨是专门为您而结的啊！可是，俺奶奶说，梨就是"离"的意思，您肯定不会回来了！听到奶奶这样说，好多同学又伤心地哭了。

可是耿书记却说："李老师一定会回来的，你们就放心吧，他是不会忘记我们的，他一定不是那样的人，你们就准备迎接李老师吧！"耿书记这样说，同学们又高兴地笑了。耿书记还说，山上的蚂蚱肥了，让我们多捉一些，叫二婶给腌上，留着冬天给您吃。这些日子，我和张愈进他们还捉了许多知了猴，也让二婶给腌起来了，等您回来油炸了给您吃。

敬爱的李老师，麦假很快就过完了，我们都在盼望着您，您一定会回来的，是吗？

……

耿文学给李振华老师写这封信，其实是耿学义授意的。

自从李振华确定了回南京，耿学义就开始琢磨一件事情，用什么办法才能够尽快地把李老师给"拽"回来——不是信不过李振华，而是担心夜长梦多。他知道李振华有女朋友了，两个人已经超过了结婚年龄，这次回去如果结婚了，在城市里过舒服了，架不住新婚媳妇的软缠硬磨，也许真的就不回山沟了。于是，在李振华离开韩旺的当天，他就给四年级至六年级的学生们布置了一个任务：每个人都要给李老师写一封信，现在就写，看谁写得好，能够把李老师给感动了，他就能够很快地回到这里。

——事隔三十年后，有一次韩旺的几个老人又说起这次发动学生给李振华写信的故事，了解事情来龙去脉的张二柱给耿学义开玩笑："耿书记，你可真不愧是个老谋深、老艰巨啊！"因为当年耿学义经常把"艰巨"两个字挂在嘴上，比如"任务很艰巨""困难很艰巨"等，有些人便用"老艰巨"与他开玩笑。

那天耿学义不明就里，便问二柱怎么又提起这个"老艰巨"。二柱哈哈大笑说，还有"滑"呢！

耿学义这次听懂了。那时这里的人们使用成语时，喜欢只说前三个字，比如说相见恨晚，只说"相见恨"；二柱夸赞耿学义德高望重，只说"德高望"。这样的幽默语言所达到的那种心领神会和奇妙的效果，彰显着这里民间文化的独特魅力。

耿学义哈哈大笑，说如果没有自己这一招，指不定李振华现在在什么地方呢！

当然，耿学义也是说玩笑话，他对李振华太了解了，那时候这个小伙子是不可能离开沂蒙山的。之所以出这个主意，是为了起到"双保险"的作用。

所以，李振华前脚离开了韩旺，耿文学后脚便跑到东里区邮局，让这封信紧追着李老师去了南京。

自从把信寄了出去，耿文学就天天夜里做梦，一会儿梦到李老师看了信很快回来了，他笑醒了；一会儿梦见这封信寄丢了，又哭醒了。可把他的母亲吓坏了，赶紧找到耿学义，说儿子魔怔了，这可怎么办？

李振华回南京的第八天，又收到了妮子写来的信。妮子的学名是张玉洁。她在信中告诉李老师，奶奶和母亲正在给他做一身新衣服，样子可好看了，等着他回来试试是不是合身。妮子的奶奶便是耿玉兰。

妮子在信的末尾这样写道：

  我奶奶说，今年家里喂的鸡已经开始下蛋了，她已经攒了十几个了，等着您回来……

李振华读到这里，眼睛瞬间便模糊了起来，三年前发生的一件事情浮现在他的眼前。

一次上课时，李振华打开讲台教桌的抽屉，里面有一个染成了红色的鸡蛋滚动着。他便问是谁放在这里的，同学们一个个都摇头说不知道。于是，他拿着鸡蛋来到窗子前，做了一个要扔的动作。

坐在前排的妮子急不可待地站了起来，哭咧咧地说："李老师，您可不能撂（扔）了，俺闻着这个红鸡蛋没有臭啊！"

原来，妮子的姑姑生了孩子，红鸡蛋是妮子的母亲前天去"送米汤"的时候带回来的。妮子兄妹四人，每人分了一个，妮子的这个她自己没舍得吃。因为中间隔了星期六和星期天，妮子一直担心鸡蛋会不会放坏了，这天早晨她闻了闻没有变味，便悄悄放在了李老师的抽屉里。

妮子经常听奶奶说："咱可不能亏待了人家小李老师，要是把他给饿跑了，你和弟弟又不能上学了。"

……

李振华连忙把信递给爸爸妈妈看。

就这样，李振华在父母身边满打满算住了九天，便匆匆地离开了南京，来回不到半个月。

人的一生中，常常会遇到许多抉择，特别是在关乎命运与前途的十字路口，这样的抉择检验着一个人的人生观、价值观。从当年选择到沂蒙山支教，到后来有多次机会可以离开沂蒙山，到大机关、到更好的部门施展才华，而李振华却一次次地选择留在沂蒙山，留在教书育人这个神圣的岗位。即使是在"文革"时期受极左思潮的影响，对外地籍教师实行"一鞭赶"的时候，李振华面临不回原籍就会被取消工资和城镇户口，和农民一样记公分、吃生产队的粮食，他也依然不为所动。

第三章 生命中第一次辉煌

从踏上沂蒙山这片热土的那一天开始，李振华一直都被发生在身边的故事感动、感染着，时时处处感受到一种伟大的精神和奋进的动力，与这种精神和动力同频共振，让他感觉浑身有使不完的劲；这种精神力量与最初激励他报名支教时的感觉如此合拍，让他对人生、对工作和生活充满了激情，让他无怨无悔、任何时候也不敢懈怠。20世纪80年代以来，人们把这种精神进行总结归纳，称之为沂蒙精神，纳入与延安精神、井冈山精神、西柏坡精神齐名的共产党人的精神谱系。

有理想，有追求，立志为新中国的教育事业施展抱负的李振华与沂蒙精神的邂逅，奠定了他今天这样辉煌的人生基础。

李振华曾经在报纸上发表过一篇文章《在沂蒙精神激励下》，表达了自己对沂蒙精神的认识、感悟，表达了对弘扬沂蒙精神、为党的教育事业奋斗终生的坚定信念。

青年时代的李振华，不止一次地在日记中表达着这样的理想信念："我要把自己的青春年华毫无保留地献给党的教育事业，献给沂蒙老区人民，努力学习和工作，让党的阳光雨露哺育山乡的孩子们健康成长！"

一　明光山上的琅琅书声

韩旺流传着这样一个美丽的传说。明光山中隐藏着一个金碧辉煌的宫殿，宫殿里有无数的宝藏。每当夜深人静的时候，一匹光芒四射的金马驹便会来到山顶，向着沂河源头的方向发出嘶鸣声，明光山由此而得名。民间还有另外一个传说，明光山下有一个神秘的汉王墓，村里有红白事需要办酒席时，人们来到墓前虔诚地烧香跪拜，便可以借出许多碗盘，用完了再如数奉还。这些碗盘光彩艳丽，极为精致，后来有一贪心者偷偷换了一个碗，从此再也借不出来了。传说与历史，总是有着某些关联。考古专家曾经在明光山下发掘出数尊栩栩如生、精美的石雕佛像，经鉴定确认是汉代遗存。

1953年春天，历史悠久的韩旺因为一位南京籍青年教师的到来，让生活在这里的人们对未来的日子充满了新的期待与向往。

"爷爷七岁去讨饭，爸爸七岁去逃荒。今年我也七岁了，高高兴兴把学上……"久违了的琅琅读书声，把人们的思绪带到百年沂蒙那些难忘的生活场景。

从当年军阀混战到抗日战争、解放战争，这块饱经战火肆虐的土地，终于迎来了共产党领导下人民当家做主的时代。告别了硝烟战火，人们再也不必颠沛流离，生活尽管还不富足，这样的日子已经足以令人欣慰。

李振华来到韩旺小学已经两个多月了。

离清明节差不多还有一个月，明光山北坡上的冰雪还没有完全融化，一簇簇迎春花便舒展着纤细的枝条，迫不及待地绽开了花蕊。那鲜黄、稚嫩的色彩，让人感受到生命的顽强和大自然的勃勃生机。燕子从南方飞回来了，绕着正在山坡上做游戏的孩子们翩翩起舞，发出欢快、悦耳的"啾啾"声。

教室门前的操场上，李振华正在和学生们一起做"老鹞鹰捉小鸡"的游戏。李振华扮演老母鸡，孩子们依次扯着前面一个人的衣服，宛如一条长龙，机智地与"鹞鹰"周旋着。老鹰时而声东击西，时而追逐着队伍中最薄弱的环节，一次次发起攻击，试图让长长的队伍首尾不能相顾。李振华率领学生们灵活地躲闪着老鹰的袭击，配合默契，常常把老鹰围困起来，不得不举手投降。

欢快的笑声引来村民们驻足观看。

山村的人们闲下来的时候，喜欢来到这里看李振华和学生们上课的情景，看孩子们读书、唱歌、做游戏，还有那么多新奇的活动。村子里的年轻人则盼着太阳落山，早一点来这里上夜校。

白天，三间筒子教室里坐着从一年级到六年级的38个学生，李振华轮流为学生们上课。一天下来，他常常口干舌燥，却乐此不疲。

已经从第一次上课失败的阴影中走出来的李振华，慢慢地找到了感觉。他挑选了两个品学兼优的学生做自己的教学助手，分别担任语文和算术课代表。每次上新课前，他先让这两个学生听他试讲，给他指出哪句话听不懂，特别是语文课本中那些与自己的发音差距较大的字词，听学生们用当地话如何发音，然后他反复练习、纠正，一直练到学生们满意为止。

最初上课时，他点燃一根"闷秆子"来计时。后来李振华通过每天观察太阳的位置，便可以大致确定上课、下课和放学的时间，最终舍弃了这种原始的计时方法。

夜晚，教室里比白天还要热闹，不断爆发出一阵阵欢笑声。黑板的两边各挂着一盏马灯，这里成了村民学习文化的夜校。

人们聚精会神、饶有兴趣地看着黑板。李振华写下最简单的"一"字，然后把它扩展为"十""土""王""主""玉""压""庄"；他再写下一个"十"字，然后变成"木""千""干""午""牛""生"……

人们啧啧赞叹着，原来识字也不是那么难啊！

李振华把"耳"字画成耳朵状，把"火"字画成两根木棍交叉燃烧状，然后把这两个字拼凑在一起，便组成了韩旺村的主要姓氏"耿"。在人们的欢声笑语中，村民们对文化学习产生了浓浓的兴趣。人们很快认识并学会书写自己的名字，掌握了大量的日常用字。

教室里只有三十八个座位，为了能够抢到一个位置，每天晚上人们都早早地来到学校，有的干脆自己带着小凳子来听课。连李振华的床上也坐满了人。那些来晚了的只好站在门口听课。

为了推动山村扫盲工作，吸引更多的乡亲参加夜校和田间地头的学习，李振华编写了《不当睁眼瞎》《灶王爷告状》等幽默风趣的文艺节目，运用人们喜闻乐见的"三句半""小快板"和表演唱，组织学生到村子和田间地头表演，向乡亲们宣传学习文化的重要性。

四年级学生耿文学和耿春华表演的《小两口学识字》，以诙谐、风趣的方言，让村民们笑得前仰后合。这是李振华从收音机播放的表演唱节目《夫妻识字》移植过来的。《灶王爷告状》是通过村子里发生的一个真实故事编写的——某户人家把本应该贴在猪圈里的"猪大自肥"误贴在了灶王爷的头上。剧中"灶王爷"的扮演者以夸张、自嘲的语言，奉劝人们别做"睁眼瞎"。

学生们饶有情趣的表演让乡亲们在欢笑、憧悟的同时，自觉加入学习文化的行列。

李振华的"联想识字"教学法很快在周围的村庄得到推广。他编写的表演唱等文艺节目，有些被县文艺宣传队移植，产生了很大的社会影响。李振华也因此被评为全国扫盲积极分子。这也是他来到沂蒙山区获得的第一个国家级荣誉。

度过了那个寒冷的季节，李振华也走出了短暂的彷徨期。他已经接受、适应并喜欢上了这个山村，初步体味到成功和荣誉的喜悦。

他从村支书耿学义和乡亲们关切、期待、赞赏的目光中，感受着家的温暖和亲人般的激励和鼓舞，从人们的欢声笑语中找到了自我价值与自信。

他在日记中表达着这样的心迹——来沂蒙山支教是自己对理想和人生价值的追求，既然选择了这条道路，无论今后遇到怎样的困难和挫折，都必须勇往直前走下去，绝不能半途而废。

丽萍送给他的那本《钢铁是怎样炼成的》一直放在枕头旁边，李振华已经读了很多遍。每一次翻开这本书，他依然会有不同的感受，并不断得到新的启发。

> 人最宝贵的是生命。这生命给予每个人只有一次。人的一生应当这样度过：当他回首往事的时候，不会因为虚度年华而悔恨，也不会因为碌碌无为而惭愧。这样，在临终的时候他便可以说：我已经把自己的全部精力和整个生命，献给了世界上最壮丽的事业——为人类的解放而进行斗争。

李振华把这段话抄写在日记本上，时时激励和鞭策自己。

他常常把自己比作保尔·柯察金。保尔·柯察金吃过的苦，有一些他也吃过；保尔·柯察金遇到的困难，有许多他也遇到过；保尔·柯察金遇到的好人，他遇到的更多。最重要的是，他比保尔·柯察金幸运，他有健全的身体，有今天这样和平、火热的工作和生活环境。他暗暗地告诫自己，扎扎实实，一步一个脚印，一定要在沂蒙山区创造奇迹，一定要成为保尔·柯察金一样的英雄！

夜深人静的时候，李振华常常想起初来这里时那个寒冷的夜晚，想起自己曾经萌生的"坚持半年"的念头——他为如此荒唐可笑的念头而羞愧不已。

饮食习惯也不再是巨大的困难。在自己的咬肌暂时达不到沂蒙山人的标准之前，他用开水或者菜沫泡煎饼吃，一样可以解决吃饭问题，何况还有饼子和煮地瓜。尽管吃地瓜常常让他的胃里冒酸水，但因为吃起来容易、煮起来简单而让他乐此不疲。在乡亲们的指导下，他把煮熟的地瓜切成片，晒干后储存起来。这可是沂蒙山的一道美食。他甚至把这样的熟地瓜干寄给南京的父母品尝。

对李振华来说，眼前最大的困难就是语言关。

尽管上课时他放慢语速，但他那口浓郁的南京话，还是常常让同学们和乡亲们抓耳挠腮。沂蒙山区的地方语言比较接近于普通话，经过这两三个月，李振华基本上可以听得懂，而有些方言依然让他闹出许多的笑话。

有一次，耿学义对他说，"恁上温头儿上俺那个小格拉里，咱爷儿俩咪溜两口，可摆嫌乎俺家恶蝇哈！"

李振华好不容易才弄明白这句话的意思：中午去他家里喝杯酒，可不要笑话他家里狭窄和不卫生哦！

在这个地方，今天是"几闷儿"，昨天是"夜来"；下午是"瞎外儿"，夜里叫"网声"；院子是"当天井"；闯了祸是"作业"；故意是"得为的"；形容人穿戴整齐或者做人、做事认真本分，是"板正的"；额头是"窝儿盖"，膝盖是"波儿盖"，胳膊肘是"胳儿瓣"；拳头是"皮锤"；不要紧是"不碍的"；回答别人"没有"，是"木假"；没有时间是"木工夫"；找医生治病是"扎古"，而修理损坏了的物品也是"扎古"；"我们那个地方"是"俺那格拉子"或者"俺那窝儿"……

在沂蒙山区，这样的方言土语只是"九牛一毛"。如果他不能尽快融入这里的语言环境，势必会影响教学效果，与乡亲们的生活和交流也会大打折扣。李振华决定学习和掌握这里的地方语言。他身上带着一个小本子，随时把搞不明白的话记下来，并根据发音和词义，仔细标注，以便加深理解和记忆。比如"上温头儿"标注为"晌午（wen）"，"网声"标注为"晚（wang）上"，"窝儿盖"标注为"额儿盖"，等等。他很快就收集了厚厚的三本子的常用方言土语，经常拿出来翻阅和模仿练习发音。

为了验证自己用当地方言表达某种意思的准确度，李振华主动与乡亲们和同学们进行语言交流。一些青年人与调皮的学生喜欢模仿他的南京口音，他从不恼火，而是"不耻下问"，对那些经常被人模仿的话进行修正和改进，直到人们满意为止。每次上新课之前，李振华都要让高年级的学生用当地话把课文反复读给他听。他对比着课本，仔细辨别和标注每个字的地方话发音，努力让自己的南京话向当地口音靠近。

常言说乡音难改，正如人们耳熟能详的那句古诗词——"乡音无改鬓毛衰"。语言研究专家认为，人的口音在十四五岁便定型了，极难改变。我们国家从1956年开始推广普通话，可是直到今天，包括许多在高校教了一辈子书的老教授，依然操着一口浓郁的家乡话。

今天，如果不是地地道道的沂蒙山人，很难听出李振华的口音与当地人有什么差异，除了"四"与"十"、"三"与"山"略微有些含混之外，南方人特有的轻柔让他的"临普"——人们对临沂人说普通话的戏称——有了一种特别的亲和力。

我常常想，一个人有着怎样的毅力与执着，有着怎样的爱，才能够如此彻底地改变乡音？

李振华初到沂蒙山时，就已经深刻体会到地方话给事业、生活带来的各种各样的弊端，意识到语言规范化的重要性。那个时候他就开始思考这样的问题：总有一天，学生们会走出大山，走向一个全新的世界，绝不能让他们和自己一样，在工作和生活中遭遇语言交流的困难与障碍。

他在学习地方话的同时，决定通过听收音机来学习普通话。

于是，他写信让父亲从南京寄来一台收音机。

然而，这台收音机给李振华和这个山村带来的影响与作用，远远超出了他最初的设想与想象，也为他在这里开创学校少先队工作新局面埋下了伏笔。

山村的人们第一次看见这样神奇的东西。

第一次打开收音机，小小木头匣子里传出播音员的声音时，人们一个个瞪大了眼睛，孩子们围着收音机前前后后地转，难道有人藏在里面？匣子里的人怎么什么都会说，什么都知道？还有那么多人唱歌、敲锣打鼓，实在是太神奇了！

李振华给学生们讲解无线电技术和原理。在随后的日子里，他带领同学们成功制作出第一台矿石收音机，在山村引起巨大轰动。

每天夜校上课之前，村民们围着收音机听国家大事，听文艺节目，听科学种田的方法。小小的收音机给山村不仅带来了欢乐，更带来了各种新知识。

今天，见证了岁月沧桑的这台收音机珍藏在位于沂源县青少年活动中心的李振华事迹展厅，无声地向驻足在它面前的人们讲述着当年发生在韩旺那个山村的故事……

李振华的到来，改变着山村人们的生活理念。

理发，对于今天的人们来说，是一件舒心、愉悦的事情。围上一件洁净的披风，伴随着舒缓的音乐和理发器的蜂鸣，不知不觉之中人们便焕然一新。

而在李振华初到沂蒙山的年代，山里人理发用的是剃头刀。这种剃头刀是铁匠铺里用锤子、火炉这样简陋的工具打造出来的。如果不是专业的理发匠，用这种自制的刀具剃头带给人们的痛苦，没有经历过的人是难以想象的。走村串巷的"剃头匠"也不是没有，理一次发要根据难易程度收五分至两毛钱，而那时五分钱可以买两盒火柴，两毛钱可以买一斤半食盐，一家子一个月也用不了。舍不得花钱理发的家庭，只好自己操刀。那些初学剃头者，或者被称为"二把刀"的人，总是让前来理发的人恐惧不已——人们形容孩子理发时撕心裂肺的哭嚎如同"杀猪"一般。因此，孩子们宁可被人讥笑为"长毛贼"，宁可忍受长长的头发带来的刺痒和酸臭，任由虱子藏匿其中，也不愿意遭受那种"切肤"般的疼痛。为了减少理发次数，男孩子们都剃成大光头，同学们相互间取笑对方"小和尚"。

李振华来沂蒙山支教前，有先见之明的父亲已经想到了这一点，特意给他买了理发的推子带过来。

自从李振华来到韩旺，孩子们再也不恐惧理发了。

这是山里人第一次见到大城市的洋玩意儿。李振华用推子理发不仅不疼，更重要的是发型好，男孩子们从此告别了大光头。乡亲们笑称孩子们的发型为"洋头"，让学生们一个个变得洋气了起来。

李振华为了解决自己的理发问题，他手把手地指导学生们使用推子。刚开始的时候，推子在学生们手里不听使唤，刀齿一次次地夹住头发，他疼痛难忍，却依然鼓励学生们轮番在他的头上练习。开始因为难以把握用力的均衡，学生们给李振华理的头发深浅不一，里出外拐，人们形容是"狗啃的"一般。为了让学生大胆尝试，他总是显得若无其事和开心快乐的样子。

从此，李振华成为这个山村的义务理发员。乡亲们，特别是那些年轻人，都来学校找李老师理发，和学生们一样变得"洋乎"起来。

到1965年离开韩旺，在十二年时间里，李振华一共用坏了十几把理发推子。今天，无论是在城市还是乡村，手动的理发推子已经见不到踪影，取而代之的是精致、小巧的电动理发器。而当年为人们理发的李振华，右手无名指上磨出的硬硬的茧子，至今还有半个

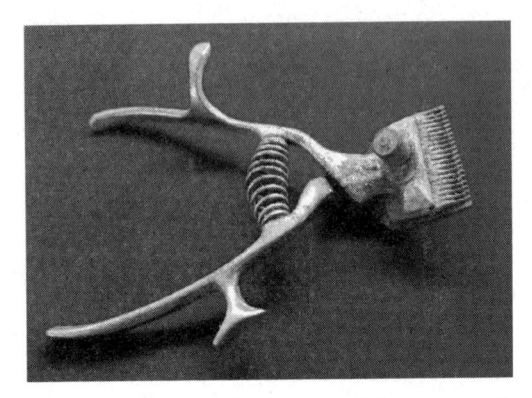

李振华在韩旺小学使用过的理发工具——推子

花生米那么大，也许永远也不会消失了。

　　李振华还买来药物，用科学方法指导学生们消灭虱子和跳蚤。

　　这些看上去是小事情，却给这里的孩子们，给这个山村的群众带来了思想和生活观念的深刻变化。

　　初来乍到，上课点名时，李振华常常因为学生们那些稀奇古怪的名字而感到好笑和疑惑不解。

　　有一次，李振华问一个叫狗剩的孩子："你这名字是什么意思啊？"

　　狗剩说："就是被狗吃剩下的呗！"

　　旧社会，山区的医疗卫生条件很差，婴儿成活率比较低，那些夭折的婴儿直接被扔到乱葬岗——这里被称为"舍林子"，任由野狗分食。"狗剩"这样的名字隐含着人们的无助、无奈与悲哀。人们只能用这样稀奇古怪的名字来驱害、避灾，祈求孩子们能够死里逃生。

　　"俺爷爷说啦，这样的名字好养活。俺那里还有叫狗啃、狗蛋、狗咬的嘞。有一次，狗蛋欺负他弟弟，他娘就气呼呼地说，狗蛋，我看着你这是要把狗屎给吃了啊！狗蛋的弟弟叫狗屎。"

　　在同学们的哈哈大笑声中，李振华说："给你改个名字，叫文学吧，耿文学，好不好？你这么会讲故事，将来一定会成为一个优秀作家！"同学们一齐鼓掌。

——这个耿文学后来果然成为国内一个文学刊物的总编辑，创作了许多比较有影响的文学作品。

"还有拴柱，为什么非要拴在柱子上啊，叫启航吧，张启航，好吗？"那个曾经腼腆得像小姑娘的拴柱，高兴地点了点头。

"铁蛋，叫张天星，要像天上的星星一样闪闪发光；趴牯，叫张建设，长大了像老黄牛一样去建设新中国，建设我们的家乡沂蒙山。大家说，这样好不好？"

"好！"山谷中传来一阵阵欢快的回声。明媚的阳光下、和煦的春风里，学生们一个个绽放着开心、快乐的笑脸。

那时候，山村孩子大都破衣烂衫、衣冠不整，脸上挂着鼻涕，基本上没有洗脸、洗手的习惯，许多孩子的袖子和衣襟闪着金属般的光泽。如果说破衣烂衫是因为生活条件不允许，那么邋里邋遢不讲卫生，则是因为没有养成良好的习惯。

李振华从教育、引导学生改变生活习惯开始。衣服破了、旧了不要紧，一定要洗得干干净净，缝补得整整齐齐。李振华有个针线包，只要发现学生衣服扣子掉了，他就一针一线给钉好。学生每天起床后的第一件事情就是洗手、洗脸；每天到校后的第一件事，则是由各个年级的班长检查个人卫生，手和脸是否洗得干干净净，衣服、鞋子是否整洁。李振华教育同学们养成使用手绢的习惯，值日生每天都要检查学生衣兜里是否带着手绢，手绢是否干净整洁。

今天我们经常说让孩子们"扣好人生第一粒扣子"，那个时候李振华就做着这样的事情。

李振华当年的一个学生，后来成为国内一位知名学者。一次在电视台专访节目中谈到"为人师表"的话题时，他讲述了读小学的时候，李振华老师教同学们使用手绢的故事：衣袋里的手绢除了要洗得干干净净，还必须叠得方方正正，如扑克牌大小，每次使用时，只展开一个对折，下一次使用时再展开另一个对折，始终保持方正与平整，而不是随意揉作一团，皱皱巴巴。

面对主持人，这位学者充满深情地说，随着年龄的增长，生活中有许多事情都淡忘了，而读小学时李老师教给自己使用手绢的这个细节，却终生难忘，而且至今保持着这样的习惯。即使是在人生不如意甚至是落魄的时候，自己也从不苟且，珍惜生命和生活，心中充满了向上、向善的信念。他说，现代人随时带着一包纸巾，用毕随手丢弃，而他至今还在使用手绢。每一次拿出手绢的时候，便会想起李振华，提醒自己要认真对待工作和生活，对待人生。少年时代养成的严谨认真、一丝不苟的习惯，让他受益终生。

在这个山村学校，李振华时时、处处以自己的言谈举止影响着学生，引导他们做有理想、有追求、有文化、有涵养的体面人，让学生们懂得了什么是理想、前途，懂得"腹有诗书气自华"的道理。

1955年韩旺小学六年级全部考入初中的12个孩子

从六十多年前留下的照片上,韩旺小学孩子们的精神面貌和衣着打扮,人们很难相信他们来自那样一个偏僻的山村小学。

二 山路上闪烁的灯光

位于沂源县青少年活动中心的李振华事迹展厅里,当年的那盏小马灯,似乎在向每一个参观者讲述着它当年陪伴李振华在韩旺小学的那些难忘的时光。

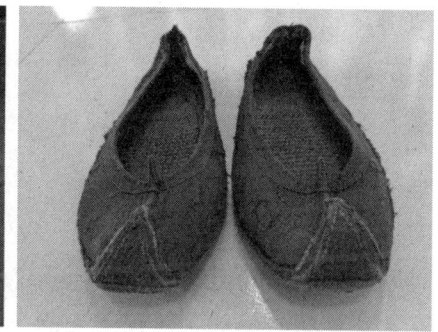

李振华当年用过的小马灯和自制煤油灯

李振华刚来沂源时乡亲们为他做的走山路的钩子鞋

在学校通往每一个自然村的崎岖山路上,都洒下了李振华的汗水;每一个学生的家里,都留下了他一次又一次的足迹和感人故事。在人们的心目中,闪烁在山路上的橘黄色的灯光,宛如天际那颗明亮的启明星,给这个山村、给这里的家长和孩子带来了多少美好的希冀与憧憬!

新中国成立之初,因为缺乏师资和经济落后,临沂地区适龄儿童入学率只有百分之二十,农村和山区则远远低于这个比例。为了让更多的孩子能够上学读书,入学率成为衡量一个学校办学成绩的重要指标之一。

韩旺小学的生源来自周边二三十个自然村，最远的村庄离学校十几里路。除了山高路远，山区经常有野狼出没，孩子上学路上的安全牵动着每一个家长的心。再加上经济条件差，许多家庭无力承担每个学期一块钱左右的学费，辍学现象时常发生。初到韩旺时，动员适龄儿童入学，让辍学的孩子重返课堂，占用了李振华大量的时间和精力。

在山道上坚硬、粗砺的石头面前，李振华从南京带来的那双球鞋不堪一击，也让他的双脚伤痕累累。后来，他便穿起耿玉兰大娘给他做的那双"钩子鞋"。山里人的智慧令他折服——用柔韧、细密的麻线纳成的千层底，鞋尖上怪怪的"大鼻子"，让他在山路上如履平地；即使是在黑夜里，那些潜伏已久、伺机伤害他的"绊脚石"，再也奈何不了他那已承受过无数次苦难的脚趾头。

李振华随身携带的笔记本上，详细记录着每个学生所在的村庄以及家庭情况，包括这个学生的优缺点、特长等。每当有学生旷课，他总是在第一时间去家访，查明原因，并为孩子补课。

有个学生叫耿春华，她的父亲是公职人员，这样的家庭条件，春华却在不到两年时间里三次辍学。那个时候，女孩子能够上学读书的本来就凤毛麟角，一个年级最多就两三个女生，一人退学，往往影响到其他女生和家庭。春华是四年级的副班长，品学兼优。李振华为此去她家跑了五六趟，春华母亲均以"自己说了不算"为由，把李振华给挡了回去。

这天，李振华得知春华的父亲从县城回来了，又一次来到她的家里。春华父亲当然知道李振华的来意。他感谢李振华为孩子上学的事来他们家跑了这么多趟，却又明确告诉李老师，春华继续上学是不现实的，因为她的弟弟已经上学了，明年春华的小弟弟也到了上学的年龄，一家子供应两三个孩子读书，真的没有那么多钱，何况春华的母亲也需要她帮着干农活。

李振华这次是有备而来,便连忙接过了话茬说:"有些老乡不让女孩子上学,是受重男轻女旧观念的影响,大哥您不愧是公家的人,境界就是不一样啊!如果是因为学费问题不让春华上学,这个您完全不要担心,我来想办法解决。春华明年就要准备考中学了,咱们必须为孩子的前途着想啊!"

春华父亲脸上红一阵白一阵,连忙让着李老师喝茶。

那时候,能够供养两个孩子上学的家庭确实不多,但是根本问题不在这里。春华告诉李振华,有一次父亲和母亲说悄悄话,被她听到了。父亲说,让女孩子上学,长大就嫁人了,这不是花自己的钱给别人家用吗?这钱还是应该花在儿子身上。父亲还说,就是三个儿子都去上学,这个钱也要花。春华听到这话非常伤心。

春华父亲今天又拿学费当"挡箭牌",没想到会被李振华"将军"。李振华经常为学生垫支学费、书费,春华父亲是知道的。同为公职人员,他对这个年龄比自己小很多的南京小伙子感到敬佩的同时,也为自己的陈旧观念和自私而感到羞愧。那天他真诚地向李振华表示,一定克服困难,绝不能让李老师破费,星期一就让春华去上学。

四年之后,耿春华考入临沂师范学校,成为这个山村第一个走出去的女孩子。后来她继续深造,成为省城某大学的教授,她把两个子女也都培养成为高校的教师。

春华的父母故去多年之后,她依然每年都回沂源拜望李振华老师。她说,一个老师对学生的那种博大、无私的爱所产生的动力,是不可想象的。这样的爱可以相互感染、相互影响,让人能够体验到什么是崇高,这样的崇高能够带来不一样的人生。如果当年不是遇到了李振华老师,她很难想象自己会有今天这样的成就和幸福感。春华教授在几十年的时间里,默默地资助着许许多多特殊困难家庭的学生读书，他们后来都成了有成就的人。

而就在春华回到学校上课的第二天，耿文铭又辍学了。

这是一个苦命的孩子，在他不满一周岁的时候，母亲被日本鬼子的飞机炸死了。当时母亲已经咽气，耿文铭爬到血淋淋的母亲身边，掀开衣襟找奶吃的凄惨一幕，让多少人掩面而泣。

李振华知道耿文铭的身世，对他的学习和生活格外关心。

那天，他发现耿文铭没有到校，星期六中午一放学，便匆匆地向耿文铭家所在的村庄走去。

见到李振华，躺在床上的耿文铭的父亲剧烈地咳嗽着，想挣扎着坐起来。李振华连忙上前扶起他。

李振华问："文铭怎么不在家，去哪里了？"

文铭父亲叹了口气说："俺这肺结核的毛病好几年了，老是不见轻，拖累孩子啊！这不，他又去药铺取药了。俺正想着给您说，家里没有人干活，老是靠国家救济也不是办法啊！这孩子天生命苦，还是不让他上学了吧！这几年都是您给他交学费，买书本，也省得您再这样花钱了……"

李振华说："耿大哥，您可不能这样做。想一想文铭母亲死得那么凄惨，您一把屎一把尿地把孩子拉扯到这么大，多不容易！艰难的日子已经熬过来了，再坚持三两年，说什么也要让文铭考上中学啊！这个孩子很聪明，也很刻苦、很懂事，一定会有出息的！"

文铭父亲眼泪汪汪地说："让孩子上学固然好，只是这样拖累您，俺这心里过意不去啊！"

两个人正说着话，文铭手里提着几包中药回来了，见到李老师，便委屈地抹起了眼泪。

李振华从兜里掏出十元钱塞到他手里，说："这些钱给你父亲看病用，有困难咱们一起克服，星期一你就去上学吧。"

也许是因为情绪过于激动，文铭父亲忽然"噢"地一声吐出一口鲜血，头一歪，便不省人事了。

李振华赶紧喊来左邻右舍，做了一个简易的担架，急急忙忙把文铭父亲送到东里区医院。

医生检查后说，病人需要输血，可是医院库存的血浆没有了，让他们赶紧去县医院，如果去晚了可能命就保不住了。

去县医院差不多一百多里山路，什么时候才能走到啊！乡亲们你看我，我看你，不知所措。文铭哇哇地哭起来。

李振华对医生说："我是O型血，抽我的就可以！"然后便伸出了胳膊。

四百毫升鲜血很快注入文铭父亲的身体。父亲得救了，耿文铭重新回到了学校。

刚到韩旺小学的那年冬天，沂源发生了野狼伤害人畜事件。距离学校比较远的两个家庭，坚决不让孩子上学了。李振华多次上门做工作都无果。后来，他提出让这两个男孩子住校，家长同意了，却拿不出住校需要的铺盖。李振华答应让孩子和自己住在一起，三个人盖一条被子。不到两年时间，李振华从南京带来的那条被子便扯烂了，他的身上爬满了虱子。

也就是从那时候开始，一直有两三个孩子跟着李振华一起吃住。有的学生有遗尿症，常常把被子尿湿，李振华几乎每天都要晒被子。遇上阴雨天，他便自己躺在被尿湿的那一边。

后来这件事情被耿玉兰大娘知道了，她便教给李振华一个办法：把灶膛里的草木灰掏出来，装在两个布袋里，放在被子的正反面，反复用脚踩，便可以把尿湿的位置吸干。李振华从此免了睡尿窝之苦。

笔者在韩旺采访时，李振华当年的学生——一位八十多岁的老人说起这个情节，依然慨叹不已。他动情地说，就是亲爹亲妈也不过如此，更何况，李振华那时候是二十岁左右、还没有结婚的城市青年，那是怎样的善良与爱啊！

李振华在韩旺小学时，教室里的床比较小，勉强挤得下他和三个小学生。面对那些同样需要住校的孩子，他常常纠结不已。

从1965年调到张家坡中学开始，李振华便在自己的宿舍里放置了两个架子床，连同他自己的床，可以住进四五个学生。直到1980年李振华调到县城，常年累月都有四五个学生与他吃住在一起，每毕业一个再补充一个。这些学生大都是孤儿，或者来自没有抚养能力的特殊困难家庭。

曾经担任过沂源县委组织部副部长兼老干部局局长、现已退休的张光福告诉笔者，有一年春节期间，他陪同县委、县政府主要领导去县实验中学走访看望李振华老师，进门看见宿舍里的架子床和四五个正在学习的学生，他误以为走错了门。

韩旺小学附近有一条河，因为没有桥，在河里有水的季节，那些低年级的学生自己不能过河，李振华总是把学生一个个背到对岸。

冬春季节，冰冷的河水冻得李振华两腿通红、麻木，今天他的"老寒腿"就是那个时候落下的病根。

在那些云雾初开的清晨和夕阳西下的傍晚，李振华背着学生过河的情景，这里的老人们至今记忆犹新。

那时，许多路途比较远的学生中午在教室里吃饭。学生们吃的黑乎乎的煎饼或者饼子，是用烂地瓜干掺杂着地瓜秧做成的。有的学生啃生地瓜充饥，还有些学生带来一些杂七杂八的食物，竟然是父母讨饭讨来的。

李振华在日记里写道，每当看到学生们在学校里吃的食物，我的心里总是沉甸甸的。老区人民在战争年代为革命做出了那么大的牺牲和贡献，孩子们的生活和学习条件依然这么差，我作为一个老师，应该做的就是尽心尽力关心、帮助他们，把他们培养成有理想、有文化，能够改变家乡落后面貌的新一代建设者。唯有这样，才对得起乡亲们对我的关心。

寒冬腊月，一些孩子的手和脚冻得红肿甚至溃烂，让他心痛不已。人们至今还记得这样一件事。那是李振华来韩旺的第二年冬天，他花了十一块钱——那是他半个多月的工资，从韩旺的集市上买了三十八双"毛窝子"，每个学生一双。平时就放在教室里，上课的时候，学生们可以把脚放在里面抵御寒冷。看起来粗陋的"毛窝子"，不仅温暖着孩子们的脚，更温暖着他们的心。

李振华每天把学生们带来的干粮放在锅里馏得热乎乎的，把地瓜切成块，再放上一点大米煮成粥，和同学们一起吃。每天，他品尝着同学们带来的那些散发着苦涩味道的食物，警示自己勿忘初心和职责，引导孩子们努力学习，健康成长。因为长期和学生们一起吃地瓜和粗糙的食物，李振华患上了严重的胃病。每当闻到地瓜和地瓜干的味道，他便胃里冒酸水。他在胃病发作时，偶尔会吃一两天的米面，却感觉自己像是在做一件亏心事。

那个时候，国家对公职人员每月定量供应的米面，李振华除了用于登门看望生病的学生和乡亲，便是与学生们共享。

学校最早的时候有学生三四十人。所谓共享，其实就是给学生们"打牙祭"。许多人还记得第一次喝大米粥的情景。

那是山里的孩子们第一次见到南方的大米，煮熟的米粥盛在黑色的碗里，在教室里散发出浓浓的香味，那米粒似蜜蜂的幼虫在碗里蠕动着，给孩子们带来的惊喜与惊奇，人们至今津津乐道。

有一个叫耿玉生的学生，今天依然记得人生中第一次吃面条。

那时同学们正在学习一篇新课文《劳动的开端》，作者是被誉为"中国保尔"的吴运铎。李老师说："如果你能够第一个在班里背诵出来，我擀面条给你吃。"课文共三千多字，第二天耿玉生竟然一字不差地背诵了出来。下午放学后，李老师把他一个人留下，果然给他煮了一碗葱油面。时年七十六岁的耿玉生老人回忆起那天的情景，依然难抑激动的心情，那是他这辈子吃过的最香的面条。他发誓，长大了一定要成为李振华这样的老师，用自己的行动去感化学生。后来他果然考上了沂水师范学校，如愿以偿当了一辈子老师。

无独有偶，一个叫梁维庭的学生，也在一篇文章中描述了当年在韩旺小学吃面条的情景。

学校那时已经从山坡上的破庙搬到了村里，因为学生越来越多，那里已经装不下了。这是一个刚刚腾出来的四合院，学生们在门口用三块石头支起一个铁锅，争相向锅底下添柴禾，红彤彤的火苗舔着锅底，映照在同学们兴奋的脸上。当李老师把擀好的面条撒到锅里时，香喷喷的葱油味，半条街都可以闻得到，路人们垂涎欲滴。而这样的待遇，只有上学的孩子才可以享受。

每一次这样的"打牙祭"，都会成为学生们在父母和村里人面前炫耀的资本。那些还没有到上学年龄的孩子，都盼着快快长大，早一天成为李振华老师的学生。

学校驻地韩旺村的学生，不能像中午在学校吃饭的同学那样，能够享受李老师的大米粥、面条等食物，李振华便以各种理由，送给学生们半斤或者一斤面额的粮票。孩子们拿着粮票，花几毛钱就可以从供销社商店买到点心，比如桃酥、饼干等。这些在山村比较稀罕的食品，带给家人特别是爷爷奶奶的惊喜可想而知。那时韩旺不少家庭有粮票，让周围村庄的人们羡慕不已。粮票不多，人们格外珍惜，轻易不会拿出来使用，有的家庭和学生珍藏至今。

远在南京的父母担心儿子在山区吃不饱，经常随信寄来几斤粮票，有时候直接把大米寄到这里。

在那个吃糠咽菜的年代,能够吃上"大米洋面",多少人梦寐以求。对那些看见烂地瓜干和糠煎饼就皱眉头的孩子,有的家长便用这样的话来刺激他们:"不想打庄户,赶紧去学屋(学校);想吃米和面,上学别怂蛋;跟着李振华,不吃地瓜蛋。"

沂蒙山区对土里刨食的人,戏称是"打庄户""吃地瓜蛋的";对公职人员,则尊称为"脱产"或者"吃国库粮"。孩子们长大后能够"脱产"吃"国库粮",是人们最大的企盼。

山里人这种现实、直白的教育方法,对梦想着走出大山的孩子们,曾经起到了极大的激励作用。

而李振华带给孩子们的,则是远大的理想和积极向上、远大的人生抱负。我们从当年留下的照片上,可以看到学校黑板上李振华秀气的板书"热爱共产党""热爱国家"等。志愿军英雄黄继光、邱少云,少年英雄刘文学,"草原英雄小姐妹"龙梅和玉荣,等等,成为孩子们崇拜的楷模;李四光、詹天佑、爱迪生、高尔基等中外科学家和文学家,成为孩子们心中的偶像;老师故乡的紫金山天文台、四川的都江堰、河北的赵州桥等,成为他们心驰神往的地方……

李振华在孩子们幼小的心灵埋下了理想的种子。他对学生无微不至的爱和付出,变成孩子们刻苦学习的巨大动力。无论是在家长还是孩子的心目中,李振华就是榜样。同学们最朴素的想法是,必须认真按照李老师的要求去做,必须做一个好学生,绝不能让李老师失望,不然就对不起他。

2019年冬天,北京的冯恩涛先生在参观了李振华事迹展厅后,饱含深情留下这样的感言,这里摘录如下——

  大山深处

  沂河岸畔

  土石屋里

书声琅琅
那不是浪漫的时光
煤油灯伴随着狼嚎
吓不走可恶的跳蚤
茅草鞋粗布袄
难抵手脚冻伤
胃口反酸的地瓜咸菜
成为离不开的主粮
漫漫长夜
无边的寂寞
更想起
疼爱自己的爹娘
淳朴的笑容
像春风融化了冰霜
渴望的眼睛
不能看不到希望
人往高处走
水会流向何方
大山的呼唤
坚守的天平
无法用金钱衡量
粉笔染白双鬓
眼睛不再明亮
却也更加清晰
来时的方向
六十载春秋
化作缕缕阳光
照亮了
多少人的心窝

想起当年
孺子调皮的模样
舒心
便荡漾在脸上
……

三 走向省城的"土教具"

满怀激情和事业心、责任感的李振华，全身心投入教学工作。他把城市的文化、文明和城市学校的教学理念、教学方式，带到这个偏僻的乡村学校。韩旺小学出现的各种新鲜事，让人们耳目一新。

初到韩旺时，李振华看见低年级的孩子们写字是在陶罐或盆子的残片上，当地人称作"盆碴子""罐底子"，只有少数家庭条件好一点的学生使用买来的一种带木框的、比较轻薄的人造石板。而写字的笔，则是从货郎担上买来的火柴杆粗细的"石笔"。到了三年级以上，需要交作业的时候，学生们才不得不使用本子和铅笔。本子的正面用完了再用反面，铅笔头在手里捏不住了还舍不得扔掉。

李振华决定用勤工俭学的办法，改善学生们的学习条件。

一天，他在课外活动时间带领同学们到明光山的一条山沟里捉蝎子。那时候鸡蛋二分钱一个，而两只蝎子却可以卖一分钱，有的学生一次可以捉十几只。

李振华撬开一块石板，果然发现两只蝎子藏在缝隙里。他准备用筷子夹蝎子时，目光却被眼前的石板吸引了。

这是一块比较规则的、呈暗红色的长方形石片，厚约两厘米，如算盘大小，质地细密平整，稍微修整打磨，就可以当作写字板。李振华忘记了蝎子，把石片拿在手里仔细端详着。

他放眼望去，面前的河滩上似乎摆放着一摞摞错落有致的书籍，斜斜地、有规则地朝着一个方向铺展开来。李振华拿在手里的这一块，就如这书籍的一页。也许这就是教科书上的"页岩"吧？沂蒙山区的页岩属于黏土岩，薄页状的层理构造，含有机质的呈灰黑色，含铁质的呈褐红色，这也从侧面证实韩旺地区存在大型铁矿。

李振华把学生们招呼到自己身边，兴奋地说："同学们，我们有写字的石板了！"

同学们饶有兴趣地撬起一片片页岩，竟然在石头上发现了类似于小燕子的图案。原来，这就是历史上有名的"三叶虫"化石。

那天，同学们每个人挑选了一两块自己中意的石板，来到沂河边，借助河里的沙子，磨去石板尖锐的棱角，让它更加平滑、光洁。

"唰唰唰"磨石板的声音和同学们的欢笑声交织在一起，回荡在河畔，引来人们的围观。学生们从此告别了在盆底、罐子底上写字。为了解决石板携带不方便的问题，每个学生准备了两块，一块放在家里，一块放在教室里。后来，李振华又从山沟里找到一种当地人称为"石隔"的白色软石头，切割成细条后在石板上写字，擦写自如，效果不亚于买来的石笔。

就地取材的写字板和石笔，让李振华受到很大启发。

初来乍到的日子里，李振华的南京口音让教学效果大打折扣，比如"四"与"十"的发音，曾经让他费了太多的口舌，带来太多的笑声与无奈。

那天，几个同学手里的一串串彩色"糖葫芦"，引起李振华的关注。这是韩旺特有的一种胶泥，颜色不同，且韧性好，做成的玩件不易开裂。他由此联想到在南京上小学时使用过的"计数器"。

李振华挖来泥巴，做成算盘珠的形状，请木匠按照他的设计，做了一个支架。算盘珠每十个一组，用细细的木条穿起来，固定在支架上。他通过每一组珠珠不同的组合与变换，教低年级孩子们对"数"的认识和加减法的运算。简单的教具、直观的教学，起到了事半功倍的效果。

受计数器的启发，李振华又尝试着制作了一个特大算盘。原本想把算盘挂在黑板上使用，但因为泥巴做成的算盘珠比较重，上课时学生们只能围着平放在教桌上的算盘观摩。李振华动了很多脑筋改造这个算盘。后来，他找来粗细相当的梧桐树枝，锯成象棋子大小，中间钻孔，把铁丝和毛线交织在一起，做成算盘珠的轴，解决了重量的问题，终于可以挂在墙上使用了。但是，随着使用次数的增多，毛线的迟滞作用降低，算盘珠依然下滑。

一天，李振华突然从一个毛刷受到启发。他让老支书耿学义找来了一些猪鬃，用三四股细铁丝把猪鬃均匀地绞成一股。蓬松、毛毛虫一般的算盘轴子做成了，达到了预期效果。

这个特大算盘在当地引起了轰动，许多学校前来学习、仿制。

李振华自制教具的热情和思路从此一发而不可收。

一天，李振华找到耿学义，问他能不能利用到区里开会的机会，找到一个废弃的篮球。不久，老支书果然给他带来了，那是他通过一个亲戚从县一中淘换到的。耿学义心里想，不知道这个李振华又想捣鼓什么新玩意儿。

李振华小心翼翼地把篮球剖开，取出球胆，充满了气，然后把纸裁成鸡蛋大小的三角形，均匀地贴在球胆上，晾了起来。他每天贴一两层，连续贴了一个多星期。

十几天后，一个地球仪出现在人们面前。世界五大洲、四大洋的划分与连接，南极、北极及航海线路，尽收眼底。世界主要国家的位置及首都所在地，李振华用不同的色彩标注，中国的位置使用了粉红色，标有各省、自治区、直辖市，中国的台湾和香港、澳门也仔细标注。在沂蒙山所处的位置上，李振华特意画了一面三角形的旗子。

利用这个地球仪，李振华给学生们讲述"郑和下西洋"所经过的航线和国家，讲述当年八国联军侵略中国的路线，讲述中华民族曾经的屈辱历史，激发同学们的爱国热情。原本枯燥的地理课，因为有了这个地球仪而变得看得见、摸得着。这个方法不仅增强了学生们的学习兴趣，开阔了视野，也让他们对"胸怀祖国，放眼世界"这句话有了更加真切的领悟。

很快，一个构思巧妙的"三球仪"又诞生了。

过去，李振华给学生们讲解地球绕太阳一圈的时间是一年，地球自转一圈为一天，自转三百六十五圈就是一年，月球绕地球转一圈为一个月，这些抽象的概念常常让学生们云里雾里。自从有了这个"三球仪"，昼夜的交替、四季的形成，包括日食和月食是如何发生的，都变得一目了然，也让同学们对神秘的宇宙和天体运行产生了浓厚的兴趣。

三年之中，李振华先后制作这样的教具二十八件，极大地增强了教学效果。沂源县和地区行署文教局多次在韩旺小学召开教学观摩和经验交流会予以推广，并总结、整理经验材料上报山东省文教局。

1955年暑假期间，李振华制作的教具被选送参加了在济南举办的山东省自制教具展览。《大众日报》刊发通讯《"洋"学生与他的土教具》，介绍了李振华创新教学方法的事迹，引起轰动。省文教局还在全省中小学开展了教具制作竞赛，推动了教学改革和创新。

四 大山深处的星星火炬

李振华不断刷新着教学成绩,他的影响不断扩大,也获得了一个个新的荣誉。

父亲从南京寄过来的收音机,让李振华在学习普通话的同时,及时了解全国各地少年儿童工作的最新动态和经验做法。他把文化课教学与少先队工作结合起来,使韩旺小学成为沂蒙山区少先队工作的一面旗帜。

"星星火炬,开始广播!"每天,中央人民广播电台这个熟悉的呼号穿越万水千山,在韩旺小学的校园回荡。发生在大山外面的新鲜事,共产主义远大理想、集体主义思想、"我们是共产主义接班人"的意识,开始在同学们幼小的心灵中萌发。同学们高举少先队星星火炬的队旗,与希望一起成长,与梦想一起飞翔。

课余时间,李振华带领同学们活跃在村庄和田间地头,他们自编自演文艺节目,宣传、参与扫盲和"除四害"等社会活动;孩子们帮助军属、烈属、孤寡老人抬水、扫院子,朝气蓬勃的少先队成为这个山村一道亮丽的风景。

李振华来到韩旺小学不久,便提出了"第二课堂"的理念,并不断充实、完善其内容。作文课,他带领同学们来到小河边、森林或者农民劳动的现场,让同学们描写家乡变化和大自然的景色,在展现家乡美的同时,发现美中不足,抒发自己改变家乡落后面貌的志向;他让同学们写身边的人、身边的事,在赞颂真、善、美的同时,点评各种各样的陋习,引导同学们明辨是非曲直,慢慢地改变包括父母在内的身边人们落后的思想和观念。

"我心目中的英雄""人的一生应该怎么度过"等主题队会,"长大以后干什么"等讲演和作文竞赛,让学生们树立正确的世界观、人生观、价值观。

李振华引导同学们描绘自己的理想和愿望，描绘沂蒙山区的明天，表达自己用知识改变家乡贫穷落后面貌的志向。

一位同学在作文中这样写道："我要成为苏联米丘林那样的科学家，我要让一棵果树能够结出多种水果，各个季节都可以采摘，让家乡的荒山野岭变成金山、银山、花果山！"

同学们把自己和家乡的"明天"描绘得异彩纷呈。有的说，将来我坐在办公室里就可以操作工厂的生产流水线；有的说，我要制造一种比苏联的"康拜因"还要先进的机器，一个人就可以耕种和收获万亩良田；有的说，我要成为李四光一样的地质学家，无论走到哪里，一眼就可以看出地下的宝藏，造福家乡和祖国，造福世界……

六十七年前学生们描绘的情景，今天大都变成了现实。

在李振华担任班主任的六年级，班里大大小小的"官"有二十几个，从班长、副班长到少先队的小队长，从各种委员到各种小组的组长，几乎人人都有职务。班里的干部轮流当，看谁当得最好，从而培养同学们的责任心和组织能力。

李振华开展评选"班之最"活动，评出最遵守纪律的、做好人好事最多的、最讲究卫生的、最团结友爱的、最热爱集体的、最孝敬父母的等。他千方百计、最大限度地激发每个同学的潜能，培养和引导同学们积极向上。班级成立了以当时的英雄人物命名的"邱少云小组""刘文学小组"等，开展了诸如"一份爱心见真情""小手巧绘家乡美景""一帮一、一对红"等饶有趣味的活动。

李振华做了一面"循环红旗"，哪个中队的活动丰富多彩，红旗就循环到哪个中队，极大地增强了同学们争做先进的积极性和集体荣誉感。夺得红旗的中队，千方百计地保住荣誉；被夺走红旗的，则认真找出差距，通过更具特色的活动和更大成绩，把红旗夺回来。"比、学、赶、帮、超"的浓厚氛围，极大地提升了同学们的责任感、荣誉感和集体观念。

韩旺小学有着各种各样的兴趣小组，包括声乐、器乐、舞蹈、书法、绘画和体育项目等。这是李振华根据每个学生的爱好和特长而成立的。他常常用"尺有所短，寸有所长"等古训，引导同学们取长补短，发挥自己的优势，在经常举行的竞赛活动中展示精神面貌和各种潜能，不断增强自信心。

那时候，各地学校来这个山村小学参观学习者络绎不绝，人们在这里的"小工厂"看到了学生们制作的写字板、石笔，在"小农场"试验田见识了南方的蔬菜以及从山里移植来的中药材。特别是这里丰富多彩的少先队工作，给人们留下了深刻印象。

1962年冬季的一天，临沂大众报一位长期跟踪采访李振华的记者，再一次来到韩旺小学。那时候，韩旺已经建起有六间教室和教师宿舍的新学校，新增加了两个老师，李振华担任了校长。

走进六年级教室，记者看见墙壁上挂着一个小木箱，上面写着"少年小银行"，感到十分好奇：学校里居然有银行，银行里真的会有钱吗？

陪同记者的李振华校长笑而不答，他让"小银行"的会计张超奎同学打开小木箱，里面装着一个账本。

记者随手翻开账本，上面详细记录着某月某日某同学存入或者支出多少钱，几年来累计存、取款达一千二百多人次。每次存款的数额一般是几分钱，偶尔也有存入五六毛钱的。账本很规范，每个月的收入与支出有"小计"，每年有"累计"，存取与结余数额清清楚楚，一目了然。这让记者感慨不已。

从1954年开始，李振华组织同学们采集树种和中药材、种植蓖麻、捡拾废铜烂铁等，既支援了国家经济建设，也让同学们有了零花钱，许多家庭不再为学费犯难。用自己的劳动和汗水创造财富，培养了同学们的劳动观，更培养了他们正确的价值观。

"小银行"让学生们树立了勤俭节约的美德和理财意识，账目管理锻炼了他们一丝不苟的严谨精神。

同学们用自己储蓄的钱购买学习用品和课外读物，甚至为父母的临时用钱应急。张俞进同学得知父母正在为买一只小羊羔却拿不出那么多钱而犯愁，便把自己存储的六元钱取了出来，给了父母意外的惊喜。父亲又添上两块钱，买回来两只小羊羔，养了一年，换回三十块钱。这个故事在周围村子传为佳话。

记者走进另一个教室，墙上挂着的一个红色封面的本子，吸引了他的目光。

翻开这个被称为"红本子"的笔记本，上面详细记录着学生们拾金不昧等各种各样的好人好事。

记者了解到，因为好人好事太多，"红本子"差不多每个月要更换两次，已经积攒了厚厚的一摞。

这位记者采写的长篇通讯《培养孩子们天天向上》，刊登在1963年2月25日《临沂大众报》的显要位置。

就在这篇署名"任明月"的文章发表后的第八天，《人民日报》刊发了毛泽东主席"向雷锋同志学习"的题词，全国上下开展了轰轰烈烈的学雷锋运动，韩旺学校的这些做法也引起了人们的关注。

有人说，这位记者有着一双不同寻常的"新闻眼"，有先见之明，这篇"主旋律"文章与时代如此同步、合拍。任明月记者这样说：你和李振华在一起，时时刻刻都会感受到一种积极向上、催人奋发的动能——今天，我们称之为"正能量"。

任明月说，1955年他第一次来到韩旺采访李振华的时候，就在这个偏僻的山村小学看到了在城市学校才可以看到的少先队队旗，看到了飘扬在孩子们胸前的红领巾。这让他十分感慨。他这样形容这个山村：哪里飘扬着少先队队旗，哪里便充满欢乐和阳光般的温暖；在飘扬着队旗的地方，一定会看到李振华戴着红领巾的身影。

那天，村支书耿学义陪着记者任明月在大街小巷参观，村子里到处都非常整洁。耿学义告诉他，这都是李振华和学生们的功劳。

每天清晨，多数人还在睡梦中的时候，寂静的山村里便响起了轻轻而又有节奏的"刷——刷——"的扫街声。孩子们手持扫帚，按照各自的地段，一丝不苟地清扫着地面上的树叶、杂草等垃圾，让大街小巷焕然一新。雨雪天，学生们用筐或者篮子从河道里抬来沙子，撒在积水的地段，让村庄告别泥泞。学生们还从自己家开始，清理卫生死角，在门前栽种花卉，让村容村貌发生了巨大变化。

李振华还带领学生们在群众经常聚集的地段办起黑板报，定期更新。记者在黑板报上看见了时事政治、"除四害"和科学种田等方面的内容。耿学义说，小孩子们做了大人们应该做的事情，给村民的思想特别是精神面貌带来了极大的影响。

学校少先队工作还带动了团支部、民兵工作和妇女工作，让这个山村成为东里区和沂源县的先进典型。来这里参观学习的人络绎不绝，大街小巷都被踩得锃光瓦亮。每到夜晚，团支部、民兵连、"识字班"各自开展不同的活动，山村到处充满歌声和欢乐。

1959年是李振华来沂蒙山支教的第七个年头。这一年，二十三岁的他硕果累累：加入了党组织；被评为山东省模范教师、山东省和全国优秀少先队辅导员，出席了共青团中央在北京召开的全国少先队工作表彰大会。

李振华永远忘不了去北京开会前的情景：乡亲们送了他一程又一程。从人们期待的目光中，他读出了挚爱和信任，也读出了些许的疑虑。那时候，乡亲们最大的担心是，"出了名"的李振华会不会被调走，这次去北京开会的他还能不能再回到这个山村。

从北京参加表彰会回到济南时，时任山东省委书记处书记白如冰同志接见了山东参加这次会议的人员。代表们发言时，操着南京口音的李振华和他的故事，给白如冰书记留下了深刻印象。白书记特意找到李振华，问他是否愿意留在省委机关或者省文教部门工作，在更大的舞台上发挥自己的聪明才智。

李振华感谢省委领导的关心，说沂蒙山更需要他，他舍不得离开乡亲们，更离不开山里的孩子们，他要继续扎根山区，为沂蒙山的教育事业做出新的成绩。

白如冰书记向这位南京小伙子投去赞赏的目光。

回忆起这段往事，李振华说，那时国家正在实施第二个"五年计划"，各行各业都缺乏人才，到国家最需要、条件最艰苦的地方去，施展自己的理想和抱负，是那一代青年人共同的信念。是先进"一辈子"，还是先进"一阵子"，成为那个时代鉴别和考验一个优秀青年的试金石。那同样是一个"革命理想高于天"的火热时代，人们充满了激情和创造性，党叫干啥就干啥，"我是革命一块砖，哪里需要哪里搬"，王进喜、时传祥、邢燕子、董加耕等许许多多的时代英模感染、激励着每一个热血青年。

"毛主席的战士最听党的话，哪里需要到哪里去，哪里艰苦哪安家！"这是那个时代最美的旋律。李振华说，每当唱起这首歌，他总是激情澎湃，浑身充满了力量。

第四章 "渣滓学校"的嬗变

在许多城市，人们常常可以看到一些冠名"实验"的学校，如某某实验小学、某某实验中学等。这样的学校是教育部门为"实验"新的教学体制、教育方法和教学模式而设立的，其教学理念、师资力量、教学设施等，在当地都称得上是顶级的。因此，进入实验学校上学，成为多少家长、学生的理想和愿望。

沂源县实验中学出现在1986年。

其实，这个学校在1982年就存在了，只不过那时的名字是"沂源县城关第二中学"。李振华是这个学校的第一任校长。

这里，我们把李振华与这个学校的故事作为单独的一章来记述。

一 一个记者不同的两次慨叹

20世纪80年代初，随着我国高考制度的恢复与完善，中学阶段的招生、教学与考试逐步得到规范。因为可供给的中学教育资源十分有限，相当多的小学毕业生升不了初中。

十三四岁小学毕业，在农村可以从事简单的辅助性劳动；而在县级以上城市，就业年龄太小，闲在家里难免惹是生非，这成为许多家长的心病，也给社会治安留下了隐患。

与这个时代背景相对应的，是我们国家刚刚开始的思想解放运动，汹涌澎湃的改革开放大潮也已波及城镇和乡村。

正如窗子打开后难免会有苍蝇、蚊子飞进来，伴随着思想解放运动和对外开放，境外的各种思潮特别是一些不健康的文化蜂拥而入，给当时的中国社会，特别是给年轻人带来了思想和精神上的巨大冲击，人们的思想空前活跃。正如常年累月吃煎饼和地瓜的山里人第一次看到面包、奶酪、三明治，还有什么"热狗"与鸡尾酒，难免也想尝一尝滋味如何。让国人看不惯却又感觉十分新奇的"洋玩意儿"充斥社会生活，穿喇叭裤、带蛤蟆镜的年轻人招摇过市，男青年蓄长发、女青年蹬高跟鞋成为时髦；夸张的霹雳舞，和着震耳欲聋的打击乐，刺激着人们紧绷的神经；曾经被称为"靡靡之音"的港台音乐让年轻人趋之若鹜；国外影视作品中那些大尺度的画面，让恪守着传统观念的人们心燥脸热……

改革开放的时代大潮与法规制度的不尽完善和滞后，特别是思想政治工作一度被削弱，使那个时期青少年思想与精神极度迷茫，各种违法犯罪现象特别是青少年犯罪率居高不下，直接导致了1983年全国范围内开展的对严重刑事犯罪分子的"严打"。

沂源县委、县政府的领导看到了青少年教育中出现的这些严重问题，也看到了学校教育资源不足带来的弊端与隐患。有关方面思考再三，决定在城乡接合部再开办一所中学，在减轻家长们思想负担、减轻社会治安压力的同时，让更多的孩子走上成才之路。

经过审慎研究，新成立的这个城关第二中学，由李振华来担任校长。1981年8月，在乡村学校工作了二十七年的他，刚刚从张家坡中学调到沂源县第一中学，担任高中二年级的政治课教师并兼任一个班的班主任。

第一次征求李振华的意见时，他感觉上级领导在同自己开玩笑：我就是一个普普通通的老师，并且刚刚从乡镇的中学来到人才济济的县城，我哪有资格和能力去担任一个新建学校的校长？

他的确在韩旺担任过校长，可那是小学；他也曾经在张家坡中学担任过教导主任，可这个职位最多才相当于副校长。到这个新成立的县城中学担任"一把手"，自己没有任何经验不说，如果耽误了学校的工作，这可是误人子弟的大事啊！

负责谈话的领导非常不理解他。有多少人对提拔特别是担任一个单位的"一把手"心向往之，甚至求之不得，怎么在李振华老师这里却成了例外？

校长人选是经过教育局领导反复斟酌和组织人事部门的严格考察，并上报县政府研究同意的，你李振华也不能说不去就可以不去啊！教育局领导有些不高兴了。

"李老师您经常说，党叫干啥就干啥，'我是革命一块砖，哪里需要哪里搬'，从来就没有听说过您给组织上提困难、讲价钱，今天这还是您的风格吗？"

李振华说："我不是不服从分配，更不是害怕困难。让我当个副校长还可以接受，担任'一把手'我真的没有这样的能力。我不能打肿了脸充胖子，你们当领导的也不能硬要赶着鸭子上架啊！"

"您确实没有担任中学校长的经验，可是您肯定见过中学校长是如何工作的，是不是？"

李振华一时语塞。

这些年，他在张家坡中学经历了好几任校长，对于一个校长应该具备的素养和能力，一向善于比较和鉴别的李振华心里十分清楚。他也不是没有思考过"假如我来当校长"这样的问题，他多次给历任校长提出工作建议，大都被采纳，并且取得了非常好的效果；调到沂源一中后，这里校长的教学管理智慧与工作方法和思路，更是让他受到很大的启发。

看着教育局领导信任、期待的目光，李振华只好接过任命书。薄薄的一张纸，他却感觉那么重。

李振华就这样走马上任了。这是在1982年6月。

新成立的城关二中借用了城关镇一处闲置多年的小学旧址。那时候，县教育局的教研中心设在这里，除了正在使用的几间办公室，山冈上这个原本就比较简陋的校舍已是残垣断壁，满眼荒芜，东面是一片坟地，夜里猫头鹰的叫声令人毛骨悚然。

比起当年韩旺半山坡的那座破庙，这些都算不上是困难。李振华带领六名教职员工忙活了两三个月，校舍的面貌便焕然一新。

让李振华和他的同事们忧虑与纠结的，是学校的生源。

按照优先录取的原则，县城区域的小学毕业生已经被沂源一中、沂源二中、城关一中等学校筛选了好几遍，城关二中的招生结果显而易见。

当年招收的两个班共一百零八名学生，语文、数学、常识三门课的平均成绩只有二十八点五分。有二十七人的数学考了零分，差不多占了录取人数的四分之一。学生的年龄普遍偏大——为了能够进入初中学习，近半数的孩子已经在小学"蹲窝"两三年，有些学生的年龄到了十八九岁。这些学生中，有九人因为参与赌博、打架斗殴等，被城关派出所列入帮教对象。

招生和考试结果在县城引起一片哗然：这样的一群学生，该怎么教、怎么管啊？有人干脆称呼这个学校为"渣滓学校"。又因为学校在一个山冈上，人们戏称这一百零八名学生为"一百单八将"。城关二中因此在县城名声大噪。

有人从维护社会稳定、让更多孩子健康成长的角度来看待这个事情，认为县里办了一件得民心、顺民意、解民忧的大好事。但是摇头叹息、忧心忡忡者也大有人在：把这么多有劣迹的"熊孩子"集中到一起，这里会不会成为一个"大染缸"，最终难以收拾而成为"烫手的山芋"。

人民日报一位记者获知这个消息后，专门来沂源县城关二中调查和采访。

那个时候，学校刚刚开学，学生逃课、打架斗殴等现象屡见不鲜，甚至出现了辱骂老师的现象。刚刚组建的教职工队伍人心涣散，有人甚至提出辞职。

记者去采访的那天，恰好遇见派出所民警来学校调查、处理刚刚发生的一起偷窃案件，白蓝相间的警用摩托车就停在校园的山坡前，十分刺眼。学校门口围着许多看热闹的人。

正当记者与李振华在办公室交流的时候，一个学生慌慌张张地跑了进来，上气不接下气地说："李校长，了不得了，您赶紧地去看看，前面……小树林里，头都打破了！"

李振华跟着这个学生撒腿就跑，记者和派出所的民警也跟了过来。

在学校路南的一个树林子里，城关二中与外校的十几个学生正扭打在一起，有的学生头上、脸上流着血。看见李振华和民警过来，外校的学生一哄而散。

李振华问为什么打架，学生们七嘴八舌说："他们说我们城关二中是渣滓学校！""他们侮辱我们都是些渣滓！"

一个右手缠着厚厚纱布的学生愤愤地喊道："老子今天便宜他们了，这事没有完！"

这个学生李振华认识，同学们私下里喊他"铁头王"，不仅因为他姓铁，还因为他天不怕、地不怕的性格。他经常带着几个"小兄弟"打群架，趁人不备的时候用脑袋去撞击对手，一副不要命的样子。前天上课时他迟到了十几分钟，看着他走进教室时大摇大摆、满不在乎的神情，正在讲课的女老师问他进教室为什么不喊"报告"，他竟然一拳砸烂了窗子玻璃，手上的伤就是这样留下的。

眼前的情景让这位记者大跌眼镜，他摇摇头便离开了。

然而三年之后，这"一百单八将"有八十八人考入沂源县一中，十六人考入中专等高一级学校，升学率达到百分之九十六。三年之中，被评为"三好学生"和各种"标兵""模范"的学生达一百六十多人次；在省、市、县教育部门举办的各种竞赛中，获各种奖项的学生近三十人次。那时候，有许多家长试图通过各种关系和渠道，把孩子转到城关二中。

1996年的一天，一直关注着城关二中的那位记者再一次来到这里。驻足于已经更名为"沂源县实验中学"的崭新校园，看着眼前凤凰涅槃般的变化，记者感慨万千。

他一直忘不了十几年前离开这里的时候，李振华校长脸上的歉意与窘态。李振华向他拱了拱手，尴尬地说了一句"真不好意思，今天的事情让您见笑了，欢迎您下次再来采访"。

还会有下一次啊？看着一脸慈祥而又不善言辞的李振华，这位记者的内心深处有一种隐隐的痛，甚至是怜惜——面对这样一帮调皮捣蛋甚至无法无天的学生，等待着这位校长的会是怎样一种结局？他不敢想这个问题。

擅长热门话题和深度报道的这位记者，那天就这样空手而归。职业习惯与悲天悯人的性情，让他一直牵挂着李振华与这个城关二中。

这一次，他一定要发掘出这种翻天覆地变化背后的"为什么"。

1996年3月11日，《人民日报》刊发了长篇通讯《爱心滋润后进生》。这里，我们把这篇文章摘录如下。

李校长注重寻找学生的"闪光点"，激发进取心。学生王某，入学时是派出所的帮教对象，李校长3年与之谈心500多次，知道他有绘画爱好，就给他"用武之地"，让他画黑板报报头等。这位学生创作的"鸟儿为什么不会被电死"布贴画，获市级科技创作二等奖。李校长抓住时机，鼓励他在学习其他课程方面树立信心。后来这位同学以优异成绩考入高中。

李校长为了感化后进生，和他们交朋友，与学生同吃同住，生活上关心，学习上鼓励，经济上资助。李振华常说，"转化后进生，像打仗攻山头，正面攻不下来，从侧面攻，就可能会出现奇迹。"

……

为强化后进生的进取意识，学校建立了一套激励竞争评比制度，对学生每天的学习、纪律、卫生、课外活动等方面，每天一检查，每周一评比，每月一总结表彰，在不断回顾和督促中，看到成绩，认识不足，因而大大调动了教师和学生的积极性，特别是调动了后进学生为班级争光的积极性，培养了学生的自我约束能力。

……

李振华在家访中了解到，现在的家长望子成龙心切，家庭教育却不得法。针对此种情况，他举办家长学校24期，传授教育子女的知识和方法。近些年，有7000多人次参加家长学校学习。他还带领教师走访家长3000多人次。他发起组织"关心教育下一代协会"，聘请校外辅导员，定期来校作报告，建立了学校、家庭、社会教育网络，收到事半功倍的效果。

有耕耘，就有收获。当年招收的108名学生，合格毕业率100%，有88人升高一级学校，90%的学生曾被评为三好学生、优秀学生干部。毕业后有8人被评为系统先进工作者，6人在部队立功受奖。

……

《人民日报》在刊发这篇文章的同时，配发了标题为《校长是关键》的评论员文章，不妨也摘录如下——

　　谁都想让孩子上一所好的小学和中学。然而，学校则有好的、比较好的、一般的、比较差的区别。这也正是一些地方发生择校问题的客观原因。因之，齐心协力，下功夫把比较差的学校办好，缩小校际间的过大的差距，就成为解决择校问题的根本途径。

　　要缩小校际间过大的差距，有许多具体细微的工作要做。

　　实践告诉我们，选派好的得力的校长，是事半功倍的办法。

　　山东省沂源县实验中学原是一所有名的差学校。学校环境差、设施差、师资差、生源差、教学水平差。可就是这所学校出了奇迹。教育主管部门派事业心强、富有教学和管理经验的同志到该校担任校长。短短几年间，这所学校就旧貌换新颜，发生了很大的变化，成为省级规范化学校，多次受到领导和上级部门的表扬。

　　像山东沂源实验中学这样由差校变成先进校、模范的学校，在全国各地有一批。有关教育研究部门在考察、分析、总结这些学校迅速变化的经验时，发现尽管各个学校转变的具体情况不同，但却有一个共同的特点，这些学校都有一个好的能干的校长。这说明，学校办得如何，学校的校舍、设备当然不能忽视，但主要是校长和教师。只要有好的领导班子和教师队伍，任何一所差的学校都可以转变，都可以办好。应当说，在大城市，校际间房子设备差距并不大，差也差不到哪里去。

　　翻开我国的教育史不难发现，凡办得有影响的学校，无不与有见识、有作为的校长的名字连在一起。徐特立、陶行知、张伯苓等一大批教育家在社会上具有广泛的影响，他们当校长、办教育的事迹，至今还为人们津津乐道。他们的志气和情操，品德和威望，学识和经验，本身就是巨大的力量。一个好的有作为的校长，在学校发挥的作用，社会上产生的影响，是多少资金和物资都难以相比的；他们在学校中产生的凝聚力，在师生中产生的感召力，更是用金钱难以办到的。他们能吸引好的教师，培养出好的教师，

《人民日报》报道李振华事迹的文章

带出一支优秀的教师队伍，充分调动和发挥教师的积极性，形成学校良好的校风和学风。这也正是一批有作为的校长使办得比较差的学校在短时间内面貌发生显著变化的根本原因。

……

　　学校的办学水平如何，环境设施等硬件诚然是重要的，但就今天的大中城市来说，现在的差距，就其总体观察，主要不是差在硬件上，而是差在校长的水平上，教师的水平上。许多学校发生迅速变化的事实都说明，一个好的校长，即可以用好的"软件"弥补硬件的不足。

　　校长，关系到一个学校的命运。抓校长，提高校长的思想理论水平和业务水平，就抓住了差校转变的关键；校长得力了，差校转化的问题也就容易解决了。

二十多年后的今天，我们再读《人民日报》的这篇评论员文章，依然感觉那么亲切，文章中的许多观点依然能够引起我们的共鸣，一些有关学校治理的观念仍然值得我们参考和借鉴。

1986年，沂源县城关二中更名为"沂源县实验中学"，同年被评为山东省第一批省级文明单位。这也是沂源县出现的第一个省级文明单位。

二　让爱改变一切

有人说,李振华犹如一位"化腐朽为神奇"的大师,创造了一个"点石成金"的现代神话。

建校初期,一位领导同志因为担心李振华思想上有压力,曾经这样安慰他:"李校长您不要急躁,生源状况大家都有目共睹,能够先把这些学生拢起来,不惹是生非就可以了,没有必要和其他中学攀比升学率。"

李振华向来不会急躁,急躁不是他的风格,但是对他来说,这样的标准未免有些低。

懂得李振华事业心、责任心的朋友,则对他寄予厚望,不止一次地提醒他,"升学率"才是一个学校的生命线,只有严格抓教学质量,提高学生们的学习成绩,才能尽快甩掉"渣滓学校"的名声。

那些被学生顶撞甚至恫吓过的教师,心里都憋着一股子火气。有人建议,对一些品行恶劣的学生必须严厉起来,不惜动用"开除"的手段,以儆效尤。

李振华一次次召开教职工会议,研究讨论治校方略,他提出了"让爱改变一切"的口号。

"千灯万盏,不如心灯一盏。"当年李振华刚刚考入南京师范学院时,父亲曾经以这句话启发他,如何做一名能够点亮学生"心灯"的师者。从韩旺小学到张家坡中学,李振华一直践行着这样的教育理念。

在第一次教职工会议上,他意味深长地说:"社会上无数双眼睛在盯着我们,人们对城关二中的议论和担忧中,饱含着对我们的期待。如何甩掉'渣滓学校'的帽子,改变一些人对所谓'一百单八将'的看法,让这些孩子健康成长,不仅仅是对我们教学水平的考量，更是对师德的检验，我们绝不能让家长们失望。我们要用博大无私的爱，改变目前的这一切；也只有这样的爱，才能够产生化腐朽为神奇的动能和效果，在社会上、在人们的心目中，真正树立起城关二中的良好形象。"

李振华经常说，教师的肩上挑着学生们的今天，更挑着祖国和民族的未来。教育的成效具有长期性，一个孩子得到了怎样的教育，不是眼前的分数可以衡量的。没有爱就没有教育，爱学生是教育、引导学生的起点和基础。他以自己多年的教学实践启发大家，一个富有爱心的老师，能够影响孩子的一生，所以人们常常把老师比喻为"燃灯人"。教育不是你在捏一个泥巴孩，捏坏了可以重新再捏一次，甚至多次。世上有很多事情可以重来，唯独教育不能重来。正如工厂的产品，不合格可以修理，甚至可以"回炉"，但是一个学生如果成了次品，不仅可能毁了他的一生，而且会给我们的社会留下各种隐患。

李振华提出了这样的治校理念：转化一名后进生，与向高一级学校输送一名优秀生同等重要。而实现这样的转化，要靠每一个老师的责任感和博大无私的爱。

他以陶行知先生与学生之间的一个故事，阐发着"爱"的含义。有一天，陶先生在校园里看到一个男同学正在欺负另一个同学，手里举着一块砖头正要砸向那位同学，他将其制止，并责令这个同学到校长办公室。陶先生了解完相关情况回到办公室，见那个男生已经在等他。陶行知掏出一块糖递给他："这是奖励你的，因为你按时来了，而且比我还要准时。"接着，他又掏出一块糖给男生："这也是奖励你的，我不让你打人，你立刻就住手了，说明你很尊重我。"男生将信将疑地接过糖果，陶行知又说："据我了解，你打同学是因为他欺负女同学，说明你有正义感。"陶先生拿出了第三块糖。这时男生哭了:"校长,我错了,这个同学再不对,我也不应该采取这种方式。"陶先生又掏出第四块糖,说:"你已认错,再奖励你一块。我的糖分完了,咱们的谈话也该结束了。"

李振华经常说,我们只有像陶行知先生一样,爱学生、尊重学生,才能培养教育出具有优秀品质的学生。他用繁体字的"愛"诠释着祖先们的智慧——爱的本意必须用"心",只有爱得深,才能更认真、更耐心、更细心地对待每一个学生,不管他有着怎样的缺点。只有爱,才能够激发学生积极向上的巨大动能。而这样的爱,源于高尚的师德。

"有了爱,便有了一切;有了爱,才有教育的先机",他让老师们把儿童文学作家冰心先生的这句话作为座右铭。

在李振华的心目中,每一个孩子都是独一无二的,都是可以造就的,关键是要找到优化学生的"命门"。他信奉"精诚所至,金石为开"的古训。一把钥匙开一把锁,要改变一个孩子,必须走进这个孩子的内心世界。一个被爱滋润和感染的孩子,就会爆发出无穷无尽的动力,萌生战胜各种困难与挫折的信心和力量。

父母对孩子的爱是天经地义的,但是当孩子犯了错误的时候,父母也会因为"恨铁不成钢"而斥责甚至打骂孩子。而李振华对学生进行严厉批评的时候十分少见。他的脸上每天都是慈善的笑容和鼓励、期待的目光。

爱,如滴滴甘露,即使枯萎的心灵也能苏醒;爱,像融融春风,即使冰冻的感情也会消融;爱,如黑夜的一盏灯,给人光明与希冀。

李振华与一个叫许俊山的学生之间发生的故事,一直让许多人唏嘘不已。

许俊山因为经常惹是生非,被称为"鬼见愁"。

那是新生刚刚入学不久的一天下午,许俊山与同学刘永在学校附近看见墙边蹲着一只大花猫。他对刘永说:"今天我要让你见识一下，为什么大家送我'弹弓大王'的称号。看见那只大花猫了吗？我说打它的左眼，绝不会打到它的右眼。"

他拉开弹弓，钢弹不偏不倚打在猫的左眼，花猫惨叫着，在地上不停地翻滚。此刻，一个中年妇女闻声跑了过来。两个人撒腿就跑，猫主人抱起花猫紧追不舍，一直追到校园里，在那里哭骂不止。

李振华闻讯赶来，问明白事情的原因，连忙赔礼道歉。猫主人得知李振华是校长，更加不依不饶："你这校长是怎么当的？你们拿着国家的钱，教育出来的都是些什么玩意儿？怪不得人家说你们城关二中是渣滓学校，你当校长的是吃干饭的吗？你还有脸站在这里！下辈子阎王爷让你们都托生为猫，也遭这样的报应！"

李振华的脸红一阵白一阵，不住地道歉、赔笑脸，答应一定要严肃处理这个事情，并从衣袋里掏出二十元钱塞到妇女手里，妇女才悻悻地离开。

李振华向来都是被人敬重，从来没有受到过这样的责骂、侮辱，感觉十分窝囊和委屈，心里沉甸甸地如坠着一块石头。

那一刻，他仰面朝天，重重地叹了口气。

一直躲藏在附近树丛里的许俊山，把这一切看在眼里。羞愧、自责与担心被惩罚的恐惧感，使这个平时敢作敢当的学生不敢走出来，更不敢回教室。

那天傍晚，天空中电闪雷鸣，李振华满校园里找许俊山，却不见他的踪影。眼看一场暴雨就要来了，这个孩子能跑到哪里去呢？

自开学以来，许俊山已经惹了好几次祸。他用弹弓打破了教室的玻璃，差一点儿造成人身伤害；他用弹弓打马路上的路灯，让民警抓了个正着，被送到派出所，是李振华亲自把他领了回来。刚刚信誓旦旦表示"痛改前非"，今天又惹出了这样的事情。他自感无颜面对李振华，便趁着天黑悄悄地溜出了校园。

许俊山漫无边际地在街上走着，浑身淋得落汤鸡一般，他对今天的行为悔恨不已。正在这时，他隐隐听到那个熟悉的声音正在呼唤他的名字，原来李老师找到这里来了。可是他却没有勇气走到李老师跟前。

一道闪电划过，李振华终于发现了他。浑身湿漉漉的一老一少紧紧地抱在了一起。

看着李振华老师脸上掺杂着抱怨、心疼的表情，许俊山泣不成声……

回到宿舍，李振华为他换下淋湿了的衣服，然后给他煮了一碗鸡蛋面，用气恼而又怜惜的目光看着他吃完，然后为他洗衣服。

那个晚上，李振华十分动情地对他说："人有人的世界和语言，动物也是如此。据我了解，被你打瞎了眼睛的那只大花猫，刚生了一窝小猫咪。你想想，小猫咪们见到妈妈眼睛血肉模糊的样子，会是什么反应？还有，被你的弹弓打死的鸟妈妈和鸟爸爸，如果不能捉虫回到窝里给自己的宝宝喂食，它的孩子会不会饿死？自然界没有了猫，老鼠便可能泛滥成灾；而鸟儿，是各种害虫的天敌。一个人如果不懂得敬畏，与动物有什么区别？甚至连这样的小动物都不如啊！今天猫主人虽然骂得十分难听，让我们下辈子托生为猫，但是如果你懂得设身处地、换位思考，就不至于做出如此残忍、荒唐的事情。"

许俊山一边流泪一边点头，并当着李振华老师的面，把弹弓砸烂了。

假如你认为从此之后，许俊山就成为一个再也不让人操心的好学生，也未免有点太天真了。

那是冬天的一个星期日上午，李振华例行到每个学生宿舍走走看看。在许俊山的那个房间，同学们有的在学习，有的在洗衣服，唯独不见许俊山的身影。同学们说，许俊山约着大家一起去附近的那个人工湖里滑冰，一个同学告诉他，前天自己去过了，湖里的冰还有些薄，有危险，建议他现在不要去。许俊山笑话他们是胆小鬼，便赌气自己走了。

这个许俊山向来喜欢冒险，李振华一听顿时紧张起来。他撒腿便向七八里外的那个人工湖跑去。

真是怕什么就来什么。李振华跑到湖边时，便看见瑟瑟发抖的许俊山光着上身，吃力地拧着棉袄上的水，棉裤上还在滴答水。他果然掉到冰窟窿里，拼命挣扎才爬了出来，脚上的鞋子也不见踪影。

李振华赶紧把自己的棉袄、棉裤和鞋子脱下来，让许俊山换上。只穿着衬衣、衬裤的李振华赤着脚，和许俊山各抱着一件被冰水浸透的棉衣，匆匆地向学校方向跑。

那是怎样尴尬的一道风景：一路上，多少人向狼狈不堪的一老一少投去怪异、怜悯、同情和感动的目光——可怜天下父母心。人们在猜想着，这不幸的父子俩如此搞笑——按通常的逻辑思维，只有父亲才会有这样的举动！

回到学校，李振华赶紧让许俊山躺在他宿舍的被窝里，自己去煮了两碗姜汤让许俊山喝下去，然后又去商店给他买回来一身绒衣、绒裤。

教育，是一个生命对另一个生命的影响。后来这个许俊山成为某国企负责人，他做职工思想政治工作方面的经验在省内外得到推广，他关心困难职工的故事时常刊登在报刊上。他对自己当年的那些"光荣历史"毫不避讳，在电视屏幕上动情地讲述李振华老师对他的影响和教育。

三 "歪脖子树"也会变直

城关二中"一百单八将",都有着与众不同的故事。

有个叫武鸣的男生,长得五大三粗,经常到集市的摊位上讹钱,如若摊主不给,他便踢人家摊子,影响做生意。小小年纪,人送绰号"南霸天"。被扭送到派出所的次数多了,他连这里民警的姓名都一一叫得出来,进派出所如同串门、走亲戚。在人们的眼里,这是一棵典型的"歪脖子树"。现实生活中,在自然界,已经长歪了的树是难以矫正的。

那是城关二中刚开学不久的一个晚上,已是十点多钟了,李振华突然听见宿舍外面传来叫骂声和慌乱的脚步声,紧接着是急促的敲门声——与其说是"敲",不如用"砸"更确切。

李振华赶紧开门,正是武鸣。只见慌慌张张的他一脸血污,不远处站着一个青年,手里拿着一块石头,正恶狠狠地盯着他。李振华赶紧把武鸣护在身后,追赶者这才悻悻而去。

李振华把武鸣领进宿舍,拿出一条干净的毛巾,蘸着温水,小心翼翼地给他擦去脸上的血污。还好,只是鼻子被打破了,额头摔破了一层皮。

问他吃饭了没有,武鸣摇了摇头。李老师连忙打开蜂窝煤炉子,煮了一大碗面条加荷包蛋,又拿出两个馒头。看着他狼吞虎咽的样子,李振华才知道他已经一天没有吃东西了。那个青年之所以追打他,是因为他偷人家摊子上的水果,而且不止一次。

因为担心外面的青年不会善罢甘休,李振华没有让武鸣回家,而是住在了他的宿舍。李振华问他家住什么地方,想骑车去告诉他爸妈不要担心,武鸣说妈妈改嫁了,爸爸经常不回家,也从来不关心他是不是回家。

李振华烧了一大盆水，让武鸣洗了个热水澡，为他搓背，然后又把他的脏衣服洗干净晾起来。

李振华默默地做完了这一切，然后对武鸣说："你今天让我觉得很温暖、很感动。因为你知道老师一定会保护你，才会跑到我这里来，我要感谢你对老师的信任。有句话叫信任无价，你能理解老师此刻的心情吗？"

武鸣的父母在他很小的时候就离婚了，做小买卖的父亲经常酗酒，生活和生意不顺的时候便打他、骂他，对他的学习和生活基本上不管不问。得不到家庭的温暖，有时候甚至吃不上饭的他干脆"破罐子破摔"，从开始偷拿人家东西变成到处讹人。有的摊贩为了息事宁人，常常给他三毛两毛的钱，让他尝到了不劳而获的甜头，也助长了他的戾气。

这个晚上被人追打，他情急之下跑到李振华这里，纯属无奈之举。在武鸣心里，即使遭到老师的训斥甚至处罚，如果能够躲过一顿皮肉之苦也是值得的，却不曾想被李振华如此礼遇。特别是听老师说出被自己感动和温暖的话，很少掉眼泪的他，此刻泪水长流。

武鸣双手抱拳，对李振华说："老师，我有的是力气。今后谁敢欺负您，我就和他拼命；谁敢不听您的话，我就去揍他。从今以后，您让我做什么我就做什么！"

李振华笑了，问他为什么要去踢人家摊子，拿人家东西。武鸣低下头，小声回答："因为我饿。"

"从今以后，饿了就来找我，老师这里就是你的家，什么时候都可以来。但是，你必须改了这样的行为，不然老师走在大街上抬不起头来，我的学生、我喜欢的孩子，不能、也不应该是这个样子啊，你能先这样答应我吗？"

武鸣郑重地点了点头。

多年以后说起这个晚上发生的事情,武鸣说,那一刻他真想跪下,给李老师磕头,喊"爸"。

李振华翻看了武鸣的入学考试成绩,数学零分,语文和常识两门课加起来恰好二十分。小学老师的讽刺挖苦以及人们的冷眼,让这个缺乏爱的学生在自暴自弃的同时也厌倦了文化课。为了不受欺负,他学起了武术,在习拳舞棒的同时也喜欢上了体育课。

第二天天不亮,李振华领着武鸣来到操场,他的跳远、跳高动作要领和成绩果然很好,李振华连连向他竖起大拇指。在后来的日子里,李振华让体育老师单独为他"开小灶",指导他科学训练,他的体育成绩突飞猛进。

在李振华开导下,武鸣渐渐地懂得了许多道理:一个人仅有强健的体魄是远远不够的,良好成绩的取得还需要掌握人体科学,而这一切都离不开文化课的学习;一个人学习目的不明确,没有远大理想,是走不远的。通过体育训练和竞赛,武鸣慢慢找到了自己的价值,树立了信心,文化课成绩也大幅提高。

人们常说"春风化雨,润物无声",李振华的关爱温暖了武鸣那颗曾经冰冷的心,彻底改变了他荒诞不羁的个性。

有一段时间,武鸣因为过去那些不光彩的行为而深深自责,每当感觉到有人对他指指点点的时候,他都因为自卑而痛苦不已。李振华告诉他,任何事情都需要一个过程,每一天脸上带着自信的微笑,用友善的目光去面对身边的每一个人,人们回敬你的也一定是微笑和友善;当你捡起地上的一块可能让人滑倒的西瓜皮、香蕉皮,捡起一根可能会绊倒老人和孩子的小树枝,积小善为大善,慢慢的,你自己就会因这样的行为而收获温暖与感动,一天天高尚起来,同时影响和感染身边的人。

李振华曾经多次启发武鸣,要尝试着去改变父亲,比如把自己获得的奖状和奖品带回家；回到家里给父亲端上一碗热水，看看父亲会有怎样的反应。

那天放学回家，父亲正在喝闷酒，武鸣真的倒了一碗热水端到他的面前，用关切的目光看着父亲说："爸，老师今天又表扬我了，夸我有出息。您少喝一点酒吧，这样对身体不好，我去给您煮面条。"当他用双手把面条捧到父亲面前的时候，父亲突然呜呜地哭了，哭得像个孩子。父亲从此再也没有打骂过他，就像变了个人，家里的小生意竟然也慢慢好了起来……

叶的归处，取决于风的方向；人的得失，取决于心的方向。心若黯然，前途充满了迷茫；心若向阳，便会春暖花开。

武鸣曾经多次代表学校参加沂源县和临沂地区的中学生体育竞赛，几乎每一次都捧回奖杯，为学校赢得许多荣誉。有人问他获奖的诀窍和体会，武鸣说："每一次参加比赛的时候，我就想象着李振华老师在我的身边，他的眼睛在看着我，在为我喊'加油'，我瞬间就会爆发出巨大的力量，就这么简单。"

武鸣连续两个学期被评为三好学生和"学雷锋标兵"，并以优异成绩考上沂源一中。高考填报志愿时，他全部选择了师范院校，他说要成为李振华这样的老师，给学生带来温暖和感动。最终他考入山东师范学院，成为一名优秀的体育教师。

"你的教鞭下有瓦特，你的冷眼里有牛顿，你的讥笑中有爱迪生。你别忙着把他们赶跑。你可不要等到坐火轮、点电灯、学微积分，才认识他们是你当年的小学生。"李振华经常用陶行知先生的这段话启发老师们，一定要善待每一个学生，要善于利用时机，真心地去帮助、关心他们，精诚所至，金石为开。他说，只要你坚持这样做，就一定会有丰厚的回报。

在几十年的教学生涯中，从小学到中学，李振华遇到了数不清的调皮甚至十分顽劣的学生，他从来不对学生进行严厉指责。有人说，李振华脸上的微笑犹如春风和冬日的阳光，让人感觉到温馨、温暖与舒畅；他的一个眼神，能够给人一种战胜任何困难的信心和力量。

有人曾经这样感慨，一个孩子能够取得成功，需要多少天赋，又需要何种际遇，其实在许多时候，有这样一位有爱心、有责任感的老师就足够了。李振华的一位同事这样说过，无论多么难缠甚至在许多人眼里"烂泥扶不上墙"的学生，只要到了李振华老师那里，必定服服帖帖，出现"脱胎换骨"般的奇迹。

李振华认为，爱学生，首先要懂得学生。他拿来《说文解字》，让老师们理解"懂"这个字的结构和释义：懂，从"心"从"董"，"董"的本义是待栽培和移植的花草。他说，我们学校的每一个学生，就是这样的"花草"；而懂得学生，用一颗真诚、温暖的心去对待他们，是"栽培"和"移植"最重要的前提。当你真正懂得了学生，去爱学生，走进了学生的内心世界，才能够在教育、教学工作中真正做到"有的放矢"，让思想教育工作游刃有余。

在李振华心目中，学生没有什么优劣之分，全在于教育者的引导。任何事物和人，都是在不断发展、变化的，都是可以改变的。学生学习成绩等方面的落后，不是一成不变的，也都是有原因的；而老师的责任就在于找到原因，只有找到了真正的原因，才可能"对症下药"。一把钥匙开一把锁，一旦你找到了开启学生心灵的钥匙，就如"庖丁解牛"，一切问题都会迎刃而解。

学校为每个学生建立了"档案"，包括家庭状况、思想和性格特点、特长、爱好，以及主要缺点和不足、指导帮助措施等，统一登记造册。李振华指导老师们为每个学生"量身定制"了专门的指导方案，确保有针对性和实际效果。学校建立了共青团和少先队组织，每天开展丰富多彩的活动。

每一天，李振华脸上和蔼慈祥的笑容，眼睛里散发的光芒，感染和征服着每一个学生。在校园见到每一个学生，他都能够准确无误地叫出名字，让学生们惊讶、惊喜的同时，也慢慢变得自信与自律。特别是那些被称为"刺儿头"的，还有那些来自特殊家庭、困难家庭的学生，李振华都了如指掌，对他们重点关心、帮助。

李振华经常对教师们说，世上有很多东西，当我们给予他人时，往往是越分越少；而有一样东西，却是越分越多，这就是爱，因为爱可以相互"传染"，不断"增殖"。

——不是索取，不是等价交换，而是付出，是给予，这是一种多么高尚、无私的爱和自我牺牲精神！李振华一辈子都在这样爱着。他以博大的爱和无私奉献精神，启发、影响、感染着身边的每一个学生、每一个教师。

心理学家认为，人性中最深切的本质，是对别人赏识的渴望。李振华启发、鼓励老师们学会多角度思考问题，从那些被称为"渣滓"的学生身上找到可赞扬、可夸奖的闪光点，由点到面，由此及彼，由表及里，科学引导，从而使每个学生达到全面发展之目的。

李振华经常对老师们说，传道、授业、解惑，只是一个教师职业生涯中的一部分；而一个真正优秀的老师，能够因人而异地点亮学生们的"心灯"，从而激发他们渴求知识的"内动力"，激发和调动一种可持续的学习兴趣，才是最难也是最重要的。

学校先后成立了体育特长、"小发明"、美术、书法、合唱、舞蹈、朗诵、文学社等四十多个小队或者小组，涵盖每一个学生。超过半数的学生参加了其中的两三个兴趣小组，不仅丰富了学习生活，更展示了同学们各自的实力与风采，让他们找到自信。

学校设立了"提高进步奖"——每天进步一点点，成为城关二中教学工作的指导思想。通过一个个小目标的实现，来激励学生不断进步。老师们帮助每个学生制定了每天、每周、每月的"小目标"，采取"小目标分层推进法"，激励学生朝着大目标迈进，把每一天、每一点的成绩与进步，都化作信心和力量，不断地实现自我超越。无论是你的思想品德、遵守纪律、学习成绩，还是某个方面的特长，只要有了进步，就会得到表扬和奖励：上个月迟到了三次，这个月只迟到了一次，就会得到表扬；上周违反课堂纪律一次，这周一次也没有，就会得到奖励。

一张小小的奖状，一份微薄的奖品，在学生心中掀起巨大波澜。那些曾经因为学习成绩差或者打架斗殴，长期被训斥，被家庭和亲人冷落，在社会上遭受"白眼"的孩子，开始体验到受赞赏的快乐，品尝到进步的喜悦。当他们走上领奖台，捧着从来都与自己无缘的奖状、奖品，面对那么多欣慰、羡慕的目光，在昂起头来的那一刻，更是感受到温暖、自信与激励，继而向着新的目标前进！

苏联著名教育实践家、教育理论家苏霍姆林斯基说，每个人都有一颗成为好人的心。李振华启发老师们运用、实践这方面的心理学。他认为，只有对后进生尊重、理解、信任，才能够使师生之间思想上产生共鸣，通过搭建这样"爱的桥梁"，才能够达成心心相印的默契。而只有这样的感情上的沟通，才能取得教育的最佳效果。

四 一场模拟的"答记者问"

城关二中刚刚建立时，因为这"一百单八将"在县城名声大噪。有些好奇心比较重的人，便想看这些学生究竟如何与众不同。于是，学校门口时常有人对着学生指指点点，窃窃私语。那些自尊心比较强的学生感觉低人一等，出入校门时总是耷拉着头，担心被熟人认出来。有的学生则愤愤不平：外面的人是如何知道我们入学考试成绩的？是不是学校有人故意泄露出去的？既然这里被称为"渣滓学校"，这不是明摆着说我们是"渣滓"吗？

那个时候，社会上流行着一个比较时髦的词，曰"对话"。作为体现民主与公平、官员与普通民众之间平等交流的一种沟通方式，"对话"曾经备受推崇。于是，一些学生提出要与学校领导对话。

得知学生们有这样的要求，李振华说，"对话"的想法很好，可是这样的说法用在我们学校有些不合适。咱们是不是叫"答记者问"，让同学们体验一把做"无冕之王"的荣耀与感受。

李振华让学生们推选出能够代表自己的"记者"，认真地做好准备，无论提什么样的问题，他一定有问必答。

犹如"一石激起千层浪"，校园里顿时活跃起来。有的老师曾经这样形容：一些学生就如同打了"鸡血"一般兴奋。

"答记者问"如期举行。

那天，操场上的气氛比较紧张，特别是两位班主任，一直提心吊胆，不知道自己班的学生们会捅出什么娄子，做出怎样出格的事情。而那些最早提出"对话"并在背后一直策划这次活动的学生，都在忙着推选"记者"，向他们提供自认为最有威力的"炮弹"和他们最关心的话题。有的学生已经按捺不住，准备看李振华校长的"记者招待会"如何尴尬收场。

当李振华宣布"答记者问现在开始，请各位记者踊跃提问"时，八九个同学齐刷刷地举起了手。

那个挤在最前面、跃跃欲试、第一个获准提问的学生言辞犀利，单刀直入："李振华校长，当年你刚刚考上大学，却离开南京这样的大城市，跑到我们穷山沟里支教，我想知道，你是不是为了出风头，沽名钓誉？你先来回答我的这个问题。"

操场上顿时出现了一阵骚动。有的老师和学生为李振华校长捏着一把汗，提问者的几个好友则发出一阵哄笑声。

李振华泰然自若。

这些天他一直都在思考，如何借助这样一种形式和机会，把自己想表达的思想、感情表达出来。既然面对的是"记者"，作为一校之长，必须表现出应有的气度、风格与风采，让学生们了解你、佩服你、崇拜你，才能够在他们的面前树立起威信，说话才有分量。

李振华笑了笑，然后说道："这位记者同志提出的问题非常尖锐，也非常具有挑战性，一开始就让我感觉到了一种浓浓的'火药味'啊！让我十分欣喜的是，你用了'沽名钓誉'这个成语，说明你读过许多书，也懂得如何运用成语与典故，这十分难得。这里，我非常乐意回答你的这个问题。"

李振华侃侃而谈。所谓的出风头，是一个行为动词，是指一个人热衷于抛头露面，善于显摆自己。用咱们沂蒙山区的地方话来说，就是喜欢谝能。而这样的显摆或者谝能，是为了达到某种私利，也可以说，目的不纯。按照我个人的理解，爱出风头、爱谝能的人，除了目的不纯，还体现出一种极不自信。因为不自信，所以就时时、处处想表现自己，担心被别人瞧不起。其实，这恰恰弄巧成拙，也就是我们常说的那句话——"一瓶子不满，半瓶子晃荡"。可是，正是他的这一晃荡，大家才注意到，原来这个人的手里只有半瓶子啊！而我呢，一直觉得自己确实只有半瓶子水，所以从来不敢拿出来晃荡。

操场上响起一片欢笑声。

李振华继续说道:"当年我从大城市来到沂蒙山支教,是响应党和国家的伟大号召。我相信,同学们在今后的人生道路上,也一定会不止一次遇到这样的选择,相信同学们也一定能够积极响应,挺身而出。不能否认,在当时一起报名下乡支教的同学中,可能个别人有出风头的动机。但是,如果你没有报效国家的理想与情怀,最终该如何收场呢?"

"当年,我有许多次机会可以离开沂蒙山区,到大城市去工作,或者回到故乡南京。可是,我深深地爱着我的沂蒙山,这里的父老乡亲也深深地爱着我,我不能也决不会离开这里。所以,我要一辈子在这里'出风头',就像今天,我在这里面对如此之多的记者。"

操场上发出一阵阵笑声、掌声。

李振华话锋一转,继续说:"我不了解这位记者同志,你是不是到过我们沂蒙山的农村,是不是见过谷子这种粮食作物。有一种草与谷子相伴而生,叫谷莠。谷莠与谷苗的样子别无二致,在它生长的初期,连农民伯伯也很难分辨清楚,所谓的'良莠不分',便是这个意思。只有到了抽穗的时候,谷的穗子粗大,而谷莠的穗子细小,所以人们轻蔑地称它为'狗尾巴草'。再过一段时间,谷穗因为越来越饱满,低垂着自己的头。而谷莠呢,因为穗子轻飘飘的,就那么一直高高地昂着头,看上去比谷子高出了一大截,十分引人注目。就在它目空一切、自鸣得意的时候,我们的农民伯伯来了,把谷莠连根拔掉,放进沤肥的池子里做肥料,以防止它的种子扩散。——听了这个故事,我相信同学们应该清楚了,没有谁会愿意成为这样的谷莠,善于显摆自己,出尽了风头,却最终被扔进沤粪池。同学们,你们说是不是?"

操场上传来一片会意的笑声。

"现在，欢迎下一位记者提问。"李振华微笑着向"记者席"示意。

一位同学举手发言："我想问李校长，你如何评价高仓健这个人物，你怎样看待侠肝义胆的英雄。"

1979年实行改革开放前后，大量的过去被称为"封资修"和"毒草"的书籍被解禁，武侠小说得以大量出版；同时境外的一些电影被引进，人们一度被禁锢的思想空前活跃，一些青少年痴迷于"追星"，狂热的追星潮如沙尘暴一样刮过之后，一些涉世未深的年轻人便迷失了方向。

此刻提问的这个学生，那时候正沉迷于武侠小说，他曾经自制了一把木头的大砍刀，经常背在身上招摇过市，寻找行侠仗义的机会。他多次帮别人打抱不平，甚至打伤了人而被扭送到派出所。

李振华笑了笑回答说："我想，这位记者同志提到的高仓健，是不是不久前影院里上映的日本电影《追捕》中的男主角，那位杜丘的扮演者？"

提问的学生连忙点了点头。

"高仓健只是一个演员，他所扮演的杜丘是不是英雄，应该看他们国家评价英雄的标准。一个伟大的国家、一个有希望的民族，都有自己的英雄；一个崇尚英雄的国度，才会英雄辈出。英雄首先是有鲜明是非观的人，评价一个人是不是英雄，首先看他是否把国家和民族大义放在首位。小说中的那些所谓行侠仗义、除暴安良者，讲究哥们儿义气的人，不能把他们与英雄画等号。如果我们有一颗明亮的心，你就会发觉，其实英雄就在我们的身边。"

李振华顿了顿，接着说："我想问这位记者，你知道甲午海战英雄群体中的沂蒙老乡左宝贵吗？你知道抗美援朝战场上，我们沂源籍的英雄人物，被称为'钢铁战士'的朱彦夫吗？"

提问的那个学生连续地摇头。

李振华又问:"伟大的共产主义战士雷锋,你们应该知道,对吗?"

这个同学突然变得兴奋起来,"我知道,我知道,雷锋叔叔没户口,三月来了四月走!"

现场笑声一片。

李振华来到这个学生面前,说:"我要感谢这位同学提出了一个十分重要也是我一直在思考的问题,从现在开始,雷锋叔叔就再也不会离开,他的户口就永远地落在我们城关二中了!"

——今天,人们在沂源县实验中学校园看到的那尊雷锋雕像,就是那年李振华专门请人雕塑的。四十年了,这尊雕像一直矗立在这里。也就是从那时候开始,各个班级建立了学雷锋小分队。同学们根据各自的居住区域,自由结合,建立了许多的学雷锋小组,活跃在校园、汽车站、公园等公共场所,开展志愿服务活动。同学们经常帮助军属、烈属、"五保户"擦玻璃,打扫卫生。这里的学雷锋活动一直如火如荼,"以雷锋精神铸校魂,以良好的师德凝校魂",成为这个学校一直保持领先位置的重要法宝之一。

李振华把被誉为"中国保尔"的朱彦夫请到了学校。这位在抗美援朝战场参加过上百次战斗、十次负伤、动过四十七次手术、失去四肢和一只眼睛的特等伤残军人,还有他的自传体小说《极限人生》,他带领乡亲们脱贫致富的故事,让同学们懂得了什么是真正的英雄,青少年应该追什么样的"星"。

校园里的"答记者问"继续进行。

一位同学举手提问:"现在,整个沂源县城都在议论我们城关二中,说我们是什么'渣滓学校',同学们都感觉抬不起头来。我的提问是,'渣滓学校'这个名称是怎么流传起来的?作为一校之长,你如何看待这个事情?"

李振华说:"这位记者同志提出的问题很深刻,也很尖锐,可谓一语中的。同时,我也为同学们能够有这样的自尊心,为大家对我们学校声誉的关心而感到欣慰。的确,我也听到了这样的议论。关于渣滓这个提法,我完全不能接受。我反对有人这样称呼和评价我们的学校,这样评价我的学生。当然,我非常理解人们望子成龙和恨铁不成钢的心情。其实,这样的议论中也包含了一种期待。按照现代汉语词典的解释,渣滓的含义有两个:第一,物品被提取精华之后剩下的废物;第二,比喻品质恶劣、对社会起破坏作用的人,如盗贼、骗子、流氓无赖等。在这里我想问问大家,渣滓这两个字,与我们在场的每一位同学沾边吗?"

李振华充满深情地说:"从父母把我们生下来的那一天开始,我们便成了父母的宝贝,成了这个地球的一员,这个世界给了我们一个位置。我们每个人都是独一无二的,有着不同的优点、优势,有着令亲人和朋友喜欢、赞赏的品格。只是在许多时候,我们的优点与长处、我们的闪光点没有被发现,我们自身那些宝贵的价值还没有机会得到展现而已。"

李振华从兜里掏出一块鸭蛋大小的石头。

"这是我在我们学校操场边捡到的。当我第一次拿在手里的时候,发现这个石头质地细密,有着朦胧而又清晰的漂亮纹理,便爱不释手,时常拿在手里把玩。有一次,我拿给一个朋友看,他说,这不就是一块普普通通的鹅卵石吗?我让他再仔细看,他也喜欢上了。这块石头被他拿到工厂车间进行了简单的抛光处理,便成为现在的这个样子。"

一位在李振华老师那里见过这块石头的朋友曾经这样向笔者描述：黛青色的山坳里，露出太阳初升前的曙光；山脚下，一条小路通向远方；树林里，枝丫伸向天空；天空中有一群自由飞翔的鸟儿，宛如一幅山水画。

李振华继续说："我给许多朋友看过，他们都不相信，这曾经是一块被人踢来踢去的顽石。"

操场上变得异常安静。

李振华又拿出几幅图片，那是他从一本画报上剪下来的，上面是精妙绝伦的玉雕作品。

"相信同学们都认识或者见过这样的玉雕。可是，这些精美的艺术品在被雕琢之前，你们知道它是什么样子的吗？"他又拿出一幅图片，那是一块块或灰或黄、或黑或白的石头，看上去与山坡上、河道里那些圆滚滚的石头没有什么不同。

"同学们，这就是玉雕的原石啊！春秋时期卞和与和氏璧的故事，相信大家都不陌生。今天，我在这里讲了这么多，就是想告诉同学们两个道理：第一，天生我材必有用。一块看上去并不起眼的鹅卵石，经过简单的抛光打磨，也可以变成令人爱不释手的工艺品，更不用说那些同样看起来普普通通的玉和翡翠的原石；第二，一定要相信我们自身的价值，懂得我们每一个人潜藏着的、还没有爆发出来的无限内在力。谁敢断言，你们中间没有科学家、文学家、教育家等国家的栋梁之材？"

短暂的沉默后，操场上爆发出热烈的、长时间的掌声！

"在这里，我要郑重宣布：我们沂源县城关二中的一百零八名学生，没有一个人是所谓的'渣滓'！我相信同学们一定会用自己的行动，来证实我今天在这里说过的话！不管过去如何，从现在开始，从这里开始，我们一定要正确看待自己，然后超越自己，相信我们一定会不断进步，让自己变得更加优秀！——你有多么努力，就一定会有多么优秀！同学们，请记住我的这句话吧！"

掌声、呐喊声，瞬间在操场上响起。

"如寒冷的冬季吹来了一缕春风，如久旱的土地迎来一场甘霖，如早春之时从天际间传来的一阵阵雷声，同学们处在一种无以言表的感动与亢奋之中，跃跃欲试的冲动萦绕在我们的心头。我的人生目标是什么？我将如何去实现？那一刻，我在问自己。汉朝刘向在《说苑·贵德》中引用管仲的话：'吾不能以春风风人，吾不能以夏雨雨人，吾穷必矣。'李振华，就是这样一位以春风风人、以夏雨雨人的老师。因此，桃李满天下的他今天才如此富足。"

"李振华深深地懂得，情感教育是一种春风化雨、润物细无声的教育，师生之间情感的交流首先是心灵的沟通。老师的一句话、一个眼神、一个微笑，都能让同学们感受到一种足以超越父母的爱，并被这样的爱激发出不竭的动力。"

上面的两段话，是国内某主流媒体的一位资深记者与笔者交流时，充满深情的表述。

作为李振华的学生，他一直忘不了当年在城关二中进行的那场"答记者问"给自己的人生带来的重要影响。

那天他是这样提问的——

"请问李振华校长，您如何评价那些比较调皮、不受人待见的学生？您准备如何对待他们？谢谢！"

那时候的他，是沂源县城比较出名的"调皮大王"，喜欢搞恶作剧，常常以出人意料的举动博人眼球。有时候，他把黑板擦半悬在门框的上方，在老师推门迈进教室的瞬间，使其掉到老师的肩上、头上；他不止一次地捉来青蛙、知了猴等，悄悄地放进女生抽屉甚至书包里，让女同学尖叫不止，以显示自己的与众不同。读小学四年级的时候，曾经有一个同学惹过他。有一次上课时班长喊"起立"，他迅速把这个同学的小凳子挪离位置，当班长再喊"坐下"的时候，同学一屁股跌坐在地上，造成尾骨骨折。同学在医院的检查和治疗，让他们家花了不少钱，他因此没少挨母亲的责骂、父亲的巴掌。

李振华当然不了解这位同学读小学时的故事。那天，他向这位同学伸出大拇指。

"这位记者同志的文明用语，让我非常感动，请问、您、谢谢，还有你的语气和表情，让我感觉到自己真的是在接受一位非常有素养的大报记者、电视台记者的提问。包括你所提出的这个问题，我非常乐意与你交流。"

"关于如何看待学生的调皮，我的见解是：绝大多数调皮的学生都很聪明，遇事喜欢动脑子，做事情比较专注，比较执着，喜欢与众不同。只是，这样的动脑子、专注力和与众不同用错了地方而已（笑声）。一个调皮的孩子，如果有了正确的人生观、价值观，再有了比较强的自我约束力，把大部分心思用到自我修养、文化课和各种科学技能的学习方面，我相信他的学习成绩、他走上工作岗位后取得的成就，也一定会与众不同，一定会让人刮目相看。至于我个人，很喜欢与这样的所谓调皮学生交朋友，因为我喜欢他们的聪明与专注。过去喜欢，现在喜欢，将来也会喜欢。以后我会给同学们讲，发生在我与这些所谓调皮学生之间的故事。我相信，我们学校的老师也会和我一样，与每一个曾经比较调皮的学生交朋友，而不是嫌弃他们。请大家记住一句老话，'浪子回头金不换'！"

神采飞扬的李振华继续说："这里，我还要再一次感谢这位记者同志的采访，你的提问让我认识了你。我希望下一次接受你采访的时候，你会是一位真正的、非常出色的报社或者电视台的记者。当那一天到来的时候，我会为从我们城关二中走出去的优秀记者而感到自豪和骄傲！"

那一刻，激动、感动，以及对未来的憧憬，让这个学生热血沸腾。

其实，在第一个学生提问时，他也曾跟着起哄，然而他很快就被李振华折服了。除了敬佩和感动，他还有一种跃跃欲试的冲动。

他深深地给李振华鞠了一躬。从此，他对文学特别是新闻专业产生了极大的兴趣。从上高中开始，县广播站就经常播发他写的广播稿。最终，他以优异成绩考上了复旦大学，读新闻专业，成为一名很有成就的记者，后来成为国内某大报的副总编辑。

人们透过窗户的玻璃，可以看到远处的风景；我们面对镜子，看到的是真实的自己。同样是玻璃，视觉效果却截然不同，皆因玻璃背面的那层水银。李振华经常说，做人既要有玻璃一样清澈、透明的心，同样也要有镜子一样不折不扣的折射修为。作为教师，就是要让学生们懂得这些做人的道理，在人生的征程中少走弯路。

爱尔兰诗人叶芝曾经说过这样一句话："教育不是注满一桶水，而是点燃一把火。"这样的所谓"一把火"，便是人们常说的"心灯"。

多少人曾经有过这样的感受——失意时一个会心的微笑，落魄时一个坚实的依靠，无助时一个温暖的拥抱，迷茫时一个温馨的提示与忠告，便给了我们无穷的信心和力量。李振华说，所谓的"醍醐灌顶"，是因为"高人指点"，而教师就应该成为这样的"高人"。他说，每个学生的心里都安放着一盏灯，当心灵之灯被点燃时，便有了前进的方向和动力。

李振华便是这样善于点亮学生心灯的人。点亮心灯，才是教育的最高境界。而一个人的心灯一旦被点燃，便不会熄灭。

每当想起当年李振华老师精心策划的这场模拟"答记者问",这位同学都会感慨,是李老师在他的心中埋下了一颗"记者梦"的种子,从某种意义上说,是李振华老师成就了他。

五　影响一座城的家长学校

这是一个流传比较广泛、许多人耳熟能详的感人故事。

放学后,一个孩子蹦蹦跳跳地回到家,郑重其事地把一封信交给母亲:"老师告诉我,只让妈妈一个人看!"

母亲疑惑地接过信,看着看着,竟泪流满面。孩子见状,大感不解地问道:"妈妈,老师说了什么?"母亲擦干眼泪,哽咽着说:"老师说,夫人,你的孩子是个天才,我们这个学校太小了,没有人能教得了他,您另请高明吧。"

孩子听后,异常高兴。

多年后,这个孩子发明了留声机、自动收报机等,实验并改进了白炽灯和电话,他一生的发明共有两千多项,拥有专利一千多项,曾被评为"影响美国的一百个人物之第九名"。

他便是举世闻名的爱迪生。

母亲去世后,爱迪生整理母亲的遗物时,偶然发现了当年的这封信。那个似曾相识的信封,激发了他的好奇心。他小心翼翼地打开信封,展开信纸,只见上面写着:"夫人,您的孩子有智力障碍,不能留在这个学校了,请理解我们的爱莫能助。"

看到这儿,爱迪生泪流满面。他提笔写下一句话:爱迪生是个有智力障碍的孩子,是伟大的母亲把他变成一个天才。

爱迪生的母亲如此,中国的孟母亦是如此。"孟母三迁"的故事千古流传,家喻户晓,同样彰显中国母亲的伟大和明智。有人说,母亲那双晃动摇篮的手,足可晃动整个世界!

李振华在从教七十年的漫长岁月里,曾经以爱迪生与母亲的故事、"孟母三迁"的故事,感动、启发了无数学生家长。

家庭教育、学校教育、社会教育,并称为"教育的三大支柱"。

苏联著名教育学家苏霍姆林斯基曾把儿童比作一块大理石。他说,把这块大理石塑造成一座雕像,需要六位雕塑家:家庭、学校、儿童所在的集体、儿童本人、书籍和偶然出现的因素。

李振华对这些环节的运用,可谓得心应手。

这里记述的是他当年在城关二中办家长学校的故事。

那个年代,学生家长的文化水平普遍比较低,加之刚刚实行的市场经济和各种改革,许多父母忙于生计,孩子的家庭教育出现了诸多令人忧虑的问题。一些家庭要么溺爱孩子,要么放任自流,要么对不听话的孩子非打即骂,家暴现象随处可见。甚至还有许多家长认为,孩子进了学校的门,教育就是老师的事,与己无关。

李振华认为,在影响一个孩子终身发展的诸多因素中,起制约作用的是品德、品格教育,与孩子朝夕相处的父母,是孩子的第一任老师。每一个"问题学生"的背后,必然有一个"问题家庭";而一个优秀孩子的背后,一定有勤奋的父母和一个温馨、和谐的家庭。他做过许多调查研究,同一所学校、同一个班级的学生,差别之所以那么大,很大程度上是受到家庭因素的影响。

在韩旺和张家坡的两个农村学校时,李振华与家长们的沟通,主要是靠家访,他在家访中发现和解决学生中表现出来的问题;到了县城的学校之后,学生的居住相对集中,他尝试着把定期召开的家长会变成了"家长学校"。

一位家长回忆了自己第一次参加家长学校时的情景与感受。

那天,李振华在黑板上写了两个字:知道。然后说:"我们都认识这两个字，可是这两个字是什么意思，大家知道吗？"

人们纷纷露出开心而轻松的神情，七嘴八舌地回答自己对这两个字的见解：明白了、懂得了、清楚了、了解了……

李振华又问："我们今天办家长学校目的是什么，大家知道吗？"

许多人做思考状。一位家长这样回答："为了让孩子好好学习，能够走正道，长大了能够有出息呗！"

李振华向这位家长竖起大拇指。

然后，他又在黑板上写了一个篆体的"道"字。李振华从这个字的结构讲到古人造字的智慧："首"即脑袋，脑袋决定了一个人选择"走"什么样的路，这就是所谓的"道"。

"道不仅是表示道理、道路，还表示规律，比如我们常说的天道、人道等。我们中国还有影响世界的道教。一个'道'字，可谓博大精深。所以，假如今后有人再问'你知道吗'，我们轻易不要说自己知道。有些时候，我们可能真的不知这个'道'究竟是什么道。"

教室里响起一片会意的笑声和"啧啧"声。

然后，李振华又讲到人们耳熟能详的韩愈"师者，所以传道授业解惑也"的含义。他说，古人为什么把"传道"摆在"师者"职责的第一位？因为"传道"是要解决如何成人、如何做人的问题，而"授业"与"解惑"只是解决一个人做事的能力问题。一个孩子如果不能成人，走上了歪道，学到的本事也只会用来危害社会。

这位家长回忆说，那天李振华讲这些话的时候，教室里异常安静，完全可以这样形容——掉根针都可以听得到。那些无精打采、原本带着"有一搭无一搭"心态来听课的家长，一个个瞪大了眼睛，生怕漏掉一个字。

"我们常常说，父母是孩子的第一任老师，那么家庭就是孩子成长的摇篮。正如蔡元培先生曾经说过的一句话，'家庭者，人生最初之学校也'。家长在日常生活中的一言一行,都会对孩子起到潜移默化的作用。有人这样说,要想孩子伟大,父母必先伟大,父母的世界观、人生观、价值观,最终都将在孩子身上得到体现。常言说'身教胜于言教',就是这个道理。大家想一想,我们平时给孩子起到了怎样的表率作用?我们要求孩子做到的事情,自己又做得怎么样呢?你经常在家里抽烟、喝酒、打麻将,却斥责孩子学习不认真、不刻苦,孩子怎么可能不产生抵触情绪?你不懂得孝敬父母,平时不读书、不看报,说话粗俗不堪,有没有思考过,这对身边的孩子会产生怎样的影响和后果?"

李振华联系从教几十年来所接触的各种类型的家庭,这些不同的家庭对孩子成长所产生的影响,然后从家庭是人伦的起点讲起,启发家长们重视良好家风的养成和传承,为孩子的健康成长营造良好的生活环境。

家长学校每次都有不同的主题和侧重点,李振华每次都要有针对性地解决学生中出现的问题,从不空泛说教。他用通俗易懂的语言,引经据典,或者从身边一个个发人深省的案例讲起,或者从古今中外家庭教育的小故事讲起,总能引人入胜,让家长和一起听课的教师在轻松愉快的氛围中得到启发。

一次上课时,李振华问家长们读过《水浒传》的有多少,大多数人把手举了起来。李振华说,民间流传的一个有关宋江与儿童教育的故事,不知道大家是否听说过。话说宋江杀了阎婆惜之后,一路上东躲西藏,过着颠沛流离的日子。一次,疲惫的他正在一棵大树下歇息,不知不觉便睡着了。突然,他感觉下起雨来,睁开眼睛一看,原来是一个孩子正在用尿浇他。宋江见那孩子光着身子,一脸顽皮,便从包袱里掏出几个铜板给了他,然后匆匆离去。不几天,寻找宋江的李逵也路过此地,恰巧也在这棵大树下乘凉。接下来发生了同样的事情。被尿沺醒的李逵看见几个顽童一丝不挂地嬉笑着，伸手向他讨要铜钱。李逵大怒道："哪里来的小厮，竟敢如此消遣你黑旋风爷爷！"随手抄起板斧，将几个顽童全部砍死了。

李振华说，这个宋江看上去宽宏大量，对尿了自己一脸的孩子不但不恼怒，反而对其奖赏。其实害死这几个孩子的，恰恰就是他。

通过这个故事，李振华向家长们阐释了这样的道理：对错误行为的鼓励与纵容，只会让不明是非的孩子走向人生的不归路。校园和家庭之外没有温室，长大之后没有儿戏。外面的世界，不会轻易原谅那些无法无天的孩子。与其等待孩子将来被社会敲打得头破血流，不如从小教育孩子有所敬畏——敬畏长尊，敬畏规则，敬畏生命。他说，你的孩子自己不去管教，别人就一定会替你管教，社会和法律一定会替你管教。而别人的管教、社会和法律的管教，往往是毫不留情的，现实生活中这样的实例非常多。

从 1983 年开始，全国范围内开展了对各种严重刑事犯罪分子的"严打"。每天呼啸而过的警车，街头张贴的公安机关和法院对严重刑事犯罪分子的判决"布告"，特别是那些名字上血红色、大大的"X"号，让多少人触目惊心，扼腕叹息！而那些被处以极刑的人，曾经就生活在我们身边。

那时候，县城电影院正在放映故事片《少年犯》，其中许多故事情节，让人联想到自己身边青少年的违法犯罪，其中有些就是比较熟悉的孩子身上发生的类似故事。特别是那些孩子有劣迹的家长，更是暗自庆幸：进了城关二中，让孩子躲过了一劫。他们发自内心地感激李振华，感谢他在家长学校传授了那么多教育孩子的方法。

城关二中办家长学校的消息不胫而走，在县城的影响不断扩大。其他学校的家长也希望能够来听课，但因为教室的容纳量不够而遗憾不已。那些因故不能上课的家长便借来录音机，委托朋友把讲课内容录下来。那个年代，录音机属于高档生活用品，比较稀罕，即使有钱也不一定买得到。许多家长提着录音机进校园，教室的讲台上摆着一片录音机，成为城关二中的一道独特的风景。有一位家长至今收藏着当年听课时的一盘盒式录音带。

李振华在家长学校曾经说过的一段话，一位学生家长记忆犹新：家庭的富裕与贫困，一般不会影响孩子成才，父母对待孩子的态度和言传身教，却会影响孩子的一生。你要求孩子讲文明、懂礼貌，就不要在他们面前口吐脏话；你要求孩子勤奋、勤劳，就不要让他看到你的懒惰与苟且；你要求孩子诚信，就绝不能让他听到父母的谎言。

人的教育是一项系统工程。家庭教育、社会教育、学校教育，三者相互关联，且有机地结合在一起，相互影响、相互作用、相互制约。而家庭教育是一切教育的基础。

李振华多次在家长学校讲过当年韩旺学校那个讨饭也要供养孩子读书的母亲，让很多家长感慨万千。

1985年初夏的一天，一位身材高大、气宇轩昂的中年人走进李振华的办公室，笑嘻嘻地给他鞠了一躬："李老师好！"

李振华喜出望外："旭明，你怎么来了？"

"来看看老师啊！"旭明那时候是临沂地区某县的县委书记。

"我把儿子送回来了，让这臭小子尝尝割麦子的滋味。"旭明笑嘻嘻地说。

今天，割麦子基本上是用收割机，而那时候割麦子全靠一把镰刀。头顶上烈日炙烤，地面上热浪翻滚，弯腰撅腚，挥汗如雨，麦芒扎手，粉尘呛人，一天下来，腰酸背痛。沂蒙山区曾经有句话，"男人怕割麦子，女人怕生孩子"，没有割过麦子的人，无法想象这种农活的苦和累。

每年的寒暑假，旭明都要把孩子送回沂源县农村老家的亲戚那里，住上一个多月，学习干农活，体验农村、农民生活的艰辛，已经连续四五年了。孩子每次从乡下的老家回县城，他都要仔细看看孩子手上有多少茧子，让孩子描述干各种农活的感受。

那天，李振华对旭明说，正好我们家长学校今天上课，你能不能把自己教育孩子的这些体会和感受给家长们讲一讲？

旭明哈哈一笑，连忙说："怎么不可以啊，我都听老师您的安排！"

当家长们得知站在面前的这个人就是李振华老师多次提到过的母亲靠讨饭供养读书的孩子，许多人热泪盈眶。

旭明那天讲得十分动情。

他说，在那个年代，靠讨饭度日的不只是自己的母亲，他的同学中也有一些讨饭的，一边讨饭吃一边上学。但是，母亲绝不让他去乞讨，一是担心孩子被狗咬着，她自己的腿上已伤痕累累；二是怕乞讨伤害了孩子的尊严和气节。

慈祥的母亲也因为儿子犯错而打过他。那次旭明路过别人家的杏树下，因为饥饿，也是想起了饥饿的母亲，还因为一种好奇心，便随手摘了十几个还没有完全成熟的酸杏，留了五六个给母亲吃。母亲被他气哭了，哭得十分伤心，说他这不光是当小偷，还糟蹋了东西，非要把他的手给"剁了"。旭明从记事起，母亲就一直给他灌输"人行好事，莫问前程"的道理，时刻提醒他"手老实，嘴老实，到处安生"。手老实，就是绝不能去拿不属于自己的东西。嘴老实，一是不要吃不该吃的东西；二是不要去议论别人，不能说别人的闲话、坏话，更不能口无遮拦，做出挑拨离间的坏事。母亲说过的一句话"吃了人家的嘴短，拿了人家的手短"，他一辈子记在心里，特别是从政之后，时时用这句话警醒自己。

旭明说，小的时候，早晨天不亮母亲便起来推磨，也把他从床上叫醒一起推。因为担心他在磨道里打盹，母亲便不停地给他讲故事。有一个故事是这样的：颜子半夜起床帮母亲推磨，天上突然掉下来一锭金子。颜子捡起来，随手扔出院子，口中吟道，"天赠颜子一锭金，外财不发命穷人。"母亲不识字，她的故事也许是听来的，或许与史料记载的不一致，但是这些故事对儿子的人生观、价值观产生了很大的影响。

"那个时候，每当我从睡梦中被母亲叫醒推磨的时候，便会一骨碌儿爬起来。常常期待着天上会突然掉下来一锭金子，自己也像颜子一样，把它捡起来，然后扔到院子外面去，因为人不能捡便宜，人一定不能有发外财的念头。

"母亲在给我讲这些故事的时候，也许只是为了让我推磨时不打瞌睡，但是这些故事却一直影响着我。那个时候，并不是每天清晨都要起床推磨，不推磨的时候，母亲也要喊我起床，去野外的河沟去捡粪或者搂草，即使是寒冬腊月，也从不让我睡懒觉。母亲常常说'冻死懒汉'，你去干活就会觉得暖和了。有一句话说'早起的鸟儿有虫吃'，人生的路上何尝不是如此？世界上如果真的存在幸运，幸运一定属于那些勤奋、起早的人。"旭明说。

旭明说，他每年寒暑假把孩子送到老家参加劳动锻炼，就是为了培养孩子吃苦耐劳的精神，体验农村生活。

"没有经历过挨饿受冻、苦和累的生活，就体验不到什么是真正的幸福，难免身在福中不知福。我们不希望自己的孩子经历祖辈们那样的磨难，不希望自己的孩子过那样的挨饿受冻的生活，穿的是破衣烂衫。但是，必须让孩子体会到什么是苦、什么是累，什么是城乡差别、人与人之间的差别，明白这样的差别是如何产生的。只有这样，他才能够珍惜生活，经受得住各种各样的挫折，才能够更加努力学习和工作，去改变这样的差别，才能够有同情心，才能够真正成长为有作为的人。一个吃过苦、遭受过磨难和挫折的孩子，才更加懂得珍惜、懂得感恩，才可以走得更远。即使你没有大的作为，你能够安分守己，做遵纪守法的普通公民，不给国家和社会添乱，然后力所能及地去帮助别人，也是对社会的贡献。"旭明说。

这些朴实的话语，就如酷热的夏日里清凉的雨丝，让家长和听课的老师们感受到一种从没有过的清新与舒畅。一位县委书记，手里有那么多权力和资源，却坚持每年都把孩子送到农村参加劳动，人们发自内心地佩服李振华当年的这位学生，佩服这位共产党的干部。当然，也有一些人在心里暗暗思忖着这位高级干部的许多"不可思议"。那个时候，"走后门"这个词汇刚刚出现，有人曾经把流行多年的顺口溜"学好数理化，走遍天下都不怕"改为"学好数理化，不如有个好爸爸"。而自己面前的这位领导干部，却让他们发出不一样的慨叹。

旭明教育孩子的故事，引起了每一个家长的思考，也给他们带来很大启发。

县城有这样一个家庭，父亲在农贸市场摆摊卖菜，母亲卖煎饼果子，辛苦供养儿子读书，而孩子却痴迷于游戏，经常偷拿家里的钱去网吧，一玩就是大半夜，并且经常逃学。父母费尽口舌地劝说，哪知道孩子却变本加厉，有时候竟然彻夜不归。有一天夜里，夫妻俩把熟睡中的儿子拉了起来，带着他一起去市场。那天正下着小雪，在途经一个龟背状的石桥时，母亲在前面弓着腰吃力地蹬着三轮车，父亲在后面用力地推。因为坡陡地滑，载着点燃的蜂窝煤炉子及一大盆面糊的三轮车突然向后滑了下去，眼看就要碾压在父亲身上。原本袖手旁观、一肚子抵触情绪的孩子赶紧跑上去助力，避免了一场灾难。而下坡时，过快的速度又差一点碾压到母亲。那一刻，孩子心中的怨恨已经消失了大半。凌晨四点多到达菜市场时，这里已是人声鼎沸，商贩们正在忙着整理和摆放批发来的各种物品，还有一些与自己年龄差不多的孩子在帮助父母照顾摊位；寒风中，一个婴儿就躺在父母摊位旁边的车筐里，冻得哇哇大哭。此时此刻，儿子终于了解了父母的艰辛，抵触、怨恨情绪一扫而光。尽管这个学生有过几次反复，但这一次的经历完全改变了他。

李振华通过家长学校分享了这个孩子的转变过程。许多家长也尝试让孩子卖一天报纸，帮忙卖一天菜，到餐馆端盘子、洗碗，周末带孩子回农村老家种地，等等，都收到了理想的教育效果。

一位哲人曾经说过，听过的事情，常常就忘了；而看见或者经历的事情，可能就记住了；而只有做过的事情，才能够理解，并难以忘记。教育引导孩子，是让孩子慢慢体验、体会的过程；而空泛的理论，很难触动孩子的内心。孩子只有在亲身经历中去感受，才能真正地理解并且记住这些道理。

李振华还组织家长和学生代表来到"少管所"，听管教人员介绍青少年犯罪的成因与预防措施。那些迷途孩子悔恨的泪水和渴望自由的演出与演讲，带给家长和孩子们深刻的思考。

从最初的家长会到家长学校，再到实验中学今天仍然延续着的"特邀家长班会"，李振华当年建立起学校、家庭、社会三位一体的教育网络，与时俱进的教育内容，一直在这所学校传承着，并不断得到完善和发展。

六 一所有"魂"的学校

2022年8月，是沂源县实验中学建校四十周年。

今天，走进这个占地面积六千七百多平方米、洋溢着现代化气息的校园，每一个参观者都会被这里蓬勃向上、激情四射的氛围所感染。凝视着"全国优质品牌学校""全国青少年道德培养实验基地""省级规范化学校""省级文明校园"等熠熠生辉的牌匾，荣誉室里琳琅满目的奖杯、奖牌、锦旗、荣誉证书，人们由衷地发出这样的感慨：这是一所有"魂"的学校。

"用雷锋精神铸校魂，用振华精神凝师魂"，2020年秋天，笔者第二次来到这个校园采访时，第四任校长周守太如是说。

这让我想起了2016年来这里时，第三任校长李振义说过的一句话：李振华校长留给我们学校的，不仅仅是这么多的荣誉与品牌，更是一笔取之不尽、用之不竭的精神财富。

无论是周守太还是李振义，我从这两任校长身上读出的是热情、勤奋、低调、严谨、务实与谦恭。

我国著名教育家陶行知先生曾经这样说："校长是一个学校的灵魂，要评论一个学校，先要评论它的校长。"每一个超凡发展、成绩卓越的学校，必定有一个有责任心、事业心，善于凝炼办学思想，并身体力行、躬身实践的优秀校长；而办学思想的高度，也决定了一个学校发展的高度和宽度。

从1982年建校之初形成"转变一名后进生，与向高一级学校输送一名优秀生同等重要"的办学指导思想开始，沂源县实验中学始终把学生的思想品德教育放在首要位置，坚持以雷锋精神立德树人、为国育才，形成并叫响了"振华精神"。雷锋精神与"振华精神"相得益彰，让这所学校成为这片红色土地上的一面旗帜。

"雷锋叔叔没户口，三月来了四月走"，当年这里曾经流传的这句话，听似戏谑之言，实则表达了人民群众对学雷锋活动"走过场"、搞形式主义的强烈不满。谁都希望能够生活在一个向上向善、充满爱、催人奋发的社会环境里，谁都有一颗希望"成为好人"的心，特别是在孩子们世界观、人生观、价值观形成的关键时期，有一个"成为好人"的环境与氛围尤为重要。

1982年在这里进行的那场模拟"答记者问"，李振华校长"让雷锋叔叔的户口永远留在我们学校"的话音，一直回响在师生们的耳边。从那个时候开始，雷锋的雕像就一直屹立在校园里，雷锋精神一直伴随着学校的发展、伴随着学生们的健康成长。

四十年从没有间断的学雷锋活动，成为沂源县实验中学保持先进的不二法宝。学校与"雷锋班"一直保持着密切联系，"雷锋班"班长多次来学校做报告，与师生们一起传播、弘扬雷锋精神。从最早出现在校园的学雷锋小组、"学雷锋志愿服务队"，到今天的学雷锋全员志愿者，身着"红马甲"的师生志愿服务队活跃在校园，辐射到周边街道、社区等公共场所，送温暖，传递爱心。

"一年四季春常在，雷锋少年在身边"，这是人们对沂源县实验中学的评价与发自内心的赞美。

学校教育引导学生们从自身做起、从身边的小事做起，把礼貌带进校园、把微笑带给同学、把孝敬带给家长、把谦让带给他人，师生们共同树立文明形象，营造校园和谐环境。

从当年李振华提出的"捡起路边可能让人滑倒的香蕉皮、西瓜皮，容易让老人和孩子绊倒的小树枝"开始，学校一直实施着"日行一善"教育实践活动，让学生们体验习善、行善、扬善的快乐，培养学生从"日行一善"开始，努力做到"时时行善"，从而达到"善行一生"的教育目标。

学校开展的"寻找身边的雷锋"行动，让一个个感人至深的故事温暖着校园，也感动、影响着社会。

一个叫洋洋的美丽女孩,在一次意外的车祸中受伤致残,也失去了自信与快乐。当志忑的她第一次拄着拐杖进入校园的时候,迎来的却是老师和同学关切、友爱、温暖的目光,原本自卑的她感受到家一样的温馨和暖意。她所在的29级1班的全体同学,共同承担起照顾她的责任。从每一次去卫生间、课间活动和食堂就餐,一直到放学回家的路上,一张张快乐的笑脸每一天都陪伴着她。无微不至的关爱,让她每一天都阳光灿烂,笑靥如花。三年的学习生活中,同学们倾心演绎的"爱心连续剧",吸引了无数人的目光,也让无数人因感动而慨叹:这是一个四季如春、暖心暖肺的校园。在鲁阳杯2011年度"十大感动沂源人物"颁奖晚会上,这个故事让多少观众的脸上"抛珠滚玉"。29级1班因此荣获"感动沂源"班集体。这也是这个奖项设立以来,第一次颁发给一个群体。颁奖词这样写道:"一花独放不是春,万紫千红春满园。一个失去行走能力的孩子,因为身处这个班集体,反而成了腿脚最多的人;一个本来可能是最孤独的孩子,因为身处这样一个班集体,便有了几十个兄弟姐妹!这是爱心的集体舞,这是爱心的大合唱!"

四十年来,校园里这样的感人故事数不胜数。实验中学的学生毕业了一届又一届,"雷锋少年"活动一级一级薪火相传。

同学们参与到"同在蓝天下茁壮成长——牵手关爱行动"中,结对帮扶留守儿童,让幸福与快乐不留死角。他们高举"沂源环保小哨兵"的队旗,在凛冽的寒风中,劝阻随地吐痰和乱丢垃圾、违规燃放爆竹等不文明行为,协助环卫工人清理废弃物,耐心地向人们示范垃圾分类。在参与这些活动的过程中,学生们感受到的不仅是快乐,还是一种社会责任感。

国外某著名大学的一位校长曾经这样说过,学校的首要任务,就是要培养一个人的责任感和奉献精神。一个学生从我们这里毕业了，有奉献社会的动力，这就是我们教育的成功。

一个有责任感、有奉献精神的孩子，将来才可以担当重任，才可能成为民族的、国家的栋梁之材。而一个有责任感、有事业心和无私奉献精神的老师，对孩子的健康成长起着何等至关重要的作用！

李振华从教七十年，以自己的崇高理想和高尚情怀，影响着身边的每一个人。

城关二中建校之初，李振华请人在校园的山冈上雕塑了两头健硕却不失温顺的老黄牛。把牛的雕像立在校园，人们理解李振华校长的良苦用心：激励每一个教师爱岗敬业，俯首甘为孺子牛。

李振华说，当老师除了要有"孺子牛"精神，还必须有老黄牛精神，坚韧不拔，兢兢业业，吃苦耐劳，无怨无悔。有了这样的精神，就没有克服不了的困难，才能够不断开创教学工作的新局面。

而老师们这样说，除了孺子牛、老黄牛精神之外，他们的李振华校长更像极了一头不知疲倦的拓荒牛。

城关二中当年所面临的不仅仅是生源质量差的问题。因为是新建学校，没有任何的家底积累，没有住房，与县一中和城关一中等学校相比，工作和生活条件等方面存在的差距不是一般的大，每个月只有五十元办公费。因为工作和生活条件差，在选调教职员工时，县城其他学校的老师不愿意来，优秀的教学骨干各个学校不舍得放，就连那些刚刚从师范学校毕业，正在寻找岗位的年轻人也不愿意来。而优良的师资，恰恰是这所新成立的学校最需要的。

因为首届招收的所谓"一百单八将"，这里的老师常常被戏称为"教头"。有一位姓林的老师，私下里被朋友叫了多年"林教头"。老师们有时候会听到一些戏谑、带有讽刺意味的语言，诸如"好马需要好鞍配""好钢用在了刀刃上"等。言外之意,有水平、有能力的老师,哪个会心甘情愿被派到这样的学校工作?在最初的日子里,有的老师自我感觉低人一等,思想和工作"压力山大"。

在第一次教职员工见面会上,李振华深深地给大家鞠了一躬。

"同志们选择了城关二中,不仅体现了作为人民教师的神圣责任感,更是对我李振华的信任,这种勇气让我敬佩,更让我感动不已。我李振华原本就是乡镇中学一个普通的教师,来沂源一中也没有多久。常言说'一个篱笆三个桩,一个好汉三个帮',何况我李振华距离'好汉'有着很大差距,一切都仰仗各位了!"

朴实、诚恳的话语,如此这般的深情告白,瞬间拉近了他与老师们之间的距离。

李振华继续说:"面对学校今天这样的现状,咱们必须掏心掏肺,用我们的双手和智慧来改变这里的局面。而这一切,需要信心和扎扎实实、坚韧不拔的行动。让我们用自己的成绩、用学校明天的变化,来证明我们的能力和价值吧!"

他如兄如父般的话语和坚定的目光,让每一个教职工心里暖暖的,充满了信心和力量。

一位老师回忆说,那个时候,看着山冈上那几间简陋的平房,听着学生们顽皮打闹的吆喝声,谁也想不到三年之后,城关二中能够如"凤凰涅槃",更不敢相信它会变成今天的实验中学。

浴火重生的背后,李振华带领教职工付出了多少心血和汗水!——不是亲身经历者,很难想象和体会当年的艰难。

每一天,师生们跨进校园的时候,李振华校长已经站在大门口,用微笑迎接大家;他办公室兼宿舍的灯光,直到深夜还亮着。他严谨的工作作风,他自信、慈祥的目光,时时让教职工感受到一种激情和无形的力量。身为校长，他和老师们一起备课、上课；他认真审定老师们针对每个学生"量身定制"的帮教指导方案，详细了解那些"重点生"每一天、每一周、每个月的变化、进步情况，向班主任和指导老师提出具体帮教方法。

李振华校长以一篇文章《生命的林子》启发每一个教师。他说："人们常常把教师的作用比喻为烛光和阳光。烛光和阳光，哪个更亮？我们选择做蜡烛还是做太阳？作为老师，我们既要有蜡烛那样燃烧自己、照亮别人的崇高境界和自我牺牲精神，又要有太阳一样普照天下的博大胸襟，照亮世界，辉映自己。"

校长是老师的老师。李振华对党的教育事业的忠诚，他的事业心与责任感，他的治学理念，他对学生的爱，他对每一个教职工无微不至的关心，他的无私奉献精神，他的光明磊落，他独特的人格魅力，无时无刻不影响和感染着每一个人。

随着城关二中声名鹊起，招生规模打着滚儿似地增长，学校先后进行了一次大规模扩建和一次搬迁重建，规模和办学条件发生了翻天覆地的变化。

与此相对应的，是教职工队伍的迅速壮大。

在担任校长的十几年里，李振华不知跑了多少腿，先后为十几个教师解决了夫妻两地分居的困难，而他的妻子杨朝清却一直在距县城近百里的农村小学任教。因为进城的指标和岗位总是有限，每一次联系到的岗位，他总是让给别人。有些老师的妻子是农村户口，每到农忙季节会牵扯老师们很大的精力。在那个年代，"农转非"是多少人梦寐以求的事情。李振华千方百计争取"农转非"指标，解除这些家庭的后顾之忧。有的青年教师因住房问题一再推迟婚期，李振华千方百计筹措资金建起了宿舍楼，而他自己一直住在只有二十平方米的平房里。刚建校时，因为这里的工作和生活条件比较差，有的青年教师迟迟找不到对象，李振华一次次跑到县妇联和工会求助，并亲自为他们牵线搭桥……

　　工作和生活中的李振华，永远都是那样低调、谦恭与和善，永远都是一身便装、一双布鞋，连说话和走路的声音都是那样轻。人们从来没有见到过他批评谁，更没有见到过他冲着谁发脾气。他的眼睛里闪烁的慈祥、温和、诚挚的光芒，感染着每一个人。他忙碌的身影，他那轻柔而富有磁性的声音，他对老师们工作生活中每一件细小事情的关心和帮助，时时刻刻让老师们躬身自问：我今天的任务完成得好吗？今天我是不是尽心尽责了？我问心无愧吗？

　　为了培养和锻炼年轻教师的能力，他让三位副校长轮流担任学校的"一把手"，用今天的话来说，相当于"执行校长"，使他们能够有机会接触到学校的全面工作，独立思考，自主负责地处理一些重要事务，以积累领导工作经验，不断提高他们驾驭全局的工作能力和组织协调能力。

　　今天，沂源县实验中学每年都要请李振华给教师们做师德教育报告；学校每年评选一次"振华园丁奖"，恭请老校长为优秀教师颁奖。四十年来，实验中学的校长已经换了五轮，"振华精神"一脉相承，成为学校最宝贵的财富。

　　沂源县实验中学被誉为"教师摇篮"。

　　2019年笔者来这里采访时，时任校长周守太，副校长王家厚、齐常山说起从他们学校提拔到全县各个中学担任校长、副校长的一个个名字，如数家珍。到2021年初，这里先后为全县各中学输送校长、副校长二十多人。新建的沂河源学校、振华实验学校，从这里选走了十几位教学骨干。从这里走出去的每一个人，都带着李振华校长的影子，他们在各自的岗位上，展现着李振华一样的人格魅力与风采，让所在学校发生了不一般的变化。

有人说，教育是一首诗，就如艾青的那首《我爱这片土地》，让人激情澎湃；有人说，教育是一幅画，就如清晨那轮喷薄欲出的朝阳，催人奋发；也有人说，教育是一首歌，就如那首《长大后我就成了你》，常唱常新，暖心暖肺。而这一切，皆源于教书育人、立德树人的"燃灯者"情怀。在半个多世纪的岁月里，李振华以这样的博大情怀影响、激励着沂蒙这片热土的教师们兢兢业业，无怨无悔，努力成为"特别有责任，特别能吃苦，特别能担当，特别能奉献"的优秀团队一分子，为国育才，立德树人。

现任校长齐化勇说，"振华精神"是实验中学的精神内核，更是教师成长道路上的明灯，引领着一代又一代的教师们坚守"培根铸魂，立心立人"的教育情怀与职业理念。

实验中学每年的党员教育第一站、新任教师上岗第一课，就是参观李振华事迹展厅，聆听李振华的先进事迹报告。学校定期开展"振华园丁奖"和"振华名师"评选活动，推进"师爱进万家"系列工程，开展"我最敬佩的同事"演讲和"教师每周一星""党员榜样"评选活动，坚持"用身边事影响身边人"，许多经验和做法在省、市教育部门和学校得到推广。

与沂源县实验中学相距不到二百米，当年山冈上的那个城关二中，今天已经被沂源县振兴路小学替代。位于这里的李振华事迹展厅，每天迎接着来自省内外各行各业、络绎不绝的参观者。

第五章 奇迹与密码

从 1953 年来沂蒙山区支教到 1997 年退休，李振华在教书育人的岗位上创造出一项又一项令人刮目的佳绩——许多堪称奇迹。在半个多世纪的岁月里，李振华获得的荣誉数不胜数，他先后八次走进人民大会堂，接受党和国家的表彰。

这些奇迹的背后，隐藏着怎样的密码？

近二十年来，我沿着李振华当年的足迹，从八陡到韩旺，沿着红水河来到张家坡，再到县城驻地的南麻镇。我一次次伫立于城关二中旧址的那组孺子牛雕像前，驻足于沂源县青少年活动中心的李振华事迹展厅中那浸透着岁月沧桑的老粗布棉衣等实物前，浏览着可以用"海量"来形容的报道李振华事迹的报刊，那些饱含老区人民感激之情的一面面锦旗，以及海内外学生寄给李振华老师的信件，试图从中找到这些奇迹背后的密码。

一　六十多年前的入党感言

我曾经在一篇介绍李振华事迹的文章中读到这样一句话："一名共产党员就应该是一面旗帜，一面旗帜就应映红一片蓝天。"这句话对共产党员应有的素养与品格、责任，做出如此形象的表述，堪称经典。

我问李振华老师，这句话出自何处。

他思索了片刻，从一个纸箱子里找出一个老式的日记本，翻到某一页，递到我的手里。

岁月沧桑，日记本的塑料外皮已经变成深红色。泛黄的页面上，天蓝色的墨迹已变得浅淡。一些字迹似乎因为水渍而变得模糊，却依然可以辨认——

难忘的今天

从我参加工作的第二年，我就开始写入党申请书，已写了八份申请了。今天，终于加入中国共产党了，我从内心里有说不出来的高兴，我已经是共产党员了。在党的教育下，我（的）思想会得到更大的提高，能更好地为老区人民做我应该做的事情。老区的乡亲们对我无微不至（的）关怀，像当年支前一样，大娘们在煤油灯下一针一线为我缝做棉衣。当大娘们把做好的棉衣送给我时，我流下了热泪。我永远不会忘记乡亲们对我的关爱。我是党员了，我要（牢）记党的全心全意为人民服务的宗旨，时刻想着自己是一名共产党员，心里想着党组织，装着群众。我服务的对象是学生，我要尽力为他们服务，把他们教育好。首先要教他们怎样做人，怎样学好知识，学会做事。当老师最主要的要热爱学生，特别要关爱穷苦学生，他们无钱买书和其他生活用品，我要尽量节约，把节省下来的工资来资助他们，使他们摆脱贫困，用知识改变他们（的）命运，使他们用知识走出这穷山恶水，用知识改变穷山恶水，用科学方法种田，这是我的责任。因为我是共产党员了，我要（向）老共产党员学习，耿学义老书记就是学习的榜样。他起早贪黑忙个不停，村民们都说他好。他经常和我谈心，教我学党章，告诉我为什么要入党，入党为了什么。当时知识分子入党多（么）难，（我）想入党，半夜也睡不着，有时半夜起来找耿书记，请他给我提

第五章 奇迹与密码 155

李振华的日记手稿

意见找缺点,他都耐心帮助我。我今天入党了,从内心里感谢他。我是党员,我一定要起模范带头作用,一名共产党员就应该是一面旗帜,一面旗帜就应(该)映红一片蓝天。

这是 1959 年 10 月 30 日,李振华被批准加入党组织时,眼含热泪写下的日记。

看着日记本页面上的水渍,我能够想象到李振华那一刻激动、不平静的心情。

我肃然起敬。原本以为出自名人、名家的经典警句,却是六十多年前李振华写在日记中的入党感言。

我想起了中共中央曾经在全党开展的"为什么要入党、入党为了什么"的大讨论,而在 20 世纪 50 年代,沂蒙老区的一个村党支部,就这样要求入党者必须回答好这个问题。我想起我们党今天进行的"不忘初心、牢记使命"学习教育活动,而这样的初心与使命,伴随了李振华老师半个多世纪。

当年入党时不到二十三岁、风华正茂的李振华，在来沂蒙山支教的七十载岁月里，以自己的实际行动，对"为什么要入党、入党为了什么"，对共产党人的初心与使命，做出了自己的诠释。

许多年来，我多次与李振华老师同吃同住，思想交流十分深入而广泛，却是第一次见到这个日记本。

我为自己的采访不够细致而惭愧，更感慨于李振华老师一直以来的低调与谦恭。他不属于那种侃侃而谈、极富表达能力的人，总是问一句答一句。谈起过去几十年所做的一切，他总是那样轻描淡写，认为这一切都是应该的，似乎不值一提。

面前的这个浸透岁月沧桑的日记本，回答了我心中的"为什么"——一个共产党员的理想与初心，让李振华兢兢业业，几十年如一日，以无涯的大爱教书育人，奋斗不止，奉献不止。

我透过日记本上被泪水浸染的字里行间，仿佛看见了李振华的那颗火热、赤诚、感恩的心，懂得了当年那个立志报国的青春少年，在七十年不平凡的岁月中，为什么能够矢志不渝，砥砺前行，焕发出如此巨大的能量！

曾经担任过沂源县委书记的张奇同志回忆说，当年他曾经多次去韩旺小学看望李振华。这个充满远大理想和工作激情，时时处处严格要求自己的南方小伙子，给他留下了非常深刻的印象。那时，韩旺村支部书记耿学义多次向他说起过李振华要求加入党组织的迫切愿望，包括耿学义对这位小学老师的培养与考验，以及发生在李振华身上的感人故事。

那时李振华来到韩旺已半年多，在工作和生活上慢慢地找到了一些感觉，积极性也越来越高，特别是他在扫盲工作中运用的"联想识字"教学方法，开始让他小有名气。

有一次，东里区召开由机关干部、学校老师和村支部书记参加的全区扫盲工作经验交流会，指定李振华在会议上介绍教学经验。他那口浓郁的南京话，引发了一阵阵骚动和议论，而当他在黑板上展示自己的"联想"教学方法时，会场立刻安静了下来，并不时地发出一阵阵赞叹声。

那天，区委柏书记握住李振华的手，十分激动地说："小伙子，咱得好好地干，你有理想、有文化、有想法、有能力，大有前途啊！希望你今后更加努力地工作，早一点成为共产党员，我相信你一定会成为这里的一面红旗！"

柏书记又把耿学义叫到一边，嘱咐他："要好好地爱护、培养这个南方的小青年，一定得想办法把他留住了，将来他一定能够做出一番大事来，你要相信我的眼力。"

那时候，每当韩旺村党支部召开党员会议，耿学义都要让李振华把他从区里带回来的一些学习材料和文件读给党员们听。村子里的党员一共八九个，看上去大都是五六十岁的年龄了。耿学义告诉李振华，这些党员可不是一般人，都有着自己的故事，个个都对党忠心耿耿。此刻，"功劳炮"神射手张吉一正在向李振华投来赞许与鼓励的目光。那时，张吉一是韩旺村的副大队长。

在支部会上读完了文件，李振华仍然坐在那里，耿学义便说，"李老师你赶紧忙自己的事情去吧，我们党员要研究讨论工作的事情了，任务艰巨着呢！"这是李振华第一次为村里的党员读文件，他感受到了作为党员的那种神圣与使命感。

就在那次党员会议不久，李振华第一次向耿学义提出入党申请。

耿学义笑嘻嘻地问："你现在才这么一点点年纪，就想着要入党啊！"

李振华说："刘胡兰比我还要小好几岁呢，她就是共产党员了，我为什么不行？"

耿学义看着这个十七岁的少年，笑了起来，说："刘胡兰虽然年纪小，可是在敌人的铡刀面前连眼皮都不眨一下，你知道这是为什么吗？"

李振华说："这个我懂。因为她有理想，还有对共产主义的信仰，所以视死如归。我来沂蒙山区支教，就是出于对共产党的信仰。我也有理想，党让我干什么，我也会奋不顾身的。区委的柏书记都说了，希望我早日成为一名共产党员呢，我要在沂蒙山区献出自己的一切！"

耿学义又问："你知道党员和一般群众有什么不一样吗？你知道进了党组织的人要多吃多少苦吗？"

李振华当然知道。耿学义平时做的那些事情，做出的牺牲，还有老百姓对耿学义的夸赞，他都看在眼里，记在心里。1950年，耿学义的大儿子牺牲在抗美援朝战场上，他又把二儿子送到了部队。

李振华十分诚恳地说："耿书记您要认真帮助我，指出我的缺点和不足，我会努力改正，一定不会让您失望的。"

耿学义告诉他："入党需要具备很多条件，并不是你这样说几句话，想加入就可以加入的。咱山里人讲究一个实实在在，说得好不如做得好。在老百姓眼里，共产党员首先应该是一个好人，时时处处都关心帮助别人，当大家伙儿众口一词都说你好的时候，你离入党的条件就不远了。还有，入党必须给支部写申请书，你这样口头说的不算数。"

李振华郑重地点了点头。

耿学义找出了一本《中国共产党章程》递到李振华的手里。

"你拿回去好好看看，为什么要入党、成为党员的条件、党员的义务，一条一条的认真看。下次来的时候，你得把党的宗旨和入党誓词背给我听！"

从那天之后，耿学义发现李振华比过去沉稳多了，话也比以前少了许多。有空的时候，李振华就找耿学义给他提意见，指出他哪里做得还不够。李振华的诚恳让耿学义很感动，明白了他要求入党不是一时心血来潮。

1954年1月，也就是下了那场几十年不遇的暴雪，李振华留在韩旺过春节的那段日子，他第二次向耿学义提出入党申请。

那天，耿学义指着山坡上的树木让李振华看。刚刚经历了一场大雪的松树和柏树，有些树枝被雪压断了，树干却依然坚挺着；还有一些小树被压弯了腰，有的树干被拦腰折断了。

耿学义说："什么是考验，你应该看明白了吧？人也是这样，不经过各种各样的磨炼，不经过一次又一次的实际检验，肯定是不行的。"

李振华郑重地点了点头，然后认真地说："我一定会经得起考验，请您放心吧。"

那个年代，人们对上级派到农村来的公职人员，包括学校的老师，是与"共产党"画等号的。李振华来韩旺做的那些事，让乡亲们对他刮目相看，在人们的心目中，他无疑就是"共产党"。有的乡亲甚至当着李振华的面说："恁看看，共产党可就是不一样啊！"这让他感觉十分尴尬，但也激励他早一天成为一名真正的共产党员。

这年年底，十八岁的李振华因为扫盲工作成绩突出，被评为沂源县劳动模范。

李振华第三次提出入党申请，是他在韩旺小学工作了三年，准备回南京看望父母之前。

那些日子，耿学义心里一直在打鼓，李振华已经超过国家法定结婚年龄了，这次回南京肯定是要准备结婚了。如果真的结了婚，他还会不会回来呢？于是，他便想试探一下李振华。

耿学义笑嘻嘻地问道:"振华这次回家是想娶媳妇了啊?"

李振华的脸腾地红了起来,他羞涩地说:"谁给您说俺回家是要娶媳妇的?"那时候他已经习惯了说"俺"。

耿学义笑着"哦"了一声,然后接过李振华双手递过来的申请书,紧接着又来了一句:"振华,你在俺们这里入了党,这次回到南京,万一不回来了怎么办?俺老耿不是白培养了你三年多吗?"

这句话把李振华给惹急了,他有些语无伦次:"耿书记您……您这是看不起俺、不信任俺!俺都三年多没有回家了,就是想回去看看爸妈,怎么会不回来了呢?您和大家伙儿都对俺这么好。再说了,俺的岗位就在这里,能不回来吗?要不然,俺不回家了,还不行吗?"说着,眼泪就流了出来。

耿学义哈哈大笑:"你看看,俺没说错吧,经不住考验了是吧?还真是小孩子脾气,俺这是跟你闹着玩呢,还拿着棒槌当成针了。你爹妈都盼了你三年多了,哪能这样说不走就不走了?"

李振华破涕为笑。

"再说了,你当俺老耿就那么小家子气吗?共产党员是全中国的,不管走到哪里,党员标准都是一样的。一个党员就是一杆红旗,不管你到了什么地方,这杆红旗都得扛起来,呼啦啦地飘起来,让老百姓一看,就觉得你像个党员的样子。你得让老百姓都说咱共产党的好,这样才行!"

耿学义说过的这句话,还有区委柏书记说过的"我相信你一定会成为这里的一面旗帜",李振华一直牢牢记在心里。

1959年10月,李振华被批准入党时写在日记中的"一个党员就应该是一面旗帜,一面旗帜就应该映红一片蓝天",是他对这些话的概括与升华。

一个共产党员就应该是一面旗帜。他一直觉得,属于他李振华的这面旗帜上，就写着自己的名字。

在李振华的心目中，作为一个共产党员，"旗帜"是无形的，而自己的一举一动、一言一行是有形的。在人们认识你、熟悉你的地方，大家都认为你像一个共产党员，是一个共产党员，这个比较容易做到；而在一个环境陌生、没有人认识和熟悉你的地方，你能够一如既往，保持党员的本色，言行举止能够让人们感觉到你像一个共产党员，是一个共产党员，你才真的是一面旗帜。

半个多世纪以来，这样神圣的使命感一直激励着李振华。让老百姓说共产党好，做共产党员应该做的事情，为党旗增辉，他一直都在用实际行动践行着这样的理念。

在当年那个特殊困难时期，李振华的父亲担心在沂蒙山区支教的儿子挨饿，有一次从南京寄过来二十斤大米。

那天晚上，李振华来到耿学义家里，说想把这些大米分给村子里生活最困难、最需要的乡亲们。

那是人们都在挨饿的日子，这些大米多么金贵啊！耿学义被二十四岁的李振华深深地感动了。

他劝李振华："在你没有成家之前，公家粮店供应你的米面，你匀出一些给乡亲们吃，做饭给学生们吃，也就罢了。现在你已经结婚了，有家也有孩子了，国家粮店供应的粮食你们自己都吃不饱，让我说，这些大米你还是自己留着吧。再说了，这个时候，大家伙儿都吃不饱，二十斤大米你匀给谁的是啊？"

李振华说："耿书记，看着乡亲们挨饿，我能吃得下去吗？这么多年来大家对我的关心和照顾，我李振华能忘了吗？这些大米确实是不多，可是对那些生病的人来说，这个比吃药还管用啊！耿书记您就听我的吧。"

向来很少动感情的耿学义，此刻眼泪哗哗地流。他一户一户地掂量着，给李振华列出韩旺村最困难的十个家庭名单。

李振华按照名单分别送到乡亲们家里。

常言说，"人在难时帮一口，强似有时帮一斗"。在那个以树皮、树叶果腹，地瓜干当饼干吃的岁月里，两斤大米虽然解决不了什么大问题，但是对于那些极度缺乏营养的病人和嗷嗷待哺的孩子来说，无异于雪中送炭啊！

患难之时见真情，李振华带给乡亲们的温暖和感动可想而知。人们想起了这个南方青年在这里的许多故事。

刚到韩旺半年多的时候，有一次李振华去看望村里一位烈属大娘，就是在村头迎接他来韩旺时，悄悄地问身边的人"这不是八路军又来了吗？"的那个老太太。

在这位老人的家里，李振华见她的脸上、胳膊上有一些红肿的疙瘩，有的已经发炎，流着脓水。他一问才知道，老人对蚊虫叮咬过敏，每年的夏秋季节都要遭受这样的折磨。

李振华立刻回到学校，把自己的蚊帐给大娘送了过来。老人说什么也不要。李振华说："大娘您如果不要，我就不走了，咱一起在这里挨蚊子咬。"大娘听不懂他的南京话，李振华就坐在老人脏兮兮的床沿上，急得直比画。

大娘见李振华这样真诚，只好收下。然后，她从缸里拿出一瓢鸡蛋，送到李振华手里。这些鸡蛋，老人不知道积攒了多久。大娘说："这几个鸡蛋你拿着，要不然就把蚊帐带回去。"

李振华无奈，只好接过了鸡蛋，然后悄悄地在老人的枕头底下放了五块钱。

其实，李振华也是过敏体质，也怕蚊虫叮咬，没有蚊帐实在不行，最终还是写信让母亲又重新做了一个蚊帐寄过来。

在韩旺村，许多人发过这样的感慨：公而忘私的人比较多，而大公无私的人，也只是从广播喇叭中听说过，没有见过；看着李振华做的这些好事，终于相信世界上还真有这样大公无私的人，还是共产党教育得好啊！

在人们经常聚集的公共场所，李振华带着学生们办起了一些黑板报，宣传党和国家的路线方针政策等方面的内容，定期更换。耿学义特意让人在大队部门两边的黑板上各抄写了一段毛主席语录。

大门左边的黑板上写着：

一个人做点好事并不难，难的是一辈子做好事，不做坏事。一贯地有益于广大群众，一贯地有益于青年，一贯地有益于革命，艰苦奋斗几十年如一日，这才是最难最难的啊！

大门右边的黑板上写着：

我们大家要学习他毫无自私自利之心的精神。从这点出发，就可以变为有利于人民的人。一个人的能力有大小，但只要有这点精神，就是一个高尚的人，一个纯粹的人，一个有道德的人，一个脱离了低级趣味的人，一个有益于人民的人。

那时候，毛主席的著作深入人心，"老三篇"人人都会背诵。韩旺村大队部门两旁的这两段毛主席语录，上至七八十岁的老人，下至五六岁的孩子，闭着眼睛都会一字不差地背诵出来。

村大队部的院子里，有一个用四根高大的杉木搭起来的"广播台"——这是人们后来给它起的名字。广播喇叭是我们曾经在一些电影中看到过的，用铁片卷成的那种喊话筒。有一次，耿学义爬到广播台上，模仿毛主席在《纪念白求恩》和《为人民服务》中使用的句式，用充满感情的声音这样说——

"一个南京人，不远千里来到了咱韩旺，这是什么精神？这是白求恩精神，张思德精神，共产主义精神！一个人做一件好事很简单，做几件好事也不难，难的是多少年光做好事。这里我说的这个人是谁，大家伙儿心里都明白！咱们要远学白求恩，近学李振华。李振华就是咱们身边的张思德，就是咱们这里的活雷锋！"

——"文革"期间，这些话被造反派作为批斗耿学义的口实，说他篡改伟大领袖毛主席的语录，在好长时间里成为当地的一大笑谈。

当年，村子里的一位好心人曾经这样劝说耿学义："耿书记啊，可不能再这样夸咱们李老师了，恁看看他的那股子劲头，老是这样夸他，要是把他给累趴下了，咱对不住人家南京的爹娘啊！"

耿学义则不以为然："人怕表扬是不假，有的人经不住夸，你一夸他就倒退；也有的人，你表扬的时候他特别能干，不表扬就蔫巴了，越说他好，他越往灯影里跑，来得快去得也快。你看看咱李振华老师，人家是什么样的人？他刚刚来咱们这里的时候，没有人表扬他，人家不就这个样子吗？这么多年了，他一直都这样，这和表扬没有关系，这是一个人的秉性，说得再高级一点，这就是共产党员的党性和觉悟！"

耿学义一直忘不了这样一件事情。

那是1963年的时候，李振华的大儿子东峰刚刚五岁。正是秋收季节，东峰拿着一个小小的"抓钩"，跟在韩旺村的几个孩子后面，到已经收获过的地里寻找"漏网"的地瓜，这里称之为"拦地瓜"。当东峰用篮子提着几个"遍体鳞伤"的地瓜向爸爸妈妈邀功，并央求妈妈在灶膛里烧地瓜给他吃的时候，父亲却很不高兴，坚持让他"从哪里拦出来的再送回哪里去"。

那天，杨朝清看着一脸委屈、不知所措的儿子，非常伤心地哭了，这也是她第一次与李振华吵架。

李振华说，地瓜是属于生产队、属于集体的，我们吃国家的商品粮，绝不能占农民的便宜。孩子不懂这个道理，我们做父母的必须这样教育他们：不是自己的东西，绝对不能拿。

杨朝清气呼呼地去找耿学义评理。耿学义当着杨朝清的面，狠狠地批评了李振华一顿，然后领着李东峰到自己家的"自留地"里，刨了一篮子地瓜拿回家。

李振华对耿学义说："耿书记您批评归批评，但是我不会接受。"耿学义对这个"死心眼"的南方青年感到既可气又好笑。

二 永远的"工程师"情结

李振华第一次知道"教师是人类灵魂的工程师"这句话，是在1952年南京师范学院新生入学典礼上，时任院长陈鹤琴充满深情的演讲报告。

"跨进了我们这个校门，就意味着你跨入了人类灵魂工程师之行列！这个称号是如此神圣，如此至高无上！你的选择就是你的追求，你的追求一定不会是心血来潮。我相信每一个跨进南京师范学院的同学，一定会记住这句话——拥有人类最高尚的灵魂，才配做一名人民教师。我们必须无时无刻不反省自己，我无愧于这个伟大而神圣的称号了吗？"

陈鹤琴早年毕业于清华大学，1914年夏天与陶行知同船赴美国留学。原本打算学医的他，也许是受鲁迅先生弃医从文的影响，最终改学教育。他先后在霍普金斯大学、哥伦比亚大学师范学院专攻教育学和心理学。五四运动爆发后，陈鹤琴毅然回国，先后在多所师范学校任教。对新中国教育事业的挚爱与执着，让他成为我国著名儿童教育家、中国现代幼儿教育的奠基人。

那天，这位时年六十岁、曾经参加新中国开国大典的银发长者引经据典,从孔老夫子的"有教无类"讲到"为人师表",他对"德高为师,身正为范"的阐述,让李振华终生谨记。陈鹤琴与夫人把小女儿送到朝鲜战场的义举,让李振华将陈院长奉为人生楷模。

在长达半个多世纪的教师生涯中,"师范"情结和"人类灵魂工程师"的神圣感一直伴随着李振华,他把"为人师表"这四个字演绎得淋漓尽致。他以自己的品行影响学生,以崇高的人格和道德风范陶冶、感染学生。无论走到哪里,他都以博大无私的爱,启发、激励着学生们认真做人、做事。

军人有军魂,教师自然也有师魂。有人说,师魂是一种真挚的情感,是一种忘我的付出,是一种无私的奉献,是一种仁爱的情怀,更是一种崇高的责任;有人说,师魂是教师的精神支点和力量源泉,是教师的人格风范,是一种至高无上的精神境界。

李振华就是这样的灵魂工程师。他如汩汩流淌的山泉,汇聚成波澜不惊的沂河,滋润着流经的广袤大地;他博大无私的爱如涓涓细流,滋润着孩子们的心田;他"撒向学生都是爱"的治学理念,影响着他工作过的每一个学校的教师。

他在韩旺小学工作时,曾经有一位学生家长这样感慨:李振华就像是一个"抱窝鸡"。

这个评价让李振华有些哭笑不得:"哪有这样夸人的啊,我怎么就成老母鸡了?"

在农村,但凡见过抱窝鸡的人,都认为这样的比喻特别贴切、形象。母鸡把蛋孵化成小鸡崽的过程,被称为"抱窝"。在二十多天的时间里,抱窝鸡专心致志,用身体的温度孵化鸡蛋,须臾不离鸡窝。鸡崽出壳后,鸡妈妈精心呵护,把寻觅来的食物衔到鸡崽面前,咕咕地叫着,给孩子们示范如何啄到嘴里,如何寻找食物,不厌其烦;它带领鸡崽觅食,让孩子们知道哪些能吃,哪些不能吃;当风雨来临,当老鹰、黄鼠狼等天敌袭扰的时候，鸡妈妈会把孩子紧紧地庇护在自己的翅膀之下，以免它们受到伤害……

鸡妈妈对鸡崽的呵护出于天性与本能，李振华对学生无微不至的爱与呵护，出于一名人民教师神圣的职责与爱心。

十九世纪德国哲学家、科学教育学奠基人赫尔巴特认为，"道德"是教育的最高目的、唯一工作和全部工作，教育就是为了"培养良好的社会公民"。理想主义者认为，教育就是培育"大写的人"，是对人的灵魂教育，是"一棵树摇动另一棵树，一朵云推动另一朵云，一个灵魂唤醒另一个灵魂"。一个孩子可以不成才，但必须成人。

李振华对立德树人的教育理念熟稔于心。

他在韩旺小学的时候，有一天，学生张俞进突然找到李振华，说自己刚刚从家里带来的五块钱不见了。

那些天学校正在收学费，五年级每人一元钱。因为家里只有一张五元面额的钱，父亲便让张俞进带来了。

在那个年代，五块钱可不是个小数目，可以买二百多个鸡蛋，或者十几斤猪肉。李振华向张俞进详细了解具体情况，张俞进说，钱是夹在语文课本里的，只有他的同桌知道这个事情。

张俞进的同桌从小失去父母，是守寡多年的奶奶拉扯他长大。奶奶年轻时因为生活所迫，喜欢把别人的东西据为己有，人们私下里称呼她"三只手"。奶奶的行为难免会对小孙子产生某些不良影响，有时同学的学习用品丢失，张俞进的同桌是被怀疑对象。李振华对此早就有所察觉。

那天上课时李振华说，张俞进同学说不小心把钱给弄丢了，有没有同学捡到？

同学们有的摇头，有的悄悄地把目光瞥向张俞进的同桌，还有好几个同学大声嚷嚷着"翻！"

过去出现这样的事情，往往采取这种"翻"的方式，即同桌或者前后桌同学相互搜查书包、衣袋和其他可能藏匿丢失物品的地方。李振华暗中注意到，在同学们提出"翻"时，张俞进的同桌眼睛里流露出来异样的目光——恐慌之中夹杂着一丝不易觉察的侥幸。他在随声附和着喊"翻"的同时，眼睛却不时地瞄向讲台左侧的一堆石头。那是昨天耿学义他们砌讲台时剩下的，还没有来得及清理。

李振华看出了端倪，他对同学们说："翻这种方式不仅是对每一个同学的不信任、不尊重，也很不文明。我想，这钱应该不是一些同学想象的那样，被谁偷了，而是它自己调皮，不小心从课本里溜了出来，想跟张俞进同学捉迷藏呢。也许它现在已经钻到一个乱石堆里出不来了，正在后悔这样耍小聪明，希望同学们去帮助它，尽快地把它救出来呢！"

李振华故作神秘地说："大家都来看着我的眼睛，然后呢，我就会看见这五元钱在什么地方了！"

于是，同学们一个个正襟危坐，目不转睛地看着讲台上的李振华。那时候，李振华刚刚十八岁，有些五六年级学生的年龄只比他小两三岁，有一个学生的年龄同他仅相差几个月，身高也相差无几。一个大孩子带着一群小孩子，李振华尽管是老师，但许多时候也需要与学生斗智斗勇。这次耿学义在教室里垒讲台的初衷，就是想让李振华上课时有一种居高临下的气势。

李振华的目光在同学们脸上、在教室的上下左右认真地扫描了一遍，然后他笑嘻嘻地说："我已经看见这钱在什么地方了！"

他这样说的时候，观察到张俞进的同桌慌乱与绝望的神情。

李振华继续说："我虽然知道钱在什么地方，但是不会说出来，请同学们相信我，老师一定会保守秘密。现在，让我们大家一起开动脑筋，使它尽快回到张俞进同学的手里。如果谁找到这张钱，他的名字就会被记到红本子上。"

在李振华小的时候,母亲曾经给他讲过一个故事。一个孩子第一次偷拿了别人的东西,母亲不仅没有斥责,反而投以赞许的目光,孩子从此一步步发展为江洋大盗,最终因为罪孽深重而被判了重罪。临刑前,他在围观者中看见了自己的母亲,于是他向监斩官提出了最后的愿望——再喝一口母亲的奶。母亲流泪应允,向儿子敞开了怀,儿子却狠狠地将母亲的乳头咬了下来,说:"我有今天这样的死罪,都是你教育的结果!"儿子被斩首,追悔莫及、羞愧不已的母亲也撞死在大庭广众面前。

因为这个故事太过血腥,在那天课外活动的"故事会"上,李振华讲述时略去了其中的一些情节。他语重心长地对同学们说,"一个人如果从小养成了不良习惯而不知道改正,便会一辈子生活在提心吊胆之中,甚至会葬送本应该美好的前程。"

下午放学后,李振华找到那个一直神情紧张的学生,悄悄地对他说:"明天早上你提前到校,把讲台左侧的那堆石头搬到外面的花坛旁边,顺便找一找那张钱,我相信你一定会有收获的。"

看着李振华期待、暗示性的目光,这个学生默默地点了点头。

第二天,这个同学果然第一个来到学校,把教室打扫得干干净净,然后把两张五元面额的钱交到了李老师手里,说钱果然是在那堆石头里发现的。

此刻,一股暖流和一丝感动充盈了李振华的心头,欣喜与欣慰写在他的脸上。

他的心血没有白费——这其中的一张钱,是他悄悄压在石头下面的。

昨天晚上放进去这张钱之后,他大半夜没有睡着——因为他没有绝对把握,能够确定张俞进丢失的钱就是被这个同学拿走了,更不能确定这个同学就把钱藏在这堆石头之中。尽管昨天他从这个学生复杂的神情中读出了其内心深处的挣扎——恐惧与侥幸、犹豫与焦虑。李振华便想验证一下自己的判断。他必须把这个正在人生歧途的边缘徘徊的学生拉回来，绝不能让任何一个孩子掉队。李振华也担心自己的五元钱会不会打了水漂，但如果能够教育、挽救一个孩子，什么样的付出都是值得的。

很难想象这个学生在发现另一张五块钱时，内心深处经历了怎样激烈的思想斗争，最终又是如何战胜了这样的诱惑。

李振华把其中的一张钱放到这个学生手里，说是对他诚实和拾金不昧的奖励。那一刻，这个被老师保全了面子的学生拒绝了，他脸上愧疚的神情和止不住的泪水，已经向李振华说明了一切。

上课时，李振华表扬了这个学生热爱劳动的精神，把他拾金不昧的行为记录到"红本子"里，并提议评选他为班级"劳动模范"。

后来，李振华又根据他的表现，让他担任了班级的劳动委员。这个学生的精神面貌从此焕然一新。

有一句话这样说，你的信任就是你的期待。荣誉感让这个一度心灵迷失的学生懂得了是非曲直，并且影响和改变了他的奶奶。

写到这里，笔者想起这样一个故事。

我的老家有一位被称作"教坛保尔"的残疾人教师胡连顺，有一次有人向他反映，一个学生把学校教室里的一根三米多长的木棒偷走了，却因为没有证据，这个学生坚决不承认。胡老师经过对现场的缜密观察，终于找到了证据，这个学生在老师面前低下了头。老师问他为什么要拿走这根木棒，学生回答，他是准备给自己盖一个可以学习和栖身的小窝棚。胡老师跟着这个学生来到他的家里，只见三间破屋露着天，院子里堆着一些石头。石头是这个学生和几个小伙伴从山沟的石头塘一块一块背回来的，而那根木棒，果然就放在石头的旁边。原来，这个学生的父亲因为一念之差，参与赌博输了钱，从此东躲西藏不敢回家，他成了事实上的"孤儿"。看着生活无着落的孩子，胡老师心里酸酸的，从此便让他跟着自己一起吃住。多年之后，已经颇有成就的学生回到胡老师身边，说起当年胡老师对他的帮助，特别是对那根木棒的处理方式，不禁感慨万千——如果老师简单粗暴地处理这个事情，自己就会被认定是个"贼"。可能从此很难抬起头来。

"从小偷针，长大偷金。"当年在韩旺小学的时候，李振华经常组织同学们搜集民间谚语，收集整理传统民间故事和战争年代的革命故事，开展讲故事比赛，并评选"故事大王"。他通过许许多多健康、积极向上的故事，引导学生们树立正确的世界观、价值观和人生观，教育引导学生向上向善。

李振华鼓励学生们以自己的"共产主义远大理想"和"集体主义思想"去影响和改变父母。他提出这样一句口号：我为父母争光，父母为我添彩。他要求同学们善于发现父母的闪光点和不足之处，并且说服家长们改变落后、不正确的旧观念，以及不讲卫生等各种各样的不良习惯。那个时候，如果哪个学生的父母有不良行为或者形象邋里邋遢，这个学生往往会有一种"抬不起头"的感觉。

耿学义用喇叭筒喊话时，经常发出这样的感慨："我觉摸着，咱们一些当爹当娘的思想和觉悟、做的那些事，连恁家里的小孩子都不如啊，你还好意思的吗？那些好吃懒做的、手脚不干不净的，不孝顺爹娘的，还有那些丢只小鸡、丢根豆角也要去骂大街的，你脸上蒙着的是狗皮吗？还是给你家孩子留点儿脸面吧！"

李振华按照国家规定的教学大纲，在完成课堂教学的同时，组织学生开展丰富多彩的课外活动，比如文艺宣传队活动、刘文学小分队活动、"我是小记者"竞赛等。今天我们称之为"第二课堂"

的许多做法，韩旺小学在那个年代就已经开始运用了。

在"我是小记者"竞赛中，李振华组织同学们采访"我最敬佩的人"，报道自己身边的好党员、好团员、好社员、好婆婆、好媳妇等，引导同学们发现、赞扬身边的美，明辨是非，健康成长。

李振华还把评选出的优秀文章抄写、张贴到村大队部门前的宣传栏里，既展示了学生们的学习成果，又展示了山村群众的美好心灵。这一举动所起到的效果和作用，绝不亚于今天的报刊和电视机，在这个山村营造了健康和谐、积极向上的生活氛围。

笔者在韩旺采访时，说起当年李老师带领学生们搞"科学试验田"的故事，这里的人们依然津津乐道。

1958年的春天，李振华带领学生们在学校的试验田进行了地瓜高产栽培试验。他们挖了许多大大小小、深浅不同的土坑，按照一定比例，填入各种成分的肥料，包括他们自己沤制的绿肥、从河沟里挖来的淤泥、从山坡松树林扫来的腐殖质等，堆成一个个馒头状的土包，分别栽上当地的地瓜和国家正在推广的新品种"胜利100"——沂蒙山区称之为"胜利百号大地瓜"，进行水、肥管理等方面的对比实验。

那一年，韩旺小学的试验田不光让孩子们充满了好奇与期待，也吸引了乡亲们的目光。李振华还特意让父亲寄了南方的蔬菜和其他农作物的种子，种在试验田里。也许是因为南方和北方温度的差异，南方的一些种子大多种植失败了，李振华启发同学们从失败中探讨并懂得"为什么"；而地瓜高产试验却大获成功——同样的水肥管理，最大的一墩"胜利100"收获了二十八斤半，与当地的地瓜老品种相比，产量高出了两倍还要多，口感也比当地的老品种好许多。而那时山区普通农田的地瓜，平均每墩产量不超过一斤。

刨地瓜的那天，这所山村小学挤满了人，周边村庄的乡亲们纷纷过来看稀奇，东里区的柏书记也赶了过来。人们纷纷向"放了卫星"的李振华竖起大拇指，韩旺小学到处插满了红旗。

这件事情的更大意义，在于推动了地瓜新品种在东里区的顺利推广——此前，人们怀疑新品种地瓜水分高，地瓜干的产出率低、口感差，以致推广种植的阻力非常大。在随后到来的"三年自然灾害"面前，新品种地瓜"胜利100"的高产，从很大程度上降低了自然灾害在这里的惨烈程度。

李振华还带领学生们进行果树嫁接实验，把枣树嫁接在山里的酸枣树上，把山上的各种中草药移植到学校的试验田里，都获得了成功。而正是这样的实验活动，在孩子们和乡亲们心中埋下了科学种田的种子，培养了探索精神。

李振华通过学校的试验田，让学生们体验了刨地、播种、浇水、收获的全过程。他组织学生们到山上采集树种，繁育树苗，带着学生们拔草沤绿肥，让学生们懂得了劳动成果来之不易，理解了父母长年累月脸朝黄土背朝天的艰辛，树立了用文化和知识改变家乡贫穷落后面貌的思想意识。

韩旺小学这样的劳动课，曾经引起一些家长的误解。一位家长说，"龙生龙凤生凤，老鼠生来打地洞"，种地还用学吗？咱庄户人家一个汗珠子摔八瓣，辛辛苦苦供孩子上学，为的就是让他们不再土里刨食。如果在学校也是这样干活，那花钱上学有什么用处？

李振华能够理解家长们望子成龙、望女成凤的心情。他总是耐心地与家长们沟通。李振华认为，劳动可以检验一个人的品格，那些不吝惜汗水的孩子，将来一定能够出类拔萃；学校的劳动课与孩子在家里帮助父母干活，甚至是被父母逼着干活，是不一样的概念，效果也迥然不同。学校的劳动课是为了培养学生们的劳动观念，使他们懂得劳动创造价值，劳动创造财富，懂得一分耕耘一分收获，幸福是奋斗出来的。如果一个孩子从小就厌倦劳动，怕吃苦，不愿意出力、流汗，甚至有不劳而获的想法，未来就不可能担当大任，甚至会走向人生的反面。李振华用发生在人们身边的一些活生生的例子来说服这些家长。

劳动和劳动教育，始终伴随着李振华的教学生涯。当年在张家坡中学时，李振华曾经买了镢头、锄头、铁锹等劳动工具，赠送给高中毕业生。那个时候，国家正在号召城市知识青年"上山下乡"，有的村庄来了插队的城市"知青"。李振华说，建设社会主义新农村，我们农村家庭的学生更是责无旁贷。他鼓励学生们用知识和汗水改变家乡的面貌，而不是总想着离开农村。

每到星期天，特别是寒暑假，只要李振华没有外出开会、学习或者家访，人们一定会看到他在农田和乡亲们一起劳动的身影。

初到韩旺时，连麦苗与韭菜都辨别不清的李振华，在这里学会了割麦子和锄地，甚至还学会了技术难度比较大的摇耧播种。李振华满手的老茧，割麦子的速度比村里的小伙子差不到哪里。热爱劳动的他给学生们带来的影响可想而知。

1955年，韩旺小学的十二名小学毕业生全部考入沂源县第一中学，那一年李振华被评为沂源县最年轻的劳动模范，村支书耿学义专门为李振华开庆功会。

那天，耿学义笑嘻嘻地对李振华说："李老师，你以后不要再领着孩子们干活了，看你累得够呛，大家伙儿也心疼。以后你只管教学生们好好念书就可以了，教给他们鲤鱼跳龙门的本事，能多跳过去一个是一个，你和大家伙儿都有脸有光的！"

李振华也笑嘻嘻地说："耿书记，您还记得曾经给我讲过的那个'坏才某某某'的故事吗？"

耿学义当然记得。

那是李振华刚来韩旺不久的时候,耿学义为了留住李振华,为了证明一个好老师对孩子健康成长的重要性,讲的一个当地流传甚广的故事。

明末清初,临沂某地出了一个举人,因为有才无德,被人称为"坏才"。这个人的许多看似机智、聪明,实则荒唐、荒诞不经的故事,大都被蒲松龄写进了《聊斋志异》一书。

李振华的反问,让耿学义陷入了沉思。那一刻,他对李振华又有了新的认识,也更加理解了这位南京小伙子在这里所做的一切,特别是这些年来他组织开展少先队工作、种试验田、带领学生勤工俭学等做法,给这里的人们带来许多思想观念上的变化,这些变化不是多考出几个中学生能够比拟的。

何为"教育"?《说文解字》这样诠释:"教,上所施,下所效也;育,养子使作善也。"古人把人的"教化"作为教育的第一使命,这也是我们今天所说的立德树人。一个师德高尚、崇尚立德树人理念的教师,会影响学生终生的发展。

清华大学前校长梅贻琦先生这样说:"学校犹水也,师生犹鱼也,其行动犹游泳也。大鱼前导,小鱼尾随,是从游也。从游既久,其濡染观摩之效,自不求而至,不为而成。"养成教育是中国教育的优秀传统。特别是在小学这个人生的启蒙阶段,孩子所处的家庭环境、生活环境、学习环境如何,会给他带来终生影响。一个人的价值观、性格、气质、行为取向等,都与童年时期受到的养成教育有关。

李振华认为,引导孩子走正道,是首要的事情。小学时期的教育目的,并不是让全部学生都要考上中学,即使上了中学也不可能全部成才,也不可能都要走出大山;而让学生成为一个身心健康、有益于社会的好人,才是至关重要的。

有人说，教育很"大"，担负着培养堪当民族复兴重任的时代新人；教育也很"小"，每件小事都可能蕴藏着教育的机会。李振华深谙此道，"人类灵魂工程师"的情结一直伴随着他。

三 那双闪烁着爱的眸子

师德的核心是爱学生，爱生如子。爱是一切教育的源泉，也是衡量师德的重要指标。从走上三尺讲台的那一天起，李振华倾心传播爱，播撒爱的种子，以无涯的大爱，滋润每一个学生的心灵。

1965年秋天，李振华刚刚从韩旺调到张家坡中学不久，发现班里杨尚峰的学费迟迟没有交，而且经常请假。原来是他的父亲已经病了很久了，有时候要陪着父亲看病，家里已经拿不出钱交学费。李振华便替杨尚德把学费交上。

这天，杨尚德又托人捎信请假了。

杨尚峰的父亲杨东山是当地一位很有名气的老英雄，曾经参加过解放战争和抗美援朝战争。他复员回家的时候，各种奖章和立功证书带回来一包袱，却居功不傲，把这些勋章和证书悄悄地塞进柜子里，默默无闻当起了农民。李振华一直想着去拜访这位老英雄。

那是一个星期六下午，李振华来到十几里路外的杨尚峰家中。

阴暗潮湿的土坯房里散发出难闻的味道，屋内没有一件像样的家具，装着地瓜干的囤子已经露出了底。杨尚峰的父亲躺在床上，瘦骨嶙峋，神情黯然，一副油尽灯枯的样子。

李振华来到老人跟前，坐在床沿上，握着杨东山的手，仔细询问着病情。

杨尚峰的母亲闻讯跑了过来，"李老师来了。您赶紧劝劝他吧，这次说什么也不去医院扎古（治疗）病了，这才五十多岁，哪能就这样在家里等死啊！"说着，便哀哀地哭了起来。

杨东山有气无力地说："李老师，孩子都告诉俺了，好几回都是您给他垫上的学费，对不住啊！常言说穷坑难填，亲戚朋友家的钱都借遍了，上级政府一次次地救济，救济了粮食还救济了钱，什么时候才有个完？咱心里有愧啊。县民政局，还有公社的领导，数不清来了多少趟了，咱不能给国家出力了，可也不能老是这样给上级领导添麻烦啊……"

李振华握着老人枯柴一般的手，动情地说："杨大哥您可不能这样想啊，您是有功劳的人，党和国家是不会忘记的，上级的关心照顾也是理所当然。想想您在战争年代吃的那些苦，现在到享福的时候了，咱一定要好好地活着才是啊！"

杨东山的眼睛湿润了："想想当年一起当兵打仗的那些战友，在火线上一眨巴眼的工夫，人就没有了。比起他们，俺已经多活了二三十年，也算是享过福了，值了啊！"

老人顿了顿接着说："家里就这么点儿家底子了，这些年让俺折腾得差不离了，怎么着也得给他们娘儿几个留下一星半点的吧……尚峰这孩子回家就说，您对他的好，对学生们的好，可越是这样，俺心里越是不得劲。尚峰要是再上学，就连您也一块拖累了。就这样吧，不上学了，能帮着他娘下地干活，把给俺扎古病拉下的饥荒还上。不然，俺老杨就是死了也闭不上眼睛啊……"

李振华说："杨大哥您一定要听人劝，眼前的困难只是暂时的，有上级领导的关心，大家都一齐帮衬一下，迈过这个坎就好了。咱得朝前看，谁也不会穷一辈子。"

杨东山叹了口气。李振华继续说："尚峰明年就要考高中了，再困难，咱也要让孩子读完两年高中，准备考大学。交学费花不了多少钱，这个您不用顾虑，我来想办法就是了。最要紧的是，您得好好治病，可不能让孩子分心，影响了学习啊！您今天必须答应我，不然我就一天来这里一趟，一直到您同意为止！"

大颗大颗的眼泪从杨东山的脸上滚落了下来。"俺老杨家哪辈子积了这样的大德啊，让尚峰遇上了您这样的好老师。他下辈子就是变牛、变马，也报答不尽李老师您的大恩啊！李老师您今儿既然把话说到这个份儿上了，俺和他娘也不阻拦了，现在就让尚峰跟着您回学校去吧……"

就这样，杨尚峰跟着李振华回到学校，从此一直跟李老师一起吃住。

一天傍晚，杨尚峰的叔伯哥哥突然来到学校，找到了正在李振华宿舍吃饭的杨尚峰，慌慌张张地说，老人家突然犯病了，正在县医院抢救，让他赶紧过去。

李振华顾不上吃饭，带着杨尚峰连夜赶往县医院。

崎岖的山路上，两个人深一脚浅一脚，不知道摔倒了多少次。当他们满头大汗来到医院时，已经是夜半时分。而此时，杨尚峰的母亲正在病房里掉眼泪：杨东山准备做手术，但没钱买血，只能等着杨尚峰来了查验血型。

李振华问清楚了情况后说："大嫂，尚峰年龄太小，正是长身体的时候，就算血型合适也不能抽他的血。我是O型血，让我来吧！"

杨尚峰的母亲看着身体单薄的李振华，说什么也不同意。

李振华说："现在救命要紧，你们一切听我的。"说着，便伸出了并不粗壮的胳膊。

四百毫升鲜血流淌进杨东山的身体，老人转危为安。看着李振华苍白的面孔和疲惫的身影，一家人唯有感激不尽的盈盈泪光。

因为第二天还要上课，李振华又连夜赶回了学校。离开时，他从怀里掏出一百块钱，塞到杨尚峰母亲的手里。那是李振华来医院前，匆匆忙忙从老师们手里凑来的。

杨尚峰的母亲担心刚刚抽过血的李振华路上不安全,坚持让儿子陪着李老师一起回到学校。

半个月后的一个星期天下午,杨尚峰怀里抱着一只老母鸡,兴冲冲地出现在李老师的宿舍。

李振华有些愕然,笑嘻嘻地问:"杨尚峰,怎么把你们家'小银行'抱过来了?"

"李老师,俺爹出院了。您那天抽了那么多的血,俺娘心疼得不得了,这是俺娘让我拿来的,说是给您补补身子。"

刚才还喜气洋洋的李振华一下子不高兴了:"这还了得,你赶紧把老母鸡送回家。我身体好好的,不需要补养。"

杨尚峰心里清楚,他如果把老母鸡抱回家,肯定无法向爹妈交差。他心生一计,便来到街上一个小饭店,让人帮忙把鸡杀了,洗得干干净净,再次出现在李振华面前。

李振华没有想到杨尚峰会这样做,十分生气:"你这个孩子怎么这样不懂事啊!你们家正是需要钱的时候,你居然把老母鸡宰了,你知道你爹妈有多么难吗?再说,你爹刚刚做了大手术,需要补养身体的是他。你把鸡拿到我这里,我能咽得下去吗?真是瞎胡闹!"

杨尚峰哭了:"李老师,俺娘心眼小,您如果不收下这只鸡,她心里不知道要难受多长时间。俺爹也说了,不管用什么办法,也要让李老师把这个鸡收下。今天您要是不收下,我就跪在您面前不起来了……"

杨尚峰说着,便真的"扑通"一声跪下了。

李振华看着一脸菜色的杨尚峰,眼泪差点掉出来,他一把把杨尚峰拉起来。他知道,在那个年代,这是一个普通农民家庭所能拿得出手的最贵重的礼物,唯此,方能表达他们真挚的感情。如果一再拒绝，会让他们不知所措，甚至失望、无奈。他只能违心收下了。

那天晚上，李振华把鸡炖了，又放了一些粉皮和土豆。放学回来的另外三个学生闻到了香喷喷的味道，欢呼雀跃，只有杨尚峰神情凝重一言不发。

李振华给四个孩子每人盛了满满的一碗鸡肉，然后一次次给他们碗里加汤，自己只吃了几块土豆和粉皮，喝了锅里剩下的半碗鸡汤。

杨尚峰父母送给李振华补身子的老母鸡，补到了四个孩子的身上。

之后的几天，另外三个学生知道了这只鸡的来历，懊悔与感激的心情交织在一起。他们唯有一个念头：努力学习，做一个好学生，绝不能让李老师失望。

爱具有强大的感染力，有爱的人自带光芒，照亮、温暖着社会和身边的每一个人；爱具有强大的凝聚力，生生不息，汇聚世界的善良。李振华老师以博大无私的爱，影响着学生们做人做事的境界与情怀。这四个孩子后来都走上了不错的工作岗位，无论是在部队、党政机关工作还是当教师，他们的身上都有李振华的影子。

1980年前后，沂蒙山区开始了大规模的扶贫工作和山区开发建设。按照国家标准，那时候临沂地区的十三个县，有七个被确定为国家级贫困县，而作为"山东屋脊"的沂源县，居贫困县之首。在那个年代，李振华每天接触到的，是许多治病有困难的家庭和没有钱交学费的孩子。只要他自己兜里有钱，他就会毫不犹豫地掏出来，帮助那些需要帮助的人。

当时的张家坡公社瓜峪村有个叫张建富的学生，因为家庭生活困难，从小学到中学，学费和书费基本上都是李振华帮他交。张建富考上了高中，开学没几天却退学了。原来是他的父亲患了那个时候难以治疗的肺结核。李振华一边动员他复学，一边千方百计地购买链霉素等特效药，帮助他父亲治病，还先后四次给他家八十元钱。

这差不多是李振华两个半月的工资。把钱帮助了别人的李老师如何养家、如何吃饭，张建富不得而知。于是，张建富便铁了心不上学了。他想，如果再继续上学，继续和李老师保持这样的师生关系，非把李老师给拖垮了不可。

李振华看好张建富是棵好"苗子"，既然他坚决不去上学，李振华便动员他参了军。而就在张建富到部队后不久，久病的父亲突然去世了。因为悲伤，以及惦记母亲和弟弟妹妹的生活，特别是得知李振华老师因为计划生育做结扎手术留下后遗症，腰经常疼得直不起来，张建富的情绪产生了很大的波动。一段时间内，他一心想离开部队，回到家乡、回到李振华老师身边，这样既可以照顾母亲和弟弟妹妹，也能够照顾李老师。部队首长多次给他做思想工作，但一直效果不佳。李振华从张建富的来信中看出了端倪，多次写信疏导张建富的情绪，并在那个寒假来到张建富所在部队驻地邯郸。李振华老师的出现和他眼睛里流淌的爱意，让张建富既感动又愧疚。李老师陪他住了一个星期，张建富的情绪终于稳定了下来。

过去部队新兵出现这样的思想问题，都是父母和亲属出面，一个老师给曾经的学生做通了思想工作，还是第一次。部队首长非常感动，率领营长、连长、排长们一起过来，列队向李振华行军礼。

李振华对部队首长说："张建富的父亲去世了，我们就是他的亲人。从小学到中学，我看着他长大，一直感觉他前途无量，于是鼓励他到部队学习和锻炼。咱们大家都来关心他的成长进步，相信他一定会为我们部队、为亲人和老师争光，成为一个优秀士兵"。

列队行军礼的那个场面和李振华的话，让张建富和在场的每一个人热泪盈眶。张建富把与李振华老师的合影一直带在身边，激励自己刻苦学习和训练，在部队多次立功受奖。

这样的事情在韩旺小学也发生过一次。

那年临沂地区冬季征兵，李振华的学生张玉宽各方面条件合格。他比李振华小两岁，两个人既是师生关系，更是非常要好的朋友。那时候，学校已经从山坡的破庙搬到村子里，已经结婚的李振华住在张玉宽家的房子里，两个人几乎形影不离，如亲兄弟。而就在新兵集合的头一天，张玉宽一想到明天就要离开父母，离开朝夕相处的李振华，突然提出不想去部队了，除非李老师陪他一起去。

那时候，中印边境形势十分紧张，此时出现这样的事情，势必影响征兵工作和新兵的思想、情绪。看着部队带兵的同志急得抓耳挠腮，李振华只好答应了张玉宽的要求。一夜长谈，李振华做通了他的思想工作。那时正是寒假期间，因为担心张玉宽情绪反复，李振华就真的跟他一起来到临沂的新兵集训地，每天看着张玉宽训练。直到一个星期之后，张玉宽喜欢上了火热的军营生活，李振华才放心回到学校。张玉宽后来成长为一名优秀的部队干部。

在张家坡中学工作时，每年高考复习期间，李振华都会住进学生宿舍。所谓的宿舍，其实就是设在教室里的大通铺，几十个学生挤在一起，特别是夏天，满屋的臭脚丫子味，但李振华从不在乎。

与学生们住在一起，除了可以及时解答他们在学习中遇到的问题，更重要的是能照顾他们的生活。许多学生的家离学校比较远，往往会一次带来足够吃一个星期的煎饼等食物，以减少回家的次数。而夏天气温高，食物容易变质，为了让学生们尽可能吃到新鲜的食物，防止食物中毒，李振华便与学生家长们分别约好时间和地点，他骑着自行车，去学校周边的各个路口接取家长们从四面八方送来的煎饼、咸菜，甚至直接到没有条件给孩子送食物的学生家里去取。他每天上课之外的时间，几乎都用在了接送学生食物的事情上。他的自行车后座上满载着各种食物的包袱，车把上挂满了装有咸菜的瓶瓶罐罐，每一天都这样匆匆忙忙、满头大汗地奔波着，然后再一一分发到每个学生手里。每当学生们看到甚至想到这样的画面，无不充满感激、感动之情，进而更加刻苦学习。

有人说，学生们为了迎接高考要"剥一层皮"，而李振华老师要"剥好几层皮"。此话绝非虚言。

许多学生这样说，每当看到李老师眼睛里闪烁的慈祥、关切、期待、温暖的光芒，不要说调皮捣乱，即使是稍微的懈怠，哪怕是一丝苟且的念头，都会产生一种负罪感。

在学生们的心目中，李振华老师是道德的化身，是崇高的象征，是力量的源泉，是做人做事的楷模，是他们刻苦学习的巨大动力。无论在学习、生活及至后来的工作中遇到了什么困难与挫折，只要一想起李振华老师，他们便会信心满满，勇气百倍。

成为李振华老师这样的人，用无私的爱去温暖和感动身边的人，去温暖我们的社会，李老师在同学们心中埋下了这样一颗种子。

有人说，李振华的眼睛里流淌着一股暖流，这股暖流闪烁着父爱，却胜过父爱，足以消融任何的孤傲、冷漠、苟且、懒惰，甚至是敌意等任何不良情绪。每天面对李振华慈善的笑脸，学生们感觉唯有努力，才对得起为他们的美好前程而殚精竭虑的老师。

2020年春天，笔者在张家坡中学见到了李振华当年的学生，如今也成为这个学校老师的辛兰宝。

辛老师告诉我，1978年他参加高考落榜，然后就回家种地了。有一天，李振华老师步行十几里山路，找到他的家里，劝他回学校复习，来年再考一次。那时，国家允许年龄没有超过规定的高中毕业生复读。李振华说："你的年龄小，个头也小，独轮车你推不动，上山打石头你轮不动大锤。但是，如果你有文化就不同了，你可以去当老师，也可以在村子里当赤脚医生。当然，能够成为公职人员更好。"李振华就是这样设身处地为别人考虑。经过一年的努力，辛兰宝果然考入一所师范学校。当李振华把录取通知书送到他家里的时候，辛兰宝说，那一刻真的有跪下给李老师磕头的冲动。他说，如果不是李老师，自己也许一辈子在庄稼地里脸朝黄土背朝天，是李振华改变了他的命运。

也许是担心笔者误解了他想表达的意思，辛兰宝老师解释道："不是说当农民不好，但当农民如果没有文化也种不好地。李老师当年经常给学生们讲科学种田和农民科学家的故事，用这样的故事启发同学们，即使当农民也要自强不息，成为有文化、有成就的新一代农民。"

辛兰宝说，李振华对每个学生的家庭状况、思想动向了如指掌，所以他的教育和引导都能"深入骨髓"、直抵灵魂。恢复高考的第一年，张家坡中学考出六个大学生，还有数量可观的中专生。李振华担任班主任的班，有四人考上了大学，在沂源县引起了轰动。

张家坡中学的任晓韩老师也是李振华当年教过的学生，说起那年夏天在河里洗澡时李振华老师给他搓背的情景，依然激动不已。

"课堂上是严师，课下如慈父"，这是任晓韩对李振华老师的评价。给学生讲社会发展简史时，讲到日本鬼子"南京大屠杀"和新中国的成立，李老师联系自己的人生历程阐述"没有共产党就没有新中国"的道理，讲到动情时，他常常泪流满面。每当中午吃饭时，他端着从食堂打来的饭，和同学们坐在一起，边吃边交流。同学们分享他的馒头和炖菜，他品尝同学们带来的各种煎饼、饼子和咸菜。他能够从每个同学带来的食物，联想到这个学生家庭的生活状况，从而启发大家应该怎样努力学习，才不会让父母失望。同学们经常私下里说，每当调皮或者想偷懒的时候，便会产生"没有良心"的罪恶感，不仅对不起父母，更对不起李振华老师的良苦用心。

任晓韩老师这样形容当年他们晚自习时教室里安静的秩序：掉

一根针都可以听得到。他对笔者说，成为教师后，自己也曾经效仿李振华老师的做法，端着饭碗到学生中间和他们一起吃饭和交流，却很难达到当年李老师那样的氛围和效果。任晓韩深有感触地说，他也资助过家庭生活困难的学生，三次两次容易，十次八次也没有问题，而常年坚持，很难做到。而他们的李振华老师却一辈子都在做着这样的事情。

任晓韩说，李振华老师对待学生的那颗心，在许多方面已经超越了学生的父母，他爱学生的那种境界是普通人难以企及的。

我国教育专家柳斌认为，家国情怀的养成是基础教育最重要的使命。他说，教育的内容不应当仅仅是知识，还应当是爱，是真，是善，是情，是美，是生命活力，是人生智慧，是崇高的理想。在半个多世纪的岁月里，李振华老师一直都在这样做，已经远远地超出了一个教师"传道、授业、解惑"的范畴。特别是那些家庭特殊困难的学生，在他们最无助、最需要关心和帮助的时候，李振华老师就会出现在他们面前。正是这样的帮助和关爱，让他们的人生充满了感激，进而在学习和工作中、在人生的道路上迸发出巨大的能量。

理想与信念之火一经点燃，便不会熄灭。

四　书信中流淌的师生情

手写的书信，对于今天的人们特别是年轻人来说，似乎是比较陌生的事物了。在一个拥有十几亿手机用户的国度，电话、短信、视频等越来越先进的交流、沟通方式，极大地缩短了人与人的空间距离，提笔在纸上写信已经变得比较罕见，以至于集邮行当的"实寄封"也变得越来越紧俏了。

坐落在沂源县实验中学西邻的李振华事迹展厅的展柜里，陈列着李振华的学生写给老师的部分信件。

之所以说是"部分",是因为李振华曾经珍藏了非常多的学生和亲友来信。"文革"期间,某些别有用心的人为了搜查李振华与境外"特务机关"联络的蛛丝马迹,以及他向学生灌输所谓"成名成家"思想的证据,把李振华珍藏多年的数千封信件,以及十多本日记几乎查抄一空。据说日记本被仔细翻阅后付之一炬,而这些信件却从此不知去向。曾经有人透露,在一次珍稀邮品拍卖会上,见到一个写有"韩旺小学"和"李振华老师亲启"字样的信封,出现在拍卖品展示柜。今天李振华事迹展厅展示的这些信件,大都是1970年之后保留下来的。

手写的信件之所以珍贵,是因为它不仅传承着数千年古老的文化和交流方式,更承载了写信者的思想与感情。

透过一封封浸透着真挚情感的信件,我仿佛看到了昔日发生在李振华与学生间一幕幕感人的画面和故事。

1988年5月,一个阳光灿烂的日子,在沂源县实验中学担任校长的李振华收到了一封来自沂水县某中学的信件。他连忙打开,娟秀的字迹映入眼帘——

尊敬的李老师:

您好!您一定猜不到这封信是谁写的吧,我是您三十年前的学生张芳啊!您是否依然记得,韩旺小学当年那个"小不点儿"?

记得二年级的时候,有一次上劳动课,也许是因为受了风寒,我突然肚子疼了起来。您问明了情况,立刻把我背到教室里。您给我喂下一瓶"十滴水",让我躺在床上,并安排一个女同学守护着我。等我醒过来的时候,看见舅舅已经坐在我的身边了。

那时候我的个头矮,且十分瘦小,是一个"黄毛丫头",

用今天的话来说，是典型的"丑小鸭"。您每一次让我到黑板上演示算术题的时候——同学们称之为"爬黑板"——我需要站在小板凳上才够得着，常常引起哄堂大笑。有的同学叫我"小丁点儿"，我常常因为自卑而哭鼻子。每一次您总是安慰我，"浓缩的都是精华"，于是我便破涕为笑。

　　李老师您还记得吗？那时候您经常鼓励我，您许多次当着同学们的面表扬我，夸我的粉笔字写得秀气、漂亮，说我长大了一定会成为一个优秀的老师，成为一个有造诣的书法家。李老师，您的这句话曾经给了我多么大的鼓舞和激励啊！

　　李老师，您还记得吗？有一次我上课时不认真听讲，在那里偷偷地画画，被您发现了。您没有批评我，只是用有些诧异的眼神瞄了我一下，便让我感到羞愧并自责不已。从此之后，我上课时再也没有"开小差"。

　　上五年级的时候，有一次咱们班出墙报，我画了一幅插图，您大加赞赏，后来您就让我负责墙报的报头设计。我对绘画的浓厚兴趣，就是那时候产生的。李老师，是您在我的心中播下了美术的种子。您不止一次对我说，兴趣是最好的老师，但是仅有兴趣是远远不够的，还必须有扎扎实实的文化课基础，否则便是无源之水、无本之木。

　　敬爱的李老师，写到这里的时候，我的眼睛湿润了……

李振华读到这里，当年的那个"小不点儿"的样子在脑海里渐渐地清晰了起来。

张芳的老家是沂水县，李振华来到韩旺小学后，张芳的舅舅就把她接到这里上学了，为的是让自己的外甥女将来能够出人头地。那时候张芳面黄肌瘦，一副病殃殃的样子，李振华不止一次背着她去看病。为了让瘦小的张芳增强体质和自信心，李振华让她参加了学校的文艺宣传队和腰鼓队，经常在大庭广众表演节目。腰鼓与她瘦小的身体不成比例，她的样子十分滑稽，常常引来观众的笑声。李老师便鼓励她刻苦训练，以击打腰鼓的新花样和身体的灵活性赢得观众认可。张芳没有让老师失望，腰鼓队每一次演出，那个"小不点儿"的表演总是最吸引人们的眼球。李振华还鼓励她参加各种体育运动，跳绳、踢毽子比赛她总是拔得头筹，并成为学校百米短跑冠军，身体也越来越健康。李振华还让她担任班级"向秀丽小组"组长，她带领同学们去烈属、孤寡老人家里抬水、扫院子。在人们的赞扬声中，张芳感受到了激励和鼓舞，成为班级和学校各种活动的骨干，变得越来越优秀和自信。

张芳后来以优异的成绩考入沂源一中，成为学校的运动健将，多次在临沂地区的学生运动会上获奖。后来因为姥姥去世，父母只好把她的学籍再转回沂水县。张芳后来曾经到韩旺拜访李振华老师，但那时候李老师已经被调到张家坡中学。随后"文革"爆发，从此她便与李老师失去了联系。

张芳从沂水师范毕业后，成为一名中学教师。那天，她突然从《大众日报》上读到一篇介绍李振华老师事迹的文章，得知李老师担任了沂源县实验中学的校长，便按捺不住内心的激动，写下这封充满喜悦和激情的信。

随信寄过来的，还有一本印刷精美的《张芳书画精品集》。李振华老师当年那句"你一定能够成为一个优秀的老师，成为一个有造诣的书法家"，张芳一直记在心里，激励着她不断超越自己。她先后成为中国美术家协会、中国书法家协会会员。明天出版社出版的她的硬笔书法字帖，受到青少年的追捧。

从走上教师岗位的那一天起，李振华老师就是张芳的楷模。每当遇到调皮、不听话的学生，她便会想起在韩旺小学时，李振华老师"让爱改变一切"的教育方式，特别是李老师对那个向老师的大米里撒沙子的学生耐心引导,一直启发着她。每当有学生因为家庭生活困难而辍学,她就像李老师一样伸出援手。从教二十多年,她培养出许许多多有专长、更有着良好精神操守和职业道德的学生,他们在各个行业广受赞誉。

张芳在信中提到的那个往老师的大米里撒沙子的学生,笔者曾经问过李振华。他说,这个学生的名字叫李磊,曾经是国家某地质科学院的研究员。

李磊最早的名字叫李垒,李振华发现他对各种各样的石头比较痴迷,便鼓励他将来能够成为一名有成就的地质学家,建议他改为现在的名字。

那天,李磊来到李振华跟前,神神秘秘地把手张开,"李老师,您看这大米怎么样啊?"

李振华接过来一看,那晶莹剔透、大小均匀、乳白色的颗粒果然像大米的模样。

"这不是马牙石吗?这么小巧玲珑的马牙石是从哪里发现的?"韩旺这个地方发现的马牙石,多为菱形对称型多面体,宛若钻石状。如此均匀可爱的马牙石,李振华也是第一次见到。

李磊说,这是他从明光山西坡上的一条石英石缝隙里发现的。

李磊平时的学习成绩比较好,做事专注,经常把各种花纹和色彩的石头拿到学校,向老师和同学们炫耀。优点突出的他缺点也比较突出。李磊喜欢冒险和恶作剧,比如爬墙爬树掏鸟窝,把点燃的炮仗扔进鸡群或者猪圈里,甚至把炮仗系在狗脖子上点燃,引得鸡飞狗跳。他经常惹出一些乱子,让人头疼无奈。

果然就在那天晚饭时,学校一位姓王的女老师找到了李振华,手里攥着一把李振华刚刚见过的马牙石。

"李老师我想问问您,有没有在最近买的大米里发现这样的沙粒子。我认为公家的粮店,不应该这样掺杂使假吧?"

原来这是她中午做饭淘米时发现的。因为大米里有虫子,她放在外面的石台子上晾晒过。

李振华接过来一看,便猜个八九不离十,连忙给王老师赔不是。他说,如果不出所料的话,这事应该是自己班的一个学生干的。然后,他硬是用自己的半袋子大米把王老师被撒了沙子的米换了回来。

第二天,李振华找到了李磊。李磊看见老师手心里的马牙石和严肃的表情,已经猜到发生了什么,深深地垂下了头。

李振华老师平时很少生气,这次实在控制不住了。

"你做的这叫什么事啊!昨天王老师做米饭是准备喂给小宝宝吃的,如果不是因为大米生虫了需要淘洗,会发生什么样的后果,你想到了吗?也幸亏王老师只做了很少的米饭,如果是糟蹋了一锅,想一想你死去的爷爷……"

李老师的这句话,让李磊伤心地哭了起来。原来,他的爷爷当年被日本鬼子抓去修炮楼,因为多次逃跑被抓回来,被关在笼子里活活饿死了。

正在这时候,王老师把李振华的那半袋大米送了回来,两个老师便在那里推让起来。这个场面让李磊悔恨交加,他流着泪给两位老师道歉,保证以后再也不做这样不道德的事情了。

李磊最终没有让李振华老师失望,考入某大学的地矿专业,成为一名优秀的地质专家。许多年来,他一直与李老师保持着书信联系,几乎每年都要来看望李老师。

李磊曾经在写给李老师的一封信中,提到了韩旺小学的"故事会"对自己的影响。

韩旺小学的"故事会"每两周举办一次。同学们把自己收集到的认为有意义、有价值的故事讲给同学们听，然后李老师对这些故事予以点评。

那天，一个同学绘声绘色地讲了这样的故事。

"这个故事是我爷爷讲给我的，爷爷说，他也是从他的爷爷那里听来的。有一个小伙子，每天挑着担子去给地里干活的人们送饭吃。他的手里总是拿着一条鞭子，去的时候，抽打小路右边的荞麦，回来的时候，抽打小路左边的荞麦。他想放屁的时候，会故意冲着装有稀饭的罐子。有一天，正当他冲着罐子放屁的时候，天空中突然飘来一朵乌云，一声霹雳响过，小伙子就被雷打死了。他的身上留下了一张纸条，上面写着两行字：鞭打荞麦四十亩，屁呲糊粥一小罐。今天我讲这个故事的目的，是想告诉同学们一个道理，一个人如果做了坏事，是一定会遭到老天爷惩罚的！"

李振华在点评时说，这个故事的寓意是好的，只不过带有浓厚的封建迷信色彩。天上的雷鸣闪电是自然现象，下雨打雷的时候，如果在野外的山岭或者是在高大的树下，就可能会被雷电击中，有生命危险。但是，不幸被雷电击中的人，并不一定是因为做过什么坏事。在古代，人们不能用科学道理来解释风雨雷电等自然现象，就常常借题发挥，编出来这样的故事去教育人们不要做违反道德的事情。在民间，流传着许多这样的故事，一些优秀的传统文化和民间文学，就是通过这样口口相传，得以传承、保留了下来。这个故事中的"天"，今天我们可以理解为一种客观规律，包括我们常常说的"天道酬勤""天理"等。一个人如果长期做坏事而不知悔改，就必然会遭到惩罚，因为"多行不义必自毙"，这就是所谓"天道"。

其实，李磊也曾经听爷爷讲过类似的故事。夏天在外面乘凉的时候，天空中常常有一道道流星划过，爷爷告诉他，这是天上的星宿犯了"天条"，受到"玉皇大帝"的惩罚而坠落了。李磊的家乡附近就有一个村庄的名字叫"落星村"。那时候，李磊感觉这个世界充满了神秘色彩。参加工作之后，李磊接触到各种各样的陨石，也亲自捡到过一些陨石。他把第一次捡到的一块陨石寄给了李振华老师。在写给李老师的信中，他提到了那次"故事会"李老师说到的"敬畏之心"——浩瀚的宇宙有天道，做人做事必须讲规矩。

在那天的"故事会"上，李振华老师语重心长地说："我们每个人都要有这样的敬畏之心，'勿以善小而不为，勿以恶小而为之'。还有我刚才说到的天道酬勤，一个人只有勤奋努力，刻苦学习和工作，人生才能够取得成功。机遇属于那些有准备的人，你有多么努力，就一定会有多么优秀。请同学们一定记着我今天说过的话。"

许多年里，李磊的案头一直摆放着一块陨石，还有一枚硕大的从家乡带来的马牙石，时刻用来警醒自己，敬畏之心一直伴随着他的人生旅途。

李磊曾经深有感触地说，"上学"和"教育"这两个词，从字面上看，似乎没有多少差别，但绝不是完全相同的概念——有些人上过学，却没有受到过良好的教育；而他在上小学的时候，同学们从李振华老师那里得到的，一直都是这样的教育。

有人说，教师这个职业是"良心活"，能不能引导学生成才又成人，完全是凭着"教书育人"的那种责任感。现实生活中，有多少老师只关注学生的学习成绩、考试分数，而对那些有这样那样问题的孩子睁一只眼闭一只眼，甚至"避之不及"。也许这就是我们常说的那句古话："经师易得，人师难求。"

笔者曾经读到这样一篇文章，文章的作者是某师范学校的一位青年教师，这位教师曾经因为生活和工作中的一些琐事而厌倦了自己的职业。然而，在面临学校撤并、研究生毕业后自主择业等人生选择的关键时刻，她最终还是选择了留在教师行列。

她讲了这样一个故事。那天,她收到了从陌生地址寄来的一封信。打开信封,里面是粘贴在一张白纸上的剪报,如扑克牌大小,内容是如何防治牙龈出血。纸的下方,是一行潇洒飘逸的钢笔字:"老师,您的牙龈还经常出血吗?"顷刻间,她的眼眶里盈满了泪水——在这个世界上,除了自己的家人,他也注意到了这个困扰自己多年的小毛病。她说,在那个下午,她感觉心情特别好,见到熟人都面带微笑,忍不住想地打招呼,那是一种被阳光温暖的感觉。

在一次教师职业道德演讲时,她表达了这样的感慨——

  有人说,教师是一项需要有献身精神的职业;也有人说,教师是一个充满激情的职业。而我却经常体会到,教师是一个不断收获的职业。我们往往是在不经意间洒下那么一点点的敬业与关心,却收获了那么多的挂念、问候与尊重。从这个意义上说,教师是这个世界上最幸福的人。"为什么我的眼里常含泪水,因为我对这土地爱得深沉。"每当读到艾青的这句诗,我都会禁不住想,诗人的情感世界有着怎样的感动?这种感动又是怎样化作蓬勃的激情?毕竟我们脚下的土地还不是那么繁荣富饶,我们所面对的现实,有些时候也并不尽如人意。我常常想,这份爱之所以如此深沉,因为它源于一种责任,源于一种更深刻的人文关怀。当我们无论是面对学生的理解和挚爱,还是承受着学生的无知与荒唐,都能够心平气和、永不言弃地投入工作时,我们才小有资格地说,我们真的在爱着自己的学生,像爱自己的孩子、爱自己的眼睛一样无私、无怨与无悔。

笔者在读这篇文章的时候,自然而然地想起了李振华老师。或许,他一辈子都处于这样的温暖和感动之中,享受着这样的幸福。

2022年暑假期间,李振华老师收到一封署名舒淇的来信,写信人是中国人民解放军某军医大学一名刚刚入学不久的学生。

尊敬的李爷爷：

您好！您不认识我，我也没有见过您，但是，作为"振华扶困奖学基金"受益者之一，当我跨进这个大学校园的那一刻，还是忍不住激动的心情，含泪给您写下这封信。

高中时期，我一直努力刻苦学习，即使后来遭遇父母离异、母亲出车祸等家庭变故，学习中遇到困难的时候，我也丝毫不敢松懈。因为我知道，是您站在我的背后，一直在默默地资助我读书。每一天，我都想象着您深情而又充满期待的目光。

今天进入大学学习，我将继续保持中学时代的拼搏精神，以一颗感恩的心，认真把握每一个"第一次"，让它们成为我未来人生道路的基石，绝不会让自己因为懈怠而追悔莫及。在大学四年里，我会明确奋斗方向，加倍努力，奠定坚实的专业基础，报效国家，报答社会，回报像您这样毕生都在无私奉献的人民教师、共产党人。

国外的一位成功学家曾经这样说过，一个人成功的第一步，就是存有一颗感激的心，时时对自己的生活心存感激，同时也要对别人为你所做的一切怀有敬意和感激之情。"如果你接受别人的恩惠，不管是礼物、忠告还是帮忙，那么你应该抽出时间，向对方表达谢意。"我常常想，如果每个人都做到了这一点，我们的社会一定会越来越美好！

"问渠那得清如许，为有源头活水来"；滴水之恩，涌泉相报。人生因为信仰之灯的点燃而灿烂辉煌，夜空因为有了群星的点缀而绚丽多彩，我们每一个平凡的人有了感恩的心，就一定会加倍努力学习和工作，从而让自己变得不平凡。

我从未忘记李爷爷的恩情，李爷爷您无私奉献的精神一直激励和感染着我，我一定不会让您失望的！

我将时时刻刻以这个口号来激励自己——"强国有我，请党放心！"

敬爱的李爷爷，请您放心！

第六章 红水河畔情与缘

沂源县境内有一条红水河。

这条河流发源于沂蒙山区的临朐县，流经人头山、垂牛崮等名字怪异，或陡峭、或奇特的峡谷险峰，裹挟着这片神奇土地上红色的壤土，一路跌跌撞撞奔流而下，在张家坡汇聚成一个个或大或小的水泊，蓄积力量，稍作歇息之后便一鼓作气，直奔东里镇方向，从这里汇入沂蒙山的母亲河——沂河。

红水河因其颜色而得名。红色的河水也许与这里富含铁离子的地质有关，山东省最大的铁矿——韩旺铁矿就是在这里发现的。

跌宕起伏的崇山峻岭间巨大的落差，使得红水河在许多年里桀骜不驯，恣意流淌，特别是每年的雨水季节，曾经给这里带来很大的损害甚至是破坏。从1958年开始，流域的人民群众对这条河流进行了持续不断的改造和治理：河的上游建起了大大小小的水库与拦水坝；河滩造地，植树造林，给无拘无束的河道瘦身，让河堤变直，成为宽阔的林荫大道；沿途的铜陵湖、神牛谷、观音庙、人头山、莲花盆等名胜古迹得以开发建设，建成了集旅游、避暑、游泳、垂钓于一体的百里休闲长廊，带来良好的经济效益。

比起沂蒙山境内的沂河、沭河，红水河虽然名不见经传，却流传着一个美丽传说。

据说红水河最早的名字叫浮莱河。一位南方的年轻郎中一路采药来到沂蒙山区，在沂河源头的原始森林发现了大量人参、丹参、灵芝、何首乌等名贵药材，从此便留在了这里。这位郎中在采集、加工中药的同时，还收购当地老百姓手里的药材销往山外，再把山区稀缺的用品从城市带到这里，互通有无，从而造福一方。有一天，突如其来的山洪把人们正在晾晒的中药材冲入浮莱河，郎中为了抢救药材而跌落水中。他的鲜血与河中浸泡的中药材，把河水染成了红色。而就在此时，他美丽的妻子诞下一个婴儿，接生婆在红色的河水里为孩子洗了人生第一次澡。后来这个孩子中了状元，成为国家的栋梁之才。人们为了纪念这位从南方来的年轻郎中，便将浮莱河改成今天这样的名字。

民间流传的这个故事还有另一个版本：郎中的孩子长大以后继承父业，悬壶济世，在采药的同时遍访民间名医，广集偏方、验方，扶危济困，救死扶伤，成为与扁鹊、华佗齐名的圣贤。

红水河的这个美丽故事就这样一代代流传了下来。造福他人、造福社会者，人们念念不忘、口口相传，让他的名字和故事流传千古。许多故事在流传的过程中，因为人们不同的理念、喜好，或者按照不同时代的需求被改编和演绎。但是，这些故事所蕴含的引导、启发人们向上向善的主题思想却永远不会改变。

今天，笔者之所以提到这条红水河，是因为李振华在半个多世纪里与这条河有着不解情缘。

一 生死攸关的考验

1963年的夏天，雨水量特别大。

在这个多雨的季节，韩旺小学六年级的学生迎来了升学考试。他们明天就要去东里区驻地参加沂源县第一中学的招生考试了，大雨却一直下个不停。

一般来说，一个地方的"第一中学"都设在县城，而那个年代的沂源却是个例外，沂源一中建在距县城近百里、历史上工商业十分发达的东里镇。

那天夜里，听着外面的雷声、风声、雨声，李振华一直焦虑不安。孩子们小学六年的努力，就要在明天得到检验了，天公却如此不作美。心态一向平和的他，此刻也变得不再淡定。

与李振华住在一起的耿文勤和另外两个学生躺在床上似睡非睡。耿文勤翘起头来问老师："如果雨不停，明天的考试可怎么办啊？"

李振华说："赶快睡吧，什么都不要想，今晚休息得好，明天考试才可以发挥得好。从小养成躺倒就睡的好习惯，可以受益终生呢！"说这话的时候，他自己却没有丝毫的睡意。

第二天早晨，淅淅沥沥下了一夜的雨终于歇息了，而天空中依然翻滚着一团团黑云，犹如一幅灰暗的布幔，让人感觉压抑。

李振华与二十七名学生准时出发了。同学们有的穿着蓑衣，有的戴着斗笠，有的披着油布做成的雨衣，向着二十里路外的东里区疾步而行。

刚刚走出十多里地，一道闪电撕裂了天空，接着便是惊雷滚地，暴雨如注！

此处前不靠村，后不着店，李振华与学生们只能手拉着手，继续冒雨行进。

一个小时之后，他们来到了沂源一中对面的河边。

然而，眼前的情景让大家目瞪口呆——从上游呼啸而来的洪水翻滚着，咆哮着，汹涌地奔向宽阔的沂河。同学们惊愕地看着轰鸣而过的洪水，焦虑与恐惧的目光一齐投向老师。

李振华说："同学们不要着急，我们已经冒雨走了二十多里路，既然已经来到考场对面了，就不能白来一趟，必须想办法参加今天的考试。这样，我先过河到一中协商，是否可以让咱们延期考试；如果不能延期，可不可以不需过河，在这里的院峪村小学考试。"

他把目光投向班长张鹏程，说："院峪村小学就在附近，你立刻带领同学们去找李超校长，让同学们先避雨休息。如果中午十二点之前我还没有回来，你就安排好大家吃饭的事情。"

李振华边说边脱掉外衣，只穿着背心和短裤的他迅速向河边走去。学生惊呼着："不要啊李老师，太危险了！"

李振华镇定自若地说："我从小在长江边上长大，多大的水没有见过？这样的河、这点儿水不在话下。游泳是我的特长，你们都放心吧！"

"不行啊李老师，您不知道山洪的厉害，再等一会儿吧！"

雨越下越大，李振华大声喊道："不要担心我！张鹏程同学，你现在立刻带领同学们到院峪村小学避雨，越快越好！"

听到河对岸一中校园传出的预备铃声，李振华快速扑进浊浪翻滚的河水。

李振华在激流中奋力地游着，不时陷入漩涡之中。岸上，孩子们的惊呼声与洪水的咆哮声、天空中轰隆隆的雷声交织在一起。

一个浪头打来，漩涡中的李振华一下子不见了踪影。孩子们一个个跺着脚，尖叫声、哭声一片："李老师啊……"

正在这紧要关头，一个人突然从路旁的树林子里跑出来，迅速跃入河水中，快速向李振华游去。只见他抓住河里漂过来的一根碗口粗的木棒，斜插向李振华的方向。李振华刚刚从漩涡中露出头来，又一个浪头将他吞没！

此刻，两个人已经被激流冲到红水河与沂河的交汇处，一旦被冲入宽阔而汹涌湍急的沂河，后果不堪设想。

在洪水的咆哮中，只听那个年轻人大声呼喊着："李老师不要紧张，赶快抓住木棒，赶快！"

几经沉浮的李振华终于抓住了这根木棒。两人一起抱着它，合力划着水，奋力游到了河对岸。

死里逃生的李振华这才看清楚，在关键时刻救了自己的，竟然是在半年前那个夜晚救过他一次的人——韩旺村工作组的小王！上一次是他去学生家走访，在回来的山路上遭到了两只狼的围攻。

此刻，惊喜万分的他紧紧地握着小王的手："谢谢你王同志，你第二次救了我的命啊！"

李振华哪里知道，这个两次救了他命的人，担负着什么样的使命。

小王陪着李振华上岸后便告辞了，李振华一个人跟跟跄跄来到一中校园。

校园的大门口，一中校长和几个老师焦虑不安地看着手表，正在讨论韩旺小学集体迟到，要不要推迟这次考试时间，是推迟二十分钟还是半个小时。正在此时，浑身湿漉漉的李振华闯了进来。

得知李振华冒着生命危险过河的事情，校长紧紧握着他的手，敬佩、感动和感慨不已。

四个多小时之后，下午两点多钟，红水河的水势下降并平稳了，一中校长亲自带着用油布包裹好的试卷，与监考老师和李振华一起渡河来到院峪村小学。

当他们走进教室时，学生们喜极而泣。

李超校长告诉李振华，中午吃饭时，他安排给孩子们烧了小米汤，同学们手里拿着干粮，却没有一个人咽得下去。他们牵挂着李老师，不知道他什么时候能够回到这里。

这是一场特别的考试。五六个监考老师的注目下，学生们在规定的时间内完成了答卷。

成绩很快出来了，二十七个考生中，二十五人超过沂源一中的录取分数线，两人获"副取"资格，最终全部进入一中学习。

李振华在韩旺小学任教期间，这里的"小升初"升学率在沂源县一直名列前茅，在临沂地区也保持着领先水平。其中，1955年、1957年连同这一次，韩旺小学的升学率达到了百分之百。而那个时期，山东省"小升初"平均升学率只有百分之十左右。

韩旺小学不仅升学率高，学生的整体素质更是令人称道。凡考入沂源一中的学生，在组织能力、团结友爱、乐于助人，特别是吃苦耐劳精神和生活自理能力等方面，让这里的师生们赞叹不已。班级干部中，来自韩旺的学生也占了"半壁江山"。有些学生后来成为这个学校的优秀教师。

这次考试结束后，耿学义和考生家长们既感动又后怕。

红水河入沂的这个位置，曾经多次发生淹死人的悲剧。这里看上去河道宽阔、平坦，但上游是连绵数百里的崇山峻岭，且落差非常大。在大雨、暴雨多发的夏季，即使是艳阳高照的日子，也经常有湍急的洪流突然从上游倾泻而至，让那些毫无防备的过河者被淹。更多的时候，明明看着河里的水不大，一些心存侥幸的人想抢在洪水到来之前过河，可还没有走到河道中间，洪水就迅猛而至，想退回去都来不及，那些意外伤亡事故都是这样造成的。旧时，人们为祈求平安，曾经在这里建了龙王庙，遗址尚存。

1963年夏季的这次考试之后，韩旺村有几个老太太专程来到这里烧纸、焚香、磕头，为大难不死的李振华祈福。

二 啼笑皆非的"特务嫌疑"

1963年春节后不久的一天，一辆白色三轮带侧厢的警用摩托车在通往韩旺村的山路上飞驰。

摩托车进村，两位身着警服的公安人员来到耿学义的家里。

老支书哈哈大笑道："哎呦，原来是王公安！今儿这是什么风啊，把您刮到俺这山旮旯里来了？"

被称为"王公安"的警察神情凝重，瞅了瞅正在忙活着倒茶的耿学义的老伴，欲言又止。耿学义赶紧示意老伴回避。

王公安附在他的耳边说完，耿学义露出惊讶而且不屑的表情，头摇得像货郎鼓："不可能，绝对不可能！这是哪个龟孙王八蛋造出这样的谣，也不怕天打五雷轰？冤枉一个好人可是要遭报应的！"

王公安说："耿书记啊，宁可信其有，不可信其无。台湾那边正在叫嚣着要窜犯大陆，咱们韩旺又发现了大型铁矿，苏联老大哥正在帮助我们勘察和建设钢铁厂，更重要的是这里正在建设的三线厂子。这个时候出现这样的风声，不能不引起咱们的警惕啊！你可不要忘了，南京过去可是……"

老支书打断了他的话："俺老耿长着火眼金睛呢！人好人孬，俺一眼就能看出个八九不离十。如果真的是坏人，隐藏个一年半载容易，三年五载也不难，这都十年了，俺还能看不出一丁点儿猫腻？"

耿学义见王公安摇头，继续说道："不信你就到各家各户去访访，听听大伙儿们有几个不说他好的！我还真就不信了，台湾特务能吃这样的苦，对咱老百姓的孩子能够这么好？开什么高级玩嘻！"这个地方的人们喜欢把"玩笑"说成"玩嘻"。

王公安一脸的严肃："老耿啊，我们不会冤枉一个好人，但也绝对不能放过任何一个坏人。上级已经侦测到，我们附近的山里经常出现神秘的电台信号。群众还反映，夜里经常看见从山上发射的信号弹，你能解释清楚这是怎么回事吗？我们必须提高革命警惕性，严防特务和阶级敌人的破坏活动啊！"

王公安指着一起来的青年干警说："这位是上级派到我们这里来的王侦查员，是做技术工作的，你一定要好好地配合他的工作，丝毫不能马虎大意。"

耿学义连忙与王侦查员握手。

"我再强调一遍：必须严格保密，防止打草惊蛇。这个事情仅限你一个人知道，连老婆孩子都不能说。"

一向对党忠诚的耿学义，郑重地向两位公安干警点了点头。

很快，韩旺村来了一个工作组，名义是帮助这里开展中药材资源的调查与人工栽培规划。王侦查员已经换上了一身便装。

耿学义虽然知道工作组的真正任务，但案件的进展情况他一概不知，也从不打听。他的任务只是观察每天来往于村庄的陌生人，特别是注意有没有形迹可疑、到学校去的外地人。

村子里的民兵加强了晚上的巡逻，专门在学校周边安排了暗哨。

那个时候，随着学生不断增加，韩旺小学已经新建了校舍，老师也增加到三人，包括李振华在内的教师们都有了自己的宿舍。

一个星期天的晚上，已经九点多钟了，正在巡逻的民兵连长张二柱来到学校门口，发现李振华宿舍的门虚掩着，屋里却漆黑一片。另外两个老师的宿舍也黑着灯。张二柱知道李振华常常利用周末为学生补课和家访，可这个时候也应该回来了啊！

张二柱有些紧张，连忙喊："李老师，你在屋里吗？"

屋里没有回应。张二柱推开门，急火火地看了一眼，便撒开脚丫子向村大队部方向跑去。

此时，耿学义披着老棉袄，正在朝学校走来，嘴里哼着曲子，"……社会主义好，社会主义国家人民地位高。反动派，被打倒，帝国主义夹着尾巴逃跑了……"

"耿书记，不好了，李振华老师不见了！"气喘吁吁的张二柱向他报告。

"你小子说的什么？！"老支书惊愕地瞪着眼睛，嘴巴张得老大。

"我刚刚从学校出来，李老师屋里黑咕隆咚的。那两个老师也都不在宿舍，这可怎么办啊！"

耿学义环顾四周无人，怒气冲冲吼道："我让你好好地给我看着他，你小子干什么去了？还不赶紧去问问那些小学生，看看有没有知道的！"

"啪！啪！啪！"老支书在一户人家的门上使劲地拍。一个孩子跑了出来。

耿学义喊道："知道你们李老师去哪里了吗？赶紧说！"

孩子挠挠头："今儿星期天，要是他不在学校，肯定是给学生补课去了！"

"补课？都这个时候了，还不回来吗？"

二柱十分焦急地插话："快点儿说，他有可能到哪个村，去谁家了。"

孩子想了想说，"笊篱峪村的王春雨旷课已经两天了，听说他爹不想让他上学了。俺看着李老师怪着急的样子，是不是……还有韩旺西村的张鹏程请病假了，是不是……"

耿学义眼睛狠狠地瞪着二柱："你小子赶紧去笊篱峪看看，我去西村张鹏程家。要是找不回来李老师，看我不撤了你的职！"

二柱手里提着他的那杆"汉阳造"步枪，兔子似地撒腿就跑！

此时此刻，李振华一手提着灯笼，一手提着一块小黑板，小心翼翼地走在一条崎岖的山路上。

周围漆黑一片，偶有萤火虫在路旁闪烁。李振华边走边想着心事：春雨的父亲会不会再变卦？这里还会出现什么新的谣言？如何给妻子杨朝清解释这件事情？

笊篱峪有个学生叫王春雨，马上就要读六年级了。他们家三代单传，父母整天害怕孩子在上学路上发生什么闪失。前两年闹"水鬼"的时候，父母便死活不许孩子上学了。因为这样的谣言，李振华不知去了他们家多少次，费了多少口舌。后来有关"水鬼"的谣言不攻自破，李振华终于松了一口气。而这一次，春雨父母又听说山里来了坏人，专门偷小孩用来炼汽油；还有人说，台湾国民党准备反攻大陆，派特务来这里搞破坏，专门抓正在上学的小孩子，偷偷运到台湾训练成为特务，然后再派回大陆搞策应，说得有鼻子有眼。

李振华来笊篱峪村许多次了，路熟人更熟，春雨家的自留地和小菜园在什么地方，他都一清二楚。

到了春雨家，大门上挂着一把锁。李振华便来到村东边的山坡上，果然找到了正在栽地瓜的春雨一家人。

春雨父亲猜到了李振华的来意，说话直截了当："李老师您就不要再操心了，俺家就春雨这一根苗，万一真的让坏人给弄走了，咱上哪里找去？哭都找不着地方啊！俺看一会儿天就要黑了，您还是趁早回去吧。"

李振华耐心地说道："坏人抓小孩这样的谣言，已经不止三次两次了，为什么有人要造这样的谣？不就是想制造混乱，怕老百姓的日子过好了吗？咱们千万不能再信这个了。春雨很快就要考初中了，耽误了孩子前程，你这当爹的对得起春雨吗？"

面对李振华的百般劝说，春雨的父亲闷着头干活，就是不开口。在他的心里，"传宗接代"似乎比"光宗耀祖"重要一百倍。

而在李振华心里，他无论如何也不能让这个品学兼优的孩子失学。他还是用当年的办法，答应让春雨和他一起吃住，保证春雨上学期间的安全。

春雨父亲被李振华的诚心感动了，终于松了口，同意让孩子星期一去上课，又随口补了一句："俺家可没有给他预备的铺盖，只能让孩子跟您通腿哈！"

李振华连忙点头答应。

那个时候，李振华已经结婚成家，也有了自己的孩子，他顾不上与妻子商量，便自作主张作出了这样的决定。

看着太阳即将落山，心里过意不去的春雨父亲知道留不住李振华，便放下手里的镢头，回家给李振华的马灯里加上了一些煤油，又给了他小半盒火柴，嘱咐他路上千万要小心。

李振华高高兴兴地离开了春雨家。

看着先后到过他们家十几次的李振华的背影，春雨父亲心里慨叹不已。那个晚上他对儿子说："春雨你要是不好好上学，不要说对不起祖宗，咱也没有脸再去见李老师啊。"

李振华走到红水河边时，天已经完全黑了。

"嗷呜——"

李振华突然听见了一个可怕的声音。这个令人毛骨悚然的声音他此前不止一次听过，而此刻，感觉这声音就在身边。他隐约看见前面的山坡上，一只狼正蹲在那里。

李振华紧张地转过身，发现背后也有两个绿幽幽的亮点，距离自己不到十米的样子。

他想起老支书耿学义曾经告诉自己的，"狗怕下腰狼怕火"，如果遇见了狼，人越紧张就越危险。可是说归说，此刻李振华的手和腿已经哆嗦地不听使唤了。

极度紧张的他迅速在地上划拉起一些枯草和树枝，掏出了春雨父亲给他的火柴。因为紧张，加上野外风大，直到盒子空了，他也没有成功划着一根火柴。他急中生智，从衣袋里掏出一张纸，提起灯罩的拉环，想把纸放在马灯玻璃罩的上方引燃。因为手止不住地抖动，这张纸怎么也点不着。他赶紧把灯罩掰向一边，想直接从马口处点燃，就在掰开灯罩的瞬间，风却把灯吹灭了！

李振华迅速捡起旁边一根树枝，与一前一后的两只狼对峙着，然而慌乱之中却突然被身后的石头绊倒了。

两只狼同时向他扑了过来！

"嘭！"

就在这紧要关头，突然响起了清脆的枪声。

两只狼瞬间便不见了踪影。

黑暗中，一个人迅速跑到李振华跟前，关切地问道："李老师，您不要紧吧？"

惊魂未定的李振华这才发现，面前的这个人竟然是不久前上级派到韩旺村工作组的小王同志。

此刻，李振华感激的心情无以表达，他紧紧地握住小王的手连声说："谢谢、谢谢王同志，是您开的枪吧？感谢您救了我的命啊！"

小王若无其事地笑了笑："哪里有什么枪啊，我只不过放了一个爆仗而已嘛。"

感激之余，李振华又有些纳闷，便不解地问道："都这个时候了，王同志您怎么会在这里啊？"

小王笑了笑，说他是下乡搞调查，路过这个地方，看见有灯光，出于好奇便赶了过来，就这么碰巧了。

听见枪声后，耿学义和二柱也很快赶到了这里。

二柱听见李振华说话的声音，急急慌慌跑在前面，忙不迭地问道："李老师……李老师您不要紧吧，没有事吧？您可吓死俺了啊！"

当听见枪声，又看到王侦查员和李振华在一起的一刹那，耿学义的惊愕程度可想而知。他一屁股跌坐在地上，瘫软在那里。

李振华激动、欣喜地回答二柱"没事、没事"时，耿学义才长长地舒了一口气，口里喃喃着："我的皇天爷啊，没事就好，没事就好……"

曾经在很长的一段时间里，李振华去学生家补课、家访的时候，特别是晚上，凭着自己的第六感，总是觉得似乎有个影子跟随着他。而每每环顾四周，却又什么也没有发现。

这样的疑惑伴随了他大半年的时间。

一天，李振华用来学习普通话的收音机不知道什么缘由突然就不能用了。而第二天，工作组的小王来到学校，很是热情地跟老师们打招呼，说自己要回县城一趟，问大家有没有需要他捎办的事情。

李振华大喜过望，连忙让小王帮他把收音机带到县城，并特意提醒他，百货公司旁的桥南头有个修收音机的小店，技术比较好，收费也低，去那里看能不能尽快修好。

小王爽快地答应了。

收音机很快就修好带了回来，至于在哪里修的小王没有说，只告诉李振华收音机某个位置的螺丝松了，很轻松就解决了问题，还没有花钱。这让李振华很是感激。

而他无论如何也想不到，突然坏了又很快"修好"的这台收音机，曾经被公安机关大卸八块，反复检测，为的是找到它与其他收音机的不同之处；李振华特意提到的那个维修店，也被作为特务接头地点而受到严密监控。

就在李振华家访遇狼事件发生后的那个夏天，带领学生去沂源一中考试的他在红水河遇险，小王又一次出手相救。

这次考试结束后没几天，肩负特殊任务的王侦查员找到耿学义，说自己准备回去了。

耿学义哈哈大笑："山里的这个特务还没有逮着，你回去怎么向上级领导交差啊？"

王侦查员神秘地笑了笑，希望耿书记再认真地配合他一次。

那天，李振华跟着耿学义来到村大队部的办公室。

一进门，李振华就感觉到两束犀利的目光射向自己。两位身着警服的公安人员，十分威严地端坐在那里。

李振华一眼便认出其中一位是村工作组的小王同志，这让他惊诧不已。

他突然明白了，原来是公安局的同志一直在暗中保护自己啊！

他的心中瞬间涌动起一股暖流，眼睛也湿润了。

就在他疾步上前，想去握王侦查员手的时候，另一位公安人员指了指旁边的一个凳子，用严肃的神情示意他坐下。

这位公安人员紧紧地盯着他的眼睛，说："李振华，知道我们今天为什么要把你请到这里来吗？"

李振华忐忑地看看耿学义，不知道发生了什么事情，有些茫然。

耿学义回避着李振华的目光，淡淡地说道："公安局在这里已经调查很久了，振华你知道什么事情就照实说吧！"

"李振华，请你告诉我，我们这里晚上经常出现的信号弹是怎么回事？"公安人员声音严厉。

李振华"哦"了一声："这个我知道。"

"这个事情已经很长时间了，闹得人心惶惶，有的家长都不敢让孩子上学了。我也曾经在晚上看见过信号弹，学校的老师们都在议论这个事情。外面都在传，说我们这里来了台湾特务。"

那位公安连珠炮似得甩出几句话："李振华，你们那里一共来了多少人？你们平时都是怎么联系？通过什么方式联系？你们见过面吗？都是在哪里见面？希望你能够如实回答我们！"

李振华不假思索地答道："您说的是我们南京那边吧？我只知

道我们学校一共来了四十五人,大家都分散在各个县,基本上没有联系,也没有见过面。据说许多人已经离开这里回去了,现在还有多少人在这里,我恐怕也说不清楚。我所知道的就是这些。"

他说的是南京师范学院来沂蒙山支教的人数。

李振华诚惶诚恐、认认真真的样子,让面前的这位公安人员忍俊不禁,一下子笑了起来。

王侦查员连忙起身给李振华递上一杯水。

然后,公安人员又问了一些让李振华摸不着头脑的话:"在这里,你有没有惹过、得罪过什么人?有没有不喜欢你,或者是你不喜欢的人?"

从故乡到他乡,这位南方青年处处与人为善,工作兢兢业业,视学生和乡亲们如亲人。在他的心目中,大家都对他特别好,时时处处都让他感受到家的温暖,像亲人一般呵护和关心自己,他怎么可能会对这里的人不好,甚至得罪人呢?

他沉思了片刻,坚定而认真地摇了摇头。

至于自己不喜欢,或者是不喜欢自己的人……

李振华忽然想起两年前调到他们学校的一个姓黄的教师。这个人整天佝偻着腰,走起路来歪歪斜斜,特别是说话的时候,有一种让人形容不出来的酸里酸气。这个人特别喜欢卖弄自己,经常往村里的年轻妇女跟前凑,花言巧语,说一些让人听起来感觉很无聊、很肉麻的话,引起了乡亲们的反感。曾经有个青年要揍他,被人拉住了。后来,事情被反映到区里,这个人受到了处分,不久便辞职离开了韩旺小学,现在不知去向。

李振华十分看不惯这个黄老师的做派和德行。作为一个老师,能力有大小,相貌也不重要,但首要的是为人师表。他这样的人怎么配当老师呢?

李振华对两位公安人员说，自己虽然没有与黄老师发生过冲突，但是平时对他的不屑和打交道时的应付，对方肯定能感觉得到。

"你现在还能够找到这个人写的字吗？"公安局的同志问。

李振华说："他的备课簿现在还挂在我们学校呢。"

原来，上级公安机关收到了一封匿名信，检举李振华是台湾国民党派来的特务，以支教为掩护，来这里收集情报；收音机是用来收听台湾秘密指令的，还有一个微型发报机就藏在收音机里，有人在半夜听到从李振华的宿舍传出来"滴滴滴滴"的发报声；李振华星期六和星期天频繁外出，有时候半夜才回来，是与同伙开会和交换情报；晚上山里的信号弹就是他们联络的信号等。

公安机关对这封描述十分详细的举报信格外重视。第一是因为李振华的籍贯；第二是因为韩旺特殊的地理位置和环境；第三是因为李振华的文化程度和职业，比较符合高级特务潜伏必备的条件。那个时候，这里正在建设三线厂子，而且已经发现大型铁矿，正在筹建大型钢铁厂。许多人向上级报告夜间看见发射信号弹，公安机关也确实在附近的山上检测到了不明来历的无线电信号。

李振华无论如何也想不到，随后就有人去调查，他星期六、星期天走访过的学生家庭，详细调查这个家庭的历史背景，李振华去这家干什么、说了什么；李振华每天特别是晚上外出，都会有公安人员暗中跟踪；李振华所有的来往信件，都经过了公安机关的特别检查；明光山上特别是韩旺村学校附近，秘密安装了无线电台侦测设备。在李振华带着学生们去东里区参加"小升初"考试前的那个雨夜，侦查员小王就披着黑色的雨衣一直观察他宿舍里的动静，后来便发生了红水河救人的故事。

公安机关通过笔迹鉴定，查明这封写得"有鼻子有眼"的检举信，果然出自韩旺小学那个曾经受到处分的黄姓教师之手。

花费了公安机关大半年时间周密侦破的"李振华特务嫌疑"案件，竟然子虚乌有。

而李振华对此一无所知。直到他调离韩旺几年后的某一天，在一次偶然的机会、一个戏剧性的场合，他才从耿学义那里知道了这个令人啼笑皆非的人生小插曲……

三 没齿难忘的送别

李振华与红水河的缘分还在延续。

1965年，在韩旺小学工作了十二年的李振华，沿着红水河溯流而上，来到了张家坡中学。

几十年来，一直让李振华难以释怀的，是他离开韩旺时与乡亲们告别的场面。

那时候，张家坡公社设立了中学，上级曾经多次想调李振华来这个中学工作，而在每一次调动之前，韩旺村的老百姓都百般阻拦，甚至到区里静坐，使得李振华的工作调动无果而终。对此，沂源县文教局的领导既恼火又十分无奈。

有一次，耿学义请李振华到家里吃饭，喝多了的他一不小心说漏了嘴："有人说俺老耿有什么'本位主义'思想，你唱什么高调？俺耿某就一小小的村官，能不关心自己村老百姓的事情吗？你当区长、当公社书记的，不维护自己地盘上老百姓的利益，你称职吗？谁都希望自己地方的老百姓日子过得好。只要还让俺当这个支部书记，谁要是想打你李振华的主意，让你离开韩旺，门都没有。今天我把这话搁这里了！"

那时候，韩旺小学不仅在沂源县有很大的影响，在临沂地区也小有名气。学校的少先队工作带动了村里的各项工作，团支部、民兵连、妇女工作，都成为县里的先进典型，上级经常在这里开现场会，让耿学义十分风光。他工作上的事情，都要让李振华帮忙出谋划策，李振华已经成为他离不开的"智囊"。举一小例，那时李振华刚刚给耿学义提出了山区农、林、果和养羊养兔发展思路的初步规划——山腰以上造林，山坡栽种果树，山下种庄稼。今天，这里出产的"沂源红"苹果已经成为沂蒙山区的著名品牌。

李振华调动去张家坡之前，县文教局领导亲自找到他，进行了严肃的谈话："这一次绝对不能走漏了风声，不到离开韩旺的那一天，不光是耿学义书记不能告诉，连老婆、孩子也不能说。如果再出现以前发生过的问题，就处分你！"李振华认真地点头答应。

那时候，妻子杨朝清自己带着孩子在东里区的石马山小学教书，夫妻俩一直两地分居。那天，张家坡中学派来帮忙搬家的人到了，李振华这才拿着上级调令，来到村大队部找耿学义。

耿学义看着调令一下子恼了！他"啪啪"地拍着桌子，冲着李振华喊："你这是玩得哪一套啊，想'先斩后奏'？我告诉你李振华，还是那句话，想瞒着我耿某人调你走，门都没有！不信咱今天就试试看！"耿学义一边说着，一边在那里喘粗气。

李振华十分了解耿学义的耿直，特别是他无私无畏的性格，但他更知道老书记一贯的党性原则，于是便好言相劝："耿书记，咱可都是共产党员啊，您一直都是我学习的榜样，您培养我入党的时候说过的话，还有您平时对我的教育和帮助，我都记在心里呢。您经常说，一切听从党的安排，个人服从组织，下级服从上级，您不可能看着我受处分，不管不顾吧？"

李振华使出了"撒手锏"。

耿学义瞪大了眼睛，看着面前这个一向听话和服从安排、从不打折扣的李振华，一下子愣在了那里。

他想起不久前在区里开会时，区委柏书记非常严肃地对他说过的话："老耿你是老党员了，好几次了我就想找你，关于李振华老师的工作调动问题，你要是再敢耍滑头，看我敢不敢处分你！你认为我想让他走吗？简直是胡闹！"

此刻，耿学义像是问李振华，又像是自言自语："不会有这么严重吧？"

他突然使劲地拍了拍脑袋，十分愧疚地看着李振华，泪眼婆娑。

耿学义感觉自己做得确实太过分了，对不起李振华。十二年了啊！常言说"人往高处走"，到公社驻地教中学，工作条件肯定比在山村小学要好很多，最起码吃饭有食堂，洗澡有澡堂，工资待遇肯定也不一样吧？

他为自己一次又一次的自私行为而感到惭愧。

耿学义说："对不住啊振华，你走吧。这一次俺老耿要是再拦着你，就实在是没有人味了。不过，俺得给兄弟爷们打个招呼，不然大家伙儿会认为是俺老耿私下里把你放走了，到时候俺浑身是嘴也说不清楚。这样，你先回学校收拾行李吧！"

说完，耿学义便抄起那个铁皮喇叭，急匆匆地来到"广播站"——大树旁边的梯子前。也许是因为心情急躁，用力过猛，也许是因为多年的风吹雨淋，那梯子的第二根掌突然断裂，耿学义被重重地摔在了地上。他爬起来想继续攀登时，却发现那个铁皮喇叭竟然被自己压扁了！

这个陪伴了耿学义近二十年，给乡亲们带来多少名言警句、多少期待与欢乐的"喇叭头子"，自此寿终正寝。

耿学义飞起一脚，把破喇叭筒踢出去老远。他顾不得拍打身上的尘土，一瘸一拐地到办公室拿起桌子上的那面铜锣，急匆匆地来到街上，一边敲锣一边吆喝着——

"兄弟爷们、姊妹娘们，大家伙儿都听好了啊！咱们李振华老师要调到张家坡去了，大家伙儿都出来送送咱李老师吧！"

那声音带着无奈，还有一丝哭腔，全无了昔日的自信与霸气。

此刻，张家坡派来接李振华的两个老乡各推着一辆独轮车，正陪着李振华从学校方向走来，后边跟着黑压压的学生，一个个哭得稀里哗啦。

村民们把张家坡的这两个人团团围住，许多人喊着："李老师不能走！""把李老师的行李给卸下来！"现场气氛非常紧张。

大街小巷挤满了人，有人开始从手推车上解固定行李的绳子。两个推车人十分慌张，不知所措。

李振华无奈地向耿学义投去求助的目光。

老支书立马挡在小推车前："我看看哪个敢拦着，谁敢不让李老师走！老和尚打伞——无法无天了是吧？"

有人大声说："今儿不管是谁，也不能让咱们李老师走！耿书记恁不要忘了，上年的时候，还有前年的时候，恁给俺们说过什么话了！"

耿学义见被人揭了"老底"，十分尴尬和气恼："这都是猴年马月的事了，你胡说什么啊？李老师已经在咱们这里十二年了，难道还不行吗？你们是想让李老师教一辈子小学吗？摸摸你的心口窝，咱这样对得起李老师不？李老师到张家坡是教中学，这是提拔，是重用，懂不懂啊？咱们村的孩子考上了张家坡中学，李老师不是还教他们吗？只有上了高中才能够考上大学，你们傻了吗？"

立刻就有人打断了他的话："耿书记你糊弄谁啊，咱村里孩子是去东里的一中上学，这谁不知道？"

耿学义知道自己信口开河了，连忙给自己打圆场："李老师这次是先去张家坡，那里是十二中，再过两年就会提拔到一中了。谁要是不信，我敢跟他打赌！"

李振华后来真的调到了沂源一中，只不过那时候一中已经从东里搬迁到了县城，这是后话。

人群中一阵骚动，有人嘟囔着："不管你耿书记说什么，今儿就是谁也不能让李老师走！"

耿学义说："人往高处走，没有这一次提拔到十二中，下一步能提拔到一中吗？咱们可不能做这样的傻事，为了咱们自己的孩子，耽误人家李老师一辈子。"

听耿学义这样一说，许多人便掉起了眼泪，却依然围在李振华身边不动弹。耿学义喊了一句："天不早了，赶紧把路给李老师让开！"说着便拨开人群，护着李振华上路。

人们流着眼泪跟在李振华后面，送了一程又一程，一直走了七八里路还不愿意回去。

十二年了啊，难道就这样突然地说走就走了吗？没有人相信这是真的，没有人能够接受这样的现实。十七岁来这里时，李振华还是个孩子。他在这里长大，在这里结婚、生子。在乡亲们心里，李振华就属于韩旺，他一辈子都不可能、也不应该离开这里，这里是他的家啊！他把乡亲和孩子们当成家人，资助了那么多的乡亲和学生，刚刚走出了三年特殊困难时期，人们还没有来得及回报他，哪怕是单独请他吃一顿饭，就这样说走就走了吗？人们心有不甘，怎么都无法接受这样的现实。

李振华走一步，人们跟一步，一个多小时才走了不到三里路，这样的速度何时才能够走到张家坡？

李振华两步一回头，频频向乡亲们和孩子们挥手。他泣不成声："乡亲们，同学们，大家都请回吧，我李振华一辈子忘不了你们对我的好，我一定会经常回来看大家的，都回去吧，不要再送了啊……"

那天，张家坡中学安排了两个老乡，推着两辆独轮车帮助李振华搬家。到了韩旺他们才知道，李振华的全部家当，除了身上穿的，只有一套被褥和冬夏两身衣服；两个帆布包，一个装着书籍，另一个装着脸盆等生活用品；还有一个纸箱子，里面装着十二年前乡亲们凑布、凑棉花为他做的那身老粗布棉衣、钩子鞋和那双"毛窝子"。

张家坡帮助搬家的两个老乡，目睹了韩旺的老百姓从阻拦到与李振华洒泪而别的全过程。这两个人一直都在陪着韩旺村的大人和孩子们掉眼泪。身边的好人、好老师有很多，可是像李振华老师这么的好，乡亲们对他如此感念与留念，是他们难以想象的。感慨之余便是欣慰：有了这么好的老师，他们张家坡有福气了，张家坡的孩子们有希望了。

四 乱云飞渡的日子里

从人地稔知的地方到一个比较生疏的环境，从教小学到教中学，变化的是教学地点和层级、学生的年龄段，不变的是李振华对党的教育事业的忠诚和对沂蒙山父老乡亲、孩子们的那颗赤诚的心。

对于李振华来说，教学内容和教学方式的转变只是一个短暂的适应过程，让学生们在充满爱和积极奋发、天天向上的大环境中健康成长，是他永远不变的理念。

从一个乡村学校到了另一个乡村学校，面对的依然是因为家庭贫困和突发变故而随时辍学的孩子。在完成教学工作的同时，李振华依然像在韩旺小学一样，翻山越岭走访学生家庭，让那些因为各种原因而失学的孩子重新回到课堂；他一如既往地掏出自己的工资，资助困难家庭的孩子完成学业。

红水河岸畔的张家坡每一个村庄，都留下了李振华的脚印；他用无微不至的爱，滋润着每一个学生的心田。在这里，李振华继续演绎着一个又一个感人至深的故事。

转眼之间便到了1966年，"文革"爆发了。

在那个强调"阶级斗争，一抓就灵"的年代，相对于"贫下中农"家庭出身的教师，读过大学、来自南方城市的李振华，被造反派视为"小资产阶级知识分子"的代表。有些嫉妒李振华才能和威望的人，检举他上课时讲过居里夫人、门捷列夫的故事，说他是典型的崇洋媚外；他讲过高尔基、李四光、茅以升的故事，被说成是向学生灌输"成名成家"思想；还有人说他去北京参加全国优秀少先队辅导员表彰会，受到了那时候正在被批判的一位国家领导人的接见，是什么"保皇派"；依然有人散布，他当年来沂蒙山支教动机不纯。

在那个年代，李振华的遭遇可想而知。他曾经为此困惑和苦恼过，也反思和自我检讨过。他承认自己工作中有许多缺点和不足，但是他坚信来沂蒙山区支教没有错，他对自己这些年所做的一切不敢说问心无愧，心中却从来都是坦坦荡荡。因为这样的坦荡，他也不惧怕所谓的"批斗会"。每一次听到造反派宣布"把小资产阶级知识分子的代表李振华押上台来！"的时候，他总是笑嘻嘻地一溜小跑，主动地来到台子上，惹得人们哈哈大笑，也免了被造反派"别烧鸡"的皮肉之苦。在很长一段时间里，荣复军人杨东山就陪伴在他身边。李振华上台被批斗时，拄着拐杖的杨东山便昂首挺立，紧紧地贴在他的身旁，让那些别有用心的造反派无计可施，批斗会也只能草草收场。在住进"牛棚"的那些日子里，每天都有乡亲们来看望他，安慰、鼓励他；他时常发现放在被窝里的熟鸡蛋，还有人们从门缝里塞进来的水果糖……

他多次在"批斗会"上做深刻检讨，比如他当年穿着那身中山装和球鞋去学生家中走访时，认识到与乡亲们之间产生的思想距离。

他充满深情地朗诵《毛主席语录》中的那段话——"最干净的还是工人农民，尽管他们手是黑的，脚上有牛屎，还是比资产阶级和小资产阶级知识分子都干净。"引来一阵阵掌声。

学校停课了，李振华从班主任变成了门卫、传达员。他在这个岗位上一丝不苟，一如既往地恪守着职责。许多地方发生了"打砸抢"现象，而他担任门卫的张家坡中学，公用设施没有遭到任何破坏。

从门卫再到学校食堂的"伙夫"，李振华做出的饭菜之可口、花样之繁多，连那些在这里吃饭的造反派都忍不住夸赞。

自从当了炊事员，李振华便认真地钻研起厨艺。为了改善教职工生活，过去只会煮地瓜、下面条、做米饭的他，跟着驻地村的大娘、大嫂们学会了蒸馒头。

蒸馒头的工序中，食用碱的使用量是关键。碱粉放少了，蒸出的馒头有酸味；放多了，则会让馒头的颜色发黄，还有一股腥味。而要让馒头更好吃，还要看揉面的功夫。李振华做出来的馒头不仅白、暄软，而且十分筋道，因为他揉面时不惜力气。那位曾经给李振华当师父的大娘尝了他蒸的馒头，十分惊讶——同样的面，李振华蒸出来的馒头无论是口感还是味道，怎么就这样好！

因为停课，校园里荒废的操场杂草丛生。李振华每天做完了饭，便去那里刨地，种上白菜、萝卜、土豆、豆角等蔬菜，从此不用上街花钱买菜；他还种了大豆、地瓜、玉米等粮食作物，让教职工可以经常吃到可口的煮玉米、烤地瓜、煮毛豆。

大豆收获了许多，李振华便向村里一位大嫂学会了做豆腐。

做豆腐的难度远超蒸馒头。比如豆浆磨的粗细程度、煮豆浆时的火候，特别是卤水的使用量、使用的时机与频度，直接影响到豆腐的口感和产出率。李振华做出的豆腐，连村里一位被称为"豆腐西施"的老汉也自愧弗如。

李振华做任何事情都用心，一如他在教学岗位上教书育人。

"文革"初期盛行"革命大串连"。一次，张家坡中学来了外地串连的红卫兵。一路上风餐露宿的红卫兵小将们在食堂享受了丰盛又美味的大餐之后，十分感慨和好奇，一致要求去食堂感谢为他们做饭的"贫下中农"老大爷。

那个时候实行贫下中农管理学校，学校食堂的炊事员也必须由忠诚、可靠的老农民来担任。而当红卫兵小将们看到为他们做饭的竟然是一位儒雅的中年教师，并得知这是一个"靠边站"的"走资派"，据说还有特务嫌疑时，顿时义愤填膺。他们指责学校领导"阶级阵线模糊"和"敌我不分"，担心自己吃的饭菜会不会被投毒，强烈要求学校领导做出"负责任的答复"。一瞬间，红卫兵们把这里闹得乌烟瘴气，让学校的教职员工包括李振华都哭笑不得。

这件事情过去之后，学校负责人——那个时候称为"革委会主任"——举一反三，便让李振华离开了食堂，去了"勤工俭学"小组。

自此，李振华烧了三年石灰窑。

从1958年开始，特别是毛泽东主席做出"愚公移山，改造中国，厉家寨是一个好例"的批示后，我国开展了大规模的以建造水库为主的"兴修水利"大会战，以及"农、林、路、田、渠"综合治理工程，一直到后来开展的"农业学大寨"运动，临沂地区的农田水利基本建设达到高潮，且取得巨大的成效。

农田水利基本建设需要大量的水泥、石灰，张家坡中学的校舍也因为刚刚建成不久，配套设施建设需要大量资金，勤工俭学小组承担起了支援农业建设和学校"创收"的双重任务。

说是勤工俭学"小组"，其实只有李振华一个人。学校的会计兼管着勤工俭学的收支账目，李振华只负责建窑、烧石灰。

李振华很高兴接受这个新任务。他一直认为，学校恢复上课是迟早的事情，未雨绸缪，通过勤工俭学，可以为将来恢复上课创造更好的物质条件。自己虽然班主任的职务"靠边站"了，但共产党员的责任不能靠边。再说了，他李振华乐于做这样富有挑战性的工作。既然能够把蒸馒头、做豆腐这样的"细活"做到极致，那烧石灰窑这样的粗话，也应该不在话下。

那时候，流经张家坡的红水河还没有得到完全治理，弯弯曲曲、宽窄不一，肆意流淌的河水冲刷着河岸，到处裸露着一片片石灰岩。人们在河的两岸建起了大量石灰窑，这里一天到晚烟雾缭绕。那些已经烧好而没有被及时运走的生石灰，因为吸收了河边潮湿的空气而自然焚化，与石灰窑燃烧的劣质煤散发出的硫磺味混合在一起，呛得人呼吸困难，睁不开眼睛。

第一次来到这里时，李振华买了一盒香烟，向烧窑的师傅们请教建窑和烧窑的经验。当地许多人都认识这位操着南方口音、一脸慈善与谦恭的教师，大家把各方面的知识毫无保留地传授给了他。

在人们的帮助和指导下，李振华的石灰窑很快建起来了，他的第一窑石灰试烧十分成功。

这里虽然漫山遍野是青色的石灰岩，可是地面上那些小块的可以搬得起、抱得动的石头，早已经被人搬运走了，剩下的是半埋在地下的大块石头，远远地看去，宛如卧在草地之中的一头头骆驼和羊群，颇为壮观。李振华每天提着一把十八磅重的铁锤和几只钢錾、钢楔，将一个个巨石劈开，再将大块的石头敲成五、六斤重的小块，剔除有杂质的，然后用筐一担担地运到窑上。

半地下式的石灰窑一次可以装料数万斤，一层煤饼一层石头，均匀地铺好再烧制。做煤饼需要技术，黏土掺少了，煤饼不容易成型，掺多了则影响燃烧效果；煤饼在窑里的排列同样需要技巧，必须顺势均匀摆放，以防止被石灰石压碎，或者燃烧不充分。每一次装窑，都是李振华一个人将这数万斤原料用筐搬运进窑里，仔细地装好、封窑，要忙活四五天时间。

烧窑必须掌握恰当的火候，还要根据不同的季节和气候，确定烧窑的时长。烧成的石灰出窑时机也有讲究，李振华不断地总结经验，不断改进技术。别人烧一窑石灰需要二十多天甚至一个月，而他烧的石灰只需要半个多月即可出窑。由于他烧出的石灰纯度高，易于焚化，施工队争相购买使用。

儿子李东峰每天来给爸爸送饭，许多时候一些同学也会跟着东峰一起过来，请李振华辅导自己学习中遇到的问题。李振华总是认真解答，鼓励孩子们一定不要因为当前的这场运动而荒废了学业，任何时候都要坚信"知识就是力量"。

一天，一个学生带来了自己抄录的一首诗，说这首诗目前在社会上流传很广，许多人都会背诵。人们都在议论，说这首诗写的就是李振华老师："千锤万凿出深山，烈火焚烧若等闲。粉骨碎身浑不怕，要留清白在人间。"

李振华看后便笑了起来。他说，这是明代爱国英雄于谦写的《石灰吟》，可不是写我，而是写我现在做的这个事情。

他语重心长地对几个同学说，于谦从小学习刻苦，志向远大。相传有一天，他走到一座石灰窑前，观看师傅们煅烧石灰的过程——从深山中开采出的青灰色的石头经过烈火焚烧后，变成了白色的石灰。于谦有感而发便写下此诗，据说他当时只有十二岁，和你们现在的年龄差不多。

那天李振华特别兴奋，面对这几个学生，他仿佛重新站在了讲台上。他让孩子们看他采石、搬运、装窑、烧窑的全过程，然后给孩子们讲述于谦当时写这首诗的时代背景以及此诗的寓意。他说，这首诗不只是对烧石灰真实、形象的写照，更表达了他的人生信念和精神追求。石灰石经过千百次锤打,面对烈火的焚烧也毫不惧怕,甘愿奉献自己,造福社会,把一身清白留在人世间。李振华说,这首诗用象征手法,言物而意在人,风格豪迈,气势坦荡,铿锵有力,也是于谦对自己一生的真实写照。

孩子们听得连连点头。

李振华勉励孩子们要多读书,多思考,学习借鉴于谦等古人的高风亮节,任何时候都要向上向善,心系国家。他说,社会的发展不会是一帆风顺的,不要"一叶障目",绝不能荒废了文化知识的学习。只有这样,将来才可能成为对国家对民族对社会有用的人才。

1968年深秋的一天,李振华早晨五点多钟就来到了窑上,因为这天是石灰出窑的日子。

窑里的余温接近四十度。为了防止烫伤,每次出窑他都要在鞋子上缠着草绳子,手上戴着厚厚的手套。此刻,只穿着短裤和背心的他大汗淋漓,弯着腰把一块块还烫手的石灰堆到窑的四周。

忽然,李振华听见外面有人在大声吆喝,声音似乎很熟悉。

"烧窑的,来买石灰的啦!"

他站直身体,从窑里探出头来,定睛一看,不禁大吃一惊!

一辆自行车旁边,站着两个笑嘻嘻的人,竟然是耿学义和张二柱!

李振华喜出望外:"哈哈,耿书记,二柱,你们怎么来了?是怎么找到这个地方的?"

耿学义也哈哈大笑,"听说你在这里劳动改造啊,俺俩过来看看你改造得怎么样了!"

李振华笑着,正准备从窑里出来,又有些难为情:"耿书记您看看我现在这个样子,一身的汗和灰,没法见人啊!要不然你们先歇一会儿,再有两三个时辰我就出完窑了,然后我请你们俩吃饭!"

耿学义摆了摆手说:"咱们还客气什么啊,搭把手,一块干完就是了嘛！"说着，他便和二柱忙活起来，把李振华堆在窑周边的石灰一块块集中起来，码成方方正正的石灰垛子。

本来应该是李振华一天的工作量，三个人一齐动手，不到一个上午就完成了。

李振华提来一桶水，一边擦洗身上的汗和灰一边问："你们是怎么知道我在这里的？"

原来，张二柱的一个亲戚在红水河工地出夫，来这里拉石灰，无意中见到了李振华，便把这个消息告诉了二柱。

午餐很丰盛。耿学义和二柱带来了一包油炸花生米，一大包切好的猪头肉，还有装在葡萄糖瓶子里的老白干。李振华去附近的"战山河"工地买了一小盆大白菜肥肉炖粉皮。

三个人就在窑门口席地而坐，开怀畅饮。

二两酒下肚，耿学义的眼圈便红了起来。

"振华啊，想想三年前，我就不应该放你来张家坡，看看你现在遭的这个罪。如果是还在韩旺，谁敢这样让你劳动改造？"

李振华怔怔地看着老支书，说："耿书记，咱可不能乱说哈。我这可是革命工作。张思德当年烧木炭是为人民服务，我李振华烧石灰，怎么能说是劳动改造啊！"

耿学义问："振华，你真的不觉得憋屈吗？"

"耿书记，您看我现在这个样子，哪有什么憋屈啊，我得劲着呢！您想想，学校复课是早晚的事情，我烧石灰卖的钱，一定会派上大用场的！"

李振华说着便兴奋起来："我算了一下，烧三窑石灰卖的钱，就可以换一个教室的课桌。我们学校连小学一共七个教室，我用不了一年时间，就可以把那些缺胳膊少腿的桌子、凳子换个遍。学校的门窗、操场的篮球架，再烧半年的窑也可以换了。然后我再烧一年，把教室屋顶的水泥瓦全部换成瓷瓦，然后再给老师们……"

张家坡中学老师们的住房条件比较差，有的一家四五口人住一间屋，人们便以预防地震为借口，在门前搭建起了大大小小的"防震棚"，既不安全也不美观，还引起了邻里矛盾。李振华一直盘算着，给每户盖一个宽敞一点、能防震的简易房，既可以住，还可以作为储藏室和厨房。

耿学义看着李振华越说越高兴，忽然想起了一件事。

"振华你知道吗，咱们学校那个姓黄的，就是写你检举信的那个人，出车祸死了，真是善有善报，恶……"

李振华一脸的惊愕，一下子打断了耿学义的话："什么？检举信？那个黄老师，他怎么会……他能检举我什么啊？"

耿学义哈哈大笑："毁了毁了，我这喝麻了嘴了，一不小心就说漏了。——不过也无所谓了，这个事都过去好几年了，今天就算是说出来也无妨。"

于是，李振华终于知道了曾经发生在自己身上的那个天方夜谭一样的故事。

他想笑，却怎么也笑不出来。

红水河畔的这座石灰窑，伴随了李振华整整三年的时间。直到有一天，他在这里见到了沂源县委原书记李顺祥。

那天，已经恢复工作的李顺祥陪着共青团临沂地委的领导来到红水河畔的"战山河"工地，看望济南市来这里"上山下乡"的知识青年，无意间碰见了正在出窑的李振华。那是一个初冬的日子，李振华只穿着背心和短裤，满身汗水。

李顺祥向临沂团地委的领导介绍，这位就是1953年从南京来我们这里支教的李振华，准确地说，他是我们新中国最早"上山下乡"

的知识青年。

团地委的领导与顾不上擦洗的李振华紧紧握手。

现在想一想,当时那个场面,是怎样尴尬,又是怎样暖心的一幕。

在全国范围掀起的知识青年"上山下乡"的一次次高潮中,最早响应国家号召从南京来到沂蒙山区的李振华,似乎从来没有被纳入"知青"与"上山下乡"的范畴。也许是因为那个时代还没有"知青"和"上山下乡"这样的提法,李振华那个时候是国家号召下乡"支教"的,如"白马非马"。一批批"上山下乡"的知识青年们带着艰苦历练后的收获,也带着一道道的光环,回到了自己原来生活的城市,而从南京来这里支教的李振华,却一直留在原本不属于他的沂蒙山,一直默默无闻地做着自己认为应该做的事情。

在后来的日子里,李振华多次被临沂团地委邀请到地直机关做报告,介绍十几年来"上山下乡"的体会和收获;他还被临沂城区的多所学校聘请担任少先队辅导员;他在韩旺和张家坡关爱学生的那些感人故事也被发掘了出来,成为临沂地区的先进典型。

在红水河畔度过的三年多时间里,李振华和他的石灰窑具体给学校带来了多少收益,连他自己也不清楚,他只是负责烧石灰,卖石灰和记账是学校财务人员的事情。他只知道复课时,学校的门窗和公共设施全部更换了一遍,给教师们建的十几间简易房也已经投入使用,学校的帐上还结余了许多资金。

1968年底,这里所有的学校恢复教学,学生们重新返校上课,名之曰"复课闹革命",李振华又重新站在了三尺讲台。

五 刻骨铭心的春节

"文革"初期,一些"新生事物"不断出现,诸如"工农兵大学生"回村当农民,"不吃工资吃工分"等,不一而足。受此影响,山东某地两个青年教师为"标新立异",向上级有关部门提出公办的农村学校一律改为民办、村办,取消公办教师的城镇户口等建议。这样看似荒唐的建议,居然也得到有关部门的批准与推广试行。于是,公办学校老师不再发工资,不再享受国家供应的商品粮,与农民一样"记工分",参与所在地生产队的粮食、柴草等实物分配。

在这个后来被定性为"极左思潮"产物的影响下,一些地方出现了对外地籍教师"一鞭赶"的做法,使得教师队伍人心惶惶,给学校教学工作带来了极大混乱,严重影响了学校秩序和教学质量。

这些外地教师既没有自留地和农副产品加工工具等生产资料,也没有储存粮食等物资的场所,缺少农村生活所需的物品,特别是那些双职工教师家庭,日常生活瞬间便处于崩溃状态。

这股风自然也吹到了沂源县。笔者查阅《沂源县志》,1968年实行"一鞭赶"时,全县共有二百一十三名外地籍教师离开了这里,而从外地回到沂源的,却只有二十二人。

杨朝清多次和丈夫商量:"振华,看现在的这个样子,要想保住城镇户口,咱们只能回南京或者去济南的哥哥那里工作和生活了。"

那段时间,最开心的是他们的孩子,大城市正在向他们招手,他们每天都偷着乐。

李振华心事重重,他时常一个人默默地站在那里发呆,甚至吃饭的时候,食物送不到嘴里去。

李振华已经一年多时间没有收到南京爸妈的来信了,无法得知老人现在是什么情况,更不了解故乡南京的形势。他的一次次去信,如石沉大海。

那天,杨朝清的哥哥,在山东省轻工业局担任主要领导职务的杨琳回到乡下,杨朝清便把"一鞭赶"的情况和李振华迟疑不决的态度告诉了他。

杨琳原名杨玲,是沂蒙山区一位具有传奇色彩的人物,在抗日战争和解放战争中立下了不平凡的功勋。儿时,他就在母亲的影响和带领下做党的地下交通工作,后来成长为当地有名的孤胆英雄。他多次圆满完成上级交派的刺杀日伪军头目的特殊任务,也数次从敌人的重重包围中脱险。这让他的名字充满了神秘色彩。

杨琳比较了解自己的妹夫。1955年山东省文教厅在济南举办自制教具展览时,他就从《大众日报》刊登的《"洋学生"与他的土教具》中知道了这位从南京来到自己老家支教的南方青年,却没有想到有一天自己会成为他的大舅哥。1959年李振华去北京参加团中央召开的全国优秀少先队辅导员表彰会路过济南时,杨琳去南郊宾馆看望他。那时候李振华已经与杨朝清结婚,他便动员妹夫留在正在筹建的山东工学院子弟学校工作,才知道妹夫刚刚婉拒了省委领导白如冰想让李振华去团省委或者省委宣传部工作的提议。

事后,杨琳给李振华解释,这不是自己以权谋私,而是他们单位实在太缺乏年轻的优秀人才。

李振华用开玩笑的口吻说:"大哥,咱们的家乡更需要我,咱可不能胳膊肘向外拐啊!"

杨琳笑着回敬妹夫:"哪里有什么'里'和'外'啊,都是革命工作需要嘛,我只是觉得省城的舞台更大一些,条件更优越一些,更有利于发挥你的优势而已。如果说我有一点点私心的话,那就是我们两家离得近一些,将来能够相互有个照应,孩子们有一个良好的学习和生活环境。我这当哥哥的欠朝清妹妹太多了,这么多年来,母亲基本上都是她一个人照顾。"

杨琳说着便掉下了眼泪。

十年后,在1968年这个冬天,当杨琳重新提起这个话题,建议李振华为一家人特别是三个孩子的"户口簿"考虑一下的时候，李振华也流下了眼泪。

是啊，到省会城市工作和生活，对多少普通人家来说，是可遇而不可求的事情，而今天，这样的机会就摆在他的面前。更何况，如果不离开沂蒙山区，一家人的城镇户口、商品粮供应本就作废了，从此成为农村户口。这的确是需要李振华认真思考和对待的重大事情。直到今天，城乡差别依然是一个不争的事实，而在那个年代，这个差别尤其大。特别是在医疗保障方面，公职人员可以据实报销医疗费用，农村虽然也实行了合作医疗，但毫无疑问，医疗条件远不如大城市。

其实，李振华在很长的一段时间里，也一直在思考这个事情。

像农民一样生活怎么了？农民祖祖辈辈不就是这样生活的吗？何况我李振华在爷爷那一辈就是农民。中国人百分之八十是农民，别人可以，我们也没有什么不可以。至于孩子的前途命运，完全凭他们自己的造化，如果没有远大理想，不刻苦学习，不努力工作，没有吃苦的精神和吃苦的思想准备，对别人有着依赖思想，即使是城市户口，也帮助不了他们多少。

李振华最看不起的就是言不由衷、言行不一的人。想一想当年下乡支教时的誓言，如果他现在真的离开了沂蒙山区，那就是在贬低自己的人格。

那天，他给杨琳讲了一件前几天刚刚经历的事情——

春节快要到了，因为已经几个月没有发工资了，家里就一直没有置办年货。

往年的春节，都是李振华回家——妻子在哪里，哪里就是家。今年因为哥哥杨琳要从省城到乡下过春节，杨朝清思考再三，还是决定带着孩子去丈夫那里，毕竟公社驻地的生活条件要更好一些。

张家坡的乡亲们得知这个消息非常高兴，提前半个月就拾掇好了一套农家小院，生活用品一应俱全。

那天，大儿子东峰提醒他："爸，我看见街上有卖猪肉的了，如果去晚了会不会就买不到了啊！"

听见儿子提醒买肉的事情，杨朝清对丈夫说，家里已经半年多没有买过肉，孩子们都馋得不行了。再说哥哥也难得回来一次，这个春节咱们不能太寒酸了，免得让哥哥牵挂。

李振华从这个衣兜里掏掏，那个包里找找，把一大把零零碎碎的钱给了李东峰。

张家坡公社食品站的门前，临时设了一个卖猪肉的摊子。宽大的木案子前围着一些人，每个大人的身边，都站着一两个垂涎欲滴的小孩子。只听有人嚷嚷着："这块太肥了，俺想要瘦一点的。"接着就有人喊道："把这块肥的给俺吧，再添上一点，凑个四五斤就行。"

东峰那年刚刚九岁，他的出现，让人们感觉有些好奇："哎呦，东峰割肉啊？你提不动吧，李老师怎么没有过来啊？"

东峰一边回答众人的问话，一边把父亲给他的那把零钱递给卖肉的："就买这些钱的吧。"

卖肉的人皱了一下眉头，用泛着油光的手把一分、二分和五分的硬币分成三堆，再把一毛、两毛的纸币理顺，面额最大的一张是五毛的。他把钱数了两遍，然后划拉到一个袋子里，嘿嘿地干笑着："哎，怪耽误事啊。一共是一块三毛四，七毛二一斤，能割一斤八两多一点，四舍五入，给你一斤九两吧。要肥一点的还是瘦一点的？"他问小东峰。

东峰迟疑了片刻说："那就要肥一点的吧。"

东峰接过用草绳子捆着的一小块肉，低着头匆匆地离开。

在他的前面，有两个七八岁的男孩抬着一大块猪肉，正在兴高采烈地与身边的大人讨论着什么；他的身后，是人们诧异、怜惜的神情。

那天上午，李振华正在院子里劈柴，村东头一个叫张秀法的农民一手提着一只白条鸡，另一只手端着一瓢鸡蛋进来了。

"李老师，俺给您拜早年了！今年养的鸡真不少，给您拿来了一只，李老师您可别见外哈！"

李振华和杨朝清坚决推辞。张秀法急了："李老师，杨老师，俺这个鸡是有点小，也不胖，可这是今年喂起来的小鸡，嫩着呢。恁要是嫌瘦，也可以砸黏了做肉丸子吃。这大过年的，恁要是不收下，就是看不起俺，再不然就是嫌俺家里埋汰。"

李振华夫妻俩张口结舌，眼泪在眼眶里打转转，只能接到手里。

张秀法刚刚离开，又有一个村民提着一块肉进来，他已经在门外听见李振华与张秀法的对话。他二话不说，把肉放在院子里的石磨上，转身就跑。

李振华两口子连忙提着肉追出去，人已不见了踪影。

李振华赶紧让东峰关上大门。

一会儿，门外有人喊："李老师开门，俺来给老师拜早年啦！"

李振华和杨朝清连忙向孩子们摆摆手，示意不要说话。片刻，门外传来那个人的声音："李老师，俺拿来一丁点儿野兔子肉，让您和孩子们尝尝好吃不。这兔子是俺在山上逮的，挂在大门上了哈！"

不一会儿，门外又传来敲门和"拜早年"的问候声。

快到中午的时候，门外传来女儿海英的声音："爸、妈，开门啊！你们出来看看，这是怎么回事？"

李振华和杨朝清开门一看，大门的锁扣上、把手上、门口的那棵无花果树上，挂着六七份猪肉、羊肉和半只去皮的野兔子，还有两只拾掇得干干净净的白条鸡……

李振华对东峰说:"赶紧都给人家送回去。"

东峰十分为难:"爸,除了张秀法大爷的,您能告诉我,这些都是谁送来的吗?"

李振华沉默了。

这时候,村民张兴泉走了过来,他是李振华学生的家长。

"李老师啊,常言说人心换人心,八两换半斤。平时你们帮衬孩子们的那些钱,您对孩子们的好,俺们欠您的那些情,就是一辈子也还不清啊。过年了,兄弟爷们就这么一点点心意,您就收下吧,别再难为孩子了!"

张兴泉亲眼目睹了这天上午发生在李振华家门口的一切。这些送过来的鸡和肉,其中也有他的一份。因为担心狗和猫,他就一直悄悄地在附近守护着。

春节前发生在妹妹家里的这个故事,让回农村"过革命化春节"的杨琳热泪盈眶。

杨琳完全理解了李振华在那个时候做出的不离开沂蒙山的抉择,同时,这也勾起了他对许多往事的回忆。

一次,杨琳执行任务时被三十多个日本鬼子和汉奸围困在一座山上,藏在一个秘密山洞里已经四五天没吃东西。一天,鬼子和汉奸看见一个孩子手里拿着一卷煎饼跑上山,就抓住他,一边打耳光一边拷问,上山干什么,是不是给八路军送饭。正在这时,一个披头散发挺着大肚子的妇女冲了上来,嘴里不迭地喊着:"老总、老总,赶紧给俺截住他,别让这个小杂种跑了!"鬼子和汉奸愣神的当口,母亲已经来到孩子跟前,上去就是一个巴掌:"你这个饿死鬼托生的,家里就这点吃的了,你偷走了,这是想把你爹饿死啊,他病成那个样了!"说着,一边去揪孩子的头发,一边夺他手里的煎饼。孩子急中生智,啃着煎饼撒腿就朝着山上跑,母亲发疯似地在后面追。就这样,孩子和扮作孕妇的母亲带来的煎饼和咸菜,让杨琳又坚持了十几天,最终死里逃生。

全国解放后,杨琳多次把这对母子接到济南自己的家中小住。

……

这个春节,李振华把收到的肉和鸡蛋匀了许多给五保户和生活困难的家庭,也让孩子们美美地过了一个肥年。

有关猪肉的话题,李振华向杨琳和家人隐瞒了这样一个情节。

那个时候,李振华在张家坡中学担任炊事员,食堂难免有一些残羹剩汤,李振华便自己掏钱买了一只小猪崽,垒了一个猪圈,养了起来。校园里有的是青草,他掺和着刷锅水等精心喂养。到了年底,小猪崽竟然长到了六七十斤。

教职员工们知道李振华的想法——过春节的时候给大家搞个福利,所以都格外关注着这头猪的成长,经常参与到拔草喂猪的行列。

春节前,李振华找人把猪给宰了。

关于猪肉的分配,校"革委会"主任曾经有言在先,小猪崽是李振华老师花自己的钱买的,喂养也主要靠李振华,所以猪头和猪下货大家谁都不能眼红,全归李振华。至于猪肉,每一个人平均分配。

那天,人们兴高采烈地把属于自己的那三斤半猪肉拿走了,只剩下主任一个人,在那里踟蹰着。看着他欲言又止,有些难为情的样子,李振华便问:"主任,您还有什么事情需要我帮忙吗?"

主任终于把自己的心事说了出来,原来,他想要这个猪头。

他说,春节想回一趟老家,父母已经说过多少次了,希望能买个猪头带回去。

那个时候猪肉属于稀缺物品,包括公职人员,吃肉全部凭票供应，钱再多也不能多买。而一头猪只有一个头，猪头的稀缺程度是猪肉的十倍、二十倍，更重要的是价格合适，只是猪肉的二分之一。在那个年代，过年能够买到猪头，绝对是"身份的象征"，用老百姓的话来说，必须是"有头有脸"的人物才能买到，普通老百姓基本上想都不要想。

主任突然提出的这个事情，让李振华措手不及，又左右为难。对这个猪头，他早有打算：送给复退军人杨东山。

自从杨东山让儿子杨尚峰把正在下蛋的老母鸡送给李振华"补血"，李振华一直惴惴不安。在他受到冲击的时候，老东山多次来学校看望他，给他带来鸡蛋等食物。在那个特殊时期，这位老英雄的出现，从很大程度上对李振华起到了保护作用。

主任既然提出想要这个猪头，李振华就不能让他下不来台。能够开这个口，主任需要多么大的勇气啊。再说了，这位主任的父亲是战争年代的老革命，主任也为人实在，与那些"造反派"不一样。

好在李振华没有让老东山知道自己准备给他送猪头的想法，不然的话，他可就真的"坐蜡"了。

于是，李振华装出一副若无其事的样子说："主任您提着这个猪头走就是了，我这里还有一堆猪下货呢，足够吃了。"

主任感动中透出惭愧，要把自己的三斤半肉留给他。李振华说，您回老家一次也不容易，都带回去吧，老人和孩子们都盼着呢。再说了，猪头肉也不能做饺子馅啊。

李振华在任何时候都是这样替别人着想。

看着如此真诚和善解人意的李振华，主任心口一阵发热，差一点掉下眼泪。

那天主任把猪头提走了，李振华把猪下货拾掇得干干净净，走了十几里路，来到了杨东山的家里。

老人家十分惊讶与惊喜,那时候猪下货也不是随便谁都可以买得到的,稀缺度仅次于猪头,而且他还特别喜欢吃这一口。

老东山问李振华从哪里弄来的这稀罕物,李振华便说了自己在学校养猪和春节分猪肉的事情,说主任奖励他猪头、猪下货,却隐去了猪头被主任拿走了的事。

老东山原本担心这猪下货是李振华自己花钱买来的,这下子心里便坦然了许多。他连忙让老伴给李振华准备了一只白条鸡,一些粉皮,还有一些鸡蛋。李振华知道老东山肯定不会让他空着手回去,便只拿了粉皮,撒腿便跑,急得老人在门口直跺脚。

那是一个令人难忘的春节。杨琳在这个山村与妹妹一家人过春节,亲眼目睹了乡亲们对妹妹一家的深厚感情。十里八乡的乡亲们给李振华一家拜年的情景,让杨琳感动不已。

尽管对外地籍教师"一鞭赶"的闹剧很快就终止了,但是大量的外地教师返回原籍或者改行,给沂蒙山区的学校教育工作带来了非常大的影响。而李振华的坚守,让人们再一次看到了这位人民教师对老区人民的深厚感情,以及他对党的教育事业的忠诚与执着。

那次耿学义在石灰窑上问他"振华,你真的不感到憋屈吗?"其他好朋友也这样问过。在人生中那些艰难的岁月里,李振华从来就没有感觉到有什么委屈和憋屈,也从来没有说过什么怨天尤人的话。许多年里,他总是淡然地看待人生和生活中遇到的各种波折。在他看来,所谓的一帆风顺,只是一种美好祈愿,人类社会就是在这样的波折中探索发展,不断地总结经验,及时修正前进的方向,而目标却不会改变。他说,是伟大的沂蒙精神带给他永不枯竭的动力,沂蒙山的父老乡亲对他的爱、带给他的温暖,他一辈子也报答不尽。

感恩、报答、奉献,是李振华人生中永远都不会改变的主旋律。

第七章 清贫者与钱的故事

古往今来，钱是一个永恒的话题。

乾隆皇帝下江南时，见金山寺旁边的江中百舸争流，两岸人潮涌动，便问寺庙的方丈，可知每天来来往往有多少船只。方丈答曰，我只看到两只船，一只为"名"，一只为"利"，熙来攘往，永无停息。乾隆叹其为"高人"。

曾经有这样一句调侃的话：钱不是万能的，没有钱是万万不行的。对待金钱的态度，体现了一个人的境界与价值观，正如唐代文学家张说那篇脍炙人口的《钱本草》。古代多少文人雅士"视金钱如粪土"，他们推崇的所谓清贫，其实是一种清高，诸如"一箪食，一瓢饮，在陋巷，人不堪其忧，回也不改其乐"等。而共产党人自甘清贫，则是因为造福人民大众的责任与崇高理想。方志敏烈士在狱中留下的散文名篇《清贫》，代表了共产党人以革命事业和人民利益为重的崇高境界。

李振华在沂蒙山区的七十年，同样留下了许许多多与钱有关的故事。

一 小饭馆诞生的"扶困奖学基金"

在沂蒙山区支教的半个多世纪，李振华资助过的学生数不胜数。

而每当遇到需要帮助的人却又囊中羞涩的时候，内心的纠结与无奈常常困扰着他，甚至令他痛苦不堪。他最见不得别人有困难、受难为。

1997年，李振华退休了。不能在第一时间获知那些来自困难家庭学生的信息，常常让他感到一种莫名的焦虑和失落。夜里突然梦见一个熟悉的学生失学了，惊醒后便久久不能入睡。已经离开了工作岗位，他不能经常去学校了解这方面的信息，一是担心影响学校正常工作，二是不能让现任领导感觉自己不放心他们的工作。

在退休前的两三年里，李振华就一直思索着一件事情：如果能够有一种方式，凝聚社会各方面的力量，大家共同帮助特殊困难家庭的学生，一起奉献爱心，该有多好啊！

那时候，社会上出现了各种各样的基金，李振华突然萌生了这样的念头：为什么不能设立一个帮助困难家庭学生的基金？慢慢地，这个思路在他的心里越来越清晰和完善——名称就叫"扶困奖学基金"，既可以帮助困难家庭的学生完成学业，又能够激励品学兼优的孩子脱颖而出，激励老师们敬业爱岗，一举多得。

这样的想法一度让他兴奋不已。

这天，李振华和老伴商量好了，把儿女们请到一个小饭馆。

平日里生活节俭到近乎"吝啬"的父亲今天如此"大方"，让儿女们有些受宠若惊。是啊，退休了，应该学会改变自己，懂得享受生活了。不过，父亲这个有悖常理的举动也让孩子们狐疑：一辈子养成的性格和习惯，难道这么快就改变了？

果然不出所料。李振华说，他的手头还有一万五千块钱积蓄——前些年实验中学扩建时因为资金不足，李振华拿出妻子准备给女儿置办嫁妆的钱，后来学校还了回来，女儿也结婚了，他便把钱存在银行里没有动。这次，他打算用这些钱还有刚刚领到的五千元国务院特殊津贴作为启动资金，在自己工作过的韩旺、张家坡和县实中学，分别设立"扶困奖学基金"。

原本热闹、轻松的氛围，一下子便僵住了。

长达半分多钟的沉默，让李振华感到压抑和尴尬。他说："我当了一辈子老师，只要一想到辍学的孩子，心里就受不了。这么多年来，你们都跟着受牵累，我心里有数。如果你们不同意……"

他是想说，如果你们不同意，他也完全能够理解，自己亏欠家人的实在是太多了。那时候，三个儿女都在工厂上班，因为企业改制，东峰和东伟先后都下岗了，日子过得紧紧巴巴。

李东峰连忙说："爸，我们不会不同意的，您和妈跟学生打了一辈子交道，高兴做什么就做什么吧，只要别太难为自己就行，我们不干涉您的事情。"

二儿子李东伟也笑嘻嘻地说道："大哥说得对，我和哥虽然下岗了，但有困难自己想办法克服。过去那么艰难的日子都过来了，那时候我们不花您的钱，现在成家立业了就更不会了，放心吧！"

李振华听出了儿子的话中话。

刚到沂蒙山支教时，李振华每个月的工资是二十一块钱，他把其中十元寄给南京的父母，六元作为生活费，五元用于资助家庭困难的孩子读书。1959年结婚后，特别是李东峰出生后，李振华对工资的分配进行了调整：四分之一寄给父母；继续以四分之一扶贫；剩下的百分之五十，大半交给妻子，自己只留下很少一点做生活费。然而在许多时候，李振华应该给妻子的钱却没有兑现。不是他不信守承诺，是因为需要帮助的学生太多，只能挪用应该给妻子、用来养自己孩子的钱。杨朝清心里最清楚，基本上是她一个人的工资，供养着三个孩子。东峰心疼母亲，十七岁高中毕业就进工厂当了工人，每个月的工资全部交给母亲，接济家里的生活。被一家人寄予厚望的李东伟，却在高考前替父亲去南京照顾突然生病的爷爷，无奈放弃了高考，也成为"工人阶级"中的一员，并且随着企业改制，很快就下岗了。

此刻，女儿杨海英的脸上泪水止不住地流淌。她想起了许许多多的往事。

比起两个哥哥，她算得上是幸福的，因为她一直生活在母亲身边，而两个哥哥都是在断奶以后就被母亲送到了姥姥家。大哥李东峰在姥姥家读到小学二年级才回到母亲身边上学，母亲又把二哥东伟送到姥姥家。那时候，母亲在一个叫保安的村庄当老师，那是张家坡公社最偏远、贫穷的村庄，全县最后一个通电的村庄。在海英的记忆中，母亲总是在最偏僻和贫穷的村庄当老师，因为这样的村庄没有人愿意去。留给海英最早的记忆，是母亲带着她住在大队部后面一间低矮的茅草房里。母亲去上课的时候，常常把她锁在家里。因为没有人照看，海英刚刚五岁便跟着母亲上学了。十五岁高中毕业时，原本可以报考大中专学校，她却选择了就业。在她的印象中，爸妈太需要钱了。那时一家缫丝厂正在招工，而一个十五岁的女孩子工厂是不会接收的，于是她便把年龄虚报了两岁。海英永远忘不了第一次领到工资时的喜悦——那是两张"大团结"。连续三年，每个月二十元工资，她一分不留全部交到母亲手里。因为长期工作在潮湿环境，她患上了严重的关节炎。

"爸，和过去的日子相比，我们现在真的非常知足。只是这么多年您和妈太不容易，太委屈自己了……"海英一边擦拭着眼睛一边说。

李振华的眼睛也湿润了。自己几十年来做的这些事情，获得的这么多荣誉，是妻子、孩子们在背后默默付出的结果。没有家人的理解、支持与牺牲，他李振华能够做成这些事情，很难很难。

"与山里的乡亲们相比，我也谈不上有什么委屈，如今退休了，每个月还领着那么多钱。有你们的支持，我还要把这个事情做下去。"

李振华打开一个提兜，拿出三包东西，给儿女们每人一份：一张电视专题片光盘，一本报告文学集，记录着李振华半个多世纪在沂蒙山无私奉献的故事；还有一份文件，是不久前中共沂源县委印发的《关于开展向李振华同志学习活动的决定》。

"我没有钱财留给你们，只有这些荣誉。爸知道你们都不容易，我当年就是这样一步一步走过来的。常言说'人过留名，雁过留声'，爸做事情不是为了留名，想想这里的乡亲们对我们的好，咱得对得起良心。你们今后遇到什么困难，看看这几样东西就懂了。"

三个孩子各自接过，神情凝重。

那天，李东峰刚刚六岁的儿子鹏飞问李振华："爷爷，你为什么要把自己的钱都给了别人啊，你傻了吗？"

童言无忌，全家一齐笑了起来。李振华摸着小鹏飞的头说："有一些小孩子啊，因为家里没有钱，上不起学了，爷爷得帮助他们。"

小孙子听不明白，提出了一个要求："爷爷，你不要把钱都给别人，留下十块钱，给我买个小一点的玩具，好不好？"

孙子的话，顿时让李振华脸上火辣辣的。

前几天在一个商店里，孙子缠着他想买一个新版的"变形金刚"。李振华看了看三十多块钱的价格，没舍得，便哄孙子说："这个玩具也太大了吧？再说你不是有好几个这样的玩具了吗？今天爷爷没有带那么多钱，给你买个小一点的可以吗？"

小孙子不答应，爷爷便以商店的阿姨马上就要下班为理由，硬生生地把孙子拉走了。而背后却传来营业员不屑的声音："见过抠门的，没见过这么抠门的，天底下竟然还有这样的爷爷！"

世间所有的亲情中，有一种浓得化不开的是"隔辈亲"——亲在心，爱在根，没有任何亲情能够超越。有多少爷爷奶奶、姥爷姥姥，小孙子要月亮，便不敢去摘星星。

李振华当年在福禄坪峪村曹光东家里

今天,孙子又一次提到买玩具的事情,并且同意可以买一个小的,李振华连忙从衣兜掏出十块钱,放在他的手里。

就在小饭店吃饭的第二天,李振华带着孙子来到韩旺附近的福禄坪峪村,他一直资助的学生曹光东家里。

这是一个非常不幸的家庭。在曹光东还没有出生的时候,一场无情的火灾夺去他哥哥的生命。一夜之间,悲伤过度的父亲便什么也看不见了。年轻的母亲眼看生活无望,在生下曹光东之后离家出走,从此杳无音信,剩下可怜的父子俩相依为命。

这几年,李振华一直资助爷儿俩的生活,供应曹光东上学。懂事的曹光东学习非常刻苦,一边读书,一边照顾父亲。一个正在读小学的孩子,一个双目失明的父亲,这样的家庭生活状况会是什么样子,读者一定能够想象得出来,笔者在这里不忍描述。

李振华悄悄地问小孙子:"你说,咱们是不是应该帮助他啊?"鹏飞认真地点了点头。

爷爷又问:"应该怎么帮助他们啊?"小孙子连忙掏出爷爷头一天给他的那十元钱,默默地走到曹光东父亲面前,放到老人手里。

后来,小孙子多次跟着爷爷来到这里,每次来,都要用自己的

张家坡中学校园里的"振华基金"纪念碑

零花钱给曹光东买一些小食品，两个人成了好朋友。

凑巧了，那天时任淄博晚报副总编田岚和家人一起来沂源看望李振华老师，便一同开车前往，目睹了这个事情的全过程。

2002年教师节前夕，电视台记者来沂源县实验中学采访李振华。就在采访要结束时，刚上小学的李鹏飞突然跑到记者面前说："我也想说几句，但是我不能当着爷爷的面。"然后他把记者拉到一个假山跟前，认认真真地说："我爸爸告诉我，我们的老家是南京，我爷爷来沂蒙山五十年了，我长大了，也要像爷爷一样！"

李振华一家发生在小饭馆的这个故事不胫而走，让很多人感慨不已。人们由城关二中校园的拓荒牛和孺子牛，联想到奶牛——吃的是草，然后把草转化为甘甜的乳汁。

一位老人这样感慨："李振华老师为了咱们的儿孙们，不把他自己吃干榨净不算完啊！"还有人说："李老师这是想给咱们的子孙留下一个取之不尽、用之不竭的'聚宝盆'啊！"

李振华设立"扶困奖学基金"的消息传开，在社会上引起了强烈反响和积极响应。从机关团体到企业，从城镇到乡村，人们纷纷伸出援手，不到两个月时间，三个基金的数额就达到七八十万元。

在捐款的队伍中，有县委、县政府的领导和机关干部，有企业家和工厂的员工，也有农民，更多的是李振华的学生。他们说："当年李老师节衣缩食资助我们完成学业，今天设立基金以帮助更多的孩子，我们怎能袖手旁观！"

基金启动仪式现场排着长长的队伍，许多耄耋老人和幼儿园的孩子也加入捐款的行列。那温馨的场景让现场的每个人都感动不已。

面对记者的摄像机，当年那些得到李振华老师资助的人讲述着自己与李老师的故事，让采访者、围观者热泪盈眶。韩旺一位在外地工作的女士王成兰专程赶回家乡，一次捐款三千元。她说，"李老师是个外乡人啊，他为了什么？"

淄博市的企业家吕祝昌在捐款现场这样说："我之所以捐款，是冲着李老师的人格魅力，表达对他的敬意。李老师让我们的社会更加温暖、温馨，让我们每个人变得更加高尚。"2002年春天，这位企业家又一次来到韩旺中学，他拿出一万一千元现金，让学校领导推荐十个品学兼优、家庭生活困难的学生，资助他们完成学业，并承诺：凡是考上大学的，他会一直资助到大学毕业。

对一个企业家来说，一万多块钱也许不算多，难得的是他的社会责任感，那颗爱社会、爱孩子的赤诚之心。多少有钱人购豪车、下馆子，一掷千金，对身边一些特殊困难者却视若不见。——用当地一位群众的话来说，这位企业家的钱也不是大风刮来的，人与人之间就是怕这样的比较。

李振华感动了吕祝昌，吕祝昌彰显着企业家的良心和担当。

2012年6月29日，李振华倡导发起了"共同托起明天的太阳"大型公益活动。在沂源县体育馆，来自全国各地的二百六十多位企业家齐聚一堂，与当地一千多名在校生及家长们，开展了"爱心手拉手"体验活动。企业家和志愿者们当场为一百五十六名贫困学生捐款一百多万元。有人描述那天现场的气氛时，使用了这样的词汇——群情激昂、震撼人心、净化灵魂。现场数不清的人泪流满面。

李振华先后多次牵头发起这样大规模的校企联谊活动，共协调争取企业和社会捐款三百八十多万元，全部用于资助特殊困难家庭的学生。

今天，诞生"红嫂"英雄群体和沂蒙精神的这片红色土地上，捐资助学已经成为时尚。

2022年9月，在庆祝第38个教师节大会暨颁奖典礼上，由新东升置业集团捐资五千万元设立的郝守珍教育基金会正式宣告成立。市政府主要领导和李振华共同为基金会揭牌。

郝守珍出生在博山一个贫困的农民家庭，父亲因为送她的弟弟参加共产党的队伍而被反动派折磨致死，不识字却深明大义的母亲含辛茹苦供养她上学读书，将她培养成新中国的建设者。曾经得到过许多人帮助的郝守珍，一直在寻找帮助别人的机会。今天，事业有成的子女们终于实现了她的夙愿。郝守珍教育基金会特邀李振华担任名誉理事长。

从教七十年来，从最初每个月拿出工资的四分之一，到今天每个月的退休金只留下五百块钱作为生活费，李振华资助贫困家庭学生的资金累计已达一百五十万元。

曾几何时，人们评价一个人拥有财富，喜欢用"百万富翁"这个词。在亿万富豪也不稀罕的今天，在许许多多的大款、大咖眼里，李振华老师捐助的这些钱似乎不值一提。然而，对于一位普普通通的教师而言，这却是他节衣缩食几十年累积起来的。

为了让"扶困奖学基金"发挥最大效益，李振华骑着自行车，跑遍韩旺、张家坡和沂源县实验中学三个学校辖区的三百多个村居，摸清了最需要帮助的家庭，确保这些资金用在最需要帮助的家庭和孩子身上。他还邀请有关方面的专家，一起研究制定了基金管理章程，制定了特困家庭扶助标准，品学兼优的孩子、优秀教师的奖励标准和实施办法，并制定了基金增值管理办法等。

截至 2021 年底，"振华扶困奖学基金"总额已经达到二百九十二万元，资助特殊困难家庭学生一万二千二百多人次，奖励优秀学生和教师五千五百多人次。

著名雕塑家、山东艺术学院教授，同为"燃灯人"的李振才，被这个姓名和自己只差一个字、年龄比自己小两岁的南方兄弟深深感动，无偿为李振华制作了汉白玉塑像。雕像的基座上刻着这样两行字：奉献沂蒙桃李芬芳，红烛精神永放光芒。阐释着李振华平凡而又崇高的人生境界。

何为红烛精神？燃烧自己，照亮别人。韩旺校园里的这座洁白无瑕的雕像，表达了同为师者的李振才对李振华的敬佩、敬仰之情，更表达出沂蒙老区人民对李振华老师永远的感恩与感念。

二 "打工校长"捡垃圾

"振华扶困奖学基金"设立并发挥出应有的作用之后，李振华关心老区孩子的那颗心，在短时间之内得到了些许的安抚。不久，他又变得焦虑不安起来。起因是当年一位老学生的来访。

那是一个初冬的日子，一位六十多岁的老人手里提着一个小桶，来到沂源县实验中学老校区，走进李振华那个十几平方米的小房子，桶里是一些鲜活的小螃蟹。

这个学生每年都要来看望李老师，给他带来自己种植的南瓜、土豆、地瓜等有机瓜果蔬菜。不久前，他刚刚得到一个偏方，用山螃蟹泡酒可以治疗"老寒腿",便不顾寒冷,在山沟的小河里摸了大半桶,从韩旺坐公共汽车赶了一百多里路,给李老师送过来。

想起当年李老师一趟趟背着幼小的同学过河的场面,老人依然感慨不已。李老师的关节炎就是那时候落下的病根。他当年也曾经两次辍学,是李老师一次次上门动员并资助他读完了初中。

今天,李振华老师设立扶困奖学基金,老人的孙子又成为受益者,当年便获得三百元奖学金。他告诉李振华,他一个邻村的亲戚就没有这么幸运了,儿子不久前遭遇车祸去世,儿媳妇改嫁,读初中的小孙子面临失学,快把爷爷给愁死了。

李振华问:"怎么不申请扶困奖学基金啊?"

老人说:"他那个村庄和韩旺不是一个乡镇的啊!"

无意中的一句话,让李振华陷入了沉思。

已经建立的三个基金是地域性的,覆盖面之外的村民无法受益。

李振华想马上帮助这个老学生亲戚的孩子,但是手里没有钱了,只能等领了下个月的退休金再说。

那些日子,李振华夜不能寐。每当他闭上眼睛,这个特困家庭和面临失学的孩子便会出现在脑海里,他内心的煎熬无以解脱。

从那天开始,李振华通过各种渠道,对基金覆盖范围之外的村居那些失去父母、无人赡养的特殊家庭孩子的情况进行调查,一一记在一个本子上,更记在心里。

一辈子视钱财为身外之物的李振华,那些日子感觉自己实在太需要钱了。他甚至萌生了外出"打工"的念头。

有人这样安慰他:"您已经资助了那么多学生了,您也建立了基金,您不可能包揽所有家庭困难的孩子啊!"

李振华老师摇摇头。他的思维方式是,不是我已经帮助了多少人,而是还有多少人需要我的帮助。别人受难为,是对他精神的折磨。

恰在这个时候，山东万杰集团开始涉足学校教育，在全国范围内招聘教学和管理方面的拔尖人才，在获知李振华退休的消息后，迫切希望他能够出任刚刚建立的朝阳学校初中部校长，并许诺年薪五万五千元。

李振华十分欣喜。这既可以重返教书育人的岗位，又增加了一大笔收入，他仿佛看见了那些期待着他帮助的家庭和孩子们的笑脸。

2001年2月，李振华来到地处淄博市博山区的万杰朝阳学校。

得知这个消息，沂源的乡亲们感叹：为了咱们的孩子，李振华老师真的"打工"去了！

当拿到朝阳学校发给他的五万五千元年薪，手里一下子有了这么多钱，李振华的喜悦、欣慰之情可想而知——他已经早早地对这笔钱做了安排，天天盼着这笔钱能够早一点到手。他从需要资助的孩子中挑选出特殊困难的，比如孤儿，或者虽有父母却无力抚养的孩子，共二十三人。

他把这五万多块钱进行了分配：五个大学生，每人每年五千；五个高中生，每人每年三千；十三个初中生，每人每年一千元。他打算一直资助到这些孩子大中专毕业，能够自食其力为止。

从2001年至今，这些学生每毕业一个，李振华便随时增补一个，始终保持着资助二十三人的规模。仅此，这二十多年资助金额就达一百五十多万元。

李振华在职时，淄博市政府分管教育工作的一位副市长曾经多次登门看望他。这位副市长得知李振华打算把自己的年薪全部捐出去的消息，心里五味杂陈，专程来到朝阳学校看望他。副市长说："您为救助困难家庭的孩子已经花光了所有的积蓄，您自己身体不好，年龄也越来越大，手头没有一点应急的钱不行。学校给您的年薪不能再捐出去了，您要资助的这二十几个学生的费用，我来想办法解决。"

很快，五万块钱送了过来。

李振华拿到这些钱，立即将其分成三份，以这位副市长的名义，分别注入三个"扶困奖学基金"。

这位副市长得知消息，既敬佩又颇感无奈。

李振华对自己直接供养的这二十三个学生了如指掌，细致到每个学生的身高和体重、适合的着装风格以及衣服和鞋子的尺码，全都装在他的心里。孩子们在学校经常收到心仪的衣服、鞋子和必需的生活、学习用品，他们发自内心地感谢和敬佩这位李振华爷爷，也让身边的人知道了李振华的感人故事。

八年之后，已经七十多岁的李振华离开了朝阳学校。没有了那份年薪，他便用自己的退休金支付这些学生的费用。

常年累月资助别人，李振华常常出现兜里掏不出钱来的窘况。在朝阳学校任教时，有一天又掏不出钱来的他，居然萌生了捡废品换钱的奇特念头。

朝阳学校的教学条件和师资力量，在当地算得上是最好的。那些来自富裕家庭的孩子，在吃、穿、用等方面花钱难免大手大脚。李振华看到学生们扔到垃圾堆里的那些物品，常常心痛不已。捡废品的念头已经不止一次地出现在他心里。他自己也觉得这个想法有些怪诞，甚至好笑。可是，每当身上没有钱的时候，他便想将这个计划付诸实施。

写到这里，我们还要先介绍本作品中一个新的人物——张文强。

张文强的父亲当年也是李振华的学生，在李老师资助下读完中学。从张文强记事起，李振华老师就一直帮助他们家。文强的父亲后来因患病花光了家里的钱，还欠下了许多外债，最后一次做手术的五千多元钱也是李老师给交的。文强的父亲去世后，李老师便一直把文强带在自己身边，资助他读到中专毕业，辅导他完成了大学本科的学习，并帮助他在山东药玻集团找到工作。因为家庭经济状况不好，没有房子，张文强到了结婚年龄还没有找到媳妇。李振华又千方百计地帮他解决了房子问题，帮他牵线搭桥找到了称心如意的女朋友，一直操持到他结了婚，建立起幸福美满的小家庭。儿子出生后，张文强为其取名"恩铭"，以铭记老师的恩情。他曾经饱含深情地写过一篇文章《师恩化作父子情》，发表在刊物上。

张文强所在的山东药玻集团，董事长十分敬重李振华，经常请李振华为员工做革命传统教育报告，聘任他担任企业的党风廉政建设监督员，并安排张文强在李振华身边服务。多年来，李振华经常应邀到省内外做报告，参加各种社会活动，张文强便一直陪同在李老师身边，既照顾他的生活，也成为李振华工作上的得力助手。

自从有了捡废品的想法，李振华就开始在张文强面前做这样的"铺垫"——现在的孩子都是在"福窝"里长大的，没有经历过挨饿受冻的苦日子，衣来伸手饭来张口，养成了一些不良习惯，这对以后的成长十分有害啊！张文强也有同感，让他心疼的是那些扔到垃圾堆里的馒头和看上去崭新的鞋子。

每次看见那些不该被扔掉的物品，李振华老师便说："文强，你看看可惜不可惜啊，如果捡来卖给收废品的，能换不少钱呢。"

张文强哪里猜得出李振华的真实想法？当李老师终于忍不住说出捡废品卖钱的时候，他的惊愕可想而知——用他自己的形容是"瞠目结舌"，却没有表示反对。

在李振华身边这么多年，张文强实在太了解李老师了。他最见不得别人受委屈，不管在什么地方，不管是老人还是孩子，只要看见需要帮助的人，他都要慷慨解囊，身上常常连吃饭的钱都没有，他真的太需要钱了。

张文强说："捡废品这个事情没有问题，我可以去，但是您不能出面。不要忘了，您是这里的校长啊！如果让学生们看见了，会怎样看您？更重要的，您是山东省人大代表，这个事情一旦传出去，可能会引起不必要的误解，万一造成什么不良影响，对谁都不好。另一方面，这个活那么脏，您年龄又大了，万一磕着、碰着可怎么办？"

李振华说："这个事情你不要想得太多，也没必要有那么多顾虑，相信我们做的是好事。我已经想好了，我们可以利用晚上的时间，晚一点出去，只要不打扰到别人就可以了。至于卫生和安全，我自己小心一点就是了。"

张文强无奈，只能服从。从此以后，每当夜深人静的时候，朝阳中学的各个垃圾投放点便会出现两个带着大口罩、穿着长袍子的神秘人，他们在垃圾堆里翻捡着东西，离开时还要把现场打扫得干干净净。说起那个时候的样子，张文强戏称如当年的"地下工作者"。

然而，让张文强担心的事情还是发生了。

一天晚上，李振华翻捡垃圾时突然跌倒在地上，挣扎了老半天也爬不起来，这下可把张文强吓坏了。因为知道李老师心脏不好，他不敢乱动，便准备拨打"120"叫救护车。

李老师赶紧制止了他，说是不小心踩在了西瓜皮上，可能是把脚腕子崴着了，不要紧。看着李老师双手抱脚痛苦不堪的样子，张文强掉下了眼泪。他顾不上找地方洗手，立即把李老师背回宿舍。

张文强忙着给李老师洗手、洗脚，准备做冷敷，李振华却催促他赶紧去把捡到的废品运回来，让张文强哭笑不得……

他们把捡回来的废品集中放在一个储藏室，分门别类整理好。隔一段时间，张文强便悄悄地把收废品的人领进校园，集中处理一次。

每次卖废品之前，李振华都要把那些不应该被扔掉的物品挑出来，单独放在一边。这些物品中，有七八成新的衣物、鞋子，有许多看上去还崭新的书籍，还有一些可以继续使用的电子产品等。

有一天，李振华把这些物品集中起来，在校园办了一个"让节俭成为美德"小型展览会。李振华以山里一些特殊困难家庭的孩子上不起学的事例，以现实生活中许多父母为供养孩子上学而节衣缩食的艰辛，让学生们理解了"一粥一饭，当思来之不易；半丝半缕，恒念物力维艰"的古训，教育和启发同学们不仅要刻苦学习，还要养成勤俭节约的良好习惯。

李振华还组织初中部的师生们去他当年工作过的韩旺，参观山区孩子们的学习条件和生活环境，去福禄坪峪村曹光东家里看特困家庭的生活场景，老师和同学们受到强烈震撼。

这次展览以及"与山区孩子手拉手"交流活动之后，校园里乱扔东西的现象大为减少，学生们学习也更加刻苦了。

李振华和张文强在校园里能捡到的废品越来越少。收入少了，李振华却颇感欣慰。在万杰朝阳学校期间，两个人捡废品换来的一万六千多元，全部用来帮助了那些需要帮助的学生。

捡废品的李振华校长，让自己的形象更加高大。特别是他几十年坚持不懈捐资助学的故事，让朝阳学校的师生和员工感动不已。师生们先后为"振华奖学扶困基金"捐款七千多元，为韩旺小学的贫困学生捐款三万四千多元，还捐助了大量的衣物和学习用品。许多教师还自己联系了这里的贫困家庭孩子，资助他们完成学业。

三 与钱有关的酸涩、暖心故事

张文强曾经给笔者讲过这样一个故事。

有一次，他陪着李老师来到淄博市博山区的服装批发市场。冬天马上就要到了，李振华给自己直接供养的那二十三个学生每人买了一件羽绒服，红的、黄的、白的、蓝的，装了满满两大袋子。

在商场里，张文强对从来没有穿过羽绒服的李振华说："李老师，天冷了，您也给自己买一件吧！"李振华笑了笑说："我都这把年纪了，还穿什么羽绒服啊！"

其实张文强心里清楚：这次买完羽绒服，李老师手里又没有钱了——就是有钱，他也不舍得给自己买一件这样的衣服！

那天中午，两个人提着鼓鼓囊囊的两个大袋子，又累又饿，准备去饭店吃饭。在路边一个卖小吃的地摊前，李振华停下不走了。他点了两碗汤，六个大包子，一碟子小咸菜。张文强又要了两个煮鸡蛋，却被李振华退了回去。

两个人正吃着，突然感觉周围的人越来越多。人群中传来轻轻的议论声："你们看，这不是那个李振华老师吗？前天还在电视上看见了他呢，今天就见到他真人了！"这样的议论声引来更多人围观。有一个人朝着饭桌上努努嘴："哎呦，恁看看，吃的那个饭，唉……"

人越聚越多，张文强恨不得找个地缝钻进去。他悄悄地对李振华说："李老师，咱赶紧地吃完离开这里吧！"

李振华用包子皮蘸着碟子里最后一点咸菜汁，从容地吃完，然后若无其事地离开地摊。张文强赶紧从兜里掏出两块钱递给摊主，头也不抬地转身离去，任凭摊主喊着"还要找你的一毛钱哩"……

他形容，那一刻有一种灰溜溜的感觉。

事后李老师对张文强说："你就当是在自己家里吃饭，什么也没有听见，什么也没有看见，什么也不要去想。咱花自己的钱吃饭，还要在乎别人说什么吗？难道在地摊上吃饭还丢人吗？"

在地摊吃饭不丢人，让张文强脸上挂不住的是他们的寒酸：那天中午，两个人一共花了一块九毛钱。

张文强一直把李振华视若父亲，他是担心人家笑话自己抠门，不舍得花钱让父亲吃得好一点，感觉自己把脸丢大发了。

张文强还给我讲过一个故事。

张家坡乡冯家圈村有个人叫刘礼征，1976年读高中时，因为生活困难，每当交不上学费的时候，都是李振华帮他交。二十多年后，刘礼征的女儿刘洁考上了沂源县实验中学，也成为李振华的学生，也时常需要李老师资助。2003年，刘洁以优异成绩被一所艺术院校录取。刘礼征借遍了亲友，一万多块钱的学费依然没有着落。那天他去博山的一个亲戚家借钱，又是空手而归，忽然想起李振华在这里的万杰朝阳学校，便顺道去看望老师。

李振华得知刘洁考上了大学，十分高兴，却从刘礼征郁郁寡欢的神情中看出端倪。他了解刘礼征的家庭状况，儿子正在读大学，如今女儿又考上了，便问他交学费有没有困难。

这一问，让委屈而又尴尬的刘礼征忍不住地掉下眼泪。他一句话也说不出来。

当年刘礼征上学时，家里有十口人。可是，家里再怎么缺钱，父亲也坚持让刘礼征读书。父亲常说的一句话是，"庄稼歉收年年种，这辈盼着下辈好"。父亲一直盼着儿子有一天能够出人头地，却没有想到，1978年高考时，刘礼征以一点五分之差名落孙山。对不起爹娘不说，刘礼征感觉最对不起的是李振华老师——从初中到高中，李老师多次为他交的学费、书费，就这样打了水漂。

那天，刘礼征难以抑制心中的羞愧。当年李老师帮助他交学费，可以怪那个时代经济落后，可以怪他的父母没有文化，无力改变家庭的贫困面貌；而到了自己这一代，还是不能保证孩子完成学业，他伤心、尴尬的心情可想而知。

其实，并不是刘礼征不努力，村庄通了路也通了电，但发展总有一个渐进的过程。每当想起自己当年与大学失之交臂，每当想起父亲说的"庄稼歉收年年种，这辈盼着下辈好"，他都下定决心必须让孩子为自己挣回这个面子。那些年，他靠拉地排车搞运输，拼死拼活供养两个孩子上学。

刘礼征的心血和汗水没有白白付出，儿子前年考上了一所名牌大学。当初借的学费还没有还完，今年女儿又考上了大学，而且是比较"烧钱"的艺术专业。十里八乡，有多少人羡慕他，一家三年考出俩大学生，然而，他却因为女儿的一万多块钱学费而愁白了头。

李振华说："礼征你不必有顾虑，女儿考上了大学，我们应该高兴才是。困难是暂时的，等孩子们大学毕业了，一切都会好起来的。"

李振华当时手里只有三千多块钱，那是他刚刚拿到的这个月的退休金。他让张文强陪着刘礼征说话，便匆匆地出去了。再回来的时候，他把一万块钱塞到了刘礼征的手里。

过去所有给学生的钱都是无偿的，这次一下子拿出了这么多，也许是担心刘礼征有顾虑，李振华便笑嘻嘻地说了一句："拿着吧，算是老师借给你的。"

看着不知道说什么才好的刘礼征，李振华说："没有什么比孩子考上大学更让我高兴的事情了。你自己虽然没有考上大学，却培养出了两个大学生，老师真的为你骄傲啊！"

刘礼征赶紧把钱接到手里。他不想让老师接着这个话题再说下去。他知道老师的三个孩子都没有考上大学——不是他的孩子智商低，更不是孩子学习不刻苦、不努力，而是老师把自己的钱都资助了别人的孩子，而自己的孩子，要么为了减轻家庭经济负担不得不提前就业，要么秉承父亲、母亲的品德，因为顾全大局，不得不放弃高考！

刘礼征手里捧着的一万块钱，犹有万斤之重，这是老师那颗滚烫的心啊！

更让他想不到的是，其中的七千块钱是李老师刚刚从老师们家里借来的。那时人们的工资水平还不是很高，再说，平时谁也不会在家中放很多现金，李振华跑了五个老师的家门才借到这些钱。

开口向别人借钱需要鼓起多么大的勇气，要有着怎样的承受尴尬的能力和思想准备；多少人因为借钱、还钱之事伤了和气，甚至从此老死不相往来，身边这样的故事多了去了。

那天，李振华想到了刘礼征借钱可能遇到的遭遇与无奈，这样的时候，即使自己尴尬也必须助他一臂之力。李振华去老师们家中借钱时，自然而然也被问到了用途，他只是笑嘻嘻地说了句"临时一用"。而这临时一用的钱，李振华却用了半年多时间才陆续还清。人们最终还是知道了这些钱的用途，内心充满敬仰与感动之情。

两年之后，刘礼征的儿子大学毕业找到了工作，刘礼征去找李老师还钱的时候，李振华却说什么也不要了。

李老师说："这是我支援孩子读大学的钱，还有收回来的道理吗？这本来是一件很有意义的事情，激励孩子们更加刻苦学习，更加努力工作，让他们懂得在自己有能力的时候也去帮助别人，温暖社会。今天如果我把钱又收回来了，这个事情还有什么意思？"

刘礼征十分了解李老师，他做任何事情，都是看有没有意义、值得不值得。他知道老师的性格，这个钱说不要就不会再要的。回到家之后，他便将钱捐给了张家坡中学的"振华扶困奖学基金"。

刘礼征说，他一辈子也忘不了这样一件事情——

他和李振华老师的儿子李东伟是同班同学，也是非常要好的朋友。那天他们正在操场打篮球，李老师来了，喊了一声"东伟！"同学们停了下来，一起来到李老师身边。李老师手里拿着一双白色"力士"运动鞋，让东伟试试是不是合脚。东伟试了试，大小正好。

东伟悠得一蹦老高，做了一个漂亮的摸篮动作，李老师的目光却停留在刘礼征的脚上。

因为家庭贫困，刘礼征长这么大都没有穿过球鞋。那天，他脚上的一只布鞋前头的鞋底和鞋帮撕裂了,就像蛤蟆大张着嘴,脚指头露在外面。

李振华笑嘻嘻地对东伟说:"把球鞋脱下来,让礼征试试合适不?"刘礼征穿在脚上大小合适。当他想脱下来还给东伟的时候,却被李老师制止了,说明天给东伟另买一双。

李东伟只好再穿上那双同样露出脚指头的球鞋。

那一刻,刘礼征心里的温暖与尴尬,李东伟内心的失衡与失落可想而知。尽管第二天李振华给东伟又买了一双鞋,东伟心里依然别别扭扭的。

父子俩同在一个学校,李振华却从来不让儿子和他住在一起,而是让儿子住在学生宿舍;同在一个食堂买饭,李东伟只能去学生窗口。担任学校教导主任的李振华从来不准自己的孩子搞特殊。食堂的教师窗口和学生窗口的饭菜质量与价格是不一样的。父亲给东伟买饭票的钱和粮票,从来都是有限度的,而喜欢运动的东伟饭票不够用,只能多吃窝窝头而很少买馒头。有一天晚上,饥肠辘辘的他硬着头皮来到父亲的宿舍,李振华把两个馒头塞到他手里说:"吃完了赶紧走,别让人家看见了,影响不好。"而此刻,三个低年级的学生正在这里同父亲一起吃饭。

李东伟对父亲的做法十分不理解,有一次终于忍不住表达了自己的不满:"别人家的孩子可以在您那里吃饭,我为什么不行?"父亲说:"那几个孩子要么没爹没娘,要么父母有病或者是残疾人,咱能不帮他们吗?"在东伟的记忆中,父亲从来都是这样思考问题。

前面我们已经提到,李振华从到沂蒙山支教的第一个月起,就从二十一元工资中拿出五元钱资助家庭生活困难的学生。在后来的许多年里,每当领了工资,他就按照这个比例,把这部分钱预留出来,用现在的说法是"专款专用"。而实际上,他资助学生的钱已经远远超出了这个比例。每当看见需要帮助的人,他总是随时掏出兜里的钱。有时候没有钱了,他便从其他老师那里借,入不敷出的事情经常出现。

那时候,从博山到南京的火车票价格,恰好是李振华一个月的工资。初到韩旺小学,连续三个春节,李振华都是在这个小山村度过的。除了交通不便的原因,李振华觉得把这些钱用在回家的路途上,不如用在孩子们身上更有价值、更有意义。

谈到半个多世纪以来资助困难家庭和学生的一百五十多万元钱,李振华很淡然。他说:"这不是我的钱,是国家的钱。国家给我们发工资的钱是从哪里来的?是纳税人一分钱一分钱地积累起来的。我花出去的这点钱,只是又回到了纳税人的手里。"

有一次李振华对笔者说:"你仔细想一想,对我们帮助过的家庭和孩子来说,花这些钱多么值得,你帮助我,我帮助你,会产生什么样的社会作用和影响啊!再说了,我们帮助过的这些孩子将来成才了,走向社会了,会给国家和社会做出多大的贡献啊!"

李振华曾经多次给我讲过一个故事。沂源县城有一个老乡,从摆摊烙煎饼、卖煎饼起步,守法经营,靠诚信和产品质量一步步发展起来。他致富不忘乡亲,帮助和带动了身边的群众共同富裕,帮扶身边的困难户和孤寡老人。这个地方的环卫工一律免费在他的店里用餐,他也因此被誉为"活雷锋"。有一天,李振华到这个店里买煎饼,正在与老板说话时,一个环卫工吃完饭离开了。老板忽然吩咐妻子:"你赶紧包一些煎饼,追过去给他带走。"原来这个人的老伴去世了,生活很不方便,煎饼是留给他晚上吃的。

李振华说,来沂蒙山的半个多世纪里,每天都被身边那么多好人感染和感动着。他说:"咱们是公职人员,是共产党员,难道能连身边这些普普通通的乡亲都不如吗?何况我们身边有那么多榜样,我的这一点点小事情，真不值得一提。"

听着李振华发自肺腑的这番话，我想起中央电视台"感动中国2018年度人物"颁奖仪式上，那对感动万千观众的耄耋老人——两位来自武汉黄陂的空军离休干部。女主人公马旭，老伴颜学庸，戎马一生，为中国革命和建设事业做出了重要贡献。夫妻俩收入不菲，却一直住在简陋的房子里，过着极简的生活。主食是馒头和土豆，穿了几十年的衣服已经洗得看不出原本的颜色，几十年前的军装一直保留着，每逢重大节日才找出来穿一次。省吃俭用的老两口却把节省下来的钱用于家乡的"精准扶贫"和教育文化事业，累计捐款达一千万元。给夫妻二人的颁奖词这样写道："以点滴积蓄汇成大河，灌溉一世的乡愁；你毕生节俭，只为一次奢侈，耐得清贫，守得心灵的高贵。"

我想起了方志敏烈士当年在狱中写下的《清贫》。

有人说，清贫是一种精神，一种高贵的品格。甘于清贫，乐于奉献，是人生的信仰，更是一种崇高的境界。

李振华只是一位普普通通的人民教师，他的工资和退休金算不上丰厚，却用自己的清贫和奉献书写着同样不平凡的人生。而正是这些甘于清贫的千千万万的共产党人，为我们这个时代留下了无数感人至深的故事，更留下宝贵的精神财富，阐释着我们党的宗旨和初心使命。

四 两位媒体人的尴尬与无奈

有一年，某文化传媒公司摄制组为配合上级有关部门开展的先进模范人物评选表彰活动，先后两次到沂源采访李振华，制作了一部电视专题片，准备表彰会召开时在电视台黄金时段播出。在拍摄现场，制片人多次被李振华的故事感动得泣不成声而中断拍摄。

经过精心制作，在这部专题片定稿之前，制片人把李振华请了过去，让他看看内容特别是片子涉及的时间、地点、数据等方向有没有不准确、不合适的地方。

这些工作结束，制片人与李振华聊起沂源经济和社会的发展成果，说沂源有那么多上市公司，如果借这个专题片在电视台黄金时段的播出，请有实力的企业做个形象展示，包括产品介绍，应该会对宣传沂源和相关企业起到事半功倍的效果。

这样的事情，这些年李振华见得多了，媒体结合采访拉个赞助或者请企业做广告比较正常，因为媒体也要生存和发展，企业也需要借助媒体的宣传来展示。于是，李振华便问大约需要多少钱。这位制片人笑了笑说，因为是配合社会公益活动的宣传，不是商业性的，有二百万就可以了。当然，多多益善。

听到这个数字，李振华心里咯噔一下，暗暗地想，这些钱能资助多少孩子上学啊！

看着李振华若有所思的神情，制片人担心他为难，便说："这个事情我只是顺便一说，我们可以直接给沂源县委主要领导打电话，您可以不用考虑这个事情。"

那天，李振华却很爽快地把这个事情答应了下来，说回去看看能否联系到有意愿的企业。

就在李振华回到沂源后的第三天，制片人接到他的电话，他说这个专题片不要播出了。

对方大吃一惊，连忙问"为什么"。

李振华用很客气、很抱歉的口气说："非常对不起，这是我个人的意见，我认为自己做得还很不够。再说了，我所做的这些事情都是应该的，没有什么可以值得宣传的，何况过去已经宣传我很多了，这次的片子一定不能播出。"

制片人一听，头都大了，连忙说："我们费了这么多人力、物力，花费了这么多时间，关键是这个事情涉及许多方面，还有评选表彰活动等，哪能说不播就不播了啊？！"

他忽然想，是不是李振华联系企业遇到了困难，便安抚李振华说："李老师，您不要因为那天我们说到的相关费用的事情难为情。片子是一定要播出的，至于所需要的费用，我们自己会处理好这个事情，您放心就是了。"

随后，制片人通过山东电视台的朋友，联系到时任沂源县委书记，谈到李振华专题片的制作和播出等事宜，同时提到了无意之中给李振华老师带来的思想压力，表达了歉意。

县委书记这才知道了这个事情的来龙去脉。他对媒体这些年对沂源县工作的关心，特别是对李振华老师的关注和宣传，一再表示感谢，并答应一定会配合摄制组，做好专题片播出的后续工作。

那天，县委书记登门看望了李振华，告诉他企业的宣传广告已经联系妥了，请他放心。

李振华想不到摄制组会直接找到县委书记。那天他之所以一口答应下来这个事情，就是担心摄制组直接找到县里的主要领导，要钱、要赞助。他想，必须替县里的领导把这个"得罪人"的事情挡下来。

此刻，李振华感觉心里很不爽。他直截了当地对书记说："我已经对摄制组表达了个人的意见，已经拒绝了这个事情。第一，我没有什么好宣传的，我只是做了自己应该做的一点点事情，这些年宣传我已经够多了，我问心有愧；第二，他们想让咱沂源出钱做广告，我的想法，这个钱我们坚决不能出，现在企业赚钱容易吗？二百万块钱，能够办多少有价值、有意义的事情啊！"

县委书记很耐心、很诚恳地对他说："常言道'隔行如隔山'，李老师，您不是特别了解企业的事情。现在许多上市公司每年在媒体投入的广告费有数千万元，有的甚至过亿，这既是宣传企业形象，提高知名度，也是宣传介绍产品，是非常重要的一种营销方式，它带来的效益远远不止二百万啊！再说了，二百万对一个上市公司来说，真的算不了什么。特别是在电视台的黄金时段，配合您的故事播出，这是可遇而不可求的事情。虽然说专题片宣传的是您个人，但是，这更宣传了沂蒙精神，宣传了我们沂源县的精神文明建设和经济发展成果。这是当前我们这个社会，也是沂源非常需要的啊！"

李振华打断了书记的话："因为这个专题片宣传的是我，希望县委领导能够理解并尊重我个人的意见。今后，凡是来采访我李振华，只要涉及要钱、要赞助的，包括以做广告的形式，都不行。希望书记您千万要理解，我已经这么大的年纪了，要这些荣誉做什么？"

既然李振华把话说到了这个份上，县委书记也不好再坚持，只能向制片人表达歉意。专题片最终没有在电视台原定的时段播出，李振华自然也没有参与这次表彰活动。

这件事情传出去之后，有人称赞李振华淡泊名利；也有人替他感到惋惜；还有许多人觉得李振华这么古板，这么不近人情——你自己不想要这个面子也就罢了，连县里主要领导的面子也不给，实在是有些过分了。

而在李振华的意识里，还有比"面子"更重要的事情，那就是帮助更多特困家庭的孩子完成学业，改变他们的命运和前途。

半个多世纪以来，李振华获得的荣誉与褒奖，的确已经数不胜数。他珍惜荣誉，就如鸟儿珍惜自己的羽毛，但是如果荣誉与金钱扯上关系，对他来说，这样的荣誉无疑是一种耻辱。

影视界的一位编剧偶然得知了李振华的事迹，萌发了把他的故事拍成电影的念头，曾经多次到沂源县采访李振华。每一次，她都被这些故事感动得热泪盈眶。这位剧作家感觉一部电影难以全方位地展示李振华的故事和情怀，决定创作一部电视剧。她对这个电视剧未来的收视率和将产生的社会影响充满信心。她曾经把李振华邀请到自己的工作室，墙上贴着密密麻麻的纸条，她向李振华讲述这部电视连续剧的创作构思，以及她想表达的思想感情。

这位作家的执着也让李振华感动。在冬春交替的一个寒冷的日子，她来到当年李振华背学生过河的地方，挽起裤腿儿，在冰冷的河水里走了一趟又一趟，寻找创作灵感，体验生活和思想感受。看着她冻得瑟瑟发抖的样子，脚也被河道里的碎玻璃扎了一道口子，流出鲜血，李振华十分过意不去。

那时候，这位作家还没有今天这么大的名气，她一边创作，一边筹集拍摄电视剧的资金。许多次，她眼含热泪，绘声绘色地向人们讲述李振华的故事，试图用这些催人泪下的故事打动和感染那些资金充裕、有志于涉足文化产业的企业家，为这部充满正能量、一定会感动国人的电视剧慷慨解囊。

然而，一次次煞费苦心的游说，却被一些人理解为"忽悠"——写一个教师，能产生多大的轰动效应？能带来什么样的经济效益？那些企业家或以手头资金不足，或以对题材不感兴趣为由婉拒了她。

在多次、多方、长时间筹措资金无果之后，这位有着悲天悯人情怀，今天被国内外同行公认为有眼光、有高度、有才气、有性情、有成就的作家，终于失望了。

那天，格外伤感的她最后一次来到李振华身边，深深地鞠了三个躬，连说了三声"对不起"，洒泪而去！

这个事情已经过去二三十年了，每当想起来，李振华的心中都有一种愧疚，感觉对不起这位作家。电视剧的脚本已经完成了十几集，正在进入高潮阶段。用作家自己的话来说，每天，电脑的键盘周围，沾染泪水的纸巾"堆得如小山"。她也知道李振华的学生中，有许多很有权力的领导干部,还有许多企业家和做生意非常成功的老板,她也曾经暗示过李振华:有钱、有眼光、有远见、有社会责任感的人,如果能够投资这个电视剧,一定会收获良好的效益,无论是社会效益还是经济效益,她相信投资者一定会名利双收。

但是,她十分了解李振华的为人、性情与品格,他不会违背自己做人做事的原则,为一部以自己为原型的电视剧,开口向自己的学生要钱。她思考再三,最终没有向李振华开口,更不会背着李振华私自去找他的学生。而李振华也猜出了她那时候的心思,理解她遇到的困难以及她的苦衷与无奈,彼此之间也只能是心照不宣。

五 第一次穿西服

2021年10月24日上午,笔者突然接到李振华老师的电话,说他在淄博,明天来济南参加山东省第十三届人民代表大会第六次会议,如果我有中山装,希望能够借他临时一用。

因为新冠肺炎疫情,到省里参加会议的代表必须集中隔离、统一乘车来济南。会议要求与会代表一律着正装,而李振华去市里报到时,穿的是一身便装——原本打算在淄博的朋友圈找到合适的中山装,却未能如愿,便想到了济南的我。

难得有这样一次为李老师做事的机会,我欣然应允。

其实我家里也没有中山装,何况因为身高和体型的差异,我的衣服李振华老师也穿不上。之所以立刻答应下来,是想借此机会给他买一身新的中山装。我知道李老师有着浓厚的中山装情结,到沂蒙山支教时母亲为他缝制的那身中山装,在年轻时代已经结束了使命,而李振华却一直不舍得再买一身新的。他身上的那件便装不知道穿了多少年,从我十几年前见到他就是这身衣服,实在是太旧,领子和袖口已经磨损了。

我为李老师给予的这样一次机会而兴奋不已。

从接到电话开始，我马不停蹄地跑了三个大型商场、十几个高档服装摊位，可是当问到中山装，几乎所有的商户都摇头。一位年轻、时髦的摊主以怪异的目光打量着我，说多少年了，还是头一次听到有人问中山装。只有一个柜台的人告诉我，他们可以量身定做，但最快也需要三天时间。省人代会明天开幕，毫无疑问，定做服装来不及。那一刻，我有一种沮丧的感觉，浑身汗津津的，本来想对李老师表达心意，却眼睁睁看着要落空。

既然买不到，那就借吧。打电话问了四五个身高、体型与李老师差不多的朋友，得到的回答基本上一致：见过中山装，年轻的时候穿过与中山装样式近似的"国防服"，却从来没有穿过中山装。

我只能如实向李老师说明情况，如果实在找不到中山装，可不可以买西服。

他说，看来也只能如此了。如果要买的话，一定挑价钱最便宜的，六七十块钱的就行，并且只买一件上衣即可，反正就是会议期间穿一回，别浪费了钱。他反复嘱咐我千万不要买裤子，因为是坐着开会，身上的裤子虽然旧一点，别人也不会注意。

我听出了他的话外音——最好不要花钱。何况李老师一开始就说是"借"，即用完可以再还回去。

这就好办了。我从自己的西服中找出来一件，那是三十多年前刚刚流行西装时的一个品牌，因为是冬天买的，有些肥大，所以大多时候挂在衣柜里。裤子，李老师穿着肯定不合适，好在李老师说只要上衣就可以。

我赶紧给已经到达济南的他去电话。得知我没有花钱买衣服，老人家听起来十分愉悦。

既然穿西装，自然少不了衬衣和领带。家里有一件现成的衬衣，型号也适合李老师，可喜的是还带着包装，这让本来有些失落感的我心情改善了许多；领带，我准备了三条不同颜色的，可以由李老师任意挑选。

我赶紧骑上自行车，来到离家不远的会议代表驻地——山东大厦。

此刻，李振华老师已经等候在大厦入口的隔离栅栏内。

因为疫情和重要会议，山东大厦实行严格封闭式管理。我走过长长的"回"字形栅栏通道，按照安保人员的示意，把装有衣物的袋子放在一个平台上，并按照要求迅速离开那个位置。我只能用目光和手势与站在远处的李老师做简短交流。

走出大厦的警戒线，推起自行车准备离开的时候，我看见李老师依然站在那里，风中的他默默地挥手，向我致谢、告别。

老人家身上那件不知道穿了多少年、已经褪色的便装，在晚霞的映衬下泛着金色的光泽。他的腰背已经不再挺拔，有些凉意的晚风中，隐隐传来他关切的嘱咐声："骑车子慢着点啊！"

一股热流顿时涌上心头。不知道为什么，我突然想起了鲁迅先生的名作《一件小事》。——"我"与人力车夫，我与李振华老师；"我"的皮袍，我刚刚给李老师送去的西装。

马路两侧的各色菊花争奇斗艳，我却无意欣赏。匆匆的车流、人流中，我想起了许多往事。透过这一件件往事，我似乎看见了鲁迅先生笔下的那个"小"，从刚刚送给李老师的那件西服之中被"榨"了出来，此刻如影相随，似乎正在我的面前蹦蹦跳跳，向我做着各种各样的鬼脸。瞬间，我便有了一种莫名的自卑与羞愧，一股燥热在心头弥漫着，身上、头上便有了微微的虚汗。

2014年退休后不久，我创作了以李振华为原型的电影文学剧本《大山里的梦》，2016年发表在《电影文学》杂志。

某影视公司的朋友看了这个作品，约我一起去拜访李振华老师。

2018年3月的一天，我陪着这位朋友来到沂源县。在参观了李振华事迹展厅后，一直沉浸在感动之中的朋友想请李老师推荐一个特殊困难家庭的孩子，资助孩子完成学业。

因为我此前也曾经让李老师推荐一个这样的孩子，回到济南不久，他便把两个孩子的相关情况和联系方式，以及银联卡号码，让张文强在微信上发了过来。其中的一个孩子是张家坡中心学校小学部三年级学生，母亲患有精神障碍方面的疾病，共同生活的爷爷也常年有病；另一个是韩旺中心学校初中部二年级学生，父亲因为意外受伤成为植物人，家庭生活十分困难。

李振华老师特意来电话告诉我，每个孩子每年资助五百至一千元即可。

我当即汇款，读小学的孩子五百元，读初中的孩子一千元。从第二年开始，两个孩子每年各一千元。

在资助这两个孩子的过程中，我多次想起前些年曾经发生过的一件事情。

大约是1993年前后，济南市对城乡特殊困难家庭的失学少年开展了大规模救助行动。济南日报在每个周末用大量版面，刊登这些孩子的照片、姓名、年龄、所在村居、失学原因等相关信息，其中许多是孤儿。报纸呼吁有爱心、有能力的市民与这些家庭、孩子结对帮扶，并定期刊登已结对帮扶救助的信息。每当看到这方面的信息，我和身边的许多人内心都是满满的感动。

我和妻子商量，是否也资助一个孤儿完成学业。妻子表示赞同。

就在我和妻子酝酿这个事情的时候，被母亲听到了。

母亲说："这可是行善、做好事啊！最好是找一个没爹没娘的小男孩，就当是自己的儿子养着。"那时候我们的独生女儿十岁出头，母亲一直希望家里能够有个男孩。

母亲顿了顿，又说，只是做这个事情，不能让老家的人知道了。我问为什么，母亲说："咱们家那些亲戚也都不富裕啊！你大妹妹家孩子上学的钱，也是东借西凑来的，现在还不知道还清了没有呢。还有你岳父那边的亲戚，我觉着日子还不如你妹妹家过得好呢！"

母亲不识字，说不出"虚伪"这样的词汇，而我却听出了她的话外音，心里不免有些郁闷。

那个时候，母亲跟着我们一起生活，我和妻子的工资比较低，对老家的穷亲戚，顾得了这个、顾不了那个，并常常为此而纠结。如果你连自己身边的人、最亲近的人都顾不上关照，却要去资助外人，做这样的事情面子上确实好看，可是自己的心里能安宁吗？

我和妻子相视无言，最终还是取消了这样的计划。

在后来的日子里，我们省吃俭用，先后资助老家五个家庭的七个孩子，完成了从中学到大学或者大学阶段的学习。

现实生活中，对亲友、老乡或者熟悉的人给予经济上的资助，绝大多数人都可以做得到；对突然遭受灾难者，或者是在大街上遇到求助的残疾人、需要帮助的陌生人，出于怜悯和同情心，多数人也能够慷慨解囊，施以援手，这是人性使然。李振华在七十年的岁

第一次穿西服的李振华（右）与沂源县北流水村党支部书记陈丙福（党的二十大代表）合影留念

月里，节衣缩食，持续不断地去资助那么多非亲非故的家庭和学生，甚至让自己的家人一起跟着受委屈，这是怎样的一种境界和情怀？这个世界上，有几人能够做得到？

从认识李振华那天起，这样的设问时常萦绕在我的心头，挥之不去。他是我今生遇到的最无私、时时处处都在为别人着想的人。

山东省第十三届人民代表大会第六次会议召开期间，陪伴在李老师身边的张文强用手机发给我一张照片，是李振华穿着我送他的那件西装在会场拍摄的。后来李老师告诉我，这是他有生以来第一张穿西装、扎领带的照片，他要永久留念。

而我也要永久留念——这西装是我送给李振华老师的，我没有作为人民代表参加过人代会，而我曾经穿过的这件西服，却被会场灿烂辉煌的国徽照耀，感受过如此庄严、隆重的氛围。

让我没有想到的是，十多天后我收到了来自沂源县的一个快递，打开包装，是一箱香气扑鼻的"沂源红"苹果，还有我的那件叠得整整齐齐的西服、领带和没有拆封的衬衣。原本说好是送给李振华老师的衣服，却被退还了回来。李老师来电话说："衣服放在我这里也是闲置，还是放在你自己那里吧，如果下次还需要穿，你再借给我。"李老师解释说：衬衣太高档，只穿一次也不值得打开，会议期间他临时借用张文强的那件旧衬衣凑合了一下。

这就是李振华。

十多年来，我多次来到李振华老师身边，每一次都是在他的"家"里吃饭——他的老伴、八十多岁的杨朝清长期住在女儿家，李振华便一直"蜗居"在原城关二中、如今的振兴路小学传达室背面的十多平方米的小房子里。每次去那里的第一顿饭，李老师总是嘱咐张文强多做几个菜，一般是清炒或者豆沫小白菜、鸡蛋炒青椒、清炖或者清蒸南瓜，唯一的肉菜是以糯米为主的"肉丸子"——他告诉我，这是张文强的拿手菜。因为我是"贵客"，所以每次必做。

张文强私下里对我说："您每一次到来，是李振华老师最舍得，也是他吃得最好的时候，平时就是一碗豆沫、半碗米饭或者一个馒头，鸡蛋都很少吃。"张文强不止一次地劝李老师，吃饭花不了多少钱，保持足够的营养，身体健康才是第一位的。而李振华老师总是与半个世纪之前的生活相比较，总是说现在吃得已经足够好了，"你看看我现在没有'三高'、没有糖尿病，多好啊！"不舍得给自己花钱，还要说出许多的理由和"好处"，这让张文强常常不知道说什么才好。

自从2006年在他那里吃了第一次饭，李老师便一直把我当成家人。他夸奖我不愧是从沂蒙山走出去的，没有忘本；他赞赏我粗茶淡饭的好习惯。而他自己连粗茶都不喝，一年四季的白开水，一如他清淡平和的人生。

第八章 深藏心底的愧疚

许多年来，笔者数次采访李振华，谈起在沂蒙山区半个多世纪的岁月，他说得最多、感受最深切的，是沂蒙精神对自己的激励和影响，这里的父老乡亲对他无微不至的关心和呵护，而对自己在这里所做出的一切，总是那样轻描淡写。现实生活中，许多被采访者面对记者时多是侃侃而谈，而李振华却是个例外。在他看来，似乎这一切都是天经地义、理所当然的。

每一次采访，他最不愿意谈及的，便是有关父母、子女、妻子等方面的话题。我看过许多有关他的专题片和电视台采访他的画面，每每被问及这个话题，他都是满脸泪水，哽咽不止，甚至失声痛哭……

他的内心深处，藏着太多太多的愧疚与隐痛。

一 生离死别的高考季

对李振华老师来说，1980年注定是一个不平静的年份。

春节前，李振华收到了母亲的来信，而过去都是父亲来信。他从母亲的字里行间，读出了些许的忧虑与不安。母亲告诉他，入冬以来，父亲常常感觉头晕心慌，气不够喘的，饭量也大不如从前，说特别想念孙子、孙女，多次念叨着，不知道今年春节儿子一家能否来南京。母亲在信中特别嘱咐振华，这个寒假最好回来一趟，如果春节不能回来，暑假一定要回来。

　　李振华清楚，这一年父亲已经八十三岁，母亲也是七十三岁的年纪了。无论是南京还是沂蒙山，在民间都有着同样的禁忌，不能不引起人们的警觉与重视。

　　许多年来，因为担心儿子牵挂，一向坚强、隐忍的父母从来都是报喜不报忧，这是老人第一次表达想让儿子回去的愿望。

　　这个春节，李振华本来是打算一家人回到父母身边的，可是张家坡中学应届毕业的四个高中班没有放寒假。为了迎接国家恢复高考后的第四次大考，师生们都铆足了劲儿，准备"背水一战"。

　　李振华看了母亲的信，几次想向校长请假，思忖许久却没有说出口。那时候，他负责四个毕业班的政治课教学，兼一个班的班主任，忙碌程度是可想而知的。他白天上课，晚上和学生们一起挤在教室里的大通铺，几乎是二十四小时和孩子们在一起。

　　李振华即刻给父母写信，说了这个春节为什么不能回南京，希望爸妈能够理解。他在信中特意提到儿子李东伟，说东伟目前的精神状态和学习成绩比较理想，有信心考出好成绩。爷爷特别喜欢这个孙子，一直期待着东伟能够考上南京师范学院，这样不仅可以成为父亲的校友，更重要的是能够回到爷爷奶奶的身边上学，将来能够留在南京。李振华希望这封信能够给疼爱孙子的父母带去慰籍，也使他们能够体谅自己不能陪伴老人一起过春节的良苦用心。

　　给爸妈的信寄走了，牵挂和忧思依然弥漫在心头，犹如校园此刻正在敲响的上课铃声，撞击着李振华那颗敏感、充满愧疚的心。

　　从1953年到1980年，在这二十八个年头里，李振华陪伴在父母身边的时间累计不超过二百天。不是李振华不孝顺、不关心父母，而是他把时间和精力都用在沂蒙老区的孩子们身上了。

　　南京的父母已经习惯了与儿子一家的聚少离多。他们理解、支持儿子，在默默的期待中忍受着情感上的折磨与煎熬，彼此间的牵挂已经成为常态，他们已经习惯了这样的分离。

隔代亲，乃人之常情。在本该享受儿孙绕膝天伦之乐的那些漫长的岁月里，与沂蒙山的孙子、孙女相聚，成为两位老人最大的奢望。儿子偶尔一次回南京，因为交通不便和经济方面的原因，也很少把孙子、孙女一起带回来，而且总是来也匆匆，去也匆匆。每一次的依依惜别，看着父母万般不舍和无奈的神情，李振华心中只有纠结。

记不清有多少次，在写给父母的信中李振华一次次许愿：等明年吧，明年春节一定一起回去，陪爸妈多住些日子；等明年暑假吧，一定和杨朝清带着三个孩子一起回去，咱们去照相馆照"全家福"，咱们全家一起去紫金山、去莫愁湖……

然而，父母的期盼常常落空，从来也没有照过一次"全家福"。千里之外的北方，在那里生活的儿孙们让老人望眼欲穿。父母已经习惯了这样的寂寞与无奈。让老人聊以自慰的，是儿子获得的荣誉越来越多，那些荣誉中有许多是国家级的。

在南京鼓楼区，许多人都知道他们李家有个在山东工作的儿子非常优秀，曾经多次走进人民大会堂，受到党和国家领导人的接见。鼓楼区教育部门的领导们，每年春节都要到家里看望两位老人，试图启发他们，动员在山东工作的儿子能够调回老家，为家乡的教育事业添彩。

同样做过老师的父亲，对儿子除了理解，更多的是鼓励与支持。李振华出生在"南京大屠杀"那段血腥的日子，中华民族遭受列强欺凌、任人宰割的屈辱历史，让这位旧中国的知识分子对民族的觉醒与振兴充满了期待。父亲十分欣慰当年为儿子取了"振华"这样的名字，儿子没有让他失望。当年儿子学习普通话需要的收音机，给学生理发需要的"推子"，在大城市的书店才可以买到的各种教学参考书籍，他都一一买了寄过去。为了不让李振华分心，老两口日常生活中遇到的各种困难，甚至是病痛，凡是自己能克服、能忍受的，都从来不告诉儿子。只是对儿孙的思念之情，常常让他们难以忍受，暗自伤神。多少个春节、中秋节，父母都是在冷冷清清中度过的。大雁从北方归来又复去，来来去去的鸣叫声，常常让母亲泪湿衣襟，带给父亲声声叹息。

就在1980年的这个夏天，就在距离高考还有一个多月的一天，李振华突然收到从南京发来的加急电报：父病速回。

看着简短的四个字，李振华的脑子瞬间一片空白。

那个时候交通与通信落后，没有经历过那个年代的人，很难想象打长途电话有多么难——县城与外地城市通电话，需要提前挂号预约，然后层层转接，四五个小时也不一定能够接通；在乡村与相隔千里的省外城市街道的住户通电话，几乎是不可能的事情。

李振华无法判断父亲的病情，他的焦虑与担忧可想而知。既然发来了电报，肯定就不会是头疼脑热，作为儿子的他就必须回去。而眼前这个时候，作为班主任和四个班的政治课教师，他陷入痛苦的矛盾之中。政治课是高考的重要科目之一，张家坡中学前三年的政治单科成绩，在临沂地区一直名列前茅，多少人以期待的目光注视着李振华。"一个萝卜顶一个窝"，这样的关键时刻，他在问自己：我能够离开吗？

那时候，大儿子李东峰已经高中毕业，在当地的一家军工企业上班。此时，工厂正在夜以继日地突击加班生产中越边境前线急需的一种装备，让他请假去南京照顾老人想都不要想。

思来想去，万般无奈的李振华把目光停留在二儿子李东伟身上，他是爷爷疼爱有加的孙子，李振华幻想着东伟能够给老人带来慰藉，使病情迎来转机。

他把东伟叫到一边，说了自己的想法。

同样也在为爷爷的病情而忧心的李东伟，无论如何也想不到，父亲会这样打他的主意。他正在为了高考做着最后的冲刺啊！

向来对父亲十分敬重的他，那天的话说得十分难听。

"爸，不知道我是不是听错了，您觉得这样合适吗？您是爷爷的儿子啊！爷爷是想让您回去尽孝，回南京的不应该是我吧？您不是经常给我们同学说'百善孝为先'吗？您怎么不回去啊？"

李振华内心的尴尬可以想象，可是他不能生气，他必须用最大的耐心来说服儿子："东伟啊，爸都这个年龄了，还能不明白这样的道理吗？我并不是不回去，只是现在不能回去，你先回去替我照顾爷爷几天，实在没有别的办法嘛！二百多个学生啊，在决定同学们命运前途的关键时候，你说爸能离开吗？"

东伟一脸的惊讶："爸，您怎么忘了，我不也是您班里的学生吗？"李振华张口结舌。

"爸爸，真不知道您是怎么想的啊！我做梦都考大学，难道您就忍心让我放弃高考吗？不错，您是我爸，您的话我必须服从。可是您不要忘了，您还是学校的领导，您怎么能剥夺一个学生参加高考的权利？您口口声声说这是决定命运前途的关键时刻，难道我的命运和前途……"

东伟的话没有说完，便蹲在地上大哭起来。

李振华把儿子扶起来，一边为他擦拭眼泪，一边说："爸理解你。我也是反复想过了，咱们家是城镇户口，不考大学可以当工人，早一点拿工资；而农村的孩子呢，考上了大学才可能……"

东伟打断父亲的话："爸，在您的眼里，别人的孩子永远都比您自己的孩子重要，是吧？多少年了，您自己做出了多少牺牲啊！

因为您是老师，还是共产党员，这个我们能够理解。可是，让我们跟着您做出同样的牺牲，这样公平吗？谁不想出人头地？难道我的人生目标就是当工人吗？"

儿子一连串的发问，李振华不知道应该先回答哪一句，究竟该如何回答，才可以抚慰儿子此刻内心的抗拒和不平衡。他知道自己这么多年来对孩子们的学习和生活关心不够，更知道东伟心里有多少委屈。为了这次高考，东伟下了多少功夫、吃了多少苦，摸底考试成绩以及平时在班级的排名，作为老师和父亲的他一清二楚。

他不断地擦拭着儿子泉涌一样的泪水："孩子，爸的确对不住你，爸实在是想不出更好的办法啊！我在想，爷爷的病可能没有我们想象得那么严重，也许只是想我们了。如果真的是这样，爷爷那么喜欢你，也许见到你病就好了一半，耽误不了你高考呢！"

东伟不再说话。他知道拗不过父亲，另外父亲的话也给了他一线希望。但愿如父亲所说的那样，爷爷的病情真的不要紧，只是思念儿子了，想骗儿子回家陪自己住几天。他多么希望是这样的结果：只是伤风感冒的爷爷，见到心爱的孙子十分开心，立刻敦促他回学校参加高考，嘱咐他好好地发挥，一定要来南京上大学！

于是，东伟向父亲提出了一个小小的要求，能不能把下午的课上完了再走。

李振华最懂得自己的父亲，做事一向严谨、认真的老人家，不可能以这样的方式给儿子开玩笑。李振华还担心东伟会不会因为这半天的课而节外生枝，最终去不了南京。于是他对儿子好言相劝，先去车站买票，防止耽误行程，然后回家收拾好应该带的东西，再给爷爷准备些礼物。至于复习功课，也不差这半天的时间。

在全班同学诧异、惋惜、不解的目光中，李东伟收拾起书包，含泪离开了学校。

就在那个晚上，李振华任课的四个班的学生们联名写了决心书，表达了以优异成绩迎接高考的态度，请老师放心回南京，亲自照顾病中的父亲，无论如何也要给东伟参加高考的机会。

决心书的末尾这样写道："回去吧！回去吧！！回去吧！！！"

看着这六个大大的感叹号，李振华流泪了。一度被自责与痛苦折磨的他，为自己的抉择而感到欣慰，陪伴在这些懂事的学生们身边，值得！这份"决心书"李振华珍藏至今。

第二天一大早，李振华亲自把儿子送到车站。

在客车启动的一刹那，李振华不忍心看正在挥手与他告别的儿子，转过身去，大颗大颗的泪珠从脸上滚落下来！

那个时候国家教育部门刚刚做出新的规定，对高中毕业的学生复读做出了严格的条件限制。李振华心里清楚，儿子这一去，也许再也无缘大学校园。

李东伟在南京见到病榻上奄奄一息的爷爷时，才知道严酷的现实与喜欢幻想的自己开了一个天大的玩笑！

他悄悄地把在火车上看了一路的课本藏了起来，趴在爷爷的身边泪如雨下……

十多天后，李振华收到第二封加急电报：父病危，速回。

李振华十分清楚这次的电报意味着什么，如果此时回去，也许还能够与父亲见最后一面。

他的心被撕扯着。用他自己的话来说，仿佛是被放在油锅里煎炸一般，那是怎样的痛不欲生的感觉！那是怎样的无以言表的情感折磨！一边是给了自己生命的父亲，一边是即将进入考场的学生，孰轻孰重？李振华那颗备受煎熬的心，就如惊涛骇浪中的一叶扁舟，忽而被抛向浪尖，忽而跌落波谷，在这样的大起大落中痛苦挣扎着。他回忆着来沂蒙山支教时父亲对自己选择的赞赏，父亲这么多年来对他事业上的期待，努力地在人生天平的两端寻求着平衡。

李振华在心中默默地祈祷。他相信同样做过教师的父亲一定能够理解并原谅自己的儿子。他压抑着内心巨大的哀伤与纠结，悄悄地把电报装进衣兜，继续上课。

距离高考还有五天，那个已经两次带给他痛苦和哀伤的绿色的身影、绿色的自行车，再一次出现在校园。

李振华透过邮递员脸上凝重的神情，已经猜测到发生了什么事情。他不动声色地安排好同学们的课堂作业，然后悄悄地从教桌的抽屉里拿出一叠用来印刷试卷的白纸，匆匆走出教室。

此刻，邮递员蹲在地上，已经哭得抬不起头来。李振华拍了拍他的后背，示意他赶快离开这里。

李振华来到学校后面的山坡上，向着故乡南京的方向猝然跪倒。他再也控制不住悲痛的心情，压抑了太久太久的悲哀瞬间爆发。

飘扬的纸灰在他的头顶上方徘徊、盘旋着，然后又轻轻地落在他的头上、衣服上，沾在他的脸上，似乎是在抚慰他，为他擦拭着泉涌般的泪水。

烟霭升腾中，他仿佛看到了父亲弥留之际期盼、无奈、失落与黯然的神情。

"爸啊，振华对不起您老人家啊！"

在孝敬老人方面，父亲一直都是他的楷模。有一次爷爷病重，一位庸医开的处方中，竟然需要儿女的肌肤做药引子。而父亲却毫不犹豫地拿起剪子，在自己的胳膊上剪下了一块，放进药锅。目睹这一切的李振华，至今记忆犹新。

李振华懂得庸医和愚孝不应该被鼓励和效仿，而今天，父亲从病重到去世的一个多月里，自己竟没有回到老人身边，更不用说把一碗药、一杯水端到父亲的病榻前……

他自感亏欠父亲太多太多。当年在韩旺小学时，父亲知道李振华的粮票接济了学生和乡亲们，担心儿子挨饿，多次寄来粮票和大米。父亲却因为营养不良，患上了严重的水肿病。

"爸，您为什么要走得这样匆忙啊？再有几天高考就结束了，儿子就可以回家的啊！您为什么就不能再等儿子几天，您让儿子这样难受啊……"李振华哭喊着。

天地同悲。火辣辣的太阳隐入厚厚的云层之中，山谷中传来一阵阵低徊的呜咽声。

李振华突然感觉这压抑的呜咽声断断续续，那么真切，似乎就在自己跟前。惊回首，山坡上，学生和老师们跪倒了一片……

悲痛欲绝的他突然清醒了过来，在这样的时候、这样的环境，自己不应该如此失态。同学们即将进入考场，这样的关键时刻，必须让他们的情绪稳定下来。

他迅速站了起来，擦干眼泪，露出坚强而镇定的神情，说："对不起，打扰大家了，马上就要考试了，咱们回去上课吧……"

那一刻，每个同学都在思考着同一件事情，必须更加努力刻苦地学习，如果能够考出好的成绩，李老师的心里应该会好受一些，老师父亲的在天之灵也会得到安慰。

这年的高考，张家坡中学的政治课成绩在临沂地区继续名列前茅，二十多个学生被大中专院校录取，其中被大专院校录取的有十八人，数量仅次于沂源一中。李振华担任班主任的班，就有七个学生拿到了大专院校录取通知书。

一个学生在后来给李振华的信中这样写道："敬爱的李老师，您是带着人世间最大的悲痛,把我们送进大学校门的。您的大恩大德，我们会铭记终生。"

这年的高考，在李振华生命中留下了无尽的哀伤与永远都不能弥补的遗憾。

李东伟从南京回来后，情绪一直十分低沉。特别是得知他们班已经有四个同学收到了大学录取通知书，并且都是比较好的学校，而这些人平时的学习成绩都不在他之上。东伟的委屈不言而喻。

那些日子，李东伟一天到晚躺在床上，两眼盯着天花板发呆。

南京的一幕一幕在他的脑海里闪现着。十七岁的他替父亲披麻戴孝，捧着爷爷的灵牌跪在那里，耳边不断地传来议论声。人们为他因照顾爷爷放弃高考而惋惜，也为如此懂事的他替父尽孝的品德而感叹不已。那一刻，东伟想起同学们正在考场上为实现自己的梦想进行着最后一搏，他泪如泉涌，泣不成声。

能否考上大学，要看每个人平时的学习成效与知识积累，有的时候还要凭运气，看考场上是不是发挥得好。应该参加考试而无奈放弃，是人生中怎样的一种遗憾！送葬的队伍中，听着东伟悲痛的哭声，有多少人在扼腕叹息！

就在那个暑假，李东伟成为沂源县化肥厂的一名工人，没过几年便因为化肥厂改制而下岗了。

高考结束后的第三天，李振华带着无限的哀痛与愧疚，回到了久别的故乡，回到了母亲的身边。

母亲告诉他："你爸说，他最大的遗憾，不是你没有陪伴在他的身边，而是你不应该让东伟回来，耽误了孩子考试。你爸还说，另一个特别遗憾的事情，是一次也没有去过儿子工作的沂蒙山，去看看儿孙们生活的地方，去看看那里的好人。他一再嘱咐我，振华回来后，千万不要责备他。忠孝不能两全，儿子没有错。"

振华在父亲的坟前长跪不起。他的悔恨、愧疚与自责无以复加。

母亲的话也给了他些许的慰藉。"你父亲不止一次地说过，爱自己孩子的是人，因为这是天经地义、每一个父母都可以做得到的；而能够爱别人孩子的是神，能够做到这一点的不能说没有，但是寥寥无几，咱们应该为振华骄傲啊！"

"你父亲还说，儿子对得起我给他起的这个名字了，儿子让我在大半辈子里都感到了无比的荣耀。"

这个假期，是这么多年来李振华在母亲身边住得最长的一次。到第十天的时候，懂得儿子心思的母亲主动撵他回自己的沂蒙山。

母亲说，"不要惦记我。妈现在就是有些走不动路了，不然的话，我真想了了你爸爸的心愿，去沂蒙山，去歌里唱的那个好地方，看看那里的好山、好水、好人。"

父亲和母亲一直都忘不了，当年那个特殊困难时期，李振华一次次从沂蒙山寄来花生饼、地瓜干和晒干的地瓜叶、干豆角，还有一些核桃和栗子。母亲常常感慨，这些救命的食物，是山里的老百姓从自己嘴里挪出来的啊，患难之际方见人心，任何时候也不能忘记这个事情。

二 文具盒引发的家庭风波

人们常说，女儿是父亲的"贴身小棉袄"。女儿对爸爸的亲近，似乎是与生俱来的。

李振华一家人绝大多数时间不在一起生活，女儿海英小时候对父亲的想念一直都是那么强烈。而当她好不容易见到父亲，却又经常感觉到失落甚至是失望，父亲总是那么忙，顾不上亲近她。

有一次，她爬到父亲的背上，缠着他带自己出去玩一会儿。李振华说："等我给这个大哥哥讲完这道数学题吧。"然而这个学生还没走，又有别的学生来到父亲身边，海英常常就这样被晾在一边。

在她的记忆中，父亲对学生们的关心和爱，远远地超越了对她和两个哥哥。看着父亲对别人家的孩子那样耐心与细致，看着这些孩子在父亲面前那样放松与开心，她每每羡慕不已，仿佛李振华是别人的爸爸，内心深处时常有一种酸溜溜的感觉。

大约是海英十岁那年的暑假，父亲要去南京探望爷爷奶奶，母亲便带着她和二哥东伟来到张家坡中学的家里，给在这里上初中的大哥李东峰做饭、做伴。

所谓"家"，其实就是李振华的单身宿舍。因为只有一间房子，海英和爸爸妈妈一起住，两个哥哥住在学生宿舍。

李振华离开家去南京的那天，海英央求爸爸给她买一个带"九九乘法表"的文具盒回来，李振华爽快地答应了。

那时候，海英正在上小学三年级，班里有一个父亲在县城工作的女生，常常在她面前炫耀漂亮的铅笔盒和发卡等，而海英除了学习成绩在班里名列前茅，却没有什么值得炫耀的宝贝。那些日子，她每天都数算着父亲从南京返回的时间，希望父亲从南京带来的文具盒能够在同学面前给自己争回一些面子。

一个星期之后，当李振华背着大包小包走进校园，小学部的一群孩子呼啦啦地围了过来。李振华从包里拿出糖果和乡下见不到的各种样式的橡皮擦、透明的塑料尺子、带橡皮擦的铅笔和文具盒等，给孩子们分发着。

当海英和一个叫兰兰的女孩子手拉着手跑过来的时候，李振华手里的铅笔盒只剩下最后一个。李振华看看海英，再看看兰兰，然后把铅笔盒递到了兰兰的手里。

那一刻，海英备感尴尬和委屈，脸上红一阵白一阵，流着眼泪跑开了，留下小兰兰站在那里不知所措。

那天晚上，家里清冷的气氛中透出一些紧张。

李振华的妻子杨朝清与三个孩子在一起

杨朝清为了给李振华"接风洗尘",特意炒了两个菜,却因为哭着跑回家的海英而没了心情。

听着女儿的哭诉,她不由地想起这些年来丈夫的许多"不是",也想起了许多年来自己那么多的无奈与委屈,看着刚进家门的丈夫,便一脸抱怨的神情。

杨朝清出身于革命家庭,从小受到母亲和哥哥的影响,无论是在学习、工作还是生活中,都表现出良好的素养。1955年她从沂源一中考入临沂师范学校,毕业后分配到同属韩旺学区的龙王峪小学当老师,因为成绩突出,后来被推选为校长。

杨朝清对李振华一直非常崇拜。特别是当年李振华任教的韩旺小学,六年级十二个学生全部升入初中,让杨朝清敬佩不已。她更被李振华无私资助贫困家庭学生的故事所感动。在一位热心人的撮合下,两个人确立了恋爱关系。

1958年6月,李振华和杨朝清结婚了。新房借用了韩旺村张大娘家的一间西屋。老师和乡亲们将那间低矮的茅草房简单地收拾了一下。一床新被褥,一个红包袱里包着杨朝清带过来的衣服,一个搪瓷脸盆,就是这个新婚家庭的全部家当。

婚后第二天，两个人就到各自的学校上班了。

李振华与杨朝清结婚时有个"口头协议"，没有特殊情况，每个星期天回家一次。李振华这样说，杨朝清认为丈夫是心疼她，心里暖暖的。从她所在的学校到韩旺的家，差不多二十里的山路，来回都要靠步行，很不方便。

从一般意义上说，妻子在哪里，哪里便是家。李振华为了不让妻子多跑路，特别是杨朝清怀孕之后，他主动去龙王峪小学。刚开始的时候，李振华每个星期回家一次，后来两三个星期才回家一次。儿子东峰出生后，李振华仍然这样，杨朝清便有了怨言。但她也知道丈夫身不由己，跟着他一起住的几个学生没有人做饭也不行，她理解他。心地善良、同样以校为家的杨朝清便只有辛苦自己了。

从结婚到1985年杨朝清从一个叫保安的乡村小学调进县城，在长达二十八个年头里，李振华与杨朝清一直两地分居。杨朝清工作十分敬业。作为妻子和母亲，她还承担着抚养孩子的家庭职责。三个孩子童年都是生活在她的身边，直到上了初中才转到李振华所在的张家坡中学。李振华对妻子这样的付出心知肚明。

李振华从南京回来的那个夜晚，桌子上的饭菜直到凉透了，也没有人动一筷子。

因为一个文具盒，妻子的话句句扎心——

"咱俩从认识到结婚这么多年了，作为妻子、母亲，我多承担一些家务，对孩子们多付出一些是理所当然的。可是，振华你想过没有，在许多方面，比如父爱，我无法取代你啊！

"孩子们每一次抱怨时，我都说，妈妈也是老师，也担任学校校长，爱学生是老师的本分，爸爸他做得没有错。为人师表，必须这样。可是，振华，你知道吗？我心里有多少委屈和担忧，我背地里掉过多少眼泪,你知道吗?手心手背都是肉啊!对待学生和咱们自己的孩子,如果你能够做到一视同仁,我也就知足了……"

李振华的头深深地埋在胸前。

有一天,海英回家对母亲说:"我们班里有的同学随母亲的姓,这是为什么啊?"杨朝清漫不经心地答道:"姓名嘛,就是一个符号,孩子既可以随父亲的姓,也可以随母亲的姓,都是无所谓的事情。"

而此刻,杨朝清哪里知道孩子的心思?

第二天,海英便找到了班主任,说母亲同意她改姓,"李海英"从此变成"杨海英"。这个事情不仅对李振华,对杨朝清的刺激也很大。

因为两地分居,因为杨朝清工作太忙,李东峰、李东伟兄弟两个都是在姥姥的身边长大,杨朝清自己一个人边上课边照顾着海英。

那时候女儿还不到一岁,每次上课之前,杨朝清千方百计把孩子哄睡,然后在床的边沿摆上纸箱子、小凳子等障碍物,以防止孩子从床上滚落下来。

一天课间,她急匆匆回宿舍给女儿喂奶,开门一看,孩子却不见了。原本关闭的窗子大开着,正被风儿吹得"咣当"作响,窗外是一片荒野。杨朝清一下子懵了!孩子是被人偷走了还是被野兽叼走了?瞬间,她撕心裂肺地哭喊了起来!

听到杨老师如此凄厉的哭声,师生们不知道发生了什么事情,停止上课,纷纷围拢过来。而此刻,床底下传出海英的哭声。原来,孩子醒了、饿了,见不到妈妈,哭喊着在床上爬来爬去,竟然翻越障碍掉下床来,在冰冷的地上不知道哭了多久,然后滚到床底下,趴在那里又睡着了……

那一刻,虚惊一场的杨朝清把孩子紧紧地搂在怀里,仿佛失而复得。悲喜交加的泪水雨点般地落在女儿粉嫩而满是泥垢的脸上。

女儿睁开眼睛见到了妈妈,露出了甜甜的笑脸,让现场所有的人都泪流满面!

因为没有人帮助照顾,杨海英五岁就上了学,六七岁就帮助妈妈做家务,母亲一直感觉愧对她。

今天因为这个文具盒,海英委屈的心情是可以想见的。

杨朝清的眼里噙满泪水:"今天这个铅笔盒,海英自己也知道不能和同伴争,可她毕竟还是个孩子啊!你如果平时多关心她,她心里会感觉到这样的委屈吗?我真的不知道应该如何安慰她。"

李振华起身,擦干眼泪,来到女儿的身边。

海英已经睡着了,眼角还挂着泪珠。

李振华默默地坐在床沿上,愧疚地看着女儿,轻轻地把孩子脸上的泪珠拭去,然后从衣兜里掏出一个漂亮的蝴蝶结发卡,还有两块从南京带回来的巧克力,轻轻地放在她的枕头边……

杨朝清曾经不止一次地提醒丈夫,对孩子们多一点关心,遇事多和孩子沟通,要让他们懂得,有些事情父母为什么要这样做,孩子们需要慢慢地理解。李振华也曾经为此纠结和反思过,却常常很快就淡忘了妻子的提醒。

有一次杨朝清说:"你看看咱们东伟的鞋啊,大拇哥都露出来了,天天在你的眼皮子底下,你这当爹的也未免太不称职了吧?"那时候东伟跟着他一起在张家坡中学上初中。李振华笑了笑,赶紧去商店买来一双运动鞋,于是便发生了那个故事——已经把鞋穿在了脚上的东伟,却又脱下来给了刘礼征。

这个夜晚,杨朝清的话如锥子,句句刺痛着李振华。

"有一次,东伟居然问我,妈,爸爸是我们的亲爹吗?气得我打了他一巴掌,孩子没哭,我先哭了……"那是杨朝清第一次打儿子。

在孩子们的心目中,父亲关心自己的学生胜过关心他们兄妹,这常常让他们难以接受。有一段时间,东峰和弟弟东伟都跟着父亲在张家坡中学上学，他读高中，弟弟读初中，两个人都住在集体宿舍，李振华从来不让两个儿子跟着他一起吃饭。父亲的理由很简单，他是学校的教导主任，大小是个领导，他必须以身作则，学生住集体宿舍是学校的规定，他自己的孩子绝不能搞特殊。

有一次东伟悄悄地对东峰说："哥，今天我看见我们班主任王老师从食堂打的大米干饭和大白菜粉皮炖猪肉，那个香啊，快馋死我了。你给爸爸说说，什么时候也让咱们吃一顿好吗？"那时候，学校食堂这样一份菜的价格是两三毛钱，兄弟俩的手里，块儿八毛的零花钱还是有的，虽然食堂不能使用现金，私下里从其他老师那里也可以淘换到饭票、菜票。但是，父亲绝对不允许他们到教职工食堂窗口买饭、买菜。

弟弟想吃大白菜粉皮炖猪肉，东峰哪敢给父亲说？星期六和弟弟一起回家时，他便把这件事情告诉了母亲。

那时候他们的家在张家坡河东村小学。自感愧疚的母亲心里酸酸的，便去街上花一块钱买了一斤多猪肉，炖了满满的一锅白菜，满足了兄弟俩的奢望。

杨朝清对孩子们说："这是你们爸爸嘱咐我炖的，下次馋了就直接告诉妈妈。"

杨朝清什么时候都是这样，处处维护李振华在孩子们心目中的形象，总是以细腻的母爱弥补着孩子们感觉不足的父爱。

平日里，父亲对他们兄妹在生活等方面的要求十分严格，这种严格近乎苛刻。与此形成鲜明对照的，是父亲对山里孩子无微不至的爱。儿女们有时候会对父亲产生一种莫名的怨恨，甚至有这样的逆反心理——早一天长大，然后就业，离开这个家。

那时候，他们真的无法理解父亲所做的一切。

总是设身处地理解丈夫的杨朝清，也难免有抱怨的时候。因为两地分居，因为李振华的工资和粮票基本上都用在了生活困难家庭的学生身上，她几乎是用自己一个人的工资和商品粮养着三个孩子。

1970年前后，李振华月工资三十四元，杨朝清三十元，她每月还要拿出十五块钱给母亲——两个儿子断奶后都是由母亲帮她带，上小学后才回到她身边来。因为经常入不敷出，杨朝清连一件换洗的衣服也舍不得买。仅有的一件衬衣，晚上洗了晾干，第二天接着穿。孩子们正是长身体的时候，为了让他们能够吃饱，杨朝清不止一次地把粮店供应的细粮背到集市上，兑换成粗粮。那时候一斤细粮可以换二斤半地瓜干。

杨朝清回想当时的情景：“有一次在集市上碰见了一位熟人，他用异样的眼光看着我，那种尴尬没有人能够想象得出来。人家会不会以为我是把国家粮店供应的粮食转手倒卖了？可是我无法解释，说家里的粮食不够吃，谁会相信？那一会儿，真是恨不能找个地缝钻进去啊！"

让杨朝清感到委屈的事情还有许多。

1960年，杨朝清在同属韩旺学区的石马山小学担任校长，学校只有两个教师，包括她。那时候儿子东峰还不到两岁。杨朝清也经常像李振华那样，从微薄的工资中挤出一些钱，资助因家庭生活困难面临失学的学生，使得这个山村小学的适龄儿童入学率保持了比较高的水平。年底，韩旺学区评选"五好教师"，凡是被评上的都可以晋升一级工资。学区按照各项指标打分，杨朝清和另外一个学校的王老师不分伯仲，却只有一个晋升指标。

李振华那时担任韩旺小学校长兼韩旺学区副主任，毫无意外，杨朝清落选了。

丈夫私下里给她的理由是：那个王老师妻子在农村，而我们是双职工家庭，这次评比既然涉及提高工资待遇，咱们都是校长，就应该让给别人。杨朝清强忍着泪水,没有说话。

杨朝清一辈子只求过丈夫两次。

第一次是1985年,原城关二中扩建时,李振华因为劳累过度病倒了,住进医院。杨朝清见到高烧不退、满嘴燎泡的丈夫,泪水清清地流:"振华啊,你就舍舍老脸,想办法把我调进县城吧,咱们马上就是五十岁的人了,相互间好有个照应啊!"那时候杨朝清已经从张家坡河东小学调到了另一个乡村小学,两口子分居已长达二十八个年头。那天,李振华也流泪了。县城学校的教师岗位总是有限,城关二中还有两个年轻教师两地分居,让杨朝清先于他们进城,他李振华做不出这样的事。直到后来,县教育局的领导瞒着李振华,把杨朝清调了回来。

另一次,是1993年杨朝清的哥哥杨琳在济南突然去世,悲伤无措的她找到李振华,问能不能让学校的车立刻送她去济南。

李振华说:"公家的车子也不是不能用,但我一定会自己付钱的,既然如此,咱们何必使用学校的车?"杨朝清想想也是,丈夫一辈子做什么事情都讲究个"清清楚楚",便让儿子租车送她去了济南。

从认识李振华的那一天开始,杨朝清对这个南方青年经历了由敬佩到喜欢,由委屈到抱怨,再由理解到配合,这样三个漫长的阶段。

刚刚与李振华确定恋爱关系的时候,杨朝清对未来的小家庭充满了憧憬——对别人的孩子都如此呵护的男人,对自己的儿女会怎样的疼爱有加啊!她欣赏李振华的情调与情怀,也为自己的选择而欣慰。而结婚以后,李振华的"不顾家",又让她从莫名的失落变成淡淡的幽怨。

她曾经私下里向母亲诉说自己的困惑和不满。母亲笑着反问女儿:"一个小家子气、胸无大志、不懂得爱的男人,可以成为我的女婿,成为咱们老杨家的一员吗?"

杨朝清也笑了起来。

可是笑归笑，日子是要一天天过的。杨朝清的敬业精神、对学生的关心与爱护，并不亚于李振华。她每天也都是那样忙碌，白天忙教学，晚上批改完学生作业，还有一大堆家务事等着她，几乎每一天都席不暇暖。跟随在母亲身边的三个孩子，从小就养成了吃苦耐劳的品格，生活自理能力比农民家庭的孩子差不了多少，七八岁就学会了做饭，自己的衣服自己洗。李东伟还学会了烙煎饼。烙煎饼本身没有特别的技术含量，难度在于既要让鏊子底下的柴草燃烧均匀，火候一致，还要让鏊子上的面糊糊到边到沿、厚薄相当。那薄薄的煎饼，揭早了熟不好，揭晚了便会变得焦糊。而最痛苦的，是身体匍匐在鏊子前面，承受着烟熏火燎鏊子烤。一个男孩子烙煎饼，在农民家中也非常罕见。

孩子们十分懂事。李东峰1976年高中毕业时只有十七岁，他本可以再复读一年，参加国家恢复高考制度后的第一次招生考试，然而他却选择了就业。他要自食其力，以减轻爸妈的经济负担，帮衬家里。当他把第一个月二十三元的学徒工工资一分不少地交到妈妈手里的时候，杨朝清泪流满面——春节马上就要到了，她正在为没有钱置办年货而发愁。

孩子们那么心疼自己的妈妈，妈妈实在是太劳累、太清苦了，而这都与爸妈是学校的老师有关，因为需要爸妈帮助的学生太多，自己家的生活才会是这个样子。爸爸平时很少回家，他的工资和粮票几乎从来不往家里拿；母亲也是隔三差五资助贫困家庭学生。孩子们常常听到妈妈的叹息声——某个学生或者家长又病了，那种纠结的神情和语气，仿佛事情发生在自己家里。

杨海英向笔者谈起这个话题时，依然泪流满面。

她说，那时每当母亲发了工资，常常会有乡亲们来借钱，数额不多，一般是三元、五元，直到一家人调回了县城，还不断地有乡亲们从乡下去他们家还钱。而人们带来的一篮子鸡蛋或者一只鸡，其价值已经远远地超出了当时所借的钱。山里的乡亲们永远忘不了曾经帮助过自己的人。海英参加工作时只有十五岁，比当年父亲参加工作的年龄还要小，就是为了母亲不再那么累，不再为钱发愁。

采访中，我问到了当年的"改姓"风波，杨海英有些不好意思地笑了起来，她笑起来的样子那么美，却难掩羞涩与愧疚。

"那个时候少不更事，正是任性的年龄。后来妈妈让我给爸爸道歉，想把姓再改回来。爸爸和妈妈说的话一样，名字就是个符号，姓什么不重要，重要的是要懂得父母所做的一切，都是为了自己的孩子能够懂事理，变得有出息。"

李振华心目中的所谓"出息"，是做一个"大写的人"。

杨海英给我讲了这样一个故事。

大概是在她五六岁的时候，有一次母亲带着她看乡村的露天电影，电影的名字已经没有印象了，其中一个情节让她记忆犹新。一位母亲带着两个幼小的孩子，过着颠沛流离的生活，吃尽千辛万苦。这两个孩子中，有一个是母亲亲生的，但母亲对另一个孩子视若己出。有一天，母亲把讨来的一碗饭喂给两个饥肠辘辘的孩子，一人一口。当碗里只剩下最后一勺的时候，两个孩子宛如鸟巢里的雏鸟，同时伸长脖子，张开了嘴巴。母亲看看这个，再看看那个，把这最后一口饭送进那个不是亲生的孩子嘴里。刹那间，现场传来一片唏嘘声……

电影散场以后，幼小的海英十分不理解，她问母亲："那个妈妈为什么不把那口饭喂给自己的孩子啊？"

杨朝清抚摸着海英的头，轻轻地叹了口气，说道："你现在还小，等你长大了就懂了，相信你也会这样做的。"

让杨海英重新忆起这个故事，是在她参加工作之后。

有一次，单位组织职工去沂南县马牧池乡参观红嫂纪念馆，当年沂蒙山人民群众抚养八路军后代的那些感人故事，让杨海英热泪盈眶。

在艰苦卓绝的战争年代，生与死考验着人性，验证着共产党与沂蒙人民的鱼水真情。一边是八路军的孩子，一边是自己的亲骨肉，有了吃的，沂蒙的老百姓让八路军的孩子先吃，宁可让自己的孩子饿着；同样是嗷嗷待哺的孩子，把奶头塞进八路军孩子的嘴里，眼睁睁地看着自己的亲骨肉因疾病和饥饿而夭折……

那位讲解员的话让海英懂得了"为什么"：这些孩子的爸妈每一次上前线，也许就是与孩子的永诀。他们的爸爸妈妈就这样把自己的骨肉放心地交给了父老乡亲。乡亲们说，我们自己的孩子没了，还可以再生；而八路军的后代绝不能有任何闪失，因为他们的父母可能再也回不来了，这是他们的命根子啊！

在沂蒙山区战斗和生活过的八路军将领，他们的孩子几乎都喝过沂蒙山母亲们的乳汁。全国解放后，他们来沂蒙山看望当年的老房东，在当年的奶娘面前长跪不起，那个场景让多少人热泪盈眶！

那次从沂南县回来的车上，海英特意选择了最后一排，她把额头抵在前排的靠背上，流了一路的眼泪。

她想起了父亲。她突然觉得父亲如此伟大，如此高尚。她想起父亲曾经给她讲过的初到沂蒙山时乡亲们对他的关心、照顾，想起清明节的那十八碗水饺，想起了父亲课桌抽屉里滚动着的红鸡蛋，那是怎样相似的鱼水深情啊！

海英想起自己参加工作之后遇到的那么多好人。一位五十多岁的阿姨得知杨海英竟然是李振华老师的女儿时，既惊讶又惊喜，激动得不知如何是好。她当年就是在李老师的资助下完成学业，走上了工作岗位。在与海英朝夕相处的日子里，她把李振华老师当年对她的关爱转移到杨海英身上，那种无微不至和温暖，让海英时时处处感受到自己如同在父母身边。

从马牧池回到沂源县城，杨海英没有回自己的家，而是先去商店给父亲买了一身衣服、一双鞋和一双袜子，还有一些好吃的，直接来到城关二中。

见到父亲，海英脸上的泪水哗哗地流，把李振华吓坏了。他不知道女儿遇到了什么事情。

海英在马牧池听到的故事，几十年前也同样感动过李振华，他也去过马牧池的常山村。韩旺的耿玉兰就是在沂南县马牧池的姥姥家长大的，耿玉兰的母亲也是当年"红嫂"中的一员，同样用自己的乳汁喂过八路军的孩子。

采访中，我从杨海英那里知道了发生在李振华身上的另外一个孩子改名字的故事。

故事的主人公姓杜，是李振华老师当年在城关二中教过的学生，这里我们暂且称呼他"杜同学"。

据说这个杜同学当年不是一般的调皮，在许多人眼里属于"无可救药"的那种。不知道李振华老师采用了怎样的方式和方法，在很短的时间内，让他如同"换了一个人"，很多人感觉杜同学这样的变化不可思议。后来，他以优异成绩考入一所名牌大学，毕业后却放弃了留校和到大城市工作的机会，毅然回到家乡，回到了李振华老师的身边，成为沂源县实验中学的一名优秀教师。

有一天，杜同学和妻子带着刚出生不久的儿子去看望李振华和杨朝清老师。李老师看着虎头虎脑活泼可爱的孩子，便问叫什么。杜同学随即说出一个名字，似乎与黎明、太阳有关，反正是一个比较"洋气"的名字，李振华连连说"好"。

直到有一天，李振华听到人们议论，说李老师自己的女儿把姓李改为姓杨，可他的学生为了铭记老师的恩德，给孩子取名"李杨"，用了老师和师母的姓，这是一种怎样特别的师生感情啊！

李振华这才恍然大悟。向来认为"名字就是一个符号"的他，此时不再淡定了，赶紧找到杜同学，敦促他立刻去派出所，必须把孩子的姓改了，至于姓杜还是随孩子母亲的姓，怎么都可以，反正就是不能叫"李杨"这样的名字。尊师如父的杜同学只好照办。

后来，这位人品和工作能力俱佳的杜同学，从实验中学被选拔到党政机关某部门，担任了领导职务。我一直想采访他，挖掘孩子取名这个故事背后的更多故事。因为时间不凑巧，也许还有一些其他方面的原因，我们一直没有机会见面交流。

三 "举家南迁"的那个清晨

父亲去世前后李振华与孩子、妻子之间发生的矛盾与冲突，让他痛心疾首。许多年来，对父母和家人的愧疚，无时无刻不在困扰、折磨着他。如今父亲已经走了，家里只剩下了母亲，他一次次地告诫自己，在今后有限的人生旅程中，绝不能再留下什么遗憾。

然而，命运之弦似乎随时被一只无形的大手拨弄着，生活中突然间发生的变故，常常令人猝不及防。

就在父亲去世后的那个夏末，李振华从南京回到沂蒙山不久，他又一次接到电报，七十三岁的母亲突发脑梗，偏瘫了！

也许这就是所谓的"祸不单行"，李振华的精神被彻底击垮了。

那些日子，忧心如焚、不知所措的他吃不下饭，睡不着觉，一天到晚痴痴的神情，让妻子愁肠百结，也让儿女们忧心忡忡。

李振华一直在想，母亲也许是因为悲伤过度，也许是因为身边无人照料，才发生了这样的悲剧。而无论是什么原因造成的，这一次，只有调回南京一条路了,他再也想不出更好的办法。可是,如若离开这里,他又如何迈得动腿?

看着痛苦不堪、纠结不已的李振华,张家坡中学的校长一直在安慰他:"振华,回去吧。老父亲已经走了,照顾好瘫痪的母亲,是比天还要大的事情啊!这一次,无论如何也要回南京了,不要再这样难受和犹豫不决了,不要再折磨自己了,你就下决心走吧!"

李振华欲哭无泪。校长说:"这也许是天意,既然天意如此,谁都没有办法改变,一切顺其自然吧!再说了,叶落总是要归根啊,南京才是你的家乡。你在咱们沂蒙山区奉献了三十多年,对得起这里的乡亲们,对得起山里的孩子们了。为了母亲,也为了自己家孩子们今后的前途,真的应该回去了。"

此时,南京方面在第一时间向沂源县教育局发来了李振华的商调函。

沂源县委的领导得知这个消息,立刻安排县教育局与南京方面对接,希望积极配合,以最快的速度,办理好李振华一家人的户籍转移和孩子转学、工作调动等一切手续。

在即将离开沂蒙山的那些日子里,前来与李振华一家话别的同事、同学和乡亲们,走了一拨又来了一拨。人们表达着对这一家人的留恋和感谢、感激之情;人们表达着惋惜之情,却把挽留之意藏在心底——纵有万般的不舍,"不要走"这几个字也难以说出口。不让李老师走,于情于理都说不过去。人们只能幻想奇迹出现,老天爷会不会大发慈悲,神来之手让李老师的老母亲一下子康复了,李老师一家才不会离开这里。

学生们来了一拨又一拨。他们除了对李东峰、李东伟和杨海英的祝福,还有内心的羡慕与欣慰——你们终于要回到那个本来就属于自己的大城市去生活和工作了!他们说着"苟富贵,勿相忘"的话,希望兄妹三人不要忘记曾经生活过的沂蒙山区有一个张家坡，不要忘记红水河畔、石灰窑边一起玩耍过的山村挚友，还有那首一起唱过无数遍的《走在乡间的小路上》。

想起乡间小路上曾经发生的那些难忘的故事，孩子们开始变得泪水涟涟。兄妹三人在追忆往日那些或浪漫、或酸涩的故事的同时，却难以抑制内心的喜悦——是啊，终于要回归原本就属于自己的南京城了。他们把自己心爱的物品慷慨地赠送给山里的同学、朋友留作纪念，相互之间写下了那么多励志的临别赠言。

那些日子，李振华的眼睛每一天都是湿漉漉的。他对沂蒙山的爱，他与乡亲们、学生们的情，真的难以割舍。一想到明天就要离开这里，感觉双腿就如千斤般沉重，他真的无法想像明天早晨能不能抬得起、迈得动。

韩旺村的耿学义得知李振华一家即将离开的消息，也赶到张家坡送行。那时候，这位老书记已经接近八十岁。一辈子幽默风趣、嘻嘻哈哈的他，说起当年李振华初来乍到之时吃的那些苦，说起当年对李振华的亏欠，说起那年他和二柱去张家坡看望李振华烧石灰窑的情景，老人家与李振华抱在一起，哭得像个孩子。

复退军人杨东山也来了。他说，那些日子他一直心神不宁，似乎预感到有什么事情要发生，那天他执意让儿子杨尚德用自行车带着他来到张家坡中学，才知道李振华一家回南京的事情，或许这只能用"心灵感应"来解释。

老人说："振华，我的身体里流着你的血啊……"

县委、县政府和教育局的领导们都先后来到张家坡中学，为李振华一家送别。

在离开这里的头一天晚上，李振华吩咐家人把一切收拾妥当，第二天天不亮就起床，悄悄地离开，免得打扰了乡亲们。按照事先约定，县里安排了一辆吉普车，把他们一家送到博山火车站。

凌晨四点半，李振华一家提着大包小包出了门。

就在开门的一刹那，眼前的画面让一家人呆住了：大街上、巷子里，黑压压地挤满了人。

没有一个人说话，人们静静地站在那里，泪水在他们的脸上悄悄地流淌着。人们有的手里提着一篮子鸡蛋，有的怀里抱着一只鸡。明明知道李振华一家挤火车不可能带上这些东西，可人们依然带来了。也许他们在心里幻想着，李振华一家只是出一趟远门，去度假，走亲戚，过些日子还会回到这个山村。

此刻，小兰兰手里捧着那个本来就不属于自己的文具盒，缓缓地来到海英面前："海英姐姐……"

两个孩子紧紧地抱在一起，哇哇地哭了起来。

带着离别的愁绪与伤感，带着曾经的委屈，带着许多的无奈，带着两个女孩无限的哀伤，在这样一个朦胧的凌晨，这哭声是那样无拘无束，酣畅淋漓，让在场的人无不动容。

在两个孩子的哭声中，人们的心里翻腾着不同的思绪与故事，无奈与惋惜，失去与留恋，牵挂与祈祷……

所有这一切，与两个孩子恣意的宣泄交织在一起，就是铁石心肠的人也忍不住落泪。

初秋的微风带着一丝丝凉意，撩弄着人们的头发和衣角；连天空中的月亮和星星也变得黯然起来，躲躲闪闪，隐入云彩后面，似乎不忍看这样伤别离的场面。

循着两个孩子的哭声，李振华想起了 1968 年的那个春节，同样发生在这个家门口的故事——那天早晨挂在门前的一份份肉，在他的眼前晃来晃去。而此刻，张秀法大哥就站在他的身边。李振华想起了初到韩旺时，乡亲们连夜为他缝制的老粗布棉衣和"毛窝子"。

这次搬家时，这两件物品要不要带走，他和孩子们发生过争执，因为他有言在先,能不带的东西就不要带了,能用的尽可能留给乡亲们。连杨朝清也和他开玩笑："南京肯定有博物馆，只是不清楚人家愿不愿意收藏沂蒙山区的'文物'啊！"在杨朝清说这话的时候，李振华依然毫不犹豫地把它们装进一个包里。乡亲们的那份情、那份爱，无论到哪里、无论在任何时候，他都不会忘记，也不敢忘记。

在这个清晨，当年韩旺村清明节的那十八碗不同颜色的水饺，也在李振华的面前晃晃悠悠，似乎是在问他：振华，那饺子的味道是否依然记得……

曾经推着独轮车去韩旺接李振华来张家坡的两个大哥也过来送行了，他们想起来当年发生在韩旺村的那一次送别。韩旺与张家坡近在咫尺，而此次李振华一家离开了这里，就再也不可能回来。

更多的人想起当年对外地籍教师"一鞭赶"的时候，李振华宁可成为农村户口也不回故乡的坚毅神情。

而今天，为了南京瘫痪在床的老母亲，李振华一家却不得不离开这里了。难道这真的是天意吗？

回天无力的哀伤与无奈，笼罩在每个人的心头。

小兰兰泪眼迷蒙地仰起头："海英姐，别走了……"

"咚"的一声，李振华手里的箱子突然掉在了地上。

他泪流满面："我……我李振华……不走了！"

不走了？！

不啻平地一声惊雷，现场的每一个人都目瞪口呆！

随着丈夫手里箱子的落地声，杨朝清手里的箱子也无声地滑落在地上。

作为沂蒙山人，杨朝清对家乡充满了感情。当她在面对婆婆偏瘫无人照料而不得不举家搬迁回南京的现实时，纠结与无奈的心情可想而知。

她已经四十多岁了，到一个完全陌生的环境，人生地不熟，一切都要重新适应。一直工作、生活在乡村学校的她，能够适应大城市的工作和生活节奏吗？如果不能适应，应该怎么办？而如果不回南京，又是绝对不可以的，她仿佛看到瘫痪的婆婆无助的神情。唯一可以让她欣慰的是，满足了孩子们多年的愿望，他们对城市生活一直梦寐以求。

此时此刻，丈夫的一句"不走了"，更让杨朝清面临一个十分尴尬的局面。

那时候她是张家坡公社河东小学的校长，学校的教师本来就少，她突然调走，教学工作势必会受到影响。在得知婆婆瘫痪的消息时，杨朝清并没有声张，她焦虑、忧郁的神情引起学校一位顾姓老师的注意，她只好如实相告。

顾老师曾经试图劝说杨朝清不回南京，他甚至想好了这样的预案，让自己十五岁的妹妹去南京照顾老太太，却没有说出口。大城市与山区相比较，暂且不说工作待遇和生活条件有着怎样的天壤之别，单是从孩子的成长和未来的发展来看，一家人回南京无疑是最佳选择。在这位顾老师看来，在事关前途与命运的事情上，劝人家舍弃城市生活而留在山区，无疑是一种狭隘、自私的行为。

这位顾老师各个方面都十分优秀，是杨朝清教学和学校管理的得力助手，她已经多次向上级领导推荐，把校长的担子交给他。这次搬迁回南京之前，上级已经进行了考察，顾老师接任校长的事情水到渠成。

如果就这样突然又不走了，面临提拔的顾老师该怎么办？

在李振华、杨朝清箱子落地的瞬间，李东峰、李东伟肩上挎的、手里拎的，大大小小的包，稀里哗啦，纷纷滚落在地上，如同它们的主人此时此刻惊愕、绝望而又不甘的心绪。

——盼星星、盼月亮，已经丁是丁卯是卯的事情，做了多少年的城市梦，顷刻之间就这样化作了泡影？

一切恍若梦中，而这个梦又是如此的短暂！

常言道"人往高处走，水往低处流"。在他们很小的时候，跟随爸爸妈妈去南京看望爷爷奶奶，常常为自己的故乡是这样一个省会城市而骄傲和自豪。他们盼望着有一天能够回到这里工作和生活，成为这个"六朝古都"的一员；他们也去过泉城济南，在那里做"大官"的舅舅多么希望他们能够来这个"家家泉水，户户垂杨"的美丽城市。"文革"期间，他们原本有机会在这两个城市之中任意选择一个，却因为父亲的坚持，就这样一直生活在乡下。在农村生活的这么多年里，有多少同学羡慕他们的家庭，父母都是老师，每个月有固定的工资收入，吃国家供应的商品粮，生活无忧无虑。然而，他们自己却从来没有这样的优越感。他们的确是城镇户口，却一直生活在乡下，从一个乡村学校又到另一个乡村学校；他们的确吃商品粮，而心里的苦楚只有自己知道——父亲的工资和粮票大都接济了困难家庭和学生，同样乐善好施、喜欢帮助别人的母亲常常为家里无米下锅而犯愁。一个教师之家的日常生活，其实比农民家庭好不了多少。农民有小菜园、自留地，而爸妈只有那些固定的收入。海英清楚地记得这样一件事。有一次母亲带她到集市上，把家里的细粮换成地瓜干，她看见一个农村孩子手里举着糖葫芦正在向她炫耀，便央求母亲也给自己买一串。母亲摸了摸衣兜，竟然没有舍得……

曾经有一次，李东峰问父亲什么是"人往高处走，水往低处流"，到大城市去算不算是"往高处走"。父亲告诉他，高和低并不是指一个人生活中所处的环境，也不是指一个人所在的位置，而是指他的精神境界和对理想的追求。刚刚九岁的小东峰听得懵懵懂懂。而崇尚"人往高处走"的父亲，却始终如"往低处流"的水，似乎总是对乡村情有独钟。妈妈也是如此，一直在最偏僻、最落后的乡村学校之间换来换去……

有人说，生活如剧，剧情的突然反转常常出乎人的预料。

发生在这个清晨的戏剧性一幕，让李东峰兄妹经历了从兴奋到失落的全过程，也真正领悟了生活的真实与无奈。

一家人回到大城市的最后一次机会，就此画上了句号。

难道这就是所谓"天大的玩笑"？年龄尚小的儿女们只能用"天意"来自我宽慰，既然"天意"如此，那就服从命运的安排吧！

在这个清晨，李振华的那一句"我不走了"，更是让乡亲们不知所措！人们不约而同地想到了那个揪心的问题：南京瘫痪的老母亲怎么办？谁来照顾？

此时，一位大嫂从人群里挤了出来："兄弟爷们、姊妹娘们，人心都是肉长的，谁都是爹娘养的啊！李老师为了咱们的孩子不走了，咱们去南京替李老师尽孝吧！俺闺女初中毕业了，就让她去伺候老太太！"

叫好声、掌声与激动的呜咽声交织在一起，五六个不同的声音几乎是同时响起："明年，让俺家闺女去换班！"

在这个清晨，河东小学的顾老师惋惜中又有些释然——他终于可以说出自己的想法，终于有了可以帮助李振华一家的机会，他的妹妹、十五岁的晓君姑娘成为去南京照顾李振华母亲的第一人。

许多年之后，人们回忆起发生在这个清晨的感人场面，依然唏嘘不已。

中央电视台播放的大型纪录片《记住乡愁》有一首主题曲，每当优美、深情而又略带忧伤的旋律响起的时候，我便会想起李振华老师和他的一家，想起这位把"他乡"变"故乡"的游子——

> 多少年的追寻
> 多少次的叩问
> 乡愁是一碗水
> 乡愁是一杯酒
> 乡愁是一朵云
> 乡愁是一生情
> 年深外境犹吾境
> 日久他乡即故乡
> 游子，你可记得
> 土地的芳香
> 妈妈，你可知道
> 儿女的心肠
> 一碗水，一杯酒，一朵云
> 一生情……

对李振华来说，故乡南京只是一种记忆，在八十多年的人生旅程中，他只是这里的一个匆匆过客，而沂蒙山却最终成为他不离不弃的第二故乡。

对于李振华的儿女们来说，无数次向往的那个"六朝古都"和有着"泉城"美誉的济南，只能是心中虚无缥缈的符号；成为大城市人的幻想，成了永远的梦。长期孤独生活的李振华的父亲母亲，尽管懂得儿女的心肠，但是老两口一生中经历了怎样一种痛彻心扉的煎熬，几十年里那种难言的思念与牵挂，又有谁能够体验得到……

四 无尽的悔，无涯的爱

从1980年的那个秋天开始，一场"爱的接力"在南京与沂蒙山之间延续着。第一个去南京的顾晓君还没有回来，准备接替她的姑娘已翘首以待。

美丽、善良、淳朴的山里姑娘们，周到、细心地照顾着李家奶奶，让老人家时时刻刻感受到温暖、温馨，每一天都舒心、愉悦。

姑娘们去南京之前，父母千叮咛万嘱咐，一定不能让老人家受一丁点儿委屈，要比对待自家奶奶还要好十分才可以。其实也无须父母叮嘱，这些姑娘当中，有些就是李振华或者杨朝清教过的学生，或者父母是两位老师的学生。她们把老师曾经给予自己、给予自己父母的爱，全部转移到李奶奶身上。

姑娘们对老人的爱，那种无微不至的呵护，已经远远超出了亲情。她们精心照料老人起居，及时为老人洗澡和换洗衣物、被褥，躺在床上的几年里，老人家从来没有长过褥疮；姑娘们还学会了推拿和保健按摩，让老人的身体一天比一天好起来。

从慢慢地可以站起来，到可以自己推着轮椅散步，再到可以独自拄着手杖走路，七十八岁的那年，老人家竟然扔掉了手杖。老人说："这是我哪辈子修来的福啊！"

看着李家奶奶每天在姑娘们陪伴下散步，在小区里比画着太极拳，左邻右舍的人们说，是爱创造了这样的生命奇迹啊！

李家奶奶与沂蒙山的小保姆，成为那个小区令人瞩目的一道风景。这个故事又通过人们的口口相传，感动着越来越多的人。那一个个来自沂蒙山区美丽朴实、善解人意、勤快本分的姑娘，给这里的人们留下了美好而深刻的印象。也就是从那时起，许多人家委托照顾李家奶奶的姑娘，从沂蒙山介绍她们的同伴来这里做家政。"沂蒙山小保姆"开始成为这里的品牌。

事先说好的每个姑娘伺候老太太一年，可是姑娘们来了就不愿意离开，即使到了该"换班"的时间，也总是找各种借口，多陪伴老人几个月。每次返回家乡时，彼此间那种依依不舍，让左邻右舍都为之动容。

寒来暑往，到1989年秋天，十年间沂源县先后有八个姑娘前往南京照料老人。

那时候，随着沂蒙山区大规模的开发建设，公路四通八达，兖石铁路也已经开通，山里的各种水果、蔬菜，包括小杂粮等农副产品，源源不断地运销到上海、南京等周边的大城市。

1989年10月，一个秋高气爽的日子，李振华搭乘沂源县某商贸公司去南京送苹果的一辆"黄河牌"大卡车，出其不意地来到了母亲身边。

儿子的突然到来，让母亲喜出望外。得知振华为了回来看望自己专门请了几天假，母亲又有些局促不安，她终于说出已经思考许久的一个心事。

"振华啊，每天看着身边的姑娘，就像自己的亲孙女在跟前一样，孩子们那个好啊，常常让我感觉过意不去。她们越是对我好，我这心里啊，就越是感到不安。虽说咱给了孩子们保姆费，可是现在农村那么多年轻人来城里做小生意，去工厂做工的也越来越多。我常常想，咱不能再这样耽误姑娘们的前程了啊！"

李振华那时距退休还有八年时间，如果继续以这样的方式照顾母亲，至少还要有七八个姑娘来这里。每次来南京接送"换班"的姑娘，李振华也会思考这个事情。是啊，从农村到城里务工的青年越来越多了，挣多少钱仅仅是一个方面，更重要的是能够学一门技能，拥有一份稳定的工作，找到一个适合自己的位置，年轻人谁不为自己的未来着想？每每想起这个事情，李振华便焦虑不安。

看着神情纠结的儿子，母亲说："振华啊，我已经想了好久了，这一次我就跟着你们一起去沂蒙山吧。"

通情达理的母亲最了解儿子的那颗心，自己一个人在南京，永远都是他心头最大的牵挂，心疼儿子的她不能再这样继续让他分心，牵扯他这么多的精力，他现在是校长了啊。她无数次地想，哪里黄土不埋人啊！她甚至许多次后悔，如果十年前有这样的念头，该有多好！可是老人家忘记了，那个时候她躺在床上动不了……

"妈……"

李振华原本打算退休后回到南京照顾母亲，可是，那个时候母亲就九十多岁了。每每想起"子欲养而亲不待"的古训，李振华便惶恐不安——孝敬老人要趁早，何况现在已经不早了啊！

李振华眼睛里闪着泪花，心里满满的感动、感激，还有愧疚和担忧。此时此刻，他不知道该对母亲说什么才好。

左邻右舍的老姊妹们得知了老太太的想法，纷纷善意提醒她，一千二百多里路呦，这么大的年龄了，从来没有出过远门；再说了，从南方到北方，从城市到乡村，一定要考虑周全了啊，可不能一时心血来潮。

老太太笑吟吟地说："自己的身子骨自己知道，你们都放心吧！"

李振华准备去火车站买卧铺票的时候，被母亲制止了。母亲说，用不着花那个钱，一起坐大货车就可以，家里有用的东西也可以顺便一起拉着。振华说："这不影响我们坐火车啊！"母亲说："我嫌车厢里闷得慌呢。"

孝顺，顺着老人就是孝，李振华只能服从。

离开南京的那天，母亲指挥着把家里能够带走的物品全都装到货车上，却把一个精致的小箱子抱在怀里，不让任何人拿。

就这样,时年八十三岁、曾经偏瘫多年的老人,坐在那个"黄河牌"大货车的驾驶室里,从南京奔向北方的山区。

千里迢迢,一路颠簸与疲惫,老太太的愉悦心情似乎没有受到多少影响——从此免却了儿子的牵挂,老人为自己这样的抉择而欣慰。

她对儿子工作的沂蒙山有着一种特别的感情,儿子几十年对这里不离不弃,一定有他自己的道理。在母亲心中,儿子做什么都是对的,因为儿子从小就养成了这样的性格,把那些应该和必须做好的事情都做得那么好;孙子孙女都出生在沂蒙山区,还有这些年来精心照顾过她的山里的姑娘们,她们的笑声、歌声,她们朴实、美丽的身影,时常出现在老人的梦里。一路上,她总觉得汽车开的那么慢。

汽车进入沂蒙山区境内,那漫山遍野、压弯枝头的苹果,树梢上玛瑙般闪烁着金黄色光泽的柿子,公路两旁如云霞般流淌着艳丽色彩的山楂树,这一切都让老人目不暇接,兴奋不已。果园的栅栏上挂着一个个硕大的南瓜,那些碌碡般大小的冬瓜蹲在地上悠闲地晒着太阳,一群麻雀在它们的身上跳来跳去。这情景让老人"咯咯"地笑出了声。

正是收获的季节,人们忙碌着,有的在采摘,有的在搬运装车,道路两旁成筐、成箱的水果堆得如小山一般。老太太睁大了眼睛,好想从那些忙碌的姑娘、媳妇中找到熟悉的身影。她多么想立刻就能见到曾经照顾过自己的女孩子们啊!

老人的嘴角还挂着一丝不易察觉的笑意——她要给儿媳妇和孙子孙女一个意外的惊喜,孩子们一定想不到,南京的她会来到沂蒙山,突然出现在他们面前。

母亲一次次地问身边的儿子,到家还有多少里地。看着母亲那孩子般的神情,李振华好开心。

李振华母亲的突然到来，不仅给家人，更给这里的乡亲们带来了出乎意料的惊喜。人们奔走相告，纷纷前来看望老太太。

老人浑身上下透出慈祥与善良，眸子里流淌着爱与温情，举手投足间显现出那样的宽厚与虚怀，与李振华毫无二致。人们感叹着，只有这样的母亲，才会养育出这样的儿子啊！

老人一遍又一遍地向前来看望她的乡亲们表达着自己的感激之情。这样的感激，既是对近十年来人们把自己的女儿送到她的身边，给了她无微不至的照顾和精神抚慰，也是对沂蒙山人几十年来给予自己儿子的爱。每当想起特殊困难的岁月里，从沂蒙山一次次寄往南京的干果、熟地瓜干，老人都会泪湿眼窝……

得知李家奶奶来到了自己的家乡，那些照顾过奶奶的姑娘们相约一起来到了奶奶跟前。她们如一只只快乐的小鸟，叽叽喳喳地依偎在奶奶身边，一起拍照；她们亲吻着奶奶，诉说着这些年的牵挂与思念；她们像当年在南京一样，亲手做可口的饭菜给奶奶吃；每个人都给奶奶带来了一件漂亮、新潮的衣服或者帽子、鞋子，以及特色点心等礼物。她们都希望奶奶能够去自己家里小住几日，奶奶都一一应允。

那是一段多么难忘的幸福时光！

李振华的母亲从南京来到沂蒙山，与照顾过她的八个女孩在一起

然而，这样的时光却那么短暂，短暂到让人感觉残忍和难以接受。

也许是因为千里迢迢的一路颠簸，也许是因为在江南生活了一辈子的老人不能适应北方地区的干燥与寒冷，"水土不服"，老人家来到沂源不到半年时间，便一场病接着一场病，多次住进医院。

那是她最后一次躺在医院病床上。

临终前，母亲让李振华打开她从南京带来的那个箱子，一身寿衣出现在人们的面前。

现场的每一个人都泪流满面……

这是老人家在偏瘫康复后，一针一线为自己缝制的。

到沂蒙山去，到儿孙们的身边生活，她曾经认真地思考了好几年。在姑娘们的帮助下，她一直坚持做着各种康复锻炼，做着来沂蒙山的思想准备和身体条件的准备。自从确定了来这里生活，老人家就没打算再回到南京！

医院的走廊里挤满了人。人们哭诉着："大娘，李老师都是为了俺山里的孩子啊，您可千万不要怪罪李老师，是我们对不起您老人家啊……"

李振华颓然跪倒在母亲床前，欲哭无泪！

他在心里千百遍地呼喊着："妈，是儿子害了您啊，千不该万不该，不该同意让您到山里来；千不该万不该，不该让您搭顺风车来这里啊！妈，不孝的儿子对不起您啊！"

从母亲生病的那天起，李振华就隐约听见一些人的议论，说他李振华是"工作狂"，为了自己的事业，不顾母亲的年龄和身体，动员、说服母亲来到沂源；有人说他太"抠门"，为了节省两张火车票的钱，而同意母亲搭顺风车。

此刻，纵有百口也难辩。他内心深处的悔恨、自责、委屈带来的痛苦吞噬着他，让他的负罪感无以复加。

是啊，按照他最初的安排，如果坐火车卧铺，或许不至于出现今天这样的结果；母亲提出搭便车的时候，他应该坚持自己的意见而极力阻止。

此刻，他的心在流血。世上真的没有"后悔药"啊！

在后来的许多年里，这样的负罪感一直苦苦地折磨着李振华。

那天下午一直到深夜，李振华就这样长跪在母亲的身边，两眼发直，一滴眼泪也没有，如同痴傻了一般。多少人喊着，"李老师，您哭啊、哭啊，您哭出来就好了啊！"

他似乎什么也听不到，就像一个木头人，痴痴地跪在那里……

1990年的清明节，李振华抱着母亲的骨灰盒，回到了南京。

母亲离开南京只有短短的八个多月，却以这样残酷、让南京的亲友以及左邻右舍难以接受的方式，又回来了。

那是一个冷雨霏霏的日子，李振华跪在父母合葬墓前，脸上分不清是雨水还是泪水。

"爸，振华把妈给您送回来了……"

松涛阵阵，天地间一片低回的悲鸣，压抑在心头。

父亲孤孤单单地躺在这里已经十年了，母亲今天也来陪伴他了。

父母活着的时候，相依为命、相濡以沫，在另一个世界依然如故。

从1953年到现在，李振华陪伴在父母身边的时间最多不超过三百天，在生命中绝大多数的日子里，爸妈都是在期盼、孤寂与无奈的叹息中度过的。在需要儿孙帮助的时候，特别是身体不适、需要照料的时候，父母经历了怎样的忧愁、无助和哀伤，两个老人又是怎样一天天熬过来的，李振华不得而知，却完全能够想象得出来。从最初对儿子的牵挂，到晚年的孤单与对儿孙的思念，那样的思而不得，是一种怎样残忍的精神折磨？每一次这样设身处地想象与体味，让年龄也在一天天变老的李振华痛彻心扉……

跪在父母的坟墓前，李振华想起了许许多多的往事。泪如雨下的他，心中默默地忏悔着。

1961年那次回南京，看见父亲因为营养不良造成水肿，橡皮一样的大粗腿一按一个深窝，好久不能恢复原状，他想起了父亲寄到沂蒙山的大米和粮票。他想起了每一次乘火车回家的经历，挤火车的人汹涌如潮，常常使得他脚不沾地，身体悬空。每一次回南京，几十个小时，他几乎都是站在车厢里，回到父母身边时，脚肿得连鞋都脱不下来。许多年来，李振华每当看见绿皮火车，甚至听见火车的鸣叫声，便会两腿发抖。心疼儿子的爸妈便不让他赶在放假的时候回来，然而当老师的他只有每年的寒暑假才可能有机会回家；他也常常以父母不让他回去为借口，给自己不能更多地在父母面前尽孝而开脱，来原谅自己；他也常常以父母理解、支持他的事业心来宽慰自己，又常常为这样的自我安慰而汗颜——这是怎样的自欺欺人啊……

跪在父母的墓前，李振华痛心疾首，悔恨难当。

这么多年来，每当亲情与事业角力的时候，内心深处那种近乎撕裂般的痛苦都让他难以承受。想起从此再也没有机会为父母尽孝，想起对老人数不清的亏欠，他的愧疚、自责便不能自已。

李振华曾经不止一次地和同事、朋友、学生们一起探讨什么是"孝"这样的话题。

有人说，能够让老人衣食无忧，陪伴在老人身边，就是孝，你养我长大，我陪你到老；有人说，孝顺孝顺，能够顺着老人就是孝……如此等等，不一而足。李振华对《孝经》中"夫孝，始于事亲，中于事君，终于立身"的观点持赞赏态度——从孝敬自己的父母做起，修身立德，认真为国家做事，让父母因儿女的成就和荣耀而自豪，是最大的孝。他常常想，一个真正懂得孝道的人，就必须对自己的人生负责，这是孝的最高层次。

……

霏霏细雨终于停歇了，一缕阳光穿过云隙照射在李振华的身上。

他想起了这样一句话——假如有来生。他问自己，假如有来生，能够一直陪护在父母身边吗？他不敢给另一个世界的父母做出这样的承诺。母亲初来沂蒙山时，看着儿子在人民大会堂与党和国家领导人的一幅幅合影，老人脸上舒展、满足的笑容，一度让他感到欣慰，还有一丝丝惭愧，他觉得自己应该做得更好才是。

假如有来生，他依然要让父母为自己的儿子骄傲。——当然，他要认真做好生活和事业的规划，不能像此生，给父母和家人、给自己留下了这么多无法弥补的遗憾。

李振华办理完母亲的后事，在书桌上的几个信封里发现了九百六十块钱。这应该是那些前来为母亲送行的乡亲们和同事悄悄地留下来的。他把这些钱全部送到了县城驻地的南麻镇敬老院。

李振华流着泪对这里的老人们说："我已经没有父母了，从今以后，你们就是我的父母……"

从此，李振华在帮扶贫困家庭青少年的同时，更加关注孤寡老人。

一直跟随在李振华身边的张文强，向我讲述了这样一件事情。

2015年的中秋节，他陪同李老师去乡下看望百岁老人孟庆荣，张文强已经记不清他们来这里多少次了。李老师特意买了软软的酥皮月饼、白糖，还有老人最喜欢喝的大叶茶"老干烘"。

李振华打开一包月饼，拿出一个，掰成小块，送到老人嘴里。老人眼睛里闪动着幸福的光芒，笑容满面："这月饼又软又甜，真好吃！"说着，拿起月饼往李振华嘴里送，就像母亲喂儿子："你也吃一块吧！"李振华顺从地张开嘴，咬了一口。

那个时候，李振华已经快八十岁了。

张文强说，那天看到这个场面，他的眼泪控制不住地流了下来。春节、中秋节或者下乡路过这个村庄时，李振华都要来看望这位孤寡老太太。老人早年守寡，儿子也去世多年，与有精神障碍的孙子相依为命。老人吃的喝的、一年四季的衣服、夏天的蚊帐，都是李振华给她买来的。

有人认为，李振华所做的这一切，从某种意义上是为了减轻他对父母的思念与愧疚；也有人说，李振华在沂蒙山的半个多世纪，从韩旺到张家坡，再到县城，一直都在做着这样的事情，从来就没有间断过，他一直都把身边的老人视为自己的父母。

2023年的春节，李振华是在医院的病床上度过的，无情的新冠病毒侵袭了他。在长达一个多月的时间里，他只能依靠氧气瓶帮助呼吸，持续的发烧和咳喘，让他连话也说不出来了。而他依然牵挂着那些孤寡老人和失去父母的孩子们。从腊月二十六开始，一直陪护在他身边的张文强便按照他的嘱托，一户一户为老人送去过节的食品和衣物，为孩子们发送红包。

李振华说，每一次听到《天下乡亲》这首歌曲，都让他热泪盈眶。"最后一尺布，用来缝军装；最后一碗米，用来做军粮；最后的老棉袄，盖在了担架上；最后的亲骨肉，送他到战场……"

对于共产党人来说，天下乡亲亲如爹娘，养育之恩不能忘；对于已经在沂蒙山生活了七十个年头的李振华来说，老区的乡亲们不是爹娘，却胜似爹娘。

第九章 奉献的人生没有休止符

到2023年1月，李振华来沂蒙山整整七十周年。

从十七岁到八十七岁，他在这里教书育人，立德树人，倾心演绎着人间大爱，奉献的脚步一刻也没有停止。

"初心未与年俱老"，是对李振华无私奉献精神的真实写照。

"老牛自知夕阳短，不待扬鞭自奋蹄"，耄耋之年的李振华时时刻刻以这句话鞭策、激励着自己，筚路蓝缕，在传承红色基因的征程中继续砥砺前行，演绎着铿锵有力、昂扬向上的时代进行曲。

一　朝阳与夕阳的奏鸣曲

从朝阳到夕阳，李振华风雨兼程，一路走来，用激情谱写着一曲人民教师壮丽的青春之歌，用生命演绎着一位共产党员的璀璨而精彩的人生。

这里记述的是他在一所名为"朝阳学校"的感人故事。

我的面前摆着一摞《万杰朝阳校讯》。翻开2001年的第一期，"创刊号"上一篇篇文字优美、充满激情的文章深深地吸引了我的目光。

朝阳学校招生办公室的王艳慧在《净土就在脚下》中这样写道：

俄国作家维克托·雨果说过，世界上最广阔的是海洋，比海洋更广阔的是天空，比天空更广阔的是人的胸怀。李振华校长正是用他的真、善、美的宽阔胸怀,启迪了无数幼小的心灵,在一个又一个孩子的心中,竖立起了生命中的第一座丰碑;年复一年,虽青丝堆雪,但他不老的青春与博大无私的境界,在千千万万个孩子身上得以延续,这是心的呼唤,这是爱的奉献。我从李振华校长身上明白了,什么才是真正的无私与奉献。

我庆幸,我选择了太阳底下最光辉的职业——人民教师。能和孩子们在一起,是我今生最大的快乐。每天面对这群天真、善良的孩子,我要用我全部的爱,与他们一路同行。

我庆幸,能有李振华校长这样的领导在身边。从他的身上,我懂得了做人的道理,懂得了人生的真正价值。我们学校的老师们私下里说得最多的一句话就是:当你站在这样的领导面前,你已经没有了任何私心杂念。我相信,不仅我们老师的心灵在这片净土上得到了净化,我们培养出来的学生也将是德才兼备、纯洁无瑕的!

小学部教导主任王玉俊在《用爱心铸造教育》一文中这样感慨:

"人是需要有一点精神的。"

李振华校长是这么说的,也是这么做的。心灵受到震撼和洗礼之余,我不免联想到自己。这段时间以来,万杰人的创业、敬业精神,李振华校长以及每一位学校领导,他们用爱心铸造教育的精神感化着我、激励着我。作为万杰朝阳学校教师队伍中的一员,作为小学部的一个肩负重任的教导主任,我应该如何更好地履行自己的职责?沉思之余,我归纳了三点:今后,一定要在工作中突出一个"严"字,体现一个"情"字,做到一个"勤"字。"严"即严格要求自己,正人必先正己,身体力行,做好榜样,严格教学管理,常规教学严要求、严检查;认真抓好教学科研,不走形式,不务虚名,宁可把课题做得小些,也要注重科学性、实效性,抓一个成功一个,带动一片,脚踏实地。"情"即教学上关爱学生,不但使其学有所成,而且使其学会做人;对学生要有那份"爱"情,关心他们的学习和成长;在生活上对教师要有一份"真"情,互相信任、互相理解,切实为他们解决好各种实际困难,组建一个兄弟姐妹般团结友爱的大家庭。"勤"即勤奋学习,不断提升自己。万杰朝阳学校的教师,可以说人人身怀绝技,都是我学习的楷模。我要抓住机遇,努力锻炼和提高自己,力争真正成为名师。"勤"即勤奋,勤动脑,多思考。教学是学校的中心任务,必须多了解教学和管理的实际情况,预见问题,思考对策,为校长排忧解难,努力提高教育教学和管理质量。勤动手,积极主动做好教学工作计划和总结,组织好教学活动和常规检查,以及基本功训练、教科研活动。深入教学实践,深入课堂,深入教师和学生的生活,发现问题,寻找灵感,倾注爱心,为万杰朝阳学校的发展做出自己的贡献。

初中部的彭雪峰在《走近李校长》中这样抒发自己的感悟:

  李振华校长几十年如一日,一心扑在教育事业上,许身孺子,奉献一生,用心血和汗水谱写了辉煌的人生!

  我来到了万杰朝阳学校,有幸与李校长共同创业。经过一段时间的共处,我深刻认识到,李振华校长不愧为教育战线上的一面旗帜,更是一本内容丰富、震撼心灵、富有启迪意义,永远也读不完的厚重的大书。他的身上洋溢出来的高风亮节,他的教学业务功底,是我们一辈子也学不完的。

  爱因斯坦这样说过,"第一流的人物对于时代和历史进程的意义,在其道德品质方面,也许比单纯的才智成就还要大"。李校长正是这一名言的写照。他对教育事业的贡献,深刻地体现在教育、教学的每一个细小的环节中;而他的人格力量和高尚的道德情操,他对学生的那种无涯的大爱及其效果,我个人认为，对于我们国家的教育事业也必将产生深远的影响。

此生能够与李振华老师为伍，真的是三生有幸！

朝阳中学高中部的刘玉倩在《"老兵"的感受》一文中这样写道：

> 半个多世纪以来，李振华校长以他至高无上的精神品格，燃烧自己、照亮别人的红烛精神，深深地融入沂蒙山这片热土，感染、感动着无数人。来自大城市的他，成了地地道道的沂蒙山人，与"红色沂蒙"融为一体，为伟大的"沂蒙精神"续写了新的篇章。
>
> "爱学生"，是我们教师的本分，但是能够爱每一个学生，包括人们眼中的"差生"，却并不容易做到。李振华校长与"差生"交朋友，与他们共同生活，逐一转化了他们，使其成为优秀学生。同样作为一名教师，他真的让我们敬重与敬佩。没有这样的博大胸怀，所谓"教书育人"只能是一种空谈。

高中部的赵得芳在《心灵的洗礼，人格的定位》中这样评价李振华：

> 李振华校长的事迹可谓感天动地，震撼人心。李校长对教育事业的赤胆忠心，对学生、对人民无尽的爱，不仅值得我们老师学习，也值得我们全社会学习，他无愧为教师队伍中的"明星"。
>
> 现实生活中，有多少人经受不住物质的诱惑，有多少人追求享受。李校长为我们每个人树立了榜样，他在物质生活方面是清贫的，但精神生活却是如此丰富，真真正正冰清玉洁，胸无尘埃，让人们看到了一个共产党人的高大形象。

幼教部的焦立群在《伟大神圣，原本平凡》一文这样写道：

> 初知李振华的名字，是从杨校长在朝阳学校汇报演出晚会

上的朗诵中。李振华校长的那些催人泪下、撼人心魄的事迹，与杨校长声情并茂、慷慨激昂的朗诵相得益彰，让我清晰而深刻地记住了这个名字。我总觉得，伟大与神圣者都是高高在上、遥不可及的。却没想到，他竟离我这么近——就在我们学校的办公室里，有这么一位看上去普普通通的老人，他一身的便装，脚上穿的黑色松紧口布鞋，而身上所散发的那种淳朴厚重、平易慈祥，让我无论如何也不能将他与那个闪光的名字画等号。

听完李振华校长的报告，我思绪万千——伟大而神圣的人，原本平凡！

李振华校长曾经和我们一样，年轻的时候血气方刚，内心充满了追求与理想；不一样的是，他矢志不移，扎根在最贫穷、最偏远的革命老根据地，脚踏实地，一干就是一辈子，献了青春献终身。他默默无闻，在平凡的教师岗位上做出了如此不平凡的事业，在沂蒙山这片红色的土地上树起了一座令人仰视的丰碑，展示了一个共产党员应有的形象！

最让我感动的是，李振华校长对学生的爱，那是不同于母爱，也不同于父爱，兼有两者而又超越两者的一种更为博大精深的爱。不歧视、不讽刺挖苦那些有着各种缺点的学生，一切为了学生的成长与进步，需要怎样的境界与情怀……

难道这不是我们每一个人民教师应该具备的职业道德吗？我们万杰朝阳学校是一所寄宿制学校，家长把孩子交给我们，我们怎样做才能让他们放心？爱孩子，首先必须成为如他们父母一样的朋友，然后才能够做他们的老师。当他们喜欢你、敬佩你、信任你、崇拜你的时候，才会和你配合，才会创造出奇迹。幼儿园的孩子小，自理能力差，依赖性强，更需要我们细致入微的关怀、照料。

人，总是要有一点精神的。李振华校长，您就是一种精神，一种境界！这不仅仅是我，更是广大教师要倾尽一生而追求的人生目标。

李振华老师,您是楷模,是朝阳学校的校风、师风、师德建设的一面旗帜。

……

万杰朝阳学校是由省、市、区教育部门批准,山东万杰集团投资三点八亿元打造的一所集幼儿园、小学、初中、高中和国际交流为一体的现代化全寄宿制学校。学校以"国内一流,国际名牌"为办学目标,以"服务于社会对高素质教育的需求,培养适应时代要求的高素质人才"为办学宗旨,经过二十多年的发展,今天已经成为山东省规范化学校、全国民办教育百强学校,先后获得多项国家级和省级荣誉。

李振华从沂源县实验中学校长的位置退下来不久,便受聘担任了万杰朝阳学校初中部校长。

初中部当时有教师三十多人,都是从全国各地招聘来的青年才俊,全部具有特级和高级教师职称,基本上都是原所在地学校的"教学能手"、优秀班主任和学科带头人,平均年龄不到三十岁。这里还有许多外籍教师。

老师不仅仅要教书,更重要的是担负着育人的神圣职责。而建立一支真正能够"为人师表"的高素质教师队伍,高尚师德的培养无疑是重中之重。有着远见卓识的万杰朝阳学校创办者把李振华请到这里来,不能不说是深谋远虑的高明之举。

一场隆重的"李振华校长先进事迹报告会",在这所崭新的校园里如期举行。

初识李振华,几乎没有人会把这位低调、谦恭、朴实无华的老人与"全国教育系统劳动模范"、国务院特殊津贴获得者、"山东省优秀共产党员"等荣誉称号联系在一起。在这个名师荟萃的现代化校园里,李振华看上去实在是再普通不过了。

而正是这样的一次报告会，让来自全国各地的教学精英，那些身怀教学秘笈、原本傲然与自负的年轻老师们，在李振华面前完完全全地折服了，也被他那些催人泪下的故事深深地感染、打动了。

新创刊的《万杰朝阳校讯》以"向李振华同志学习,建设敬业爱生、主动奉献、严谨治学、团结协作教风"为主题，编发了部分教师聆听报告后的感受和体会。青年教师们敞开心扉，表达着自己的景仰、敬佩、感动与感慨，决心以李振华校长为榜样，为学校的发展贡献自己的青春与智慧。

曾经有人这样说，有多少人了解李振华的事迹,就会有多少人被感动、感染。他在半个多世纪里用无私奉献精神谱写的生命之歌，撞击着每个人的心灵。从这个角度讲,李振华完全有资格"感动中国"。

万杰朝阳学校坐落在淄博市博山经济开发区，这里一流的教学设施、一流的管理和教师队伍，特别是"小班制"和"留学预科"等极富特色的办学方式和教学目标，吸引了周边地区多少家长的眼球。尽管学校一再申明，这里不是"贵族学校"，不是你有钱就可以把孩子送进来，而必须通过严格考试，成绩合格才可以来这里上学，可仍然有许多富裕家庭对这里情有独钟，想尽了千方百计。人们以孩子能够进入这个学校读书而自豪。

与农村普通家庭相比较，来自城市特别是富裕家庭的孩子难免会有一种优越感，花钱大手大脚，铺张浪费等现象比较普遍。尤其是在这样的全寄宿制学校，孩子们的生活自理能力差、缺乏吃苦精神等问题很快便显现出来。而教师们良好的责任心和爱心，在某种程度上又助长了一些学生的依赖感。

这个现象引起了学校领导的深思。按照李振华的建议，学校决定与乡村学校开展"手拉手"活动。

2001年10月25日，在李振华的带领下，万杰朝阳学校小学部和初中部全体师生来到韩旺中学。

在这里,师生们看到了矗立在校园里的李振华雕像,一种无以言表的激动、崇敬之情荡漾在心中。

在雕像前,他们与"活的雕像"——每一天都朝夕相处的李振华校长合影,追忆着他从南京来到沂蒙山区支教的那些不平凡的岁月;他"撒向学生都是爱"的高尚情操,以及那些催人泪下的故事,仿佛历历在目。

在这个山村学校,城市的学生们目睹了同龄人不一样的学习和生活条件。特别是他们的午餐,那个时候这里还没有食堂,更不会有米饭、馒头和炒菜,学生们在教室里吃着煎饼或者玉米饼子,就着自家腌的咸菜,喝的是白开水。

在曹光东的家中,眼前的情形让师生们的心里直打颤:两间阴暗、潮湿的破草房,一个破柜子,用砖头支起的炉子上放着一个黑乎乎的铁锅,小饭桌上放着粗糙的、干干巴巴的食物。曹光东双目失明的父亲听出了李振华的声音,老泪纵横,口中喃喃着:"恩人呐……"左邻右舍的乡亲们向师生们讲述着李振华老师这些年来帮助这个特困家庭的故事。

与周围的村民相比,曹光东这样的家庭尽管是极其个别的现象,但依然让师生们心里酸酸的。他们思考着李振华的这句话:"越是贫困,就越需要教育,否则拿什么改变贫困,改变命运?"

想一想自己富足、优越的生活和学习条件,万杰朝阳学校的孩子们理解了"身在福中不知福"的真正含义。他们纷纷把随身带来的各种小食品以及本子、书籍等学习用品放在曹光东面前。

在那天的城市和乡村学校"手拉手"活动仪式上,万杰朝阳学校初中部一位女生的发言,充满了激情和感染力——

"亲爱的小伙伴们,今天,我们的手牵在了一起,我们被真情的纽带连在了一起，我们的心也连在了一起。在今后的日子里，让我们一起交流学习、交流生活、交流思想，共同进步。我们结成的每一个对子，就是两棵并肩而立的小树，相互的学习和交流，会让我们生长得更加茁壮；每一个对子，就是两只比翼蓝天的雏鹰，在风雨中练就我们坚硬的翅膀。同学们，让我们沐浴着祖国的阳光和雨露，砥砺前行；让我们心相印、情相连，成长为国家的栋梁和翱翔世界的鲲鹏吧！"

在《爱的奉献》优美的旋律中，万杰朝阳学校初中部师生向韩旺中学捐款三千一百元，小学部向韩旺小学捐款四千二百元，其中一位叫王新燕的老师一次就捐款两千元。

在韩旺中学，笔者翻看了两个学校开展"手拉手"活动期间的有关数字，仅2001至2005年，朝阳学校师生共为韩旺学校捐款三万四千多元，捐助衣物和图书等物品七千多件。在今天看来，这样的数字或许是微不足道的，但这对培养孩子们的爱心和互帮互助的精神品格，对城市孩子人生观、价值观的启发与教育，其意义和作用却是不可低估的。

2001年第一次"手拉手"活动之后，朝阳学校初一（2）班的吴慧同学在一篇作文中这样写道：

欢迎仪式之后，我和我的"一对一"小伙伴交换了礼物。她的名字叫张瑜，12岁，是班里的文艺委员，学习成绩非常好。她的家里很穷，她曾经想辍学，但是她的父亲再苦再累也坚持让她上学读书。她说，自己十分珍惜这样的学习机会，而且她还经常帮助那些比她家庭条件更差的同学，因为她知道贫穷的滋味。在她看来，这一切都是应该的。我听着听着，禁不住落下泪来。

我从小是在"蜜罐子"里长大的，在父母的呵护下，我没有受到过任何的挫折，以至于现在受到一点点委屈都会感觉受不了。我连衣服都不知道怎么洗，更不要说做饭了。艰苦的生活环境，让山里的孩子们自立自强，勇于向困难挑战，吃苦耐劳。与他们相比，我感觉差距太大了。

山里孩子们的这种精神也体现在学习方面，偶尔一次考试成绩退步，就会觉得对不起父母的养育之恩，便暗下决心迎头赶上。可是我呢，考试成绩好了，就沾沾自喜，迫不及待地把考试卷带回家，想以此为砝码，得到某种物质奖励，于是，慢慢地滋生出骄傲自满的情绪。我缺乏的就是他们那种永不满足、奋发向上的精神啊！

曹光东双目失明的父亲坚持让孩子上学读书，为的是将来有一天能够改变这样的生活。对比自己"衣来伸手、饭来张口"，对爸妈的辛苦付出不懂得感恩，我的内心充满了羞愧。

今后，我要树立远大的理想和目标，我还要像我们的李振华校长一样，去帮助那些需要帮助的人们。

2002年10月8日，万杰朝阳学校从小学部的三年级到五年级选出十一名品学兼优的同学，由两位老师带领来到韩旺，开始了为期三天的学习和生活体验，以培养和锻炼孩子们刻苦学习、吃苦耐劳以及团结协作的精神。

与山村孩子在同一个教室学习，他们目睹了这里的孩子们认真、刻苦和在遵守纪律、团结友爱等方面表现出来的良好素养。

下午放学后，这些同学被安排在十个山村同学的家里。迎接这些城里孩子的家庭，条件都是相对较好的，而且提前做了准备——被褥和床单洗得干干净净，食谱也做了精心安排。几乎所有家庭都准备了烤地瓜、水果及新鲜蔬菜，家长们努力把饭菜做得可口，尽可能不让城里的孩子感到不便、受到委屈。尽管如此，孩子们依然感受到了城乡生活的明显差距。城里有自来水，而这里要挑着水桶到小河挑水做饭；山里的孩子们放学后不是忙着做作业，而是先帮助父母做家务，下地干农活。

正是秋收时节，城乡的孩子们一起去山上摘苹果，刨地瓜，掰玉米棒子。城里的孩子们开始感觉很新鲜，不一会儿便汗流浃背，衣服也湿透了，第二天更是浑身酸痛难耐。特别是在地里掰玉米，他们的脸上、胳膊上被玉米叶子划出一道道红红的印记，浑身刺痒。在城里可以随时洗澡，乡下却没有这样的条件，只好用毛巾蘸着水擦身体。晚上八九点钟了，人们才从山地里陆续回家，父母忙着做饭，孩子们开始写家庭作业……

虽然来回只有三天时间，但是城里的孩子们看到了一个真实的农村，他们在感受到温暖与真情的同时，体验了农村、农民的真实生活。与山村的同龄人相比较，他们看到了自己的差距与不足，懂得了珍惜和感恩，也锻炼了生活自理能力。

李振华在朝阳学校的短短几年中，给这里留下了一笔宝贵的精神财富，一直影响着这所学校，影响着这里的老师们。

在 2021 年 9 月 29 日举行的万杰朝阳学校建校二十周年庆祝大会上，李振华等四位老校长被授予"突出贡献奖"。

二 "振华热线"连万家

2010 年 8 月的一天，一辆天津牌照的豪华轿车在沂源县原实验中学的门口缓缓地停了下来。

车门打开，走出一位西装革履的中年男士，还有一位满面春风的青年人，青年人手里捧着一束鲜花。见到等候在那里的李振华，两个人齐刷刷地跪倒在他的面前。

这个故事说来话长。

李振华退休后，开设了一条"振华青少年思想疏导热线"。

开设这个热线电话，李振华已经在心中酝酿了许久。

多年来，找他咨询儿童心理和家庭教育的家长非常多，涉及的问题涵盖方方面面，李振华总是耐心地教给家长们恰当的教育疏导方法。那些经常找他的家长感觉过意不去，有时候会随手带来一点小礼品。为了回绝这样的心意，李振华费了很多口舌。后来，他就把电话号码贴在门上，凡是找他咨询儿童教育问题的，一律通过这个电话。这样的办法也节省了人们跑路的时间，李振华为此颇感欣慰。

李振华退休后，决定设立自己的青少年心理咨询工作室，把这个电话号码对外公开。因为经常要到全国各地做报告，为了随时可以接受咨询，他便把电话转接在手机上。退休二十多年来，他在全国各地做报告数千场，这个热线号码也广为传播。

一天，李振华的手机响了，屏幕显示是来自天津的电话。对方说，他的儿子学习成绩一直很好，谁知进入初中二年级后却突然厌倦了学习，成绩大幅度下降，并且在社会上结交了一些青年，花钱大手大脚，最多的时候一天花了三千六百多元。夫妻俩为这件事伤透了脑筋却苦苦找不到原因，希望能够得到指点和帮助。

因为电话里难以说清楚，这个父亲想带着孩子过来一趟。

第二天，父亲便急不可待地带着孩子来到了沂源。

李振华的工作室设在沂源县实验中学旧址，今天的振兴路小学院内，孩子一看这里是学校，也许担心爸爸想把他送到这里来上学，便无论如何也不肯进去。正在父子俩僵持不下的时候，一脸慈祥的李振华出现在他们面前。

今天，人们形容一个人的吸引力，往往用"磁场"这样的说法，这个倔强的孩子见到了李振华，竟然乖乖地跟着进了校园。

那天，李振华带着父子俩在沂源看风景，关于学习等方面的事情只字未提。不到一天的时间,这个孩子便与李振华成了无话不谈的好朋友,黏着李爷爷问这问那。李振华给他讲了自己身边许多贫困家庭孩子奋发图强的成长故事;也讲了近现代历史上一些革命家虽然出身于富裕家庭,却立志报效国家,漂洋过海寻求救国救民之道的故事。在李振华事迹展厅,孩子仔细地看着每一件实物和画面,向李爷爷投去敬佩的目光。

李振华带着父子俩来到了福禄坪峪村的曹光东家里。风景如画的沂蒙山区,竟然还有这样的特殊困难家庭,让天津的父子大为震惊。孩子的父亲连忙掏出一大把钱,塞到曹光东父亲的手里;孩子也从兜里拿出一把钱,塞到曹光东的手里。

孩子父亲不在场的时候,李振华悄悄地问他,"你怎么有这么多钱啊,平时一天要花多少钱?"孩子说了实话:千儿八百的不在话下。李振华大吃一惊:"你一天花的这些钱,快赶上我一个月的退休金了啊!"孩子说:"李爷爷,您可不知道,我们家有的是钱,我这是在帮助爸爸妈妈分担忧愁啊!"

李振华连忙问怎么回事。

原来,孩子有一天半夜起来去卫生间,无意中听见父母的对话。爸爸说:"咱们家现在的这些钱,已经几辈子也花不完了。如果继续投资吧,又找不到合适的项目,你说愁人不愁人啊!"

李振华随即与孩子的父亲沟通,父亲这才恍然大悟!

孩子的父亲是天津市的知名企业家。前些年赶上了国家的好政策,他努力打拼,精心经营,积累了大量的财富。至于说手里的钱多到"几辈子也花不完",只是相对于创业之初在资金和经营方面曾经遇到的窘况而言。哪里知道,那天晚上对妻子发出的这样的感慨,却被孩子听到了。

这位企业家是当地有影响的慈善家,经常向身边有困难的人们捐钱、捐物；每当各地发生自然灾害的时候，更是慷慨解囊。孩子继承了父亲的优点，对同学、朋友也出手大方，却不能够明辨是非曲直，养成了花钱大手大脚的不良习惯，还不思进取。

第三天一早，父子俩要回去了，孩子却对李爷爷恋恋不舍。他与李振华拉钩，约定每个星期六和星期天，两个人必须通一次电话。这让李振华十分感动和欣慰。他和这个孩子一直保持着密切联系，了解他的思想变化情况，有的放矢地予以引导。

爷儿俩回到天津不久，孩子就像变了一个人，不仅改变了乱交朋友、乱花钱的缺点，学习也很快赶了上去，以优异成绩进入高中，三年之后考入一所名牌大学，并且成为一名优秀的学生干部，还在学校入了党。

于是，便出现了本节开头父子俩向李振华跪拜的感人画面。

那天，天津的这位企业家对李振华感慨道，人说"富不过三代"，而他们家在第二代便出了"败家子"，让他常常为自己教育的失败、为家业后继无人而懊恼不已。常言"父母是孩子的第一任老师"，父母说过的话、做过的事，对孩子的成长会产生极为重要的影响。而他自感在做人、做事方面还说得过去，虽然不能说无可挑剔，但在社会上也有着良好的口碑；他对企业和员工管理得心应手，却对如此任性而又不知缘由的儿子毫无办法，甚至丧失了生活信心。就在这个时候，有人向他推荐了"振华青少年思想疏导热线"。

他说，李振华不仅挽救了他的儿子、挽救了他的家庭，也挽救了他的家族企业。叛逆的儿子一度让他万念俱灰，甚至让他产生了出家的念头。而今天，他的企业依然是天津的纳税大户。

孩子的父亲告诉李振华，有一次儿子对他说，"爸您了解山东沂蒙山的那个李振华爷爷吗？您自己在网络上搜索一下他的名字就知道了。今后，我就是要成为李爷爷这样奉献社会、受人尊敬的好人，我要让爸爸妈妈为自己的儿子感到骄傲和自豪。"

从退休到2022年底的二十多年里，李振华先后担任了全国各地近四百所中小学和大中专院校的政治辅导员、名誉校长以及中小学的少先队辅导员，应邀到全国各地的学校、机关、企业做传统教育、理想教育和事迹报告会三千多场次。他每年有三分之二的时间在外地做报告，足迹遍及大江南北，听众达数百万人次，行程三十多万公里——足足可以绕地球八圈。有时候，他每天要讲两场，常常喉咙痛得说不出话。

已是耄耋之年的李振华，从不拒绝每一次邀请。他说："能让我去讲，是人家对我的信任和尊重，我不能让人家失望。我从来没有感觉到累，能为社会做点事情，对我来说是最大的幸福。如果我的报告能够对人们有所帮助，这是最值得高兴的事情。"

几乎每一天，都会有来自全国各地的教师、学生、家长的电话。他在做报告的时候，手机由张文强拿着，他要求张文强必须做好记录，哪里来的电话、咨询什么内容，休息的时候再一一回复。他与近千个家庭和青少年保持着经常性的沟通和联系，帮助孩子疏导心结，树立正确的世界观、人生观、价值观。

许多人曾经在李振华的热线电话里听到过这样的故事——

有一个生长在孤儿院的小男孩，有一次十分悲观地问院长："像我这样没人要的孩子，活着究竟有什么意思呢？"

院长便交给男孩一块看上去普普通通的石头，这样对孩子说："明天早上，你拿着这块石头到市场上去卖。记住，无论别人给多少钱，你都绝对不能出手。"

第二天，男孩来到一个集市上，果然有不少人围着他，争相要买他手里的这块石头，而且价钱越出越高。男孩子十分兴奋，回到孤儿院如实向院长报告。

院长笑了笑，让他明天再拿着这块石头到黄金市场上去试试。在黄金市场上，有人给出了比昨天高十倍的价钱买这块石头。他按照院长的嘱咐，依然没有卖。

院长又让孩子把石头拿到了宝石市场。结果，石头的身价又涨了十倍。由于男孩怎么也不肯出手，这块石头被人们说成"稀世珍宝"。

男孩捧着石头兴冲冲地回到孤儿院，把这一切都告诉了院长，并问院长，为什么会是这样的结果，这不就是一块石头吗？

院长对孩子说道："我们生命的价值就像这块石头一样，在不同的环境下就会有不同的意义。一块看上去并不起眼的石头，由于你自己的珍惜而提高了价值。你不就像这块石头一样吗？只要你看重自己，你的生命就有了不可想象的价值。"

李振华讲过的这个故事，甚至被许多学校作为学生们的语文练习题，让多少人醍醐灌顶般地醒悟。而在现实生活中，又有多少人因为不得要领而自我迷失。

我想起了李振华初到沂源县城关二中时那次模拟"答记者问"，他用自己在操场上捡到的那块石头，举一反三，带给每一个师生的思考与启示。也许这就是人们常说的那句话——你是谁其实并不重要，重要的是你跟谁在一起。

科学家研究认为，人是唯一能够接受暗示的动物。积极的暗示，会对人的情绪和生理状态产生良好影响，激发出一个人的内在潜能，让他发挥出超常水平，使人进取，催人奋进。与优秀的人在一起，会让自己变得优秀；与正能量的人在一起，会让你自带光芒，生活充满阳光。正所谓"近朱者赤，近墨者黑"，和谁在一起，往往决定着一个人一生的命运。

半个多世纪以来，李振华无论在什么时候、什么地方，都犹如强大的磁场，有着强大的凝聚力和感染力。

在今天这样一个瞬息万变的网络时代，新知识、新事物、新情况不断出现，为了能够与时俱进，已经八十七岁的李振华依然坚持学习，不断更新知识结构，以更好地融入和服务社会。曾经视智能手机为奢侈品的他，今天也拥有了微信这样的平台，他学习和掌握青少年精神卫生等方面的新知识，研究青少年教育中出现的新情况、新变化，以增强思想政治工作的针对性。

三 人大代表证背后的故事

李振华在三十多岁的时候，就被推选为沂源县基层的人大代表，后来先后被推选为临沂地区和淄博市人大代表，1993年又被推选为第八届山东省人大代表。

"人民选我当代表，我当代表为人民。"在担任各级人大代表的五十多年里，李振华始终把这句话作为座右铭，认真履行人民和宪法律赋予的神圣职责。

李振华随身携带人大代表证，时刻提醒自己勿忘职责，当好人民群众的代言人。"代表证"曾经引发了许多故事。

有一天，李振华去某地参加会议，因为感觉胃有些不舒服，便在会议间隙来到一个医院拿药。

在医院门口，他看见一位五十多岁、农民模样的老乡，正坐在医院大门旁边的台阶上伤心地哭泣。李振华连忙来到他的跟前，问怎么回事，是不是遇到了什么困难。这位农民一边擦眼抹泪一边说，他因为腿疼来这里看病，身上只带了六百多块钱，没有想到医生开的几个检查单还没有做完，钱就花光了，药还没有拿，连回家的路费也没有了，不知道如何是好。

李振华心里咯噔一下。他多次听到人们反映一些医院医疗作风等方面的问题，今天碰上这个事情，他想看看究竟是怎么回事。

他接过这位老乡手里的检查单，有X光检查，有CT和核磁共振检查，还有检测骨密度和化验血液、血糖指标的几张单子。

李振华对这位老乡说，哪个医生给你看的病，你去给他说明情况，既然身上的钱不够了，有些检查项目是不是可以先不做，留出一些钱来拿药。

这个老乡去了门诊，不一会儿便哭丧着脸回来了。他告诉李振华，医生说，这些检查项目哪个也不能少，没有钱还来看什么病？

李振华有些生气，便让他带着来到医生的门诊室。

正在看手机的医生抬眼看见这个病人又进来了，有些不耐烦地说："不是告诉你了吗，怎么又来了？赶快出去，我还看不看病了？"他以为一起进来的李振华是找他看病的。

李振华说："大夫，我想请教一下，这个老乡身上带的钱不够了，少让他做几项检查可以吗？"

医生漫不经心地看了李振华一眼，说了一句"都是必须做的检查"，然后继续看手机。

李振华又问："比如核磁共振和CT检查，能不能只做局部，这次先不做全面检查啊？"

年轻的医生一下子生气了，质问李振华："你是干什么的？你是医生我是医生？我说做就必须做。你是他什么人？这个事情与你有什么关系吗？"

李振华心平气和地说："我也是来这里看病的，刚才看见他在医院门口掉眼泪，顺便问了一下原因。我不是医生，因为不明白才过来咨询您啊！"

医生十分恼火地向李振华挥了挥手："请你赶快出去，你们已经影响到我的正常工作了，不然我要报警了！"说着，便摸起电话开始拨号，吓得那位老乡赶紧说"咱走，俺不看病了！"便想拉着李振华离开这里。

情急之下，李振华只好掏出来人大代表证。

医生一下子愣在那里，这才认真地看了看李振华。这位衣着朴素、一直和颜悦色的老人，确实不像是管闲事的。于是他放下电话，连忙给李振华让座，请他稍等片刻，说自己去外面打个电话，马上就回来。说着，便慌慌张张地跑了出去。

不一会儿，医院院长一溜儿小跑来到李振华面前。

院长知道李振华的名字，诚惶诚恐地握住他的手，一再表示歉意，并且当即做出处理：让值班医生自掏腰包，把检查费全额退还给看病的农民。院长问李振华和病人对这样的处理是否满意。

李振华说，正常和必要的检查费，该怎么收就怎么收，完全没有必要全额退还，只是不要让病人花不该花的钱就可以了。另外，这个钱应该是医院退还患者，而不能让医生自掏腰包啊！

院长解释说，之所以这样做，是为了达到惩戒的目的，让每个医生都接受这样的教训。他请李振华放心，医院一定会以此为戒，加强医德、医风教育和建设，杜绝类似事情发生。随后，医院特聘李振华担任医德和医风监督员，并定期向他汇报医院各项工作的改进情况。这家医院后来成为当地医疗卫生系统的先进单位。

那天，李振华陪这位农民兄弟看完病，把身上仅有的一千六百块钱全部掏给了他，然后把他送到汽车站，并把自己的手机号码写下来，交到他的手里，告诉他有什么事情就打这个电话，这才放心离去。自此，李振华一直与这位老乡保持联系，多次登门看望，通过他了解身边老百姓的所思、所想、所盼。

多年来，李振华围绕"看病难""看病贵"以及农村医疗保障问题做了大量调查研究,在省、市人代会上先后六次提出有关的议案和建议,引起相关部门的高度重视。

常年跟随在李振华身边的张文强告诉笔者,有一次李振华去医院调研,碰见了宋王庄的特困户张传敏,看见他因为糖尿病后遗症腿部溃烂带来的痛苦,心里一直牵挂着。在张传敏做完手术后,李振华替他支付了个人应该承担的五千三百元医药费。还有一次,李振华到西王庄了解乡村振兴等方面的情况,得知一位叫张传余的农民因肺癌住院做手术,立即让张文强代他把手里仅有的三千六百元钱送到医院,事后又到张传余家里看望。

许多人喜欢锦上添花,而李振华总是在人们最需要的时候出现,做着"雪中送炭"的事情。新冠肺炎疫情期间,李振华连续两次向红十字会捐款七千元。心里装着人民群众,体验人民群众的疾苦,才能够真正当好人民的代言人,这是李振华的肺腑之言。

退休后的李振华,有了更多的时间调查研究青少年教育等热点民生问题。特别是在担任第十届山东省人大代表以来,在连续五个届别的任期内,他围绕网吧治理、农村"留守儿童"、乡村学校教学质量、教师待遇、师德教育等问题,先后提交议案和建议三百余件,许多问题得到了较好的解决。

有一次,李振华接到外地一位母亲打来的电话。这个家长声泪俱下,向他哭诉自己的遭遇。丈夫不幸去世,她带着女儿改嫁到青岛,后来又生了个儿子。有一段时间,她发现在寄宿制学校读高中的女儿学习成绩大幅度下降,找老师了解情况,才知道女儿经常逃学,并在网吧结识了男朋友,夜不归宿。就在她被女儿的事情闹得焦头烂额之际,又发现十二岁的儿子也经常偷偷去网吧,结交了社会上一些乱七八糟的人,时常回家向她要钱,如若不给,便以离家出走相威胁。这位母亲哭诉着:"这网吧究竟是什么东西啊,把自己的一双儿女都给毁了,难道就没有人管管这些害人的'王八蛋'吗?"她向李振华求教,怎样才能把孩子们从网吧的魔爪中解救出来。

这位母亲的血泪控诉,让李振华的心情十分沉重。那个时候,社会上的"黑网吧"给青少年成长带来的危害,已经成为严重的社会问题。此前,已经有许多家长找到李振华反映这个事情,希望有关部门管管网吧,救救孩子。

今天,随着智能手机的普及,街头的网吧已基本淡出人们的视野,而当年这个曾经被无数家长视为"洪水猛兽",以至于"谈网色变"的"现代鸦片",曾经牵扯了多少部门的精力,经过了怎样持续不断的治理,李振华为此付出了多少心血,今天的人们难以想象。

有人用"殚精竭虑"来形容李振华那个时候的工作状态。在很长一段时间内,他穿梭于县城的各个地段,对各个区域的网吧逐一进行调查,在掌握大量第一手资料的基础上,多次会同教育、公安、市场管理等部门磋商,研究和制定网吧管理办法,并监督落实。从清理校园周围的网吧开始,对违反规定、接纳未成年人的网吧经营者,特别是对隐藏在居民区的"黑网吧"依法进行打击和处罚。

在网吧治理期间,李振华无数次地与网吧经营者面对面接触,用身边许多孩子因为迷恋网络而误入歧途甚至走上犯罪道路的实例,说服、引导网吧经营者将心比心,不要昧着良心赚祸害孩子的钱。李振华还会同市场管理等部门,帮助网吧经营者转行做其他业务。

与网吧治理一样艰难,让李振华牵肠挂肚、耗费了大量心血的,还有留守儿童问题。

"爹娘打工去远方,娃娃留守在村庄。梦里亲了娘的脸,骑在爹的肩膀上……"

前几年媒体曾经持续报道发生在留守儿童家庭的故事,这个群体出现的各种令人揪心的问题,引起国人的忧虑与关注。笔者查阅了这样两组数据：2012年9月，教育部公布义务教育阶段的留守儿童达两千二百万；2013年，全国妇联根据第六次国家人口普查数据推算，农村留守儿童高达六千一百多万。担任沂源县关工委副主任的李振华做了大量调查研究，会同教育、共青团和妇联等部门，研究制定了关爱留守儿童的方法和措施，发动全社会关心帮助这些家庭。沂源县的城乡接合部、各个村镇的每一所学校和留守儿童比较集中的村居，全部建立了"留守儿童之家"。这个"家"设施齐全，全部有专人负责管理。县关工委定期召开会议，研究解决留守儿童群体中出现的新情况、新问题。李振华多次来到临沂市智星实验学校等十几所留守儿童比较集中的学校，为孩子们讲述"最美少年"与"孝心少年"的故事。他还通过"孝德讲堂"和"道德讲堂"，引导孩子们树立正确的人生观、价值观和远大理想。

这是一曲爱的大合唱。沂源县关工委面向社会招募志愿者。身穿红马甲的"振华公益使者"活跃在城镇、乡村，也吸引了越来越多有爱心、有责任感、有能力的热心人，源源不断地加入到这个队伍中来，在弘扬沂蒙精神的同时，传递着党和政府的温暖。对那些失去父母或来自残疾人家庭的儿童，志愿者们进行了"一对一"和接力式长期帮扶。

帮助一个孩子，温暖着一个家庭，从而温暖了一个村庄，也温暖着我们这个社会。

2021年，中央电视台社会与法频道播出《成长启示录》，以"接力"为主题，报道了发生在山西长治与山东沂源的一个暖心故事。

在山西长治生活多年的沂源籍吴某因犯罪而入狱服刑，妻子与其离婚。失去家庭温暖的两个十几岁的儿子相继离家出走，靠捡拾垃圾勉强生活，长达两个多月。当地街道和社区居委会发现了这两个孩子，辗转联系到生活在沂源县的孩子的爷爷。至此，一场爱的接力在山西长治和山东沂源之间拉开了帷幕。有关方面把孩子接回沂源后，县委、县政府和多部门联动，即刻为两个孩子办理户籍、入学等事项。与此同时，团县委、县关工委等部门举一反三，联合开展的"希望小屋"工程建设也如火如荼。李振华认捐的2021-01号"希望小屋"，在除夕的前一天完成施工，并通过质量验收。

浓浓的爱，让曾经颠沛流离的两个孩子重燃希望，这样的"希望小屋"也让社会上的孤儿有了温暖的家。

拥有一个属于自己的学习空间，一个学习用品齐全的书桌，一张洁净、舒适的小床，曾经是多少特困家庭孩子的奢望。如同此前的"留守儿童之家"，这每一间"希望小屋"都是一个逐梦的空间。作为"希望工程"的重要延伸和转型升级，"希望小屋"成为关爱特困家庭儿童成长的民心工程，也为"红色沂蒙"，为齐鲁大地添彩。

对于每一位人大代表来说，一年一度的人代会就是一次"大考"。几十年来，人大代表李振华一直把功夫放在会外。为了真实、客观地反映民意，他把大量的时间和精力放在调查研究上，了解社情民意，体察群众疾苦和所思、所想、所盼、所急。他通过研究和分析大量的第一手材料，写出了大量有理、有据、有分量的议案和建议。

我翻阅着李振华在各级人代会提交的有关议案和建议，关于加强师德建设和校园文化建设；教育资源应该向农村倾斜；在青少年中开展亲情教育、劳动教育和生命教育；在学校开展红色基因教育；将"立德树人"作为学校教育重中之重；对校外辅导机构治理的建议等。三百多件议案和建议，浸透着李振华的心血和汗水，诠释着一位教育工作者关心下一代的殷殷情怀。

四 从"学榜样"到"做榜样"

在齐鲁大地，在沂蒙山区的七十年里，李振华以自己的一言一行，以一个共产党员的责任与担当，教育、影响着无数人。他把"对党忠诚、热爱教育、敬业爱岗、无私奉献、勇于创新"这二十个字，演绎成为"振华精神"。许多年来，在官方的文件中，在校园，在机关部门，在企事业单位，在人们日常工作和学习的环境中，"振华精神"四个字随处可见。有人说，是伟大的沂蒙精神孕育了"振华精神"，而"振华精神"让沂蒙精神熠熠生辉，激励着人们践行初心，担当使命，锐意进取，奉献不止。

我们常常说"扣好人生的第一粒扣子"，因为一个人的世界观、人生观、价值观，是从他的童年开始形成的。半个多世纪以来，李振华教过的学生中，有省部级领导干部，有南极长城站的科学家，有国内外知名的医学专家、地质专家，而小学和中学的老师、校长以及高等院校的教授，占了他的学生人数的一半以上。2022年10月22日，《齐鲁晚报》在"聚焦二十大"专栏刊发文章《教育学生过万，如今半数从教》，赞美这位"齐鲁最美教师"继续讲好红色故事、传承红色文化和沂蒙精神的高尚情怀。

李振华影响、激励着齐鲁这片红色土地上的青少年学生，更影响着广大的教师。他们在教书育人的岗位上兢兢业业，努力做李振华这样的师者、奉献者。

有人这样说，李振华教过、帮助过的学生也许可以统计出一个确切的数字，而他对学生所产生的巨大影响，却是无法估量的。这些学生以李振华老师为榜样，把博大无私的爱和奉献精神，把为人师表的美德传给了下一代和身边的人，让红色基因赓续传承。

这里，我们仅讲述近年来发生在他和学生中的几个故事。

出生在沂源县南麻镇一个农民家庭的唐守贵，曾经是淄博市某小学的优秀教师。参加工作以来，他先后资助特殊困难家庭的学生百余人，其中帮助十几个孩子完成了从小学到高中阶段的学习，帮助十多个孩子完成了从中学到大学的学习。到2022年初，他捐资助学的金额累计达三十万元。

对于一个普通的工薪阶层和一个教师来说，他拿出来的是"真金白银"，二十多年如一日，实属难得。多年来，唐守贵影响和带动了越来越多的同事、亲朋好友加入捐资助学的队伍，他们为山区小学送去了用于过冬的煤炭、棉衣、手套，不仅感动、温暖了广大师生，更感动、温暖了社会。唐守贵和他的志愿者们还先后为山区学校捐赠了价值十几万元的课桌椅和体育设施。

当年唐守贵刚考上沂源县实验中学时，父亲查出患有癌症而且是晚期，花了很多钱也没有治好。母亲告诉他，家里已经没有钱了，也很难再借到钱，不想让他继续上学了。

那天午饭后，他一个人躲在学校操场的一个角落里发呆时，李振华出现在他的面前。校长一下子就叫出了他的名字，让他感觉诧异的同时，也感受到无比的温暖。李校长安慰唐守贵不要担忧，必须坚持上学，大家都会来帮助他。

得知他父亲治病的某种药物很难买到，李振华委托许多熟人帮忙；当地买不到了，又打电话让南京和其他地方的亲友、学生帮助购买。直到唐守贵的父亲去世，还不断有药品从远方寄过来。

为了给父亲治病，家里欠下一大笔债务，十分孝敬和体谅母亲的唐守贵还是决定放弃学业，外出打工挣钱。即便对上学读书万般不舍，没有了父亲的他也必须协助母亲顶起来这个家。

那天唐守贵从外面回家，远远地便看见大门外停着的一辆自行车。他对这辆"大金鹿"再熟悉不过了。李振华经常骑着它，去医院看望他的父亲，送钱、送药、送营养品。今天，李老师骑了十几里的山路，到了他的家里。此时，他听见李校长正在对母亲说："她婶子，守贵是个非常努力、有出息的好孩子，咱绝不能耽误了他的前程啊！你的儿子和我的儿子没有什么两样，上学的费用我来想办法，你就不用操心了！"

唐守贵告诉笔者，他听到了李振华的这句话，好想扑到老师怀里喊一声"爸"……

重返校园的唐守贵与李振华同吃同住。与他一起在这里吃住的，还有三四个来自特困家庭的学生。

近三年时间的朝夕相处，李振华老师勤奋、节俭、无私和乐于助人的点点滴滴，让唐守贵暗下决心：一定要刻苦学习，将来成为像李振这样的老师，帮助那些需要帮助的学生，用自己的爱心去温暖这个世界。

从师范学校毕业后，唐守贵如愿以偿，成为一名小学教师。李振华老师的精神品格在他身上得以传承。他在学生中传递爱，播撒爱的种子，先后获得中国有色基础教育系统的优秀教师、淄博市张店区优秀教师和"师德标兵"等许多荣誉称号。

李振华老师当年为学生家长输血的故事，唐守贵一直记在心里。从1999年开始，他加入了无偿献血者的队伍，到2022年底累计献血七千毫升，并成为"造血干细胞捐献志愿者"队伍中的一员。

帮助别人，快乐自己。当你帮助了那些需要帮助的人，心中便充满明媚的阳光；当你在需要帮助的时候遇见了帮助你的人，感恩、感动之情便温暖、激励人生。唐守贵说，每当想起自己的血液流淌在陌生人的身体里，心里便有一种无比的幸福感、自豪感，也更加感念李振华老师对自己生命的影响。

2015 年，曲阜师范大学一位女学生带着母亲上大学的故事，让无数人感慨、感动。故事的主角任纪兰，也是李振华的学生。

这是一个特困家庭，任纪兰的父亲因常年有病失去劳动能力，母亲因为患病生活不能自理，家中一贫如洗。从上中学开始，任纪兰和妹妹的学习和生活费用，多是由李振华老师承担。

任纪兰在曲阜师范大学读大二时，久病的父亲去世了，她感觉天都塌了。父亲走了，妹妹正在上中学，任纪兰还能继续读大学吗？

李振华老师对她说，越是艰难困苦，越是考验和锻炼一个人的意志。向困难、厄运低头的人，永远都不会成功。李老师告诉她："人生路上没有过不去的坎。我相信你会通过实际行动，证明自己是好样的，也一定会为自己的妹妹做出榜样。"

任纪兰的姑姑本来打算帮她照顾母亲，但姑姑的家庭负担也比较重，而且身体也不好，她不能把本应该由自己承担的责任交给年老多病的姑姑。任纪兰经过反复思考，决定让姑姑帮她照顾妹妹，自己带着母亲完成学业。

李振华老师对任纪兰这样的抉择十分欣慰，并告诉她不要担心费用的事情。

就这样，任纪兰带着生活不能自理的母亲重新回到学校。

她在学校附近租了一个小房子，一边上学一边照顾母亲。她天不亮就起床去市场买菜，然后做饭；每天为母亲擦洗身体，换洗衣物。因为担心母亲走失，每次去上学和外出时她都要把母亲锁在家里，把所有可能对母亲造成伤害的物品都藏起来，把煤气罐也拧得死死的。尽管如此，每天依然提心吊胆。她每一次放学回来，精神无法控制的母亲都会把家里弄得一团糟。任纪兰上学期间遇到了怎样的生活磨难，常人难以想象。

那是一个冬日，放学回家的她突然发现母亲不见了！门是锁着的，母亲经历了什么样的事情？这样寒冷的天气，母亲究竟去了哪里？冻着、饿着怎么办？会不会出现意外？

那一刻，任纪兰几近崩溃。已经没有了父亲，如果再失去母亲，她和妹妹就是孤儿了啊！

在今天这样的网络时代，无数人在第一时间知晓了这个事情。人们被这个不幸而又极具孝心的大学生感动着，纷纷加入帮助任纪兰寻找母亲的队伍。曲阜师范大学的师生、曲阜市和周边地区的无数热心人，组成了一个足以覆盖数百平方公里的天网、地网与人网，许多人二十四小时无眠，让那个寒冷的冬天变得暖意融融。

在一个偏僻的村庄，母亲终于被人们找到了。那一刻，任纪兰拥着失而复得的母亲喜极而泣……

发生在任纪兰与母亲之间的这个故事在网络上迅速传播开来，感动了无数人。

电视屏幕上，接受媒体采访的任纪兰说到李振华老师对她的帮助和影响，她和李老师的故事让无数观众泪水涟涟。

大学毕业后，任纪兰选择了做一名教师。她要像李振华老师一样，把自己最美好的青春年华献给国家教育事业。

参加教师招聘考试的那天，天气特别热。她愉快地走出考场的时候，看到李爷爷正站在不远处的树荫下，摇着蒲扇，微笑着向她投来关切的目光。这一刻，任纪兰的泪水像断了线的珠子，止不住地流了下来。多少的感动与感恩，化作了一声"爷爷……"

拿到录用通知书的那天，任纪兰激动万分地给李振华打电话："爷爷，我终于成为教师了，我一定要成为像您一样的人！"

任纪兰选择了沂源县最偏远的福禄坪峪小学。这所学校离县城一百多里路，当年李振华来沂蒙山支教的韩旺村，就在这个学校附近。任纪兰说，她要在李爷爷工作和生活过的地方，踏着李爷爷的足迹，一辈子以他为楷模,像他一样播撒爱的种子。

她以满腔热情投入教学工作。她的班级里有不少留守儿童,还有一些家庭生活困难的学生。任纪兰对他们的学习和生活格外关心,经常与孩子们聊天,定期进行家访,帮助他们克服困难。

从走上教师岗位的第一年起,任纪兰就从自己并不高的工资里拿出一部分,资助两个特困家庭的学生,每学期都将助学金打到这两个学生的卡上。面对记者,她这样说:"李爷爷一辈子都在做着这样的事情,我要像李爷爷一样,绝不能让我的学生因为家庭困难而辍学。"她说,如果需要,她会像李爷爷当年帮助她一样,帮助这些孩子读完中学读大学。

今天已经做了母亲的任纪兰,对爱、对人生有了更加深刻的领悟。她说,一个人读过的书、走过的路、遇到过的人,都构成了自己的人生格局。她说,她要让自己的每一个学生都懂得这样的道理。

  小时候,我以为你很美丽,领着一群小鸟飞来飞去;小时候,我以为你很神气,说上一句话也惊天动地。长大后我就成了你,才知道那间教室,放飞的是希望,守巢的总是你;长大后我就成了你,才知道那块黑板,写下的是真理,擦去的是功利……长大后我就成了你,才知道那个讲台,举起的是别人,奉献的是自己……

任纪兰说,每一次听到《长大后我就成了你》这首歌,她都会热泪盈眶。做了老师之后,才真正懂得老师的辛苦和肩上的责任。每一次唱起这首歌,都会感念李振华老师,是他崇高的师德教育影响了自己,让她成为人民教师这个崇高岗位上的一员。

"小荷才露尖尖角",任纪兰便赢得许许多多的荣誉。她先后被评选为山东省"孝老爱亲"道德模范、"全国向上向善好青年"和"山东省道德模范";2022年又获得第26届"中国青年五四奖章",

并荣登"中国好人榜"。

任纪兰曾经发出这样的感慨：自己所取得的成绩，比起李振华爷爷真的微不足道，却获得了如此高的荣誉，真的受之有愧！

2020年秋天，沂源县委宣传部、县关工委、县教体局、县委老干部局等部门组织了一场"三代人薪火传承报告会"。李振华老师、唐守贵、任纪兰、张文强，还有一位三年级小学生，他们用自己的亲身经历，讲述了一个个感人至深的故事，让现场和电视机前的许多观众热泪盈眶。

"记得有一次，我们去看望一百零三岁的孤寡老人孟奶奶。当我看到李爷爷把买来的点心掰成小块，喂给老奶奶吃的时候，我就给老奶奶端来一碗水，送到她的手里。李爷爷夸我是个懂事的好孩子，我心里特别特别高兴。幼儿园的老师知道这个事情后，在班上表扬了我，说我很棒。小朋友们也都为我点赞。李爷爷和老师的表扬，让我心里甜甜的。我下决心，今后一定要多做这样的事情。"

"后来，我就经常打听李爷爷和爸爸什么时候去农村看望五保户老人和生活困难家庭的学生。我悄悄地把爸爸妈妈过年时给我的压岁钱、平时的零花钱积攒了起来，从此有了自己的小银行。每次下乡，我就用自己攒的钱，给爷爷奶奶们买一些小礼物。我帮助他们打扫卫生，为他们表演节目，老人们都很喜欢我，他们非常高兴地把我揽在怀里，不停地亲着我的小脸蛋……"

电视屏幕上，这位稚声稚气、绘声绘色演讲的小学生，便是张文强的儿子张恩铭。

本书的一些章节已经写到了李振华老师对张文强的帮助和影响。许多年来，张文强一直陪伴在李振华老师身边，学做事、学做人，同时也成为李振华老师的得力助手。

近二十年来，张文强也像李老师一样，先后资助了十几名贫困家庭的学生，并且常年帮扶两位孤寡老人。在陪同李振华老师做社会公益事业的时候，他每次都带着正在上幼儿园的小恩铭。这个小小少年耳濡目染，也加入到做社会公益的行列。

2019年爆发新冠肺炎疫情时，张恩铭从电视上看见人们都在捐款，便把存钱罐里的钱全部倒了出来，用塑料袋提着，来到附近的银行。值班的阿姨告诉他，银行不受理捐款，于是他便回家央求妈妈帮助他，用这些钱买来口罩、消毒液等，跟着李振华爷爷和爸爸下乡时，分发给孤寡老人。小小的他还被吸收到沂源县"市民宣讲团"，他讲述李振华爷爷的故事，讲述李爷爷对他的影响，每一次的演讲都让观众感动不已。

张恩铭从小学三年级开始，多次获得市、县"美德少年"等荣誉称号。

2021年在张家坡中学，笔者见到了时任校长张明忠。

张校长曾经在三四个中学工作过。初到张家坡中学时，这里的教师们便给他留下深刻的印象：朴实、善良、敬业、谦和，普遍有着感恩和敬畏之心。李振华老师已经离开这里几十年了，他留下的传统依然影响着每一个教职工。从许多老师的身上，都可以看到李振华的影子。许多年来，那些刚进入张家坡中学的教职工，都会被这里浓浓的亲情与积极向上的氛围所感染、激励，并很快融入这个奋发向上的群体，兢兢业业，敬业爱岗，洒向学生都是爱。

2021年秋天，笔者来到韩旺中学，时任校长王京明谈了同样的感受。这里依然是离县城最远的学校，开车往返足有一百多公里。虽然四通八达的现代化公路网络让路途变得不再遥远，但是相对于在县城及其周边的学校上班，在这所偏远的山区学校当老师，没有一定的奉献精神也是很难做到的。

王京明校长说,李振华老师当年留下的奉献精神一直得以传承。这里教师队伍思想稳定,学校的管理和教学质量等综合考评成绩,在全县十二个乡镇中学中排名第二。人人争当模范教师的氛围十分浓厚,先后有二十多名优秀教师通过考试、考评等方式,被输送到县城的各个中学。有人称韩旺中学是培养优秀教师的"摇篮"。

对这样的评价,王京明校长既自豪又颇感无奈。对一个学校来说,优秀教师是"台柱子",而韩旺中学的台柱子更新得有些快。

沂源县教体局局长白道德谈到李振华老师时,崇敬之情溢于言表。当年他刚到县委机关工作的时候,县委准备下发"关于开展向李振华同志学习的决定",将起草文件的任务交给了他。在文件起草过程中,他对李振华老师的事迹做了大量的调查访问,比较准确地总结和概括了李振华精神的内涵。文件中提出的学习李振华精神的措施和要求准确到位,文件得以一次性通过。

从县委机关调到教育部门工作,白道德又先后到两个中学担任校长,工作成绩卓著。他十分感慨地对笔者说,自己的每一点成长和进步,都受到李振华老师的影响。

谈起李振华对全县教育工作特别是对教师队伍的巨大影响,白局长深有感触。他说,仅资助家庭生活困难学生读书这个事情,在全县的教师队伍中非常普遍。包括他的许多朋友以及社会上的许多热心人曾经找到他,希望他能够提供需要帮助的家庭和孩子的信息,结对帮扶,并且一定要保密,千万不能对外公开。他常常被这些热心的同事和朋友所感动。

这位负责人说,在我们身边,每天都发生着许许多多感人的故事。见义勇为者的壮举,一次就可以名扬天下。而李振华老师和教师队伍中那么多的奉献者,一辈子就这样默默无闻地做着自己认为应该做的一切——教书育人，立德树人，帮助有困难的家庭和孩子，这是多么崇高的情怀！正是这样高尚、低调、不事张扬的品格和善举，让我们的社会变得越来越和谐、越来越温馨。

白局长告诉笔者，随着我们国家社会保障体系的日臻健全与完善，今天，学生因为家庭贫困而辍学的现象，在这里已经成为历史。多年来，李振华老师和身边许许多多爱心人士的善举，让我们的这个和谐社会锦上添花。如今，我们可以集中精力和财力，考虑如何激励学生更加努力学习、天天向上，成长为德才兼备的优秀人才；激励广大教师爱岗敬业、无私奉献，成为李振华式的时代楷模。

他说，沂源县教体局经过审慎研究，并征得李振华老师同意，打算在保留韩旺、张家坡和沂源县实验中学三个"扶困奖学基金"的基础上，组建一个可以覆盖全县范围的"沂源县奖学基金会"，以凝聚更多的爱心人士，筹措更多的资金，用于奖励德智体全面发展的优秀学生，奖励师德高尚、教学成果突出的优秀教师。

我们期待着沂源县教体局这个新举措带来新成果、新气象，期待着"振华精神"引领的这块教育高地不断创造新的辉煌。

大爱无声，大德无形。今天，李振华的名字已成为一种精神象征。冠以他名字的"淄博振华学校""沂源县振华实验学校"，连同早已矗立在韩旺中学的李振华雕像，张家坡中学校园里的"振华基金"纪念碑，以及连接无数家庭和学校的"振华青少年思想疏导热线"，向人们昭示着李振华在这片红色土地上的广泛影响和感召力。"振华精神"已经融入齐鲁人民的日常工作与生活之中。

从"学榜样"到"做榜样"，活跃在城乡的"振华使者""振华公益使者""振华志愿者"，以及"春松志愿者"，已经引起社会的广泛关注和积极响应。这些身穿红色或者蓝色马甲，来自不同行业、不同职业、不同群体的人们满面春风,以"爱心小屋"、助学护学等各种方式,传递着"振华精神",传递着榜样的力量,传递着党和政府的温暖,演绎着不同的精彩。

半个多世纪以来,李振华以满腔的激情投身教书育人、立德树人的崇高事业,与无数有理想、有追求,同样充满激情的人们一起拼搏奉献,让我们这个伟大的时代充满磅礴力量。而回报这些拼搏者、奉献者的,是丰满而辉煌的人生。

从1954年第一次被评为沂源县劳动模范,李振华获得的荣誉数不胜数:山东省优秀共产党员、齐鲁最美教师、山东省道德模范、全国教育系统劳动模范、全国关心下一代先进个人、全国离退休干部先进个人、全国关心下一代"最美五老"等。2015年李振华入选了"中国好人榜"。2015年10月,山东省教育厅发出了《关于开展学习李振华同志先进事迹的通知》。

每一项荣誉的背后,都饱含着这位人民教师的汗水和艰辛,饱含着一个共产党人对初心的坚守对使命的担当,展示着李振华无私奉献的家国情怀和无涯的大爱。

2021年6月28日,中共山东省委举办"永葆初心永担使命"基层党员讲党课活动,十二名来自全省基层一线不同层面的党员楷模,为全省党员领导干部讲党课。

讲课的三位老党员代表中,李振华年龄最大。虽然每年要到全国各地机关、学校做许多次报告,但这一次面对的包括了省委常委和其他省级领导同志,李振华感觉到一种惶恐和忐忑——自己只是一个普通的退休老人啊!而当看到省委书记、省长以及会场上那一束束鼓励与期待的目光,他又充满了信心和勇气。他的发言赢得了多次热烈的掌声,他的故事让人潸然泪下!

时任中共山东省委组织部副部长兼老干部局局长杜英杰(左)、笔者(右)与参加"山东省离退休干部先进事迹展"启动仪式的李振华合影

2021年6月30日上午,刚刚为全省党员领导干部讲过党课的李振华马不停蹄,应邀参加省委老干部局"山东省离退休干部先进事迹展"启动仪式。参加省直机关离退休干部党组织书记培训班的我,在这里与李老师不期而遇。

半年没有见面,李老师看上去十分的疲惫,瘦了,腰背也有些弯了。党的百年华诞庆典期间,他一直奔波在省、市、县组织开展的各种活动中,讲党史、讲党课,做关于党的优良传统的报告和宣讲活动,已经长时间没有得到很好的休息了。

参加完省委老干部局的这次活动,李振华顾不上休息片刻,又要匆匆地赶回沂源。下午,一个重要的活动正等着他出席。

目睹李振华疲惫而匆忙的背影,人们只能向这位可敬的长者送上默默的祝福。

此刻,山东省老干部活动中心报告大厅响起了歌曲《报答》那优美而充满深情的旋律:

> 想起你的情我就心潮难平
> 想起你的爱我就饱含热泪
> 报答你啊只有一句话
> 奉献不已鞠躬尽瘁
> 我的一颗心都捧给你啊
> 我的祖国
> 我的母亲
> 我的家乡父老
> 我的兄弟姐妹
> ……

致敬共和国的支教者

（跋）

　　从二十年前第一次在《人物》杂志知道李振华的名字，我就一直被他的故事深深地感动着；从2004年第一次采访见到他，我就萌生了这样的念头：从自己的视角与对他的理解，留下今天这样的文字。

　　许多年来，我一次次走近李振华，尝试着走进他的内心世界，尝试着领悟并展现他在半个多世纪的岁月里卓尔不凡的人生。

　　2016年，我和女儿共同创作了以李振华老师为原型的电影文学剧本《大山里的梦》。山东省沂蒙文化研究会的一位老领导看过剧本之后这样说："共和国不能忘记，沂蒙山不能忘记也不会忘记以李振华老师为代表的当年这一代支教者。"

　　这位老领导的话，让我想起了自己身边，以及在一些媒体上看到的许许多多"支教人"的感人故事。

　　1971年我在沂蒙山区的老家读高中时，我们中学从上海来了一位年轻的英语老师，他的名字叫姚梅堃。二十多岁的他高高瘦瘦，戴着深度近视眼镜，十分精干、儒雅与帅气。从他那里，我们学会的第一句外国语是"Long live Chairman Mao"（毛主席万岁）。这位姚老师在这个乡村中学工作了许多年，后来调到相邻地区枣庄的一所学校，据说一直没有离开这片热土。

　　也是在20世纪50年代，一位齐耳短发、朝气蓬勃，名字叫丁淑茹的上海籍女大学生从南京金陵女子学院毕业后，来到了与我的老家相邻的莒南县第一中学，担任地理课教师。她每次上课时，手里都提着一个地球仪，一口上海话让学生们听起来十分吃力，但她广博的知识和幽默风趣的语言，特别是她的启发式教学，让每一堂课都充满了欢声笑语，也让同学们如同插上了理想的翅膀，胸怀世界，放眼全球，翱翔在广袤的宇宙空间。

美丽的丁淑茹老师与一位沂蒙山人结婚生子，再也没有离开这个被叫作"十字路"的小县城。

有一年学校分房子，腿脚不太好的她希望能够分到一楼的位置，分数却差一点点。好心的年轻教师提醒她："丁老师，您如果有荣誉证书，也是可以加分的啊！"心存感激的老教师赶紧回家，从床底下的箱子里翻出来一大堆证书，拿了其中的一本交了上去。人们这才知道，她在青年时期就被授予各种荣誉称号，曾经被评为"山东省优秀教师"。不事张扬、默默无闻一辈子的丁老师从来就没有想过什么升迁，更没有想过再调回故乡，直到九十多岁离开这个世界。

我们每个人在人生旅途中都会遇到"十字路"，这位可亲可敬的丁老师在无数次的选择面前，甘做一名"燃灯人"，把最好的青春年华，把自己的一切献给了"三尺讲台"，永远地留在了沂蒙山。

笔者还认识一位吴士美老人。1955年她从一所师范学院毕业，本来应该回到南京的父母身边，她却响应党和国家号召，毅然决然来到山东的枣庄地区支教，被分配到台儿庄的一个山村学校。当年发生在这里的中国人民誓死抵抗日本侵略者的故事，这里淳朴的民风，这里的人们对知识文化的渴求，乡亲们、学生们对她无微不至的关心照顾，让她深深地爱上了这片当时还十分贫瘠的土地。

那时吴士美已经结婚，丈夫徐厚骏从清华大学毕业后被分配到了北京的国家某部级科研机构。因为对教育事业、对枣庄这片土地的挚爱，吴士美便多次动员丈夫到自己所在的山区工作。可是，一个山区县不要说什么科研机构，就连一个像样的企业都没有。徐厚骏来到这里一个小小的化工企业，担任了技术员。

从首都的高级科研部门，从大城市来到山区工作，且不说个人发展前景和收入的差别，单是简陋的工作条件、艰苦的生活环境，就足以让人望而却步。为了妻子钟爱的事业，丈夫选择了这样的自我牺牲，曾经让多少人对他的"大材小用"扼腕叹息。夫妻俩在各自的岗位上兢兢业业一辈子，无怨无悔。

吴士美老师退休后，在山东老年大学学习了二十多年，她依然像年轻时那样对生活充满激情，依然那么勤奋与执着，依然关心着身边那些需要帮助的人；她依然笔耕不辍，在报刊发表了许多催人奋发的文章；她依然保持着年轻时那样一颗爱心，积极参与到山东老年大学"关心下一代"等社会公益事业中；她那闪亮的满头银发，她阳光般灿烂的笑脸，她的古道热肠和积极向上的心态，感染着身边的每一个人。

每年，都会有来自全国各地的学生看望吴士美老师和她的老伴。每当那些已经六七十岁的学生拥着她喊"妈妈""吴妈妈"的时候，已经八十多岁的吴士美常常一脸的热泪。她说，那一刻，感觉这一生中所有的付出甚至是委屈，都值了！

我想起了被中宣部授予"时代楷模"荣誉称号的云南丽江华坪女子高级中学校长张桂梅。

几十年献身教育扶贫事业，点燃大山里那些女孩子的生命希望，这位"燃灯人"的故事通过媒体感动了无数国人。身患二十多种疾病，不知道哪一天就会倒下的她，以只争朝夕的精神，每一个日子都是那样匆匆忙忙，燃烧着如火的生命激情。她把自己的工资、奖金，甚至是社会各界捐助她的医疗费，全部捐献了出去，让数千个贫困家庭的女孩子改变了命运；她用贴满了膏药的双手，拉回来多少辍学的孩子，孩子们流着泪喊她"妈妈"……

"感动中国2020年度人物"给张桂梅的颁奖词这样写道："烂漫的山花中，我们发现你。自然击你以风雪，你报之以歌唱。命运置你于危崖，你馈人间以芬芳。不惧碾作尘，无意苦争春，以怒放的生命，向世界表达倔强。你是崖畔的桂，雪中的梅。"

2021年"七一"，在那样一个举国欢庆、世界瞩目的日子，出席中国共产党百年华诞庆典，张桂梅站在总书记的身边。看上去，她是那样的疲惫，似乎是跋涉了千万里，刚刚从大山深处的那个华坪女子高级中学走到这里来。目睹着她疲惫的神情，电视机前无数的观众心疼不已，多少人潸然泪下！而在四个多月之前，她代表"七一勋章"获得者发言时这样说："只要还有一口气，我就要站在讲台上，倾尽全力，奉献所有，九死亦无悔！"

第一次听到张桂梅的名字，并被她的故事感动得热泪盈眶之际，我想起了李振华。当年的这位城市少年，把最美好的青春年华，把自己的一生、连同自己的儿孙，全部献给了沂蒙山区的教育事业，却一直就这样默默无闻，无怨无悔，至今奉献不止。这更加坚定了我创作今天这部作品的信念——不管我的能力如何，一定要把这位共产党人，这位"燃灯人"的故事写出来，我们的时代需要这样的楷模激励与引领！

我想起了去贵州支教的山东聊城籍大学生徐本禹。

1983年出生在农民家庭的他，上大学期间在小饭馆端过盘子，做过家教，得到过许多好心人的帮助。他曾经这样说，别人给我一口饭，我一定要还给他一碗肉！大学四年，他用打工的钱和奖学金资助了五个贫困生。读大三那年，有一天他无意中从《中国少年报》上看到了贵州有一所"岩洞小学"，便与四名志愿者相约来到这里支教——大方县猫场镇狗吊岩村小学。在一个不通水、不通电、没有道路的地方,每天吃着粗糙的玉米碴子,缺盐少油的酸菜汤常常让他反胃,他却义无反顾。他一周要上六天课,每天八小时。原计划在狗吊岩村小学支教两个周,后来却变成了两个月,因为他不忍心离开这里的孩子们。2000年,考上研究生的他依然牵挂着山里的孩子,他放弃了读研,重返贵州支教。

2004年7月,徐本禹的事迹引起国人关注,他被评为"感动中国年度人物"。颁奖词这样说:"如果眼泪是一种财富,徐本禹就是一个富有的人。在过去的一年里,他让我们泪流满面。从繁华的城市,他走进大山深处,用一个刚刚毕业的大学生稚嫩的肩膀,抗住了倾颓的教室,抗住了贫困和孤独,扛起了本来不属于他的那一份责任。也许一个人的力量还不能让孩子们眼睛铺满阳光,爱,被期待着。徐本禹点亮了火把,刺痛了我们的眼睛。"

第一次在中央电视台听到这样的颁奖词时,我泪眼婆娑,同样想起了李振华老师。那时我刚刚完成一篇采访李振华事迹的长篇通讯《撒向沂蒙都是爱》。我突然间生发出这样的感慨:写给徐本禹的颁奖词,如果换成李振华的名字,除了把"刚刚毕业"四个字换成"正读大一",每一句都是那么恰切啊!而李振华支教,比徐本禹早了整整四十年!

说到共和国的支教者,这里不能不提到唐乐群这个名字。1959年唐乐群从山东省益都师范学校毕业时,已经结婚成家了。本应该回到家乡昌潍地区的寿光县,回到父母和妻子、孩子们的身边工作,这样可以帮助家人,为他们的生活带来一些方便。而他却选择了支教,来到沂蒙山腹地沂水县的一所中学。

唐乐群是一个传奇式人物。至今让人们津津乐道的,是他对《新华字典》《现代汉语小词典》能够倒背如流——你随便说出一个字,他便可以告诉你,这个字在第几页,然后按照字典、辞典上的释义,一字不漏地说出来,从无差错。这样的"绝活"是如何练就的?唐乐群学习多么刻苦,对教学工作多么执着与敬业,由此可见一斑。

任何时候都以人民利益为重的唐乐群被推选为党的十二大代表,为了能够让他在更高岗位上发挥出更大作用,当时省委准备选拔他担任临沂地委副书记,唐乐群却坚辞不受。他说,自己只喜欢当老师,只适合当老师。有关方面的领导对他发了脾气,提醒他共产党员应该一切服从组织安排,党叫干啥就干啥,他才不得不答应,但还是提出不当地委副书记,而是担任了临沂地区行署副专员。分管教育工作的他,把百分之八九十的时间用在了去山区和农村搞调研。他打发走了安排给自己的轿车和司机,骑着自行车或者步行,一个村庄一个村庄地挨着跑,摸清了真实情况,千方百计地改善了农村学校"黑屋子""土台子"的状况。而最终,他还是向上级要求离开机关,再回到原先的那个中学教书。上级领导理解他、尊重他,把他调到了山东农业机械化学院(今山东理工大学)担任了副院长。重新回到教书育人岗位的他如鱼得水,像过去一样,把自己的大部分工资帮助了那些贫困家庭的学生。

一生资助学生无数的唐乐群,在他的四个儿女中,因为没有钱上学,两个成了文盲,有一个只读了小学。这也如同"桃李满天下"的李振华,他教过的学生中有成千上万的大学生,而自己的三个儿女却没有一个上过大学。

笔者在采访李振华时,对他初到沂蒙山区曾经连续三年多的时间没有回到南京父母身边,感觉不可思议。正是孩子一样的年龄,他是如何做到的?他不想念父母吗?是什么样的信念和力量支撑着他?大禹治水"三过家门而不入",那只是远古的神话与传说,现实生活中真的会有这样的人和事吗?直到有一天读了魏然森先生的长篇纪实文学作品《乐群记》，我才完全消除了这样的疑问。

唐乐群当年所在的学校距离他的家乡寿光不超过三百里路，而在最初的长达两年多的时间里，即使是在万家团圆的春节，他也没有回到老家，回到妻子、孩子身边。之所以不回家，是因为他把时间全部用到了学习和工作中，还因为他把大部分的工资都资助了那些特困家庭的学生，在很多时候没有钱回家——不仅没有钱给家人买一点吃的、用的，就连几块钱的车票钱也拿不出来了。有些时候，他甚至连自己吃饭的钱也没有了。今天说到这样的事情，也许不会有人相信。

我常常想，也许这就是所谓时代造就人，榜样的力量是无穷的。那是一个"遍地英雄下夕烟"的火热年代，人们每天都被"铁人"王进喜、掏粪工人时传祥、"毛主席的好战士"雷锋以及知识青年的好榜样邢燕子等数不清的时代楷模激励、感染着。同样，在沂蒙山这片热土上，出现李振华、唐乐群这样的人物以及这样似乎不可思议的故事，一切都在情理之中。

起步于新中国成立之初的我国支教事业，正是因为有了张桂梅、李振华、唐乐群、徐本禹等这一代又一代人的薪火相传，正是因为这些执着、无私奉献者的付出和表率，才有了今天这样的成就。

笔者高中时的一位同班同学，曾经担任过一所中学的校长，退休后到云南的山区支教，与当地群众和学生们结下了深厚友谊。他告诉我，许多年来，这里来自全国各地的师资，包括物资、资金等方面的支援源源不断，原本落后的教学条件、教学设施等，都发生了翻天覆地的改变，特别是图书馆、体育和文化娱乐设施等许多方面的条件，已经与内陆地区的学校不相上下。这也正是沂蒙山乡亲们常常说的一句话：一个人帮十人难，十个人帮一个人易，"众人拾柴火焰高"。这一切，得益于党和国家对教育事业的高度重视，得益于许许多多的支教者,诸如张桂梅、李振华等时代楷模的引领。

笔者在这里仅仅列举了几个人们耳熟能详的支教者的名字,而更多不为人们所熟知。最早以教育和文化扶贫的支教人,他们默默无闻,用自己一辈子脚踏实地的行动,勇敢面对艰苦的生活和工作条件,甚至受到许多委屈,却依然无怨无悔,躬身前行。正是他们这样的奉献与付出,为共和国的建设和发展奠定了坚实基础,也为我们的社会留下了弥足珍贵的精神财富。以李振华所在的山东沂源县为例,今天,这里的一百四十八所学校中,九十三所乡村中小学和幼儿园已经全部建成了精品化学校,实现了校舍楼房化、餐厅标准化、操场塑胶化,学校成为乡村最美建筑和文化高地,全县已经实现了"不让一个儿童因为家庭经济困难而失学"的目标。李振华在半个多世纪矢志不渝、无私奉献的精神,在齐鲁这片红色土地上所产生的影响广泛而深远。

文化教育对一个地方经济社会发展所产生的推动力是可以想见的。曾经在较长时期戴着"国家级贫困县"帽子的沂源,今天已经跨入"山东省高质量发展先进县"行列。这里的高新技术产出占比在山东省最高,也是国内上市公司最多的县,被称为资本市场上的"沂源现象"。这里被确定为"全国知识产权强县工程"试点县。"2020中国未来投资潜力百佳县市",沂源县榜上有名。

马克思曾经说过,一个人如果只为自己劳动,他也许能够成为著名的学者、伟大的哲人、卓越的诗人,然而他永远不能成为完美无瑕的伟大人物。历史上把那些为共同目标工作因而自己变得更高尚的人,称为最伟大的人物,赞美那些为大多数人带来幸福的人是最幸福的人。张桂梅、李振华便是这样的伟大人物中的突出代表,理所当然是"最幸福的人"。正是这样一代又一代的共产党人,这些平凡的奋斗者,他们以主动的担当,撑起了共和国的脊梁;他们用自己脚踏实地的行动，描绘出时代最美丽的画卷，我们的国家才有了今天的辉煌。他们的心血和汗水，他们所做出的牺牲，共和国不会忘记，人民不会忘记。

在本书付梓之际，突然收到了女儿发给我的微信——

> 老爸，我已经报名去济南市一些比较偏远、教学条件和师资力量相对薄弱的幼儿园轮岗，我也要做新时代的"燃灯人"！

女儿在一家省属机关幼儿园工作，前几年我们一起创作电影文学剧本《大山里的梦》时，她就一直被李振华爷爷的故事感动着。不久前，她读了本书的"引子"和"跋"，热泪盈眶。

女儿在微信中说，虽然这样的轮岗与支教形式不同，最偏远的社区幼儿园离家也不过一百多里路，但是响应上级号召和无私奉献精神是一样的。她要向李振华爷爷学习，以自己的实际行动，向那些平凡而伟大的支教老师们致敬！

我把女儿的微信截图给李振华老师看，他点了一个大大的"赞"！

谨以此书，献给每一位默默奉献、砥砺前行的共和国的支教者！

动笔于 2021 年 8 月 7 日
初稿完成于 2022 年 8 月 16 日
定稿于 2023 年 5 月 17 日

参考文献

1.《中华人民共和国教育大事记 1949—1982》，中央教育科学研究所编，教育科学出版社 1984 年版。

2.《山东省志·教育志》，山东省地方史志编纂委员会编，山东人民出版社 2003 年版。

3.《沂源县志》，山东省沂源县史志编纂委员会编，齐鲁书社 1996 年版。

4.《爱满天下》，郑良前著，华艺出版社 2006 年版。